Die Frau in

Elizabeth von Arnim

Fräulein Schmidt und Mr. Anstruther

Briefe einer unabhängigen Frau

Aus dem Englischen übertragen von
Anna Maria von Welck

Mit einem Nachwort von
Annemarie Stoltenberg

Ullstein

Die Frau in der Literatur
Ullstein Buch Nr. 30314
im Verlag Ullstein GmbH,
Frankfurt/M – Berlin
Der Roman erschien erstmals 1906
in England unter dem Titel
›Fräulein Schmidt and Mr. Anstruther‹

Ungekürzte Ausgabe

Englischer Originaltitel:
Fräulein Schmidt And Mr. Anstruther
Umschlagentwurf:
Theodor Bayer-Eynck
Illustration:
Auguste Renoir
»Tanz auf dem Lande«, 1883
© Archiv für Kunst und Geschichte, Berlin
Alle Rechte vorbehalten
© der deutschen Übersetzung
1993 by Verlag Ullstein GmbH,
Frankfurt/M – Berlin
© dieser Ausgabe
1993 by Verlag Ullstein GmbH,
Frankfurt/M – Berlin
Printed in Germany 1993
Gesamtherstellung:
Ebner Ulm
ISBN 3 548 30314 5

September 1993
Gedruckt auf alterungsbeständigem
Papier mit chlorfrei
gebleichtem Zellstoff

Die Deutsche Bibliothek – CIP-Einheitsaufnahme

Arnim, Mary A. von:
Fräulein Schmidt und Mr. Anstruther:
Briefe einer unabhängigen Frau / Elizabeth von Arnim.
Aus dem Engl. übertr. von Anna Maria von Welck.
Mit einem Nachw. von Annemarie Stoltenberg. –
Dt. Erstausg. – Frankfurt/M; Berlin: Ullstein, 1993
(Ullstein-Buch; Nr. 30314: Die Frau in der Literatur)
Einheitssacht.: Fräulein Schmidt and Mr. Anstruther < dt. >
ISBN 3-548-30314-5
NE: GT

Briefe einer unabhängigen Frau

I.

Lieber Roger,

ich will dir nur schnell erzählen, daß ich dich liebe, für den Fall, daß du das vergessen hast, wenn du in London ankommst. Mein Brief folgt dem Zug, mit dem du gereist bist. Er wird übermorgen auf deinem Frühstückstisch liegen, und du wirst die Marmelade essen, die Jena nicht herstellen kann, und wirst sagen: »Was für eine zudringliche junge Person! Schreibt zuerst!« Aber beachte das »Lieber Roger«, und du wirst zugeben, daß ich gar nicht so zudringlich bin. Denn was könnte vernünftiger sein? Du hast ja keine Ahnung, was für reizende Sachen ich statt dessen hätte schreiben können, aber ich tu es nicht. Es ist doch eine höchst erstaunliche Sache, daß wir gestern um diese Zeit noch höflich Konversation machten – du, in deinem wunderschönen nagelneuen Deutsch, nanntest mich GNÄDIGES FRÄULEIN in jedem zweiten Atemzug, und ich antwortete angemessen dem Mr. Anstruther, der in einer bestürzenden Stunde zu meinem lieben Roger wurde. Sag, hast du mich schon immer so gern gehabt? – ich meine: so geliebt? Mein Herz ist noch nicht gewohnt an diese sanften, fremden Wörter, noch steif, weil ungebraucht, vergib daher meinen Versuch, sie zu umgehen.

Findest du es nicht sehr wunderbar, daß du ein volles Jahr hier mit uns gelebt, mich täglich gesehen, dein Deutsch an mir geübt hast – oh, bin ich nicht geduldig gewesen? – ohne jemals das kleinste Zeichen gegeben zu haben, aus dem ich erkennen konnte, daß du dir et-

5

was aus mir machtest, und nur eine ungenaue, verschwommene Gestalt in mir sahst, eine junge Dame, die ihrer Stiefmutter zur Hand ging, für dich flickte und dir Essen machte? Und dann bist du vor einer Stunde, vor genau einer Stunde nur, unter dieser lächerlichen Kuckucksuhr hier in diesem Zimmer, wo wir einander Lebewohl sagten, plötzlich zu etwas Herrlichem, Wundervollem, Herzaufrührendem geworden – nun eben zu dem lieben Roger. Das ist so lustig, zum Lachen lustig und dabei so süß, daß mir darüber die Tränen kommen. Ich bin so glücklich, daß ich einfach schreiben muß, obgleich ich das ziemlich überschwenglich finde – (übrigens ein scheußliches Wort) –, als erste zu schreiben. Aber du hast mir ja eingeschärft, noch keiner Seele davon zu erzählen, und wie soll ich denn ganz und gar schweigen? Daher bist du, mein lieber Roger, derjenige, der zuhören muß.

Weißt du, wie Jena heute abend aussieht? Es ist der leuchtendste Ort der Welt, strahlend vor Verheißung, es leuchtet und tanzt mit all den vielen Lichtern, die ja, wie ich weiß, nur die Lampen sind, die in den Häusern der Leute an der Straße unten angezündet sind. Doch sie sehen mir wie Hoffnungssterne aus, die, gegen alle Natur und allen Nebel, mich strahlend willkommen heißen. Ich bin nicht mehr die Rose-Marie, der sie bis heute abend zugewinkt haben, seit ich auf die Welt kam. Sie war eine fade Person: eine ganz gewöhnliche fade Person, die sich verbissen alle Stunden des Tages, die vor ihr lagen, durchackerte, die bestimmte Pflichten tat und sich einbildete, sie sei tatsächlich glücklich. Glücklich? Nein, das war sie nicht. Sie war ein ganz armer Kerl. Sie war blind und taub, sie schlief. Sie war nur eine halbe Frau. Was ist denn in der Welt gut oder schön, lebendig oder tot, wenn es nicht seine Bestimmung erfüllt hat? Nie habe ich das vorher erkannt.

Ich habe überhaupt sehr vieles nicht erkannt. Ich staune, wie plötzlich ich aufgewacht bin. Die Liebe ist heute durchs Haus gegangen, dieses Haus, das die Leute für ebenso farblos halten, wie es gestern war, und siehe da! – Nun, ich will nicht große Worte machen, doch es strahlt wirklich, da ist wirklich ein Glanz – nun gut. Und was dieses Zimmer angeht, wo du – wo ich – wo wir beide – oh, ich will nicht sentimental sein, aber ich weiß jetzt, obgleich ich mich immer darüber moquierte – wie unglaublich leicht man es wird. Das heißt, vorausgesetzt, man hat dazu Veranlassung, einen Grund dazu. Und hab ich den nicht? Oh, hab ich den nicht? Dein geliebter Professor Martens kam sehr aufgeregt hier herein, weil er dich auf dem Bahnhof verfehlt hatte, wo er dir Lebewohl sagen wollte. Und weißt du, was er sagte? Er fragte, warum ich denn in dieser trübseligen Höhle säße ohne Lampe, und warum ich die Vorhänge nicht zuzöge gegen Nebel und Nieselregen. Was! Wenn der ganze Himmel strahlt! Und die trübselige Höhle – mein Himmel, ist es denn möglich, daß er, nur weil er alt ist, nicht fühlt, daß die ganze Luft im Zimmer vibriert von allem, was du mir sagtest, von all den süßen, wundervollen, kostbaren Dingen, die du mir sagtest? Alles war von dir erfüllt. Und dort stand noch deine liebe Kaffeetasse, wo du sie hingestellt hattest, und der Teppich, auf dem wir gestanden haben, war noch ganz verzogen und unordentlich.

»Ich finde, es ist eine wunderbare Höhle«, entfuhr es mir. *»De gustibus«,* meinte er nachsichtig und machte es sich auf dem Sessel bequem – es war der, auf dem du zu sitzen pflegtest – und sagte, der junge Anstruther werde ihm sehr fehlen. »Ja? Wird er?« sagte ich.

»Fräulein Rose-Marie«, sagte er feierlich, »er war ein hochintelligenter Mann. Bei weitem der intelligenteste junge Mann, den ich jemals hier gehabt habe.«

»Wirklich?« fragte ich und lächelte über mein ganzes törichtes Gesicht. Und das bist du ja natürlich
auch, oder wie hättest du sonst herausgefunden, daß
ich – nun, daß ich nicht ganz unliebenswert bin?

Ganz, ganz die deine.

II.

Lieber Roger,–

du bist Dienstag abend gereist – also gestern – und
du kommst Donnerstag morgen – also morgen – in
London an, und zuerst wirst du dich waschen, und
dann wirst du frühstücken – bitte beachte, wie außerordentlich vernünftig ich bin –, und so wird es ungefähr 11 Uhr, bis du anfängst, an mich zu schreiben.
Den Brief werde ich nicht vor Sonnabend haben, und
da heute erst Mittwoch ist, wie soll ich's fertigbrin-
gen, dir nicht zu schreiben, möcht ich wissen? Ich
kann's einfach nicht. Außerdem muß ich dir von all
den wichtigen Ereignissen berichten, die ich dir gestern erzählt hätte, wenn du mir Zeit dazu gelassen
hättest. Statt dessen hast du mich gefragt, ob ich dich
heiraten wolle.

Weißt du, daß ich arm bin? Natürlich weißt du das.
Du kannst nicht ein volles Jahr mit uns gelebt haben,
ohne an unseren Puddings zu sehen, daß wir arm
sind. Meinst du, daß jemand dreimal wöchentlich
DICKEN REIS ißt, wenn er's nicht nötig hat? Und
wenn wir nicht arm wären, hätte meine Stiefmutter
niemals junge Engländer ins Haus genommen, sie
hätte ganz andere Sachen getan, und wir hätten andere Puddings gegessen – teure, kostspielige, mit
Schlagrahm oben drauf – und zwei Dienstboten statt

einen, und ich hätte dich nie kennengelernt. Also, du weißt nun, daß wir arm sind, aber ich glaube, du ahnst nicht, WIE arm.

Wenn hierzulande ein Mädchen heiratet, ist es üblich, daß die Eltern ihm Tisch- und Bettwäsche ausreichend fürs ganze Leben mitgeben, dazu Möbel, um ein ganzes Haus auszustatten, Kleider für mehrere Generationen und Zuschuß außerdem fürs ganze Jahr. Dann verbringen sie, sehr arm geworden, ihre späten Jahre und beglückwünschen einander, daß sie ihre Tochter gut verheiratet haben. Der Mann braucht nur sich zu geben. Du weißt doch, daß meine Mutter, die vor zwei Jahren starb, Engländerin war? Ach ja, ich erinnere mich, ich hab es dir erzählt, als du so verwundert warst über mein – wie du mir im höflichsten Deutsch sagtest: kolossal gutes Englisch. Von ihr erfuhr ich, daß die Leute in England ihren Schwiegersöhnen nicht die Teppiche und Kochtöpfe schenken, sondern ihre Hilfe darauf beschränken, ihnen zur Sparsamkeit zu raten. Sie finden, es sei die Aufgabe des Ehemanns, wie die des Storchs in Deutschland, das Nest vorzubereiten und zu schmücken für die Ehefrau. Hat das Mädchen Vermögen, nun um so besser, hat es keins, sagte meine Mutter, hindert dies nicht im geringsten, es zu verheiraten.

Hierzulande jedoch tut es das, und ich gehöre hierher. Meine Mutter hatte etwas Vermögen, und mein Vater hätte es sich niemals gestattet, sich in sie zu verlieben, wäre es anders gewesen, und du weißt, er ist kein berechnender, geldgieriger Mensch, doch er konnte sich nicht freimachen von den Regeln seiner Herkunft. Es waren im Jahr einhundert Pfund (Gott sei Dank nicht Mark), und das ist alles, was wir haben, außerdem, was er für seine Bücher erhält, wenn er überhaupt etwas bekommt, was nie der Fall ist. Und das, was meine Stiefmutter hat, macht im Jahr hundertundfünfzig Pfund. Somit sind einhundertundfünfzig Pfund mein ganzer Reichtum, denn ich habe keine Erbtanten. Nun bitte ich dich, stell dir vor, was es heißt, eine Frau zu heiraten ohne jede Ausstattung, sogar ohne Kochtopf. Kein einziges Handtuch wird sie deinem Wäscheschrank einbringen, keinen einzigen Kochtopf deiner Küche. Ganz Jena wird, wenn es das hört, ausrufen: »Armer, verblendeter junger Mann«, und alle Bekannten in England würden sich in Zukunft weigern, ihre Söhne zu meiner Stiefmutter in Pension zu schicken. Wenn du eine anständige, standesgemäße Braut hättest, würde sie mitten beim Schreiben in die Küche eilen und sich damit beschäftigen, eine Kartoffelsuppe zu kochen? Genau das aber tut deine Braut, mit einem Blick auf die Uhr, und daher lebe wohl.

Deine arme, doch unendlich aufrichtige
R.-M.

P. S. Sieh, wie vernünftig und praktisch ich heute bin. Mein Brief von gestern abend war reichlich feurig. Nun kommt aber der Morgen und wirft eimerweise kaltes Wasser auf mich und überschüttet mich mit Besonnenheit. Gottlob, daß es solche Morgen gibt.

III.

JENA, 8. NOVEMBER

Lieber Roger,–

wie du siehst, kann ich dich nicht in Ruhe lassen. Ich muß einfach schreiben; doch wenn ich auch schreibe, brauchst du es nicht zu lesen. Gestern abend überfielen mich böse Ahnungen – scheußlich bei einem bisher seelenruhigen Fräulein, und ich kämpfte gegen sie die ganze Nacht an, doch sie siegten. Und jetzt, in dieser ruhigen frostigen zeitigen Morgenatmosphäre stelle ich mir sehr ernsthaft, sehr nüchtern die Frage, ob du nicht einen großen Fehler gemacht hast. In einem gewissen Sinne ist das sicher so. Vom Standpunkt der Weltklugheit ist es einfach widersinnig für dich, mich zu heiraten. Mehr als das: Hast du nicht dein eigenes Gefühl überschätzt, bist du nicht durch eine leidenschaftliche Erregtheit in die Verlobung geschliddert, durch irgendeinen Zauber, den ich, mir unbewußt, auf dich ausgeübt habe? Hast du auch nur die leisesten Zweifel und Bedenken, was du wirklich für mich empfindest – sag es mir, oh, sag es mir gerade und offen. Dann wollen wir beide diese eine Stunde der Schwachheit löschen mit einem Schwamm, der in gesunden Menschenverstand getaucht ist. Ich glaube, es würde jetzt nicht so schmerzen, wie es später schmerzen würde. Bis gestern abend, als du abgereist bist, bin ich wie auf Wolken gewandelt. Das ist eine sehr angenehme Art der Fortbewegung – du kennst sie vielleicht. Du wandelst nicht bloß auf Wolken, du wandelst auf etwas wie einem stillstehenden Sonnenuntergang, in einem Bad flüssigen Goldes, man atmet es, berührt es, ist darein gehüllt. Wirklich, es ist höchst angenehm. So ging es mir bis gestern abend, bis meine Stiefmutter hereinkam. Sie packte mich an meinen dahinfliegenden Füßen und zog sie herab auf die gestrichenen Holzdielen von Rauchgasse drei von Jena, und dort angekommen, blieben sie auch dort. Du siehst, ich rede in Bildern. Meine Stiefmutter, so wohlanständig, so handfest christlich, würde nicht im Traum daran denken, jemandes Füße festzuhalten und sein kleines Stückchen Glück zu zerschlagen. Sie blies ganz unwissentlich die Glut des Sonnenuntergangs aus, auf dem ich dahinflog; die erlosch so prompt und endgültig wie eine Unschlittkerze, und Rose-Marie fiel mit einem Plumps herab. Jawohl, mit einem Plumps. Du wirst nie, auch wenn du es auch noch sosehr versuchst, so tun, als sei ich eine der elfenhaften kleinen Frauen, die man umherträgt und verwöhnt und mit einem kleinen Kosenamen verzärtelt, nicht wahr? Man muß den Tatsachen ins Auge sehen. Ich bin 1 Meter 70 groß, ohne Absätze, und wenn ich hinfalle, gibt es einen Plumps.

Nun sagte meine Stiefmutter nach dem Abendbrot, als Johanna den letzten Teller abgeräumt hatte, und wir beide allein dasaßen – mein Vater ist noch nicht aus Weimar zurück –, sie an der einen, ich an der anderen Seite des Tisches, Lampe in der Mitte, dein Stuhl steht leer. Sie, selber arm, strickt aus Wolle warme Sachen für Ärmere für Weihnachten. Ich flicke die Handtücher, die du mit abgenutzt hast, während mein Geist irgendwo zwischen Engeln und Erzengeln sich tummelte und anderen glückseligen Wesen: »Warum siehst du eigentlich so glücklich aus?«

Ich fuhr zusammen und behauptete, ich sähe vergnügt aus, weil ich vergnügt sei.

»Aber es ist doch gar nichts passiert«, sagte meine Stiefmutter und betrachtete mich über ihre Brillengläser, »du bist heute nicht aus gewesen, kein Mensch war hier, und das Essen war miserabel.«

»Trotzdem – ich bin glücklich. Dazu brauche ich nicht auszugehen und brauche keinen Besuch. Ich bin's einfach.«

»Ja, du bist mit einer genügsamen Natur gesegnet, das ist wahr«, seufzte meine Stiefmutter und strickte rascher. Du erinnerst dich an ihre Seufzer, nicht wahr? Sie kommen mir immer so rätselhaft vor, zu so merkwürdigen Zeiten. Warum seufzte sie – über meine genügsame Natur? Sie hätte doch eher daran Freude haben sollen. Doch die besonders religiösen Leute, die mir bekannt sind, haben stets viel geseufzt.

»Nun, wahrscheinlich, weil es heute so schönes Wetter war«, entgegnete ich.

Meine Stiefmutter sah mich scharf an. »Aber Rose-Marie, es ist doch überhaupt nicht schön gewesen, die Sonne hat nicht einmal geschienen.«

»Wirklich?« einen Augenblick war ich ehrlich erstaunt, »nun gut, vielleicht kein italienisch blauer Himmel, aber es war doch mild und sehr angenehm, und der November duftet immer nach Veilchen, soll man sich nicht darüber freuen?«

»Veilchen?« wiederholte meine Stiefmutter, die alles ablehnt, was man weder essen noch anziehen, noch in der Bibel lesen kann. »Sag, vermißt du nicht Mr. Anstruther, mit dem du dich in einem fort unterhieltest?«

Natürlich fuhr ich zusammen, doch ich stimmte so harmlos wie möglich zu.

Und hier war's, als sie mich auf die Erde herunterzog.

»Er hat eine große Zukunft vor sich«, sagte sie, »ein junger Mann, so intelligent, so gutaussehend, mit so guten Beziehungen, kann es weit bringen. Martens meinte, er habe die glänzendsten Aussichten. Er wird ein Glanzstück der englischen Diplomatie. Martens sagt, sein Vater setze alle seine Hoffnungen auf diesen seinen einzigen Sohn. Und da er sehr wenig Vermögen hat und dort viel vonnöten ist, muß Roger« – sie sagte wahrhaftig Roger – »so bald wie möglich eine Frau heiraten, die ihm in jeder Beziehung vorwärtshilft, die ebenso reich wie vornehm ist.«

Ich murmelte etwas Zustimmendes, nannte den Plan vernünftig, glaube ich.

»Man mußte Roger gern haben«, fuhr sie fort, »meine einzige Sorge ist, und die von Martens auch, daß er an irgendeinem unerwünschten Mädchen hängenbleibt. Das würde ihn ruinieren. Dann gäbe es keine Hoffnung für ihn.«

»Ja, aber warum . . .«, fing ich an und hustete ein wenig hinter meinem Handtuch, »aber warum sollte er auch?«

»Nun, hoffen wir, er wird's nicht tun. Ich fürchte für ihn, denn er ist beeinflußbar. Immerhin ist er heil durch dieses Jahr gekommen, das für junge Leute oft gefährlich ist. Allerdings, sein Vater hätte ihn kaum in ein gefahrloseres Haus als meines schicken können.«

Du so verständig – o Roger! – und in einem Alter, wo ernsthafte und praktische Erwägungen die törichten Gefühle früherer Jahre ersetzen. O Roger, ich bin fünfundzwanzig, und keins meiner törichten Gefühle ist durch irgend etwas ersetzt. Meinst du, man kann noch für mich hoffen? Findest du es sehr schlimm, daß ich ebenso empfinde, genauso backfischhaft fühle wie mit fünfzehn?

»So war er unter meinem Dach«, fuhr meine Stiefmutter fort, »völlig in Sicherheit. Es wäre bedauerlich, wenn ihm sein Jahr in Deutschland eine deutsche Ehefrau unter seinem Stande eingebracht hätte, ein Mädchen, das ihn vorübergehend durch Jugend und ein hübsches Äußeres eingefangen hätte.«

Versteht sie nicht zu überzeugen? Beredt und so direkt, daß sie unwissentlich meine schwachen Stellen kennt und sie sofort trifft. »Glücklicherweise gibt es in Jena im Augenblick keine hübschen Gesichter.« Hier hielt ich ein Handtuch vor mein eigenes, vor mein geschmähtes Gesicht, das von einer treffenden Kritik aus der Klasse der Hübschen ausgeschlossen wurde. Ich wollte es für alle Zeiten in Bergen von Flickwäsche, in

Kübeln von Suppe, kurz in allen häuslichen Placke-reien und ähnlichem verstecken. Doch ein paar Worte, die du am Dienstag abend zwischen all den Küssen über mich hinstürzen ließest, hämmerten in meinem Kopf, hämmerten in großen Stößen in meinem ganzen Körper – Roger, hab ich recht gehört oder klangen sie nicht wie »entzückend – entzückend – entzückend«? Oh, wo gerate ich hin? Lieber höre ich auf.

R.-M.

IV.

JENA, 12. NOVEMBER

Liebster von allen Geschöpfen,
oh diese Freude über deine lieben, lieben Briefe! Du hättest sehen sollen, wie ich mich auf den Briefträger stürzte! Sogar seine Hände schienen mir rosenfingrig, als er mir die kostbaren Schätze übergab. Zwei Stück – zwei Liebesbriefe auf einmal. Ich mochte sie kaum auf-machen und den wundervollen Augenblick der Erwar-tung beenden. Der erste, aus Frankfurt, wie süß war er – oh, so unaussprechlich süß! So daß ich mich an dem ungeöffneten Umschlag des zweiten mindestens fünf Minuten weidete, darin schwelgte, mich daran labte. Ich wußte genau, wo deine Hand gelegen haben muß, weil ich ganz einfach einen Federhalter nahm und die Adresse in der Luft nachschrieb, wo du sie geschrieben hast, und dann hab ich weitere fünf Minuten nutzbrin-gend damit verbracht, die Stelle zu küssen. Vielleicht sollte ich dir dies nicht erzählen, aber zwischen uns sollte es keine mädchenhafte Ziererei, kein Getue ge-ben, kein Gehabe. Jawohl, es war albern, diesen ge-liebten Umschlag zu küssen, und albern, es dir zu schreiben. Nun gut, ich war albern und damit basta.

Weißt du, daß meine Mutter als Mädchen *Watson* hieß? Jawohl, *Watson*. Ich glaube, ich muß dir das sagen, ich finde, es gehört zu meinen schwachen Stellen. Es ist meine Pflicht, dich über alles aufzuklären und dich über jeden einzelnen Punkt zu informieren. Was hat der Enkel von Lord Grasmere – übrigens hast du mir vorher nie von Lord Grasmere erzählt – mit der Enkelin von Watson gemein? Ich weiß nicht einmal genau, wer Watson war. Für mich war er immer eine dunkle und ziemlich furchterregende Gestalt, in Geheimnis gehüllt. Gewiß, Papa könnte mir etwas über ihn erzählen, tat es aber nie, und meine Mutter erwähnte ihn selten, so nehme ich an, er war jemand, auf den ich nicht besonders stolz zu sein brauche. Bitte verlange daher nicht von mir, daß ich den Schleier über Watson lüfte.

Sicherlich war deine Mutter schön. Wie könnte man daran zweifeln? Schau in den Spiegel und sei ihr dankbar. Weißt du, wenn du sagst, du seist von meinen – wie du so lieb behauptest – geliebten braunen Augen während der letzten Wochen verzaubert worden, so war ich deinen geliebten blauen Augen in den ersten fünf Minuten verfallen. Und wie groß war meine Freude, als ich herausfand, daß deine Seele genau deinem Äußeren glich. Deine Mutter hatte auch blaue Augen und war sehr groß und hatte ein ungewöhnlich gedankenvolles Gesicht, nicht wahr? Sieh in den Spiegel, rate ich dir, und du wirst das alles sehen, denn ich weigere mich zu glauben, daß du deinem Vater gleichst, einem Mann, der während der ganzen Mahlzeit, die er nach einem Jahr der Trennung mit seinem einzigen Sohn einnahm, nur über Portwein und Tomaten redet. Oh, Himmel, ich bebe bei dem Gedanken, was geschieht, wenn du ihm von mir erzählst.

»Sir«, wird er mit Donnerstimme fragen – oder

pflegen zornige englische Eltern ihre Söhne nicht mehr mit »Sir« anzureden? – jedenfalls tun sie das in Romanen –, »du bist viel zu jung zum Heiraten. Jünglinge von fünfundzwanzig tun so etwas nicht. Ich vermute, die Dame wird für das Einkommen sorgen?«

Roger geht sofort auf den Hauptpunkt los: »Sie hat keinen Pfennig.«

Der aufgebrachte Vater: »Pfennig? Sir, soll ich schließen, daß sie Deutsche ist?«

Roger, angsterfüllt: »Bitte, ja.«

Vater (zwingt sich zur Ruhe): »Und wer ist diese junge Person?«

Roger: »Fräulein Schmidt aus Jena.«

Vater (jetzt in fürchterlicher Ruhe): »Und wer ist, wenn ich bitten darf, Fräulein Schmidt?«

Roger, bleich aber tapfer: »Sie ist die Tochter vom alten Schmidt, bei dem ich wohnte. Ihre Mutter war Engländerin. Eine *Watson*.«

Vater: »Sir, sei so gut und verlasse das Zimmer . . .«
Roger geht.

Ich glaube wirklich, etwas von dieser Art könnte passieren. Ich kann mir vorstellen, es muß deinem Vater einen fürchterlichen Schlag versetzen. Und wenn er nun davon krank wird, kommt sein Blut über mein Haupt. Ich sehe keine Möglichkeit, wie das zu vermeiden ist. Es gibt nichts, was zu meinen Gunsten sprechen kann. Er weiß, daß ich arm bin. Er wird an meiner Rechtschaffenheit zweifeln. Ja, er wird mich nicht einmal hübsch finden. Und wenn du ihm auch erzählst, daß ich kochen kann, daß ich einen Haushalt wie die sparsamste Hausfrau führen kann – das alles wird ihn kalt lassen. Du magst mein reiferes Alter als einen Vorzug betonen, sagen, ich habe meine jugendlichen Torheiten hinter mir; sagen, wenn er davon nichts wissen will, daß Eva ebenso alt war wie Adam, als sie ihr Leben in ihrem Paradiesgarten begannen und dennoch sehr glücklich waren; sag ihm, ich sei schön wie ein Engel oder so reizlos, daß ich aus diesem Grunde verständig sei – er wird dir nur antworten »Dummkopf«. Meinst du, daran sei irgend etwas zu ändern? Ich nicht, aber ich bin viel zu glücklich, um mich darum zu kümmern.

Später.

Ich mußte fort und das Abendbrot richten. Johanna hatte das Feuer ausgehen lassen, daher dauerte es ewig. Warum möchtest du schreien, wenn du dir vorstellst, wie ich mit Johanna streite? Ich sage dir, ich bin dermaßen glücklich, daß nichts, was Johanna tut oder nicht tut oder vergißt, mich im geringsten bekümmert. Ich gehe auf Zehenspitzen durchs Haus, ich bin abergläubisch und bilde mir ein, daß alle Arten von kleinen neidischen Furien in staubigen Ecken schlummern, von dir eingeschläfert, und daß ich sie wecken könnte, wenn ich nicht sehr leise auftrete . . .

O Freude, habe Acht,
sprich leise, daß nicht der Schmerz erwacht . . .

Nicht von Goethe. Übrigens, ARMER Goethe. Welch unerwartetes Ergebnis eines Jahres in unserer Musenstadt, eine halbe Stunde entfernt von Ilm Athen selbst, und du nennst seine Gedichte grob, eindeutig und abgedroschen. Was würde wohl Papa dazu sagen, wenn er das wüßte? Wahrscheinlich, daß der junge Anstruther doch nicht der intelligente junge Mann ist, für den er ihn hielt. Nun ist Papa allerdings in Goethe getränkt, und je länger er getränkt ist, um so mehr vergöttert er ihn. Ich bin in dieser Verehrung aufgewachsen und fürchte, ich kann sie nicht so schnell loswerden. Möglich, daß ich es nie loswerde, trotz London und trotz dir. Wirst du mich deshalb weniger lieben? Ich fand Goethe immer unvergeistigt. Nie hat ihn die Muse gepackt und so geschüttelt, daß der göttliche Geist von seiner Feder tropfte ohne sein Wissen, wo und wie und woher er kam – göttlicher Geist, den du manchmal in den Schriften geringerer Menschen findest, doch gezeichnet mit dem unverkennbaren Siegel himmlischer Herkunft. Goethe wußte sehr gut, sehr genau, wo jeder seiner Sätze herkam. Aber ich sehe nicht, daß auf eines seiner Gedichte einer der drei Vorwürfe zutrifft, die du nennst.

Was du über das Geld sagst, das du haben wirst, erschreckt und verschüchtert mich. Wahrhaftig, das ist ja ein Vermögen! Wir werden reicher als unser Bürgermeister sein. Du hast mir nie erzählt, daß du soviel Geld hast. Fünfhundert Pfund im Jahr sind zehntausend Mark, beinah das Doppelte von dem, was wir seit jeher ausgeben konnten, und wir haben doch eigentlich recht behaglich gelebt, findest du nicht? Doch bedenke, in welcher Fülle wir leben werden, wenn meine hundert Pfund dazukommen! Wir haben dann ein Einkommen von zwölftausend Mark. Der Bürgermeister wird völlig in den Schatten gestellt. Und ich bin eine so gute Haushälterin, du wirst sehen, wie gut wir leben werden. Du wirst ganz dick werden. Ich werde dir herrliches Essen kochen, und Papa sagt, daß herrliches Essen das einzige sei, wofür ein Mann sich die Mühe nimmt, aufzustehen und seine Frau zu preisen.

Es ist spät geworden. Gute Nacht.

R.–M.

Bitte, nimm meine Liebe zu Goethe nicht von mir. Ich kenne wahre Mengen von Gedichten, nein, ich kann ihn nicht aufgeben. Mein Sinn ist von ihm geschmückt, wie ein Garten mit Blumen geschmückt ist. Nun – klingt das nicht hübsch? Oder ist's bloß töricht? Jedenfalls ist es furchtbar spät. Gute Nacht.

V.

Kein Brief von dir heute. Ich fürchte, du hast Sorgen, und zwar meinetwegen. Hier sitze ich, ruhig und fröhlich, niemand stört mich, und dein liebes Bild in meinem Herzen wärmt mich jede Minute des Tages. Du hingegen mußt nachdenken, Zukunftspläne machen, mußt Entscheidungen treffen, wie du handeln wirst, und dazu noch ein Examen bestehen und einem Vater aus dem Wege gehen, zu dem du vermutlich in Widerspruch stehst. Was für Glück habe ich mit meinem lieben Vater! Hätte ich wählen dürfen, ich hätte nur ihn gewählt. Nie hat er mir Schwierigkeiten gemacht. Nie langweilt er mich. Nie fordert er meine Kritik heraus. Er weiß, daß ich nicht intelligent bin, und verzeiht es mir. Ich weiß, daß er wenig praktischen Verstand hat, und vergebe ihm das. Wir verwöhnen und kosen und lieben einander – weißt du noch, wie du manchmal darüber lachtest?

Aber ich möchte, daß du dir keine Sorgen machst, die kommen alle von meinen Nachteilen. Könnte ich zu dir kommen mit einem Heidengeld in jeder Hand, von einem guten Geist in eine Baroneß von Schmidt verwandelt, hinter mir einen Papa unter der Last vieler Orden, die Straße hinter mir schwarz von Wagen voller Kleider, so würde dein Vater uns gnädig sein und uns segnen. Wie die Dinge aber liegen, so bist du schon gestraft, du mußt bereits die Buße zahlen für das

Glück einer kleinen Stunde, und sie wird, solange wir leben, nie ganz abbezahlt sein. Du denkst so viel nach – denkst du je über die beinah unanständige Eile nach, mit der Strafen im Kielwasser von Glückseligkeit folgen? Du drücktest mich an dein Herz, erklärtest mir deine Liebe, batest mich, deine Frau zu werden. War das so unrecht? War es so unrecht, sich für ein paar Augenblicke dem Glück zu überlassen, um sofort dafür bestraft zu werden? Mein Vater hält nichts davon, er sagt, Vertrauen ist kein Glauben, und du kannst nichts glauben, was du nicht weißt. Aber er kann mich nicht von meiner geheimen Überzeugung abbringen, daß die Macht, in deren Fängen wir sind, ein strenger Lehrmeister ist, ein erbarmungsloser Neider von Freuden. Was für rührend kleine Freuden sind es schließlich, rührende Versuche der zu ewiger Einsamkeit verdammten Seele, die ihre Fühler im Dunkeln ausstreckt, um näher zum anderen zu kommen, einander zu berühren, einander zu erwärmen. Jetzt werde ich melancholisch, ich, die ich nie mehr trübsinnig werden wollte. Und ausgerechnet um zehn Uhr an einem schönen Novembermorgen!

Heute kommt Papa von Weimar heim. Er hat dort ein verlängertes Treffen der dortigen Größen mitgemacht wegen einer Beschädigung, die ein paar Barbaren der Shakespeare-Statue im Park zugefügt haben. Papa, der zwar keine Größe ist, brannte vor Entrüstung darüber, er hat leidenschaftliche Reden gehalten und verlangte Bestrafung der Barbaren, falls man sie erwischt. Ich will zum Zwei-Uhr-Zug hinübergehen und ihn heimholen und unterwegs einen Blick auf Goethes Schwamm werfen. Du weißt doch, es ist dies kleine schwarze Ding in seinem Schlafzimmer, neben seiner Waschschüssel, die kaum größer ist als eine Frühstückstasse. Damit wusch er sich und war ganz zufrieden. Und jedesmal, wenn ich mutlos und mit mir selbst und dem Leben uneins bin, geh ich hin und seh ihn mir an und komme erheitert und gestärkt heim. Verstehst du warum? Gott behüte dich, Liebster.

VI.

Der Schwamm gestern hat nicht gewirkt. Ich starrte auf ihn, aber er blieb ein Schwamm, viel zu klein für uns wirklich reinliche Leute. Bisher war er immer der Ausgangspunkt für begeisternde, entzückende Einfälle. Ich bin eben ein unausgeglichenes Geschöpf. Ich möchte wissen, ob es dir auch so geht, daß du einerseits mit dem Kopf an die Sterne stößt oder aber in eisiger schwarzer Tiefe deinem Herzen lauschst, das vor Furcht kaum zu schlagen wagt? Natürlich tust du das nicht. Dazu bist du viel zu klug. Du bist erzogen, geübt, gelehrt, deine Gedanken zu beherrschen und ihnen nicht zu erlauben, jede Minute neue und ziellose Wanderungen zu unternehmen. Doch – das Berühren der Sterne ist so wundervoll, daß ich glaube, lieber würde ich das ganze Jahr lang vor Kälte zittern für eine einzige Stunde dort, statt wieder in jene unveränderte Ruhe zurückzufallen, jenen Winter-Nachmittags-Sonnenschein, in dem ich saß, bevor ich dich kannte. Dies alles kommt daher, weil du nicht geschrieben hast. So verschieden kann man eine Tatsache variieren.

Ich bin aus dem Wohnzimmer mit dem runden Tisch fortgelaufen, wo die Lampe steht, weil Papa und meine Stiefmutter wieder einmal über dich sprachen, über deine Aussichten, über dein vermutlich entsetzliches Schicksal, wenn du nicht vorsichtig bist, und über deine strahlende Laufbahn, wenn du es bist. Ich fühlte mich schuldig, verletzt, frohlockend, stolz, alles zusammen. Natürlich hörte Papa größtenteils nur zu. Er stimmte zu, aber legte sich vor allem nicht fest. Roger, ich staune über die Macht, die eine Frau über ihren Mann hat, die in jeder Hinsicht geistig unter ihm steht. Das bedeutet nicht, wie wir sagen: »Der Klügere gibt nach«, nein, es ist der tägliche, vollständige Sieg des Gröberen über den Feineren, des Derben über den Sanften, des Unwissenden über den Weisen. Meine Stiefmutter ist eine ungebildete Person, schlau in allen Dingen, die belanglos sind, doch ahnungslos in allem, was wesentlich ist. Sie ist bereit, uneigennützig und hilfreich zu sein, wenn die Not groß genug ist, doch völlig gefühllos, ja selbst ablehnend gegen alle jenen kleinen Leiden, die das Jahr füllen. Sie ist die Sorte Frauen, die die Pfarrer loben und deren Grabsteine bedeckt sind von kalten Eigenschaftswörtern wie tugendhaft und gerecht. Hast du jemals mit einer gerechten Person leben müssen? Sie machen einen frieren. Sie sind gar nicht so selten, wie man denken sollte. Papa, der entgegenkommendste, toleranteste aller Männer, so tolerant, daß er nichts für gänzlich böse hält, sosehr er es auch versucht, so nachsichtig, daß niemand, auch wenn er es noch sosehr versucht, nicht Vergebung und Liebe verdient. Er ist so humorvoll, daß er es ständig zu unterdrücken versucht – denn Humor bringt einen hierzulande in sonderbare Klemmen von Abneigung und Verständnislosigkeit. Er heiratete sie ein Jahr nach Mutters Tod, und zwar nur meinetwegen. Stell dir das vor. Ich sollte nicht länger ein einsamer Backfisch bleiben mit Löchern in den Strümpfen und widerspenstigen Haaren. Es kam eine schmerzensvolle Zeit, als Papa anfing zu fürchten, meine struppigen Haare ließen auf meine schlampige Seele schließen. Nachbarinnen wiesen ihn auf diese Möglichkeit hin. Er beobachtete nun ängstlich unwichtige Teile von mir, zum Beispiel meine Fingernägel, und erschrak, als sie oft schwarz waren. Er erwischte mich ein- oder zweimal mit roten Augen in einer Ecke, weil die Erinnerung an gewisse Gewohnheiten und an das süße Äußere meiner geliebten Mutter mich zeitweise besonders stark überfallen hatte. Er fand heraus, daß ich ebenso schmutzig wie unglücklich sei, und fürchtete, glaube ich, in schlaflosen Nächten, ich werde für immer weiterhin schmutzig und unglücklich bleiben. So zog er eines Tages seine besten Kleider an und machte sich entschlossen auf die Suche nach einer Frau.

Er fand sie ganz leicht in einem Haus in der Nachbarstraße. Sie buk Pfannkuchen, weil es gerade Neujahrsnachmittag war. Sie hatte sie eben aus dem Ofen genommen, und sie waren sichtlich wohlgeraten. Papa liebt Pfannkuchen, sein Mittagessen war ungenießbar gewesen. Das Wetter war kalt. Sie nahm ihre Schürze ab und häufte die Pfannkuchen auf eine Schüssel, deren Duft die Luft erfüllte und trug sie ins Wohnzimmer, und ihr Duft war angenehm, und sie waren schön heiß. Papa kam verlobt nach Hause. »Rose-Marie, ich bin im allgemeinen gegen zweite Heiraten«, sagte er und wollte mir die Neuigkeit mit äußerstem Geschick beibringen. Oh, scheußlich, meinte ich, den Arm um ihn geschlungen, und lehnte mein Gesicht an seines, denn schon damals war ich so groß wie er. Du kennst ja seine Art, plötzlich über etwas zu sprechen, was ihm in den Sinn kommt, daher war ich nicht erstaunt. Er rieb sich heftig die Nase.

»Ich kenne niemanden, der einen so mit dem Haar kitzeln kann«, sagte er und versuchte, es hinter meine Ohren zu schieben. Natürlich gelang das nicht. »Würde das gehen, wenn sie ordentlich gebürstet wären?« fragte er mißtrauisch.

»Ich weiß nicht. Also – Papachen?«

»Also – was?«

»Das mit den zweiten Heiraten?« Er hatte es vergessen und fuhr zusammen. Im selben Augenblick wußte ich's. Ich zog meinen Arm rasch weg, doch legte ich ihn ebenso rasch wieder hin und preßte mein Gesicht noch fester an seines, damit wir einander nicht in die Augen sahen.

»Ich bin im allgemeinen nicht dafür«, wiederholte er, hustete und versuchte ein zweites Mal, meine Haare hinter die Ohren zu schieben, »aber es gibt Fälle, die zwingend sind.«

»Was für Fälle?«

»Nun, wenn ein Mann, zum Beispiel, mit kleinen Kindern zurückbleibt.«

»Dann muß er eine gute Kinderfrau einstellen.«

»Oder wenn seine Kinder unbändig geworden sind.«

»Dann muß er eine strenge Tante ins Haus nehmen.«

»Oder wenn sie erwachsen werden.«

»Dann können sie für sich selbst sorgen.«

»Oder wenn er ein alter Mann ist mit nur einer Tochter.«

»Dann würde sie für ihn sorgen.«

»Und wer schaut dann nach ihr, R. M.?«

»Er würde das.«

»Und wenn er dazu unfähig ist? Ein alter Mann, völlig unfähig, Verstöße gegen Anstandsregeln, gegen die üblichen Gebräuche zu bemerken? Wenn niemand ihr sagt, wie sie sich anzuziehen und zu benehmen hat? Und wenn sie heranwächst und dennoch ungebärdig bleibt und der Tag nicht fern ist, ab dem sie in Gesellschaft gehen muß und er kommen sieht, daß dann ganz Jena schockiert sein wird?«

»Lebt diese Ungebärdige in Jena?«

»Mein Herz, die gibt es überall. Wo immer es einen Witwer mit einer einzigen Tochter gibt, dort ist sie.«

»Aber wenn sie bisher glücklich war?«

»Sie hat öfters geweint.«

»Oh, selbstverständlich hat sie manchmal geweint, immer wenn sie mehr als gewöhnlich an ihre süße – an ihre süße ... Doch trotzdem ist sie glücklich gewesen, und er auch. Hat sie nicht für ihn gesorgt und den Haushalt besorgt? Kochte sie nicht für ihn? Vielleicht nicht allzugut, jedoch er bekam jeden Tag sein Essen. Ging sie nicht dreimal wöchentlich auf den Markt und probierte die Butter aus? Half sie nicht die Zimmer auszuräumen, und waren sie nicht abends glücklich miteinander, weil niemand sie störte? Und wenn er sich nach seiner geliebten Frau sehnte – hat die Ungebärdige das immer gefühlt und ist gekommen und hat sich auf seine Knie gesetzt und ihn geküßt und ihn getröstet? Tat sie das nicht – sag, tat sie das nicht?«

Papa machte sich los und ging mit verzweifeltem Gesicht auf und ab.

»Sechzehnjährige Mädchen müssen lernen, wie sie sich anzuziehen und zu benehmen haben. Ein Vater kann ihnen das nicht beibringen«, sagte er.

»Aber sie ziehen sich doch richtig an und benehmen sich.«

»Rose-Marie, zerrissene Strümpfe sind kein richtiges Anziehen. Und wenn sie mit einem gelehrten Fremden in fortgeschrittenem Alter so redet, als sei sie ihm in Alter und Bildung gleich, wie neulich, so ist das kein richtiges Benehmen.«

»O Papa, sie wird das ganz bestimmt nicht wieder tun.«

»Sie hätte es auch dieses eine Mal nicht getan, hätte sie eine Mutter gehabt.«

»Aber das arme Wurm hatte eben keine Mutter.«

»Ja, eben deshalb muß eine Mutter her.«

Ich erinnere mich, daß nun eine lange Pause folgte. Papa ging auf und ab, und ich folgte ihm mit trostlosen Blicken. Trostlos war auch der Ausdruck in seinem Gesicht. Er hatte nunmehr Zeit gehabt, die Pfannkuchen zu vergessen, und wie heiß diese gewesen waren und wie hungrig er selbst. Ich war so betroffen, daß ich sogar vorschlug, eine Gouvernante zu nehmen, die das vollenden sollte, was niemals angefangen hatte, denn sie würde wenigstens wieder fortgehen. Er sagte aber, er könnte sich keine leisten, und fügte erstaunlicherweise hinzu, eine Ehefrau sei billiger.

Nun, ich vermute, sie ist wirklich billig, das heißt, sie hat aus einer Mark von Papa so viel gemacht wie andere Leute aus zwei, doch oh! wie teuer ist sie uns in anderer Hinsicht geworden! Sie hat uns um unsere Freiheit, Milde und Heiterkeit gebracht. Du kennst ja die Unterhaltung bei unseren Mahlzeiten hier. Ich wünschte, du hättest die Konversation gehört, ehe sie einzog. Jetzt sitzt Papa da wie ein Schuljunge, der zum Essen bei seinem Lehrer eingeladen ist, gibt sich Mühe, zuzustimmen, und ist bestrebt, sie zufriedenzustellen – er, der sich früher vor Munterkeit ausschütten konnte, wenn er und ich unordentlich rechts und links von der Terrine mit schauderhaft schlechter Suppe saßen. Er schwatzte über Gott weiß was alles und in größter Kühnheit von allem möglichen, und in allem, was er sagte, funkelte und blitzte etwas auf. Das Wachstuch auf dem Tisch ist blitzsauber, die Löffel glänzen; ein Ständer mit durchsichtigem Öl und reinlichem Essig steht in der Mitte; das Essen, zwar einfach, ist heiß und anständig, wir fühlen uns ganz behaglich, und jede andere Jenaer Hausfrau, die während der Mahlzeit hereinkäme, würde bestimmt »wie gemütlich!« ausrufen. Jedoch was hilft einem blitzblank und geputzt nach außen hin zu sein, hübsche Kletterpflanzen und feste Fensterläden zu haben, wenn meine Seele durch leere Räume irrt, trauervoll im Feuchten und Dunkeln schauert und mein Herz hungrig bleibt und niemand mir Nahrung gibt, ich friere und niemand ein Feuer anzündet, wenn ich elend und müde bin, und nirgends ist ein Stuhl, auf dem ich mich behaglich ausstrecken kann.

Warum ich dir dies alles schreibe? Ich weiß es nicht. Es ist nur das Gefühl, als ob ich mit dir spräche. Sag mir, wenn ich dich langweile. Immer wenn ich einen Brief an dich anfange, kann ich so schwer wieder aufhören. Oh, wie warm wird einem ums Herz, zu wissen, da ist ein Mensch auf der Welt, dem ich alles bedeute. Ein Geliebter ist der kostbarste, der wundervollste Besitz. Kein Wunder, daß die Menschen glücklich sind, die ihn haben. Und ich hielt das früher für so lächerlich. Himmel, was für eine törichte Person bin ich gewesen! Nein – Liebe ist das einzige, was Wert hat. Alle anderen Talente, Arbeit, Künste, Religion, Bildung, der ganze Wirbel, sind nur Drogen, mit denen die Ausgehungerten, die Ungeliebten ihr Weh in sich einschläfern wollen. Gute Nacht, Gott segne dich tausendmal.

R.-M.

VII.

JENA, 15. NOVEMBER

Liebster,
dein Brief kam heute nachmittag. Wie froh war ich darüber. Ich finde es wohl einen guten Plan, vor deinem Examen aufs Land zu fahren zu diesen Amerika-

nern. Wer weiß, vielleicht beruhigen sie dich im rechten Augenblick und bewirken, daß du es besonders glänzend bestehst. Daß du es überhaupt nicht bestehst, kommt überhaupt nicht in Frage. Wozu hätten die Götter solche Gaben auf dich herabregnen lassen, wenn nicht, um Examen zu bestehen? Könnte nur mein Geist dir am Sonnabend nützen. Doch das ist das Schlimme an den Geistern, sie sind zu nichts gut, wenn sie nicht den Körper auch mitnehmen. Meiner jedoch brennt so warm, wenn ich an dich denke – und wann denke ich nicht an dich? –, daß ich zu wissen meine, wie du tatsächlich sein Glühen fühlen mußt, das dir überall hin folgt. Liebe ist seltsam und schrecklich. Bevor du liebst, bist du so sicher, daß die Welt sehr gut und schön ist bis hinauf in jene heiteren klaren, kalten Bereiche, wo du einsam bist, wo du die dünne Luft der Familienzuneigung atmest. Beschienen von der milden Nebelsonne allgemeinen Wohlwollens. Und dann kommt die Liebe und zerrt dich herab. Denn ist sie nicht ein Abstieg – sag, ist sie das nicht? Obwohl sie eine so große Seligkeit ist, ist sie auch ein Abstieg, herab von der stolzen Unabhängigkeit von Körper und Seele, herab von Hochmut und Gelassenheit zu etwas Heißem, Verzehrendem. Oh, ich wage nicht, dir zu sagen, wie wenig Gelassenheit mir blieb. Im Anfang, nur im Anfang empfand ich nicht so. Ich glaube, ich war überwältigt. Mein Herz stand still. Es war sicherlich etwas Außerordentliches, dieser stürmische Wechsel von der Ruhe sorgloser Freundschaft dorthin, wo Liebe maßlos gegen die Felsen brandet. Lache nicht über mein Gleichnis, heute abend bin ich todernst. Ich weiß nun, daß Liebe Schmerzen bringt. Mir ist, als sei ich auf Felsen geworfen und sei dort ganz allein, um langsam zu mir zu kommen. Ich erkenne, daß ich dort allein in einer neuen, brennenden Sonne liege. Sie bringt eine erlesene Art von Schmerz, der beinah unerträglich ist. Und du bist so weit weg, und zum ersten Mal im Leben muß ich lernen, was es bedeutet, herzbrechend zu leiden.

VIII.

Jena, 16. November 9 Uhr früh. Wahrhaftig, mein lieber Roger, nettester aller Bräutigamer, freundlichster, bester und sicher reizendster, ich werde dir nicht mehr am Abend schreiben. Diese harten, klaren Stunden um die Frühstückszeit scheinen mir am geeignetsten, dir geweiht zu werden. Stimmungen sind so verrückte Dinge, jede scheint mir so deutlich und wahr, scheinbar ewig, und ich bin von ihnen in ungewöhnlichem Maße beeinflußt. Das Wetter, die Tageszeit, das Licht im Zimmer – ja, tatsächlich das Licht im Zimmer, Sonnenschein, Wolkenlicht, Lampenlicht, der Duft bestimmter Blumen, der Ton gewisser Stimmen – kaum werden meine Sinne ihrer gewahr, so finde ich mich von einer neuen Stimmung gefangen. Und das schlimmste daran ist die blinde Überzeugung, daß so, wie ich im Augenblick denke und fühle, ich für immer denke und fühle. Nichts heilt mich davon. Es nützt nichts, daß ich mich selbst beobachte, daß keine Selbstwarnung meinen Geist ins weiße Licht der reinen Vernunft bringt. Oh, Frauen sind Närrinnen, und von allen bin ich die närrischste. Doch darüber wollen wir nicht sprechen. Ich möchte dir erzählen, daß ich gestern zu einem Kaffeeklatsch gehen mußte. Aus diesem Grunde verschob ich meine Antwort auf deinen Brief auf den Abend.

Mein lieber Roger, du darfst diesen Brief nicht ernst nehmen. Bitte denke dir mich als eine junge Person, die nüchtern, gefaßt, verschwiegen ist und kühl bis ans Herz. Stelle dir mich so vor, mein Lieber, und zum Dank will ich dir nur in meiner Nach-Frühstücksstimmung schreiben. Dies ist die nüchternste und achtbarste, die ich habe. Jetzt ist's neun Uhr, Papa sitzt in seiner Ecke am Ofen, er hat seine Pantoffeln an, die du unmöglich vergessen haben kannst, und schimpft laut über die Morgenzeitung. Er ruft ständig laut »Schafskopf«. Johanna trägt Kohlen herbei und läßt sie unter viel Gepolter fallen. Meine Stiefmutter sagt ihr wiederholt, daß es verkehrt sei, rußige Kohlen auf den sauberen Boden fallen zu lassen. Ich schreibe an einer Ecke des Frühstückstischs, umgeben von Brotkrumen und Kaffeetassen. Bevor ich diesen Brief beendet habe, räume ich sie nicht weg, denn so bin ich sicher, daß du weder etwas Krankhaftes noch Liebeskrankes erhältst. Es war so lieb von dir, mich in deinem Brief gestern mit Nausikaa zu vergleichen. Niemand hat das vorher getan. Manche meiner Tanten haben mir in verschiedenen Tonarten gesagt, ich sei viel zu lang für meinen Umfang, ich sei ein Besenstiel, sei wie der Turm unserer Stadtkirche, ein wandelnder Baum, doch keine nannte mich Nausikaa. Ich bezweifle, daß sie je von ihr gehört haben. Ich fürchte, sie würden mich nicht mit ihr vergleichen, wenn sie sie gesehen hätten. Du weißt ja, wie blind Tanten sind. Jena ist voll von ihnen, und alle sind stockblind. Natürlich will ich damit nicht behaupten, daß die Jenaer Straßen voller Tanten sind, die von Blindenhunden geführt werden. Doch sie besitzen die tragische Blindheit der Seelen, sie sehen nichts, was hoffnungsvoll und weitherzig und schön ist, Dinge, die von junger Begeisterung entzündet oder schön durch Geduld gereift sind. Sie besitzen auch jene seltsame innere Leere, die nie vergessen und vergeben kann. Gestern beim Kaffeeklatsch traf ich sie alle wieder, diese Jenaer Tanten, mir so wohlbekannt und mir doch ewig fremd, doch immer von gespenstiger Frische. Es war der erste in dieser Saison, und ich fürchte, ich muß nun so manchen Nachmittag klatschend verschwenden. Wie wünschte ich, ich brauchte nicht hinzugehen! Meine Stiefmutter sagt, wenn ich mich nicht zeige, gelte ich für exzentrisch. »Du bist sowieso nicht sehr beliebt, mach die Sache daher nicht noch schlimmer.« Dann wendet sie sich an Papa. »Ferdinand«, sagt sie, »sollte sie nicht mehr wie ihre Altersgenossinnen sein?« Und Papa, Gott segne ihn, sagt natürlich, daß Mädchen gelegentlich das Leben kennenlernen müssen, und er ist ganz unglücklich, wenn ich's nicht tue. Das Leben? Gott segne den lieben, ahnungslosen Papa. Und wie sie gestern redeten! Papa hätte sich geschüttelt. Er will nur über Frauen reden, die eine gewisse Zeit tot sind, denn er findet alle lebenden weiblichen Wesen, außer Johanna, keiner Erwähnung wert. Hätte ich nicht meine Liebesbriefe – ich hatte sie in mein Kleid gesteckt, dort, wo mein Herz dagegen schlägt –, ich glaube, ich hätte diesen Klatsch nicht überlebt. Du machst dir keine Vorstellung davon, wie stolz ich mich auf den Weg gemacht hatte. Hatte ich nicht gerade die hübschesten Dinge über mich selbst in deinem Brief gelesen? Natürlich mußte ich stolz sein. Ich fühlte mich so bedeutend, so wichtig und war einfach großartig guter Laune. Als ich über Jenas Pflaster ging, schien es nicht würdig, von meinen Füßen berührt zu werden, und die Vorübergehenden ahnten nicht, was für eine wundervolle Person in ihrer Mitte lebt. Wahrhaftig, mein lieber Roger, so eingebildet war ich gestern. Odysseus hielt Nausikaa für Artemis, als er sie zum ersten Mal bei der Wäsche antraf, so göttergleich erschien sie ihm. Nun, ich fühlte mich gestern göttergleich durch deine Liebe. Ich meinte, daß das Eintref-

fen von jemand so Glücklichen den Kaffeeklatsch
blenden müsse, etwas so Liebeglühendes müsse ihn
versengen. – Nun, nichts dergleichen geschah. Niemand bemerkte eine Veränderung. Ja, niemand sah
mich auch nur an. Man streckte mir ein paar gleichgültige Hände entgegen, und die Gastgeberin sagte mir,
ich solle dem Dienstmädchen auftragen, noch mehr
Milch zu bringen. Sie sprachen über Sünde. Da wir in
Jena im allgemeinen wenig sündigen, sprechen wir
meist über Kranke, über das Einkommen der Nachbarn
und was sie damit tun. Gestern jedoch sprachen sie
über Sünde. Du mußt wissen, daß wir, weil wir arm
sind und Papa kein Beamter ist, und weil ich fünfundzwanzig geworden bin, ohne einen Mann gefunden zu
haben, als eine Quantité négligeable in unseren Kreisen
behandelt werden, in deren Gegenwart man alles sagen
darf. Ich bin zu alt, um bei den jungen Mädchen zu sitzen – in einer Ecke, wo sie flüstern und kichern und
erstaunliche Mengen von Schlagsahne verzehren. So
halte ich mich kleinlaut am Rande der Gruppe der Verheirateten auf und mache mich nützlich, indem ich die
Kuchen herumreiche. Meist bedeutet das, daß ich alle
paar Minuten von der Hausfrau in die Küche geschickt
werde, um mehr Eßbares zu holen. »Rose-Marie ist so
brauchbar«, erklärt sie den anderen, wenn ich besonders schnell und willig gewesen bin. Gestern blühte
der Klatsch besonders lebhaft. Sie hatten eine Geschichte über Sünde erfahren, ob wahr oder vermutet.
Sie handelte von zwei Menschen, die viele Jahre vorbildlich gelebt und nun plötzlich angefangen hatten,
einander zu lieben. Gegen jedes Gesetz. Ganz Jena ist
aufgeregt. Es kann zwar nicht bewiesen, aber alles kann
zu fürchten sein, sagt die Gastgeberin. In ihren Augen
stand, daß sie zu fürchten hoffte. Nun, ist das nicht
häßlich? Pfui – sagen wir. Und so muffig, so schal,

wenn's wahr ist. Warum können die Menschen nicht der Natur trotzen und einfach gut sein? Das einzige, was immer frisch und schön bleibt. Es ist auch das einzige, das uns für immer glücklich macht. Ich kenne die Frau gut. Mein Herz setzte aus, als ich hörte, daß so häßliche Sachen über sie erzählt wurden. Sie ist die netteste Frau in Jena. Sie war oft so reizend zu mir. Sie ist sehr gescheit. Wäre sie langweiliger gewesen, so wäre sie nie in Versuchung gekommen, etwas anderes zu tun, als weiterhin so musterhaft zu leben. Ich denke manchmal, das sicherste sei, ohne Phantasie zu sein. Er ist erst vor kurzem hierher gekommen, er war vorher in Berlin und hat eine sehr gute Stellung in Jena bekommen. Ich kenne ihn nicht, aber Papa sagt, er sei ein hervorragender Kopf. Er hat eine Frau und sie einen Mann, und beide haben einen Haufen Kinder. Du siehst also, falls es wahr ist, ist's sehr PFUI. Als der Kaffeeklatsch gerade seinem Ende zuging, die Krümel von den Röcken geschüttelt und die Haubenbänder festgebunden wurden, trat *sie* ein. Zuerst herrschte Totenstille. Dann aber hättest du hören sollen, wie sie überschüttet wurde mit Willkommensgrüßen. Die Gastgeberin stürzte auf sie zu und umarmte sie. Alle anderen lächelten aufs lieblichste. Vielleicht waren sie ihr dankbar, ihnen ein so interessantes Thema geliefert zu haben. Ich fühlte mich sehr erbärmlich, als ich ihr die Hand küßte. Sie schaute fröhlich umher auf all die Judasse und sagte, es täte ihr leid, so spät zu kommen und ob man sie nicht vermißt habe? Du hättest den Chor der lebhaften Beteuerungen hören sollen. Oh, PFUI. PFUI.

R.-M.

Wie liebe ich Gutsein, Ehrlichkeit, Herzenseinfalt – dich.

Später.

Auf dem Heimweg ging ich ein Stück mit der verleumdeten Person zusammen. Wie reizend sie doch ist. Eine liebe kleine Dame, unmöglich, sie nicht liebzuhaben. Sie sprach anmutig über deutsche und englische Gedichte. Meinst du, daß man anmutig über deutsche und englische Gedichte sprechen kann und dennoch eine Sünderin sein? Sage mir, hältst du eine sehr intelligente, sehr, sehr intelligente Frau für fähig, dennoch zu sündigen? Würde ihr Geist sie nicht davor bewahren? Würde ihr heller Verstand sie nicht vor etwas so Langweiligem wie Sünde bewahren?

IX.

JENA, 18. NOVEMBER

Liebster,

ich fürchte, ich mag dieses Mädchen ganz und gar nicht. Dein Brief aus Clinches ist gerade angekommen. Nein, ich mag sie ganz und gar nicht. Und was mehr ist: Ich glaube, ich werde sie nie mögen. Und noch mehr: Ich habe gar keine Lust dazu. Daher muß dein Plan, sie würde später in London eine gute Freundin für mich sein, sich in eine zugige Ecke zurückziehen. Verzeih, daß ich so ekelhaft unabhängig bin, ich weiß aber sicher, daß ich bei dir nie einsam sein werde. Du sprichst davon, daß das Einwurzeln ein schwieriger und wahrscheinlich schmerzhafter Vorgang sei, doch wird er ganz leicht und angenehm sein, wenn du mir dabei hilfst. Ich glaube, nichts würde mich dazu bringen, flehende Arme nach einer jungen Frau auszustrekken, die, wie du sagst, Augen hat, die an den Enden schräg abfallen. Hättest du ihr nur nichts von uns erzählt, von mir erzählt! Es macht die Dinge nur billig, zieht sie auf die Straße, würdigt sie herab. Ich möchte auch nichts meinem Vater erzählen oder irgendeinem anderen Menschen. Klingt das, als sei ich böse? Nun, das bin ich gewiß nicht. Im Gegenteil, ich möchte lieber lachen. Oh, du lieber Narr! So gescheit und so einfältig, so gelehrt und mit Wissen vollgestopft und dabei ein so unsäglich lieber Esel. Ich möchte wissen, wie alt ich bin – ebenso alt wie du? Unsinn: Ich bin fünfzehn, nein zwanzig Jahre älter als du, mein verehrter Herr. Ich bin in Jena aufgewachsen, du in London, ich besuche Kaffeeklatsche, du die große Welt. Ich unterhalte mich viel mit Johanna in der Küche, du mit Gott weiß wem. Doch keine männliche Miss Cheriton mit noch so schrägen Augen würde mir ein Wort entlocken über etwas so Vertrautes, so Kostbares wie meiner Seele Seele, wie mein Liebster. Wie ist dies zu erklären? Ich hab's versucht, ich kann's nicht.

Deine rebellische R.-M.

Liebling, Liebling – verlange nicht von mir, daß ich Nancy gern habe. Es ist ganz undenkbar.

Später.

Ich weiß jetzt, warum ich klüger bin als du: Das Leben in Küchen und Kaffeeklatsch färbt die Seele zeitig grau. Hat nicht einer eurer Dichter von einem gesungen, der eine trauervolle durchsichtige Seele hat? Ich glaube, so ist meine Seele.

X.

JENA, 19. NOVEMBER

Oh, wie unsinnig sieht doch alles aus – alles, wie Uneinigkeit, wie Streitereien – an einem klaren Morgen hier oben in den Hügeln. Ich bin beschämt über das, was ich über Nancy schrieb, beschämt über mein Eifern und meine Aufregung wegen etwas ganz Belanglosem. Als ich heute morgen im Sonnenschein über die Berge ging, kam es mir vor, als begegnete ich Gott selbst. Und er nahm mich bei der Hand und ging mit mir. Und er zeigte mir, wie herrlich die Welt ist, wie herrlich die Tiefe ist, die er uns gab, die weite herrliche Tiefe, in deren Hintergrund wir unsere Nächstenliebe und unsere Lieben malen. Und ich blickte über die goldenen ganz und gar friedvollen Hügel hin, und in der Gegenwart dieses großen Friedens war ich bestürzt darüber, wie ziellos ich meine Tage hinbringe, und über den Lärm, den ich dabei mache. Warum schreie ich denn, ehe ich verletzt wurde? Warum aufbrausen und Getöse machen? In dem hellen Licht hier droben konnte ich deutlich erkennen, wie töricht und undankbar ich war. Vergib mir. Du kennst Nancy am besten, da du sie gesehen hast, und ich, die ich gerade von dieser heiligen Stunde auf den Hügeln herabkomme, bin bereit, sie liebzuhaben. Nein, ich will mich nicht von einem Freund abwenden. Gewiß hat sie nur gute Absichten. Roger, ich bin ein Tolpatsch, eine ungeschickte Person. Aber es soll besser mit mir werden, deiner würdiger. An jedem Tag will ich ein bißchen weiser werden, ein bißchen liebevoller, geduldiger. Ich wünschte, du wärest heute morgen bei mir gewesen. Es war so still und der Himmel so klar, ich konnte auf dem Gras vom letzten Jahr sitzen wie im warmen Sommer. Ich war durchstrahlt von Leben und Liebe. Licht schien auf das geringste Ereignis in meinem Leben und verwandelte es in Schönheit, in Liebe zu der ganzen wundervollen Welt und den Menschen darin, zu Tieren und Blumen und allen glücklichen Lebewesen. Wahrhaftig, ich bin in vollem Maße gesegnet. In der kleinen Stadt zu meinen Füßen, die so still, in Licht gebadet lag, da war keiner, konnte keiner so glücklich

sein wie ich. Und ich bin viel zu glücklich, um irgendeine Freundlichkeit nicht anzunehmen. Wahrhaftig,
ich staune über meinen so lebhaften Widerspruch gestern. Vielleicht war er – o Roger, nach den Stunden
droben auf den Hügeln will ich aufrichtig sein, ich will
den Schleier wegziehen von Gefühlen, die eine Frau
für gewöhnlich nicht zeigt –, vielleicht war der wahre
Grund, der wahre, erbärmliche Grund der, daß ich
nach deiner Beschreibung von Nancy sicher war, daß
Nancys BLUSEN vollendet sein müssen, über jeden
Begriff vollendet. Und ich war eifersüchtig auf ihre
Blusen. So steht's. Leb wohl.

XI.

Ich bin froh, daß du nicht gelacht hast über meinen albernen Brief und darüber, wie ich auf den Felsen in der
Sonne gebraten habe. Ja, ich glaube, mein lieber Roger,
du mochtest es. Mach das beste daraus, das wird es
nicht mehr geben. Eine anständige Frau legt sich nicht
auf Felsen, und wenn ihr dort zu heiß ist, so spricht sie
nicht davon. Und ich glaube, es wird im allgemeinen
auch nicht gewünscht, daß sie unter allen Umständen
ihren Anstand preisgibt. Wahrscheinlich ist dieser
Grundsatz ursprünglich von dem Ehemann einer sehr
anziehenden Frau niedergelegt worden, jedoch ist er
gut, und solange ich damit beschäftigt bin, mein
Selbstbewußtsein aufrechtzuerhalten, werde ich vermutlich keine Zeit haben, mich an dich zu klammern,
und dann erstickst du nicht unter der Überfülle meiner
Torheiten.

Übrigens zu den beiden Sündern, über die wir entsetzt waren: Ich kann da nicht mit dir übereinstimmen.

Täte ich es, würde der Boden unter meinen Füßen weggleiten. Die Frau setzt alles auf ihre Liebe, sie schenkt soviel und erhält sowenig dafür. Solange der Mann sie liebt, solange wird er der guten Meinung seiner Nachbarn und Verwandten gerecht werden – die ja das Frostigste in der Welt ist. Wenn sie jedoch erst einmal anfängt zu altern, wird er sie nicht weiterlieben. Ist das nicht sehr seltsam? Sein Altern stört sie nicht. Hat sie nicht eine Seele? Und wird diese nicht immer schöner? Was aber wird aus ihr? Denn altern wird sie ganz bestimmt, die Jahre rasen in einem so bestürzenden Tempo dahin, so daß, kaum hat sie angefangen, glücklich zu sein, alles schon vorbei ist. Er kehrt zu seiner Frau zurück, die entweder Geduld hatte oder verbittert wurde. Dies hängt ab von dem Ausmaß ihrer Vitalität und der Menge ihrer eigenen Interessen, und während er zusieht, wie sie näht und in einer Ecke sitzt, wo sie vermutlich immer saß, während er vagabundierte, stellt er seine Betrachtungen an, daß die Ehe doch nicht übel und daß es doch gut ist, zu wissen, daß sie ihn bis zuletzt versorgt und an seinem Grab Tränen vergießen wird. Doch sie? Wohin kann sie zurückkehren und zu wem? Längst sind sie fort – ihr Mann, ihre Kinder, ihre Freunde. Sie ist alt und allein. Auch du scheinst, wie alle anderen, unfähig zu sein, dir vorzustellen, wie vergänglich die Dinge des Lebens sind. Die Zeit vergeht, die Gefühle erlahmen, schwinden. Du sagst, daß diese Menschen in der Hand des Schicksals sind und sich ebensowenig davon befreien können wie eine Fliege aus einem Spinnennetz, wenn sie die hungrige Spinne nahen sieht. Ich halte nichts von Spinnennetzen und Spinnen, heute wenigstens nicht. Nein, ich glaube an meine unbesiegbare Seele:

Ich bin der Herr meines Geschicks.

Ich bin der Kapitän meiner Seele.

Du hingegen sagst, daß ein Mensch in der Gewalt eines starken Gefühls sich nicht den Teufel um die Umstände kümmern, daß er ihnen Trotz bieten und sie mit Füßen treten sollte. Der Himmel weiß, daß auch ich für Lieben und Lachen bin, für das Ergreifen flüchtiger Gelegenheiten, für alles, was ins Leben Licht und Glanz bringt, aber danach? Das Danach verfolgt mich wie ein klagender Spuk. Gewiß, da ist immer noch die weite Welt, die warme Sonne, Saatzeit, Ernte, Shakespeare, das Buch Hiob, singende Vögel und Blumen. Aber eine Seele, die die menschlichen Gesetze übertreten hat, ist unfähig, die göttlichen Gaben zu nutzen. Wenn höchstes Glück mit dem Tod enden würde gerade im rechten Augenblick – oh, wie einfach wäre dann alles! Leider hat der Tod die verhängnisvolle Eigenschaft, die Menschen zu meiden, die ihn am meisten suchen. Die Sehnsucht nach dem Sterben macht dich nahezu unsterblich. Überleg mal, was würde geschehen, wenn Tristan nicht getötet worden wäre, wenn er ganz vergnügt weitergelebt hätte! König Mark, dem kein Mann in der Literatur an Höflichkeit gleicht, hätte ihm Isolde übergeben, und Isolde hätte Tristan geheiratet. Es hätte keine Philosophie, keine himmlischen Stunden im Garten, keine brennenden Liebesqualen gegeben. Daraufhin käme die mittelalterliche Entsprechung für einen Kinderwagen, ein zufriedener Tristan, eine verblichene Isolde, die nichts für Poesie übrig hat und die, vielleicht mit Strenge, ein mittelalterliches Kindermädchen bestraft. Bald danach ein Tristan, zu träge, um sich zu bewegen, und eine Isolde mit Falten im Gesicht. Was würden wir verloren haben, hätten sie weitergelebt! Ganz sicher hätten sie selbst sehr viel verloren. Denn ich sehe nicht ein, daß Zufriedenheit, und sei sie noch so dünn ausgewalzt, für ein ganzes Leben reicht und sei sie noch so dünn ausgewalzt, so kann sie doch niemals das ganze Leben decken, vergleicht man sie mit der einen erhabenen Erfüllung auf einem höchsten Gipfel, der wildesten Höhe des erreichbaren Lebens. Jetzt argumentiere ich offenbar auf deiner Seite, aber das sieht nur so aus, denn du hältst Liebe ja für ein ständiges Crescendo und folgst ihr mit fröhlichem Händeklatschen bis hinauf zu ihrem herrlichen Höhepunkt, während ich niemals den Absturz auf der anderen Seite vergessen kann, den unvermeidlichen Niedergang bis zum Nullpunkt – und was dann? Nun, der Rest ist nicht einmal Schweigen, sondern ein mürrisches Knurren, ein mürrisches, verdrossenes, undeutliches Winseln, ein undeutliches Klagen, nicht einmal laut, nicht sehr bestimmt, doch immer vorhanden, bis der allerletzte Akkord sehr viel später erreicht ist – der erlösende, gemeinsame Akkord im Tode.

Wenn du dir große, bewegende Gefühle wünschst, so mußt du das Glück haben, in einer interessanten Stunde zu sterben. Das Gegenteil bringt ein so trübseliges Bild, und dieses Bild sehe ich immer, wenn ich von Liebe außerhalb des Gesetzes höre. Denn das Gesetz hat recht, immer, unabwendbar recht. Ehemänner sind das beste, immer unerläßlich. Selbst am unerfreulichsten Ehemann sollte man eisern festhalten, vom Anfang bis zum Ende, denn hat man ihn nicht aus freien Stücken geheiratet? Wie häßlich ist es dann, ihn zu bestrafen, nur weil man übereilt, töricht und ahnungslos handelte. Der hervorragende Professor, die entzückende kleine Frau – sind sie nichts anderes als ungeheuer selbstsüchtige Leute, die den Ehemann und die Ehefrau bestrafen, grausam bestrafen, die das Unglück hatten, sie zu heiraten? Oh, was für ein Glück, daß die meisten unter uns hausbacken, langsamen Geistes, schwer entschlossen sind. So bleiben wir wenigstens daheim und finden unseren Frieden in angstvoller Ahnungslosigkeit und häuslichen Gewohnheiten. Nein, ich glaube, du stehst in deinem Herzen nicht auf seiten der beiden Sünder. Zum Kuckuck mit ihnen. Ich fühle mich wie ein lutherischer Pastor am Sonntagnachmittag. Aber du weißt, ich liebe dich.

R.-M.

XII.

Wann gehst du zurück nach Jermyn Street? Doch sicher heute, denn morgen ist doch die Prüfung, nicht wahr? Deine Schilderung des Cheriton Haushalts in Clinches klingt wie ein Märchen. Kein Wunder, daß du dich dort so wohl fühlst. Meine Mutter hat mir oft von dem Leben in England erzählt, aber offensichtlich haben die Watsons nicht in Häusern wie Clinches gelebt. Jedenfalls hatte ich Vorstellungen von kleinen Häusern mit kleinen Stiegen, von Wachstuch und einem Dienstmädchen mit einer Haube und flatternden Bändern, von runden weißen Klößchen aus Rinderfett mit Johannisbeeren darin, die es oft zum Mittagessen gibt. Dagegen Clinches – schön und vornehm im Nebel eines zarten Novembernachmittags, dessen graue Töne sich im übrigen Grau auflösen, ein Hintergrund von geheimnisvoll nebeligen Wäldern, das blasse Licht des Wassers – seine Weite –, seine angenehmen Bewohner, die Tochter mit dem dämmerdunklen Haar und den seltsamen grauen Augen – ein Märchenland. Ich kann mir das Leben an so einem Ort nicht vorstellen, und bestimmt kann das kein Bewohner von Jena. Wie zum Beispiel muß es sein, in einem so riesigen Haus zu wohnen, wo man weder die Geräusche noch die Gerüche aus der Küche wahrnimmt? Müssen nicht die Menschen, die in einer solchen Umgebung leben, ungewöhnlich schöne Ansichten über das Leben haben? Über das Denken, das Sprechen? Man stellt sich das alles sehr vornehm, sehr anmutig vor, ganz und gar edel. Diese völlige Abtrennung von der Küche macht mich vor allem vor Neid stöhnen. Ob es mein englisches Blut ist, das so gegen Küchen meutert? Oder ist's nur meine unglückselige Empfindlichkeit gegen Gerüche? Ich wünschte, ich hätte keine Nase, sie war mir stets lästig. Immer war ich übermäßig bezaubert von erlesenen Düften, ebenso wie abgeschreckt von üblen Gerüchen. Weißt du, ein lieblicher Duft, der zart, fein ist, kann einen ganzen Vormittag für mich bestimmen. Er erfüllt mich mit ganz unangemessenem Entzücken. Es schmilzt etwas in mir, was eigentlich hart sein sollte, feste Begriffe fallen, Gott weiß wohin. Ich werde wehmütig, verzückt, beklagenswert träge. Ich vergesse meine Pflicht, ans Essen zu denken, halte still und schnüffele. Im März wage ich nicht, an Schillers ehemaligem Haus vorbeizugehen, weil die jetzigen Bewohner entlang des Zauns Veilchen gepflanzt haben. Es ist dies der kürzeste Weg, und es kostet mich zehn Minuten eines arbeitsreichen Vormittags statt dessen am Postamt vorbeizugehen. Es ist doch fast unentschuldbar von einer erwachsenen Frau, verloren in reinem sinnlichen Entzücken sich gegen den Zaun fremder Leute zu lehnen, während das Essen für die Familie ungekauft auf dem Markt liegt. Und dann – ein Bohnenfeld! Mein lieber Roger, bist du je an einem blühenden Bohnenfeld vorbeigegangen? Es ist das himmlischste Nasenerlebnis, das unsere Geruchssinne uns schenken können. Vor zwei Jahren tauchte ein Engländer hier auf und verbrachte den Frühling und Sommer in dem kleinen Haus mit dem

Obstgarten voll Äpfel droben an der Straße über dem Galgenberg – das kleine Haus mit den blauen Fensterläden, und der war ein großer Gärtner. Und er grub ein großes Stück Land um und pflanzte ein Bohnenfeld, und das war das erste Bohnenfeld, das Jena je sah. Denn diese Bohnen verkündeten laut, was man in England ißt, und wofür man mit Recht dankbar ist, während man sie in Deutschland nur für die Schweine anbaut, aber in Jena gibt es keine Schweine. Saubohnen nennt man sie hier, ihrem Zweck entsprechend. Der Engländer, der keine Sau vorzuzeigen hatte, war für uns die Quelle des Staunens. Die Dinger wuchsen heran und waren zweifellos Saubohnen. Ein großes viereckiges Bohnenbeet wuchs hinter dem Zaun, und dort lehnte Jena und wunderte sich. Den Mann selber konnte man sehen, wie er an regnerischen Nachmittagen in Hemdsärmeln jätete. Jena übte Nachsicht, denn ihrer Meinung nach kann einer nicht Engländer und gleichzeitig geistig gesund sein. »Nun, wir sind alle von Gott geschaffen« war das gleichbleibende ratlose Urteil von allen, die kopfschüttelnd vom Hügel herabkamen. Doch als das Bohnenfeld im Juni blühte, segnete ich den Engländer. Keiner hing so ausdauernd wie ich über den Gartenzaun. Ich roch den Duft zum ersten Mal, er wurde zur Besessenheit. Ich wollte zu jeder Zeit und bei jedem Wetter dort sein. Wenn mittags die Sonne senkrecht darauf schien und der Duft in heißen Wolken aufstieg, so war ich dort, am frühen Morgen, wenn es noch im blauen Schatten des Galgenbergs lag und jedes graue Blatt und jede weiße Blüte vom Tau durchtränkt wurde, und an feuchten Nachmittagen, wenn sein Duft vom strömenden Regen herausgepreßt wurde und wenn die Straße, die glitschige Lehmstraße mit ihren Pfützen und tiefem Schlamm, in ein duftendes Bad verwandelt wurde.

Und als ich einmal stundenlang in meinem heißen

Zimmer unterm Dach wach lag und an das Bohnenfeld am Hügel dachte, so taufrisch unter den Sternen, stand ich auf, zog mich an und schlich mit äußerster Vorsicht an der Türe meiner Stiefmutter vorüber, stahl den Hausschlüssel und schlich mit klopfendem Herzen durch die muffige Straße, vorbei an all den Gittern und den staubigen Vorgärtchen hinaus ins offene Land, hinauf auf den Hügel, dorthin, wo aufrecht und reglos Wolken von Wohlgerüchen aufstiegen in die wundervoll reine Luft, die überall dort ist, wo es keine Menschen mehr gibt und wo Gott beginnt. Kennst du irgendeine Frau, die ihren Ruf für ein Bohnenfeld aufs Spiel setzt? Nun, ich tat's. Und nun erzähle ich dir, unbelehrbar ehrlich, daß ich nicht länger heucheln kann, warum ich dir dies alles schreibe. Der Grund ist, ich bin krank vor Angst – oh, krank, kalt, ich bebe vor Angst – wegen deines Examens. Du solltest es nicht wissen, deshalb schrieb ich statt dessen über das Bohnenfeld. Ich mag dich nicht quälen. Das Gejammer um Nachrichten von jemandem, der weg ist, wird zur Last, und ich will dich nicht belästigen. Doch heute früh bekam ich einen Brief von dir, und darin erwähnst du das Examen mit keinem Wort, von dem doch, wie du mir sagtest, unsere Zukunft abhängt. Du berichtest von Clinches, von den Leuten dort, über die Jagd, die langen Tage in den Wäldern, die rasche Aufmerksamkeit von Nancy, die neben dir hergeht, die begreift, bevor du gesprochen hast, die so freundlich an mich denkt und die, wie du sagst, so wunderbar in ihrer Zartheit und ihrer Geistigkeit in die nebelige Winterlandschaft paßt ... Da war eine ganze Seite – oh, wie ungern las ich sie – über ihr lockeres dunkles Haar, wie weich und dämmerig es sei, es erinnert dich an Zwielicht und ihre Augen darunter an das erste schwache Sternenlicht. Ich möchte wissen, ob dies alles deine Gedanken wirklich

erfüllt und ob du damit nur unnötige Sorgen wegen
Sonnabend vertreiben willst. Ich weiß ja, du bist ein
Poet, und das Vergnügen an Augen und Haar ist bei
einem Poeten kein sehr persönliches Interesse, daher
nehme ich es nicht ernst. Doch morgen ist Sonnabend.
Ob du mir morgen ein Telegramm schickst? Noch vor
einer Woche war ich ganz sicher, du werdest mich sofort wissen lassen, wie es gegangen sei – nur ein Wort
für mich, die so weit weg ist. Ich bin so hilflos, so abhängig von deiner Freundlichkeit, um überhaupt weiterleben zu können. Ach, was für Unsinn rede ich,
schlimmer als den über das Bohnenfeld. Aber ich muß
manchmal sentimental sein, nicht wahr? Sonst wäre
ich keine Frau. Wahrhaftig, Liebling, ich sorge mich
sehr.

XIII.

JENA, 23. NOVEMBER
Den ganzen Tag habe ich gewartet, doch kein Telegramm. Nun, am Montag werde ich einen Brief bekommen, das ist ja viel beruhigender. Heute ist fast
vorbei, dann kommt nur der Sonntag, den ich überstehen muß, und ich kann das ertragen, weil ich mich
freue. Ist das nicht ein Glück, daß wir nie aufhören, etwas Schönes zu erwarten? Es macht das Leben erträglich. Und wenn wir auch regelmäßig enttäuscht werden und nichts geschieht, nachdem der erste Schlag
gefallen ist, wenn wir unseren Atem wieder gefangen
haben, der erste Jammer vorbei ist – schauen wir mit
gewohnter Begeisterung unseren Lebensweg entlang.
Wahrscheinlich löscht die regelmäßige Wiederholung
von Enttäuschungen die Hoffnung allmählich aus,
dann, so stelle ich mir vor, ist es mit der Jugend vorbei

und sie fällt zusammen wie ein Kartenhaus, und dann beginnt das richtige Alter, innerlich und äußerlich. Unsere Seele, die trotz der ersten Falten jahrelang immer noch tapfer geblieben ist, schrumpft mit einem Mal zusammen. Ihr Licht geht aus, sie ist plötzlich und unwiderruflich alt, leer, dunkel und gleichgültig.

Sonntag abend.
Ich habe meinen Brief gestern abend nicht zu Ende geschrieben; da ich in solcher Spannung war, dachte ich, es sei besser für deine Ruhe, daß ich zu Bett ginge. Das tat ich auch. Und dabei fragte ich mich, warum ich dich mit dem langweiligen Gewicht meiner einfachen Überlegungen belasten sollte. Du bist so gescheit und denkst so viel und so klar, du mußt lachen über meine Einfachheiten. Sie sind so grün und unreif, der saure Saft einer unreifen Frucht, die immer im Schatten gehangen hat. Und doch darfst du nicht lachen, Roger. Dies wäre ebenso grausam wie das Lachen eines Kindes über einen Blinden, der in lächerlicher Weise auf einem schwierigen Wege dahinstolpert. Die Sonntagspost brachte nichts von dir. Der Tag wurde mir sehr lang. Ich kann dir nicht sagen, wie froh ich war, als es Nacht wurde und nur Schlaf mich vom Montag-Morgen-Brief trennte. Diese Sonntage sind unerträglich geworden. Sie haben mich amüsiert, bis du kamst. Das rasende Toben am Sonnabend mit seinem extra Saubermachen und den fieberhaften Vorbereitungen bis tief in die Nacht – Johanna, schlampiger denn je, mit roten Ellenbogen, unordentlichen Haaren, die in ihren Filzpantoffeln umherschlurft, den Rock hochgerafft, mit einem feuchten Scheuerlappen und einem überlaufenden Eimer, der eine seifige Spur hinterläßt. Meine Stiefmutter war beim Backen, man darf ihr dann nicht zu nahe kommen. Papa war auf der Flucht

von morgens früh bis zum Abendbrot – und dann die
tote Stille des Sonntags, der Tag des Essens und des
Schlafs. Zum Frühstück Kuchen – was für ein schlechter Anfang –, Gottesdienst in der Universitätskapelle,
meine Stiefmutter in ihrem besten Hut mit schwarzen
Federn drauf und einer roten Rose; es klingt frivol,
doch du mußt bemerkt haben, wie ehrfurchterregend
das wirkt, wenn das unvermutet über ihrem langen
wohlanständigen Gesicht und dem gut geölten Haar
erscheint. Ein junges Mädchen in diesem Hut würde
von allen Studenten eingeladen werden, mit ihnen
spazierenzugehen, oder sie würden ihr wenigstens
ihren Schirm anbieten. Meine Stiefmutter stolziert in
ihrer Rüstung von Vortrefflichkeit dahin, und ihre Feder weht und nickt fröhlich dem vorbeischleichenden
Studenten zu, der sich durch eine Nebenstraße davonmacht. Letztes Jahr hielt eine dumme Biene die Rose
für lebendig und voll Honig und flog herbei, um daran
zu riechen. Es muß eine sehr junge Biene gewesen
sein; bisher hat noch niemand meine Stiefmutter so
falsch eingeschätzt. In der Kirche sitzt sie neben der
Türe und hat nie die zweite Hälfte der Predigt ange-
hört, denn sie muß die Gans oder andere sonntägliche
Üppigkeiten in den Ofen schieben. Wenn sie mich das
doch tun ließe, ich mache mir nichts aus Predigten. Als
du hier warst und dich herabließest, mit uns zu gehen,
konnten wir sie wenigstens gemütlich auf dem Heimweg durchhecheln, doch allein mit meiner Stiefmutter
muß ich sie nur loben. Das ist die ermüdenste, lästigste
Pose, nämlich unterschiedslos zu bewundern. Kannst
du je das wohlerdachte Sonntagsmittagessen vergessen? Dafür allein wird der Sonnabend geopfert, ein
ganzer Tag, der mit herrlichem Nichtstun gefeiert
werden sollte. Ich hoffe sehr, daß auch du niemals
dachtest, dies sei eine schöne Art, den Sonntag zu

feiern. Wie erstaunlich doch Frauen ihr Leben vergeuden. Auch Männer vergeuden, weiß der Himmel, genug davon, doch nicht so sehr wie Frauen. Papa und ich hassen beide das sonntägliche Mittagessen, hassen beide die Umstände am Sonnabend, die es nötig macht, und du, das weiß ich, mochtest sie auch nicht, wie alle anderen jungen Leute, die wir im Hause hatten. Doch meine Stiefmutter zwingt uns diese Dinge mit eiserner Entschlossenheit auf. Und warum? Weil sie erzogen wurde zu glauben, so gehöre es sich und daß, falls sie es nicht so hielte, das ganze weibliche Jena entsetzt sein würde. Nun, ich finde es schlecht, so zu werden, wie es als wohlanständig gilt, meinst du nicht auch? Warum werden wir armen hilflosen kleinen Kinder, so weich und widerstandslos, eingequetscht und gezwungen in die rostigen eisernen Bande der elterlichen Standpunkte? Warum müssen wir überhaupt Standpunkte haben? Warum dürfen wir in diesen paar himmlischen Jahren, da wir noch so nahe bei Gott sind, nicht einfach träumen und uns wundern? Man erlaubt es uns nicht. Unsere Eltern schnitzen in unsere nachgiebigen kleinen Seelen ihre Überzeugungen ein, und die verhärten sich langsam. Was wir zuerst tun, wenn wir erwachsen werden, ist kostbare Zeit zu vergeuden, um diese Dinge auszuradieren und zu versuchen, sie wieder loszuwerden. Bestimmt ist ein Kind von den bewunderungswürdigsten weisen Eltern reicher mit seinen eigenständigen Fehlern. Nie möchte ich eine Lehrerin sein. Ich hätte Angst, die Kinder zu unterrichten, denn sie wissen mehr als ich. Sie wissen, wie man glücklich ist, wie man von Tag zu Tag in göttlichem Gleichmut lebt vor dem, was kommt. Und versuchen wir nicht unser ganzes Leben lang, das Geheimnis, glücklich zu sein, zu erfahren? Heute mittag, als Papa das Stadium erreicht hatte, das immer auf den ersten Gang folgt, wenn sein Hunger gestillt ist, fing er an zu nörgeln und wurde immer unzufriedener. Unterdessen unterhielt sich meine Stiefmutter mild, doch bestimmt, mit dem geprüften alten Freund, den sie eingeladen hatte, damit er über seinem Teller sieht, auch wir haben eine Gans am Sonntag. Ich fing an, an meinem Platz zusammenzusinken – um es poetisch zu sagen: wie eine durstige Blume, wie eine geknickte Lilie –, und ich dachte, oh, wie sehnsüchtig dachte ich an die fröhlichen früheren Mahlzeiten, die deshalb so glücklich waren, weil du mir gegenübersaßest und ich dich anschauen konnte. Damals erschienen sie mir so kurz. Du wußtest nicht, daß ich dich beobachtete, nicht wahr? Aber ich tat es. Ich konnte es ganz geschickt und vorsichtig. Wenn du den Kopf wandtest und mit Papa sprachst, konnte ich es offen zeigen; wenn du mit mir sprachst, konnte ich gerade in deine lieben Augen schauen, während ich antwortete; doch wenn ich nicht antwortete, sah ich dich trotzdem an, heimlich. Durch Übung wurdest du mir so vertraut, daß ich keinen einzigen Ausdruck verpaßte. Du hingegen meintest, du hättest nur eine junge Person vor dir mit leerem Gesicht. Wie werden wir, wenn wir uns nächstens treffen, über dies seltsame, törichte Jahr reden und lachen, das wir hier miteinander in unserer Blindheit verbrachten. Wir hatten ja noch keine Zeit, über irgend etwas zu sprechen. Über tausend Dinge möchte ich dich befragen, tausend kleine Dinge, die wir gesagt und getan haben, die jetzt im Licht unserer offenbarten Liebe seltsam erscheinen. Mir steht das Herz still, wenn ich an unsere nächste Begegnung denke. Unsere Briefe sind so nah, so vertraut, und doch sind *wir* noch nicht vertraut. Wenn ich dich sehen und mich daran erinnern werde, was ich geschrieben habe, werde ich mich zu Tode schämen und sehr verlegen sein. Wir sind einander noch so fremd, körperlich, persönlich; Fremde mit einer überwältigenden Erinnerung an diese eine, letzte Stunde zusammen, daß es uns heiß überläuft, wir zittern. – Ich gehe jetzt zu Bett und werde wahrscheinlich von dir träumen, da ich den ganzen Tag an dich gedacht habe, und vielleicht habe ich ein wenig Glück und höre im Traum deine Stimme. Du mußt wissen, Roger, ich liebe dich aus allen möglichen sonderbaren und offenbar zusammenhanglosen Gründen – ich will dir nicht sagen welche, denn sie sind nicht zu erklären. Sie haben etwas zu tun mit Augenbrauen und der Gestalt deiner Hand, du siehst also, ganz törichten Dingen – doch vor allem liebe ich dich um deiner Stimme willen. Eine schöne sprechende Stimme ist ein Göttergeschenk. Es gibt sie so selten, sie ist unwiderstehlich. Papa sagt viele poetische Dinge, aber die Liebe piepst. Einer unserer gewandtesten Redner hier hält alle seine Vorträge, die wirklich sehr ausgezeichnet sind, wenn man sie hinterher gedruckt liest, mit einer Bierstimme, undeutlich, kehlig, als käme sie aus einem Faß. Unsere Prediger in der Universitätskapelle haben Stimmen, die alles verderben, was sie Gutes zu sagen haben. Ich denke manchmal, wenn ein Mann mit der wahren Stimme in der Kanzel aufstünde und nur sagte: »Kindlein, Christ ist für euch gestorben« – dann, glaube ich, alles, was ich habe und bin, Leib, Seele und Geist würde erfüllt von einer großen Dankbarkeit und Liebe, und ich fiele besiegt auf mein Angesicht vor dem Altarkreuz und weinte und weinte . . .

XIV.

JENA, 25. NOVEMBER. Montag nacht.
Die letzte Post ist durch. Kein Brief. Hättest du ihn in
London am Sonnabend nach der Prüfung aufgegeben,
müßte ich ihn heute haben. Ich bin krank vor Angst,
irgend etwas könnte dir zugestoßen sein. Es passieren
solch schreckliche Sachen. Große, zuschlagende, blinde
Fäuste des Schicksals, Folgen der mechanischen Grau-
samkeit, die die kostbarsten Leben so gleichmütig zer-
schmettern, wie wir eine Ameise auf dem Nachmit-
tagsspaziergang zertreten. Wie ängstigen sie mich. Den
ganzen Tag über sah ich sinnlose, entsetzliche Bilder
vor mir – dein Zug nach London entgleist, deine
Droschke verunglückt – all die tausend Dinge, die so
leicht geschehen, die wirklich geschehen. Ich habe
meine beiden Briefe nach Jermyn Street geschickt in
der Annahme, du hättest Clinches verlassen. Jetzt aber
denke ich, du bist dort geblieben und bist von dort
zum Examen gefahren. Ist dir bewußt, daß ich drei
Tage nichts von dir hörte? Das ist nicht so wichtig – ich
bin fest entschlossen, dich nie um Briefe zu quälen, ich
bin entschlossen, dir nie Vorschriften zu machen –
wenn es sich nur nicht um die entscheidende Prüfung
handelte. Du hast mir gesagt, wenn du sie gut bestehst
und eine gute Anstellung im Foreign Office be-
kommst, wärest du berechtigt, deinem Vater alles von
uns zu erzählen. Das bedeutet, wir sind dann öffentlich
verlobt. Nicht, daß mir das sehr wichtig wäre, oder ich
es wünschte, nur wäre es der nächste Schritt zu unserem Wiedersehen. Es ist klar, daß wir einander nicht
wiedersehen können, bis unsere Verlobung veröffentlicht ist. Selbst wenn du fortkönntest und für ein paar
Tage herüberkämst, würde ich dich nicht sehen. Ich
will nicht hinter Türen geküßt werden. Küssen ist viel

zu schön, als daß man es nach Art von Küchenmädchen tut. Ich will schweigen wie ein Grab, solange du es wünschst, aber solange ich schweige, werden wir einander nicht sehen. Du weißt, ich bin unheilbar aufrichtig. Ich kann einfach nicht lügen. Und selbst diese Briefe, dieses dauernde Schreiben, so daß niemand es sieht, dieses ewige Warten auf den Postboten, das niemand merken darf, gefällt mir gar nicht. Allerdings, in letzter Zeit hätte ich nicht so scharf aufzupassen brauchen. O Roger – warum schreibst du nicht? Was ist los? Denk an meine Misere, wenn du krank würdest. Du darfst dich nur wundern über die Stille, die mein elendes Herz auffrißt. Wenn nur einer Mitleid mit mir hätte und mir eine Nachricht schickte – dein Diener oder der Arzt oder die freundliche Nancy –, und selbst dann kann ich nur hier sitzen und warten. Wie könnte ich, eine Person, von der niemand je gehört hat, dich besuchen? Alle Welt hat ein Recht, um dich zu sein, von dir zu wissen, nur ich nicht. Ich kann nicht auf die nächste Post warten, dies Warten auf den Postboten bringt mich einfach um. Wenn der Mann nur etwas später kommt, ich leide Qualen, er könnte überhaupt nicht kommen. Dann höre ich ihn. Ich fliege zur Türe, versuche vergebens, jede Hoffnung zu ersticken. »Kein Brief, kein Brief!« rufe ich meinem klopfenden Herzen zu, damit die Enttäuschung nicht allzu bitter wird, aber es kümmert sich nicht darum, es klopft und klopft wild: »Doch, doch es kommt einer.« – Und dann gibt mir der Mann eine Drucksache für Papa. Es ist aberwitzig, verrückt aberwitzig, eine Seelenqual. Ich habe nur einen einzigen Wunsch, den Gang zurückzuschleichen zu meiner Arbeit oder zu schlafen, schlafen, schlafen, schlafen, jahrelang und erst aufzuwachen, wenn ich ruhig und alt bin, und all diese leidenschaftlichen, zermürbenden Leiden für immer vorbei sind.

XV.

Gestern abend bekam ich deinen Brief, am Sonntag in Clinches geschrieben, mir scheint, daß Briefe von dort nicht schnell abgehen. Meine Kenntnis der englischen Geographie ist dürftig, hätte ich sonst wissen können, daß es so einfach ist, von dort nach London zum Examen und am selben Tag wieder zurückzufahren? Du hattest, wie du schreibst, keine Zeit, in die Jermyn Street zu gehen, wahrscheinlich werden meine beiden letzten Briefe dir nachgeschickt werden. Wenn nicht, so macht es auch nichts, sie sind aneinandergereihte kleine alltägliche Dinge, die sich wirklich gar zu winzig und alltäglich ausnehmen würden in dem großartigen Clinches. Ich bin froh, daß du gesund bist, froh, daß du glücklich bist, froh, daß du am Sonnabend nicht schlecht abgeschnitten hast. Es ist schon gut, gesund und glücklich und zufrieden zu sein, und sehr angenehm, einen Freund gefunden zu haben, der so an dir anteilnimmt und dem du deine heiligsten Gedanken mitteilen kannst, doppelt angenehm überdies, wenn der Freund auch noch eine Frau ist, die hübsch, jung und reich ist und alles, was sonst noch passend und wünschenswert ist. Die Welt ist ein lustiger Ort. Heute morgen beim Frühstück sprach meine Stiefmutter von dir, offenbar war sie in prophetischer Stimmung. Wie die ehemals düsteren Propheten schüttelte sie den Kopf und hoffte, du werdest heil durch mögliche Verwicklungen steuern. »Und warum soll er das nicht, meine Liebste?« fragte Papa. »Nicht umsonst hat er diesen Mund, Ferdinand«, gab sie zur Antwort.

Rose-Marie Schmidt.

XVI.

Mein Liebling. Vergib mir. Könnte ich ihn nur zurück-
holen! Ich, die ich Unvernunft hasse, Bitterkeit hasse,
tyrannische, kleinliche, eifersüchtige Frauen hasse, ich
schrieb etwas so Böses. Dies Briefeschreiben ist furchtbar. Hätte ich dir dies alles in einem plötzlichen Wut-
anfall gesagt, wäre ich gleich hinterher tief beschämt
gewesen und hätte alles sofort wieder glatt gemacht
durch einen Kuß. Ich wäre niemals über die ersten
Worte hinausgekommen, wäre nie bis zu den albernen
und rohen Bemerkungen meiner Stiefmutter gekommen, hätte nicht im Traum daran gedacht, diese herz-
losen, ungerechten Dinge zu wiederholen. Nun, Roger, hör zu: Mein Vertrauen in dich ist vollkommen,
meine Liebe zu dir ist vollkommen, doch ich bin so
unbeherrscht, so ein Neuling in der Liebe, daß du mit
mir ein Weilchen Geduld haben mußt; vergib, bis ich
gelernt habe, weise zu werden. Wenn du dich gereizt
fühlst, denke daran, wie ich aufgewachsen bin. Dir ist
alles so leicht geworden, so selbstverständlich. Ich dagegen bin immer arm gewesen, immer zweiter Klasse
– o ja, es ist wahr, von den besten Dingen und Menschen ausgeschlossen, einsam, weil die Gesellschaft,
die ich haben konnte, sich für mich nicht gelohnt hätte,
und die Gesellschafter, die ich mir wünschte, wollten
mich nicht haben. Wie sollten sie? Sie lernten uns nie
kennen, sie wußten nicht einmal, daß wir existierten.
Ich habe ein schäbiges, enges, eingeschränktes Leben
geführt, jedenfalls die letzten zehn Jahre, seit mein
Vater sich wieder verheiratete. Vorher sah ich die Schä-
bigkeit nicht, falls es sie gab. Immer schien die Sonne
jeden Tag, und es gab Luft zum Atmen und genug zu
lachen, doch ich war damals ein Kind und überall

55

schien mir die Sonne. Sind das nicht Entschuldigungen
genug für jemanden, der einen Schatz gefunden hat,
jemanden, der fürchtet, er könnte ihm geraubt werden,
und dadurch leicht erregbar wurde? Ich weiß, daß das
Wort erregbar nicht das rechte ist. Ich weiß sehr wohl,
die rechten Worte sind widerwärtig und daß ich mich
ihrer bitteren Wahrheit schäme. Hab Mitleid mit mir.
Eine so unausgeglichene Frau, so ohne Selbstbeherrschung, die Dinge schreibt, von denen sie weiß, sie
müssen den, den sie so ausschließlich liebt, verletzen,
verdient Mitleid von besseren, ruhig-heiteren Menschen. Ich verstehe dich noch nicht. Ich verstehe die Art
nicht von Leuten, die so leben wie du. Ich stehe sozial
unter dir und bin daher empfindlich und mißtrauisch.
Ich taste umher und bin so blind, daß ich nur manchmal undeutlich fühle, wie finster es wirklich ist. Ich
habe mir ein Ideal zurechtgebaut über Liebe und Liebhaber, verrücktes, unreifes Zeug, das in die Rauchgasse
paßt, und sobald du dich einmal anders verhältst,
glaube ich verzweifelt, daß alles aus ist. Doch dieser
Versuch, dies alles zu erklären, ist hoffnungslos. Wie
kann ich leben, bis du mir schreibst, daß du mich noch
liebst?

Deine unglückliche R.-M.

XVII.

30. NOVEMBER
Heute morgen zählte ich mein Geld, um zu sehen, ob
es reicht, nach England zu fahren. Es könnte sein, daß
ich eines Morgens aufwache und erkenne, daß dein
Schweigen nicht länger ertragen kann. Ich weiß, es
wäre verrückt, aber man ist halt manchmal verrückt.
Mein Geld reicht nicht annähernd. Die billigste Pas-

sage kostet mehr, als ich in einem Jahr zur Verfügung habe. Ich habe von meiner Mutter einen Ring mit einem Diamant geerbt, mein einziger kostbarer Besitz, den könnte ich verkaufen. Ich trage ihn nie, meine roten Hände sind nicht hübsch genug für Ringe, nur die Erinnerung macht ihn kostbar. Wenn er mich zu dir brächte, und ich könnte nur eine halbe Stunde mit dir sprechen und den eisigen Nebel vertreiben, der auf meiner Seele liegt und alles wegfegt, was gesund und holdselig ist, dann würde meine geliebte Mutter, die immer versuchte, mich glücklich zu machen, sagen: Kind, geh und verkauf ihn und kauf dir Frieden.

XVIII.

1. DEZEMBER

In dieser Nacht träumte mir, ich wäre nach England gefahren, und ich fand dich in einem Zimmer inmitten vieler Leute, und du nicktest mir nicht unfreundlich zu und sprachst weiter mit den anderen, und ich wartete in meiner Ecke, bis sie weg waren und wir einander in die Arme fallen würden, und mit den letzten gingst du auch lachend und redend hinaus auf die Straße und kamst nicht wieder. Nicht, daß du mir aus dem Wege gingst, nein, du hattest einfach vergessen, daß ich da war. Und ich schlich mich hinaus auf die Straße, und es regnete, und unter dem Regen reiste ich zurück nach Europa, nach Hause, dem einzigen Ort, wo ich nicht ausgeschlossen wurde, und als ich die Türe aufmachte, warteten all die leeren zukünftigen Jahre auf mich, grau, kahl und unbewegt.

XIX.

Diese Briefzettelchen lohnen nicht die Mühe eines
Briefträgers, sind die Briefmarken nicht wert. Wenn
ich nicht jeden Tag ein wenig mit dir redete, könnte
ich, glaube ich, nicht leben. Gestern hast du meinen
bösen Brief bekommen. Wärest du nicht in Clinches,
könnte ich morgen die Antwort haben; so aber muß
ich bis Mittwoch warten. Roger, ich bin im Grunde ein
fröhlicher Mensch, bitte glaube nicht, daß es meine
Gewohnheit ist, so trübselig zu sein. Ich weiß wirklich
nicht, was über mich gekommen ist. Jeden Tag schicke
ich dir einen neuen Schwermutzettel, der den Eindruck verstärkt, den du von mir haben mußt. Ich weiß
sehr gut, daß niemand gern auf Seufzer hört, kein
Mann kann auf die Dauer eine solche Frau lieben, und
trotzdem kann ich nicht anders. Ein trübseliger Mann
ist schon schlimm genug, er wird aber ertragen, weil
wir jede Sorte Mann mit solch erstaunlicher Geduld
ertragen – eine trübselige Frau jedoch ist unentschuldbar, fürchterlich. Nun, bin ich nicht strahlend vernünftig? Leider nur in der Theorie. Mein Herz liegt ganz
unten auf dem Grunde und ist durchkältet von einem
eisigen Nebel, der mich vereist zu etwas, was ich nicht
verstehe. Erinnerst du dich, war ich früher nicht fröhlich? Kannst du dich an einen einzigen Tag, an eine
einzige Stunde des Mißmuts erinnern? Sieh, so bin ich
wirklich immer und kann nur fürchten, krank geworden zu sein; ich sehe keinen anderen Grund für das
kalte Grauen vor dem Leben, das auf meinem Herzen
hockt.

XX.

Liebster, es wird dich freuen zu hören, daß ich heute abend heiterer bin, also werde ich nicht irgendeine greuliche Krankheit ausbrüten. Es ist eine undankbare Sache, sich in unklaren Ängsten vor der Zukunft zu ergehen. Die Gegenwart ist in Ordnung. Unser Leben hier verlief ganz friedlich. Das Wetter war lieblich mit jener rührenden vergehenden Süße, den späten müden Dingen des späten Herbstes. Der Winter wartet schon um die Ecke, langsam fallen die Blätter im klaren Licht. Der Geruch von feuchter Erde steigt wie ein feiner Hauch des Sterbens auf. Jeden Tag sah ich von meinem Fenster aus bei Sonnenuntergang die Hügel, wundervoll waren sie in Rosa gehüllt. Am Nachmittag, in der freien Stunde, wenn das Mittagessen vorbei und der Kaffee noch nicht fertig ist, ging ich ins Paradiesestal und saß im harten grauen Gras am Fluß. Ich sah das Wasser unter den Weiden dahinfließen, das einzige, das sich eilt in der unendlichen Stille. Ich hätte einen Band Goethe unterm Arm haben sollen und zufrieden sein. Ich hätte schöne Stellen aus ›Faust‹ oder etwas über diese seltsamen Leute in den ›Wahlverwandten‹ lesen sollen, hätte in Goethe geschwelgt und den schönen Tag und mein Glück genossen, lebendig zu sein und dich lieben zu dürfen. Nun, es ist jetzt vorüber, hoffe ich, ich meine die Schwermut. Diese Dinge müssen wahrscheinlich ihren Lauf nehmen, und während sie das tun, muß man, so gut man kann, umhertasten beim flackernden Laternenlicht des eigenen erschreckenden Ichs. An diesem elenden Tage guckte mich meine Stiefmutter mindestens einmal an und sagte: »Rose-Marie, du gefällst mir nicht. Hoffentlich kriegst du nicht etwas Teures.« In Jena gehen die Masern um und auch Keuchhusten.

»Was davon ist das billigste?« fragte ich.

»Beide sind über unsere Verhältnisse«, sagte meine Stiefmutter streng. Beim Mittagessen heute war sie ganz erleichtert, als ich etwas dicken Reis aß, von dem ich mich eine ganze Woche lang voll Abscheu abgewendet hatte. Leb wohl, Liebster.

Deine beinah Geheilte.

XXI.

JENA, 4. DEZEMBER

Dein Brief kam an. Du mußt tun, was du für das beste hältst. Ich füge mich in allem. Du mußt tun, woran dein Vater sein Herz gehängt hat, da dein Herz ganz offensichtlich an demselben hängt. All deine schonenden Worte in der Welt können das nicht verbergen. Und sollen es auch nicht. Meinst du etwa, ich wage nicht, dem Tod ins Antlitz zu schauen? Ich bin das Mädchen, das du einmal hinter der Tür geküßt hast. Du folgtest einer flüchtigen Verlockung. Du wirst, du sollst mich nicht heiraten als Preis dieser kurzen Episode. Du schreibst, wenn ich darauf bestehe, würdest du es tun. Bestehen? Mein lieber Roger, mit beiden Händen gebe ich dir jedes Stückchen deiner Freiheit zurück, das ich vielleicht je besessen habe. Alle Vernunftgründe, alle kluge Berechnung, alles ist auf deiner Seite. Du bist völlig abhängig von deinem Vater, du kannst nicht gegen seinen Wunsch heiraten. Er möchte, daß du Miss Cheriton heiratest. Sie ist die Tochter seines ältesten Freundes, sie ist außerordentlich reich. Sie hat nur Vorteile, ich kann nicht konkurrieren. Konkurrieren? Glaubst du, ich würde nur einen Finger rühren, um zu konkurrieren? Ich gebe auf. Ich empfehle mich. Doch wir wollen ehrlich sein. Ganz abgesehen von den Befehlen deines Vaters bist du ihrer Bezauberung genauso verfallen wie damals meiner. Meine Stiefmutter hatte recht: Du bist weich. Jede Frau, die es wünscht und genügend Gelegenheit dazu hat, kann dich zu der Überzeugung bringen, du liebtest sie. Du sagtest in dem längsten Brief, den du mir je geschrieben hast – es muß sehr mühsam gewesen sein –, daß mit oder ohne Vater du eine lange Zeit nicht heiraten willst, daß die Wunde zu frisch sei. Was soll dies Gerede über Wunden? Kein Mensch weiß etwas von mir, nirgends stehe ich dir im Wege, du brauchst keine Trauerzeit einzuhalten, für eine Leiche, die niemand kennt. Allerdings, Miß Cheriton, die weiß es. Nun, sie wird nicht darüber reden, und wenn sie keine Bedenken hat, warum solltest du sie haben? Es tut mir sehr leid um meine vielen Briefe voller Torheiten. Willst du sie bitte verbrennen? Ich möchte sie lieber nicht zurückhaben. Doch ich schicke dir hier die deinen, vielleicht möchtest du sie selber verbrennen. Es tut mir alles so sehr leid, wenigstens hat es nicht lange gedauert und sich nicht dahingezogen, bis es dünner und dünner wurde und schließlich an Schwindsucht gestorben ist. Ich schrieb dir einmal und bat dich, mir zu sagen, ob du nicht einen Fehler gemacht hast. Ich glaubte, ich könnte es damals eher ertragen als später. Du hast geschworen bei Himmel und Erde und allen denkbaren unerschütterlichen Überzeugungen. Nun, heute hast du eben eine andere Garnitur von Überzeugungen, damit basta. Ich werde nicht auf die Gefühlstrommel schlagen und keine großen Klagen anstimmen, denn nichts ist so tot wie eine gestorbene Verblendung. Ein Mensch, der sehr verblendet war, scheut jeden Versuch, das Gestorbene wieder ins Leben zurückzurufen. Du siehst, ich bin weise, bis ans Ende. Und vernünftig, hoffe ich. Und tapfer. Meinst du, ich sei ein Feigling und jammere laut? Ich schenke dir alles: die Liebe und die glücklichen Gedanken, die freundlichen Träume und Vorhaben, die kleinen zum Himmel gesandten Gebetchen und die herabgewünschten Segen – und davon gab es täglich eine Menge –, die Küsse und all die lieben Zärtlichkeiten. Nimm alles. Ich will nichts dafür von dir. Denke, es sei ein angenehmes Zwischenspiel gewesen, oder wirf es in eine Ecke deiner Erinnerung, wo abgenutzte Dinge unter Spinnweben liegen. Doch glaubst du, daß ich dir das alles geschenkt habe, dir dazu noch meine Seele geben werde? Daß ich mein schönes Leben verseufzen werde? Nein, du bist mir das nicht wert. Du bist nämlich kaum etwas wert. Du bist ganz haltlos, ohne Rückgrat. Mein Leben soll trotzdem großartig werden. Du sollst mich um keine einzige Glücksmöglichkeit des Himmels bringen. Nun, lebe wohl, bitte verbrenne auch dieses. Ich glaube, keiner, der diese Geschichte hört, wird es für möglich halten, daß ein Mann soviel Herzlosigkeit einem Mädchen in einem einzigen Monat zufügen kann. Doch du und ich, wir wissen, es ist wahr.

XXII.

Jena, 5. März

Lieber Mr. Anstruther,
es war außerordentlich freundlich von Ihnen, sich an meinen Geburtstag zu erinnern und Zeit zu finden, mir trotz Ihrer vielen Arbeit Ihre guten Wünsche zu senden. Ich hoffe, es geht Ihnen gut und Sie erledigen Ihre Arbeit gern. Professor Martens hat Ihnen offenbar alle Jenenser Neuigkeiten geschrieben. Ja, ich bin krank gewesen. Doch wir hatten einen so langen Winter, daß es angenehm war, ihn wohlig im Bett zu ver-

bringen. Noch liegt etwas Schnee in den Gräben und an den Schattenseiten. Ich konnte dem bösen Wetter aus dem Wege gehen wie die Leute, die mit unermeßlichen Mühen diese Monate in Ägypten verbringen.

Mit besten Grüßen
Rose-Marie Schmidt.

Mein Vater und meine Stiefmutter lassen sich Ihnen bestens empfehlen.

XXIII.

JENA, 18. MÄRZ

Lieber Mr. Anstruther,
wie freundlich von Ihnen, daß Sie wissen möchten, wie es mir geht und was für eine Krankheit ich hatte. Es war nichts besonders Angenehmes, doch ästhetisch nichts Anstößiges. Übrigens mag ich nicht viel darüber nachdenken. Ich hatte mich erkältet, und es rutschte in die Lungen und blieb dort. Doch nun ist's vorbei, und ich darf an schönen Tagen eine halbe Stunde auf der Sonnenseite der Straße auf und ab gehen. Wir alle hoffen, daß es Ihnen gutgeht und Sie Ihren Beruf gern haben.

Mit besten Grüßen
Rose-Marie Schmidt.

XXIV.

JENA, 25. MÄRZ

Lieber Mr. Anstruther,
Sie möchten, daß ich Ihnen mehr über meine Krankheit erzähle, aber ich muß leider ablehnen. Ich sehe keinen Sinn darin, an vergangene Schmerzen zurück-

zudenken. Man sollte sie so rasch wie möglich vergessen; wenn nicht, so haben sie den Dreh, die Gegenwart zu vergiften, und ich halte mich an die Gegenwart, das einzige, was man wirklich besitzt, und versuche, sie so heiter zu gestalten wie nur möglich. Ja, ich versuche, durch fleißiges Pressen jeden Tropfen Honig aus ihr zu quetschen. Gerade jetzt kann ich Ihnen gar nicht sagen, wie dankbar ich bin, einfach nur am Leben zu sein und nirgends Schmerzen zu haben. Am Leben zu sein, wenn einem viele Teile am Körper wehtun, ist wirklich kein Spaß. Man sagt von Kranken, sie klammerten sich ans Leben, egal, wie krank sie sind; man behauptet, sie hielten unfehlbar am Leben fest. Nun, als ich krank war, klammerte ich mich nicht fest, nein, ich wollte nicht. Viel lieber wollte ich, daß es aus mit mir sei. Obwohl mir der Tod oft nahe war und mich anschaute und mindestens einmal eine lange Weile neben mir saß, ist er doch wieder gegangen und hat nach einer gewissen Zeit aufgehört, sich um mich zu kümmern. Nun gehe ich täglich in der Sonne spazieren und lausche mit unendlichem Vergnügen dem Schlagen der Finken.

Mit besten Grüßen
Rose-Marie Schmidt.

XXV.

Lieber Mr. Anstruther, aber gewiß will ich Ihre Freundin sein. Und wenn ich Ihnen nützlich sein und Ihnen Ratschläge erteilen kann, was offenbar meine Stärke ist – bitte, Sie haben nur zu befehlen. Natürlich interessieren wir uns alle sehr für Sie und folgen Ihrer Karriere, hoffentlich mit Vergnügen. Es tut mir leid, daß das Foreign Office Sie so langweilt. Verbringen Sie wirklich Ihre Tage mit dem Zukleben von Umschlägen? Dafür haben Sie nicht all diese Preise und Stipendien in Oxford und Eton gewonnen und Goethe und die kleineren deutschen Sterne hier so emsig studiert. Es wird, wie Sie sagen, ein Jahr dauern. Wenn das Ihr Schicksal ist, und Sie können ihm nicht entgehen, dann kleben Sie, wenn es sein muß, munter weiter. Später, wenn Sie erst Botschafter sind, und jedermann mit Ihnen reden möchte, werden Sie auf Ihre Briefumschlagzeit als eine segensreiche Periode zurückschauen, in der Sie wenigstens in Frieden gelassen wurden. Hoffentlich haben Sie einen hübschen nassen Schwamm dazu. Mein Vater und meine Stiefmutter lassen vielmals grüßen.

Ihre Rose-Marie Schmidt.

XXVI.

JENA, 9. APRIL

Lieber Mr. Anstruther,
aber nein, ich habe nicht das geringste dagegen, daß Sie mir schreiben. Tun Sie das, sobald Sie den Wunsch haben, mit einem Freund zu reden. Hübsch, daß meine Briefe Sie, wie Sie sagen, an viele erfreuliche Dinge erinnern. Wahrscheinlich kommt Ihnen Ihr Jenaer Jahr viel angenehmer vor, als es wirklich war. Nun, da Sie Zeit hatten, die unangenehmen Seiten zu vergessen. Doch ich fürchte, Sie hätten es nicht ausgehalten, wenn Sie nicht so fleißig gearbeitet hätten. Es tut mir leid, daß Sie Ihren Vater nicht mögen. Sie sprechen das so geradeheraus, daß ich nicht darum herumrede. Sicher wird er ruhiger, wenn Sie erst verheiratet sind. Warum kommen Sie ihm nicht entgegen mit einer kurzen Ver-

lobungszeit? Ja, ich verstehe gut, was Sie mit dem Segen, oft allein gelassen zu sein, meinen, wenn ich auch
nie in dem Maße, wie Sie, geplagt wurde. Wenn ich
gehetzt bin, so zum Beispiel in der Küche, während sie
darüber klagen, an Orten gehetzt zu werden, wo sich
die meisten Leute amüsieren. Wirklich, ich finde, da ist
mein Los das bessere. In der Arbeit, in jeder Arbeit,
liegt soviel Befriedigung. Sich nur amüsieren und
dazu, weil es zu viel Amusements gibt, in beständiger
Hetze zu leben, das muß ein trübseliges Geschäft sein.
Möchte wissen, warum Sie es tun. Sie schreiben, Ihr
Vater besteht darauf, daß Sie überall mit den Cheritons
hingehen und diese nichts auslassen. Jedoch, sind Sie
nicht recht schwach, sich herumführen zu lassen, wenn
Sie's nicht mögen?

Der Wind ist eisig, und immer noch gibt es Schnee
an manchen Stellen. Im nächsten Garten, den ich erreichen kann, sah ich gestern blühende Veilchen und
Crocus und Scilla, und ein gelbes Stiefmütterchen
blickte – erstaunt und vorwurfsvoll – zur Sonne em-
por, denn es hatte noch kleine Fetzen Schnee auf seinen kleinen Wangen. Lieber Gott, diese Auferstehung
alljährlich ist schon ein wundervolles Erlebnis. Ob
man jemals zu alt wird, sich darüber zu entzücken? Die
Amseln flöten in den Obstgärten. Könnte ich bloß zu
ihnen gehen! Mein Vater sagt, die Lerchen sind seit
vier Wochen draußen auf den Feldern. An solchen Tagen pulsiert die Unsterblichkeit in meinem Blut, dann
ist's unmöglich, sich den Tod als das Ende von allem
vorzustellen. An einem Aprilmorgen ist Verdrießlich-
keit undenkbar. Ja, sogar meine Stiefmutter öffnete
heute ihr Fenster und stand eine lange Zeit in der
Sonne.

Die erste Hälfte des Monats ist bei uns gewöhnlich
voller Geschäftigkeit und Tätigkeit, mit viel Geklirr

und Gehetze, während der Winter sich heulend davonmacht. Über die Hügel. Die Welt wird blank gekehrt für die Sumpfdotterblumen und Osterglocken, eifrig wird Platz geschaffen für die himmlische Ruhe im Mai. Ich liebte schon immer die wilde Ausgelassenheit der kalten Winde und Palmkätzchen und der so schnell errötenden Weiden – ein Schlag auf die Wange und ein Kuß auf die andere –, ehe der Frühling bessere Manieren gelernt hat, ehe er aufgehört hat, nur ein ungestümer, unartiger, reizender Backfisch zu sein. In diesem Jahr aber, nachdem ich solange krank war, ist's mehr als Liebe, ist's Leidenschaft. Nur diejenigen, die wochenlang im Bett vergraben waren, die gelernt haben, dem Schritt des Todes auf den Stiegen zu lauschen, die wissen, was es heißt, in die beißende Frische des jungen Jahres zu kommen, die ersten Scilla anzutreffen, die Finken schlagen zu hören und zu fühlen, wie die Sonne rote Schönheitspflasterchen des Lebens auf unsere lächerlichen, kränklichen, weißen Gesichter brennt.

Meine Eltern senden Ihnen freundliche Empfehlungen. Sie haben mit großem Interesse durch Professor Martens von Ihrer Verlobung mit Miss Cheriton gehört. Beide halten sie für eine sehr gute Sache.

Mit vielen Grüßen
Rose-Marie Schmidt.

XXVII.

JENA, 20. APRIL

Lieber Mr. Anstruther, Sie beklagen sich, ich beantwortete Ihre Briefe nicht, doch ich finde wirklich, ich tue es oft genug. Ich möchte recht viel aus diesen müßigen Wochen herausholen, um wieder kräftig zu werden, und es ist schade um die Zeit, wenn man schreibt. Meine Stiefmutter hat während meiner Krankheit und Unfähigkeit genug getan mit Arztrechnungen und Arzneimitteln und Kraftbrühen und Nachtlichtern, sie verlängert die Genesungszeit und erlaubt mir nichts, damit ich nicht zu viel tue. Auf diese Weise verbringe ich seltsam herrliche Tage, seltsam und herrlich, weil ich nur für mich zu sorgen habe und dabei ein gutes Gewissen habe. Wie soll ich, während ich eifrig Jane Austen und Fanny Burney und Maria Edgeworth lese, Zeit finden, an Sie zu schreiben? Und verzeihen Sie mir mein Erstaunen darüber, daß Sie Zeit haben, mir so oft zu schreiben. Womit verdiene ich diese langen Briefe? Wie viele Briefumschläge des Foreign Office blieben unzugeklebt? Es ist zuviel Ehre und sehr liebenswürdig von Ihnen. Nein, ich will keine Redensarten machen – ich weiß, daß Sie es nicht nur so tun, sondern Sie tun es wirklich gern. Sie machen jene lästigen Seelenschmerzen durch, die regelmäßig diejenigen befallen, die zu bequem leben, und offenbar müssen Sie jemandem davon erzählen. Nun, es ist eine Art Weltschmerz und befällt nur die Wohlgefütterten. Bitte glauben Sie nicht, ich unterstelle, das Essen sei für Sie übertrieben wichtig. Sicher aber ist, daß Sie, wenn Sie nicht täglich mehrere Mahlzeiten hätten und alle gar zu gut, wenn Sie fürchten müßten, sie kämen nicht regelmäßig, kurz, wenn Sie eine Waschfrau oder ein Ackerknecht wären, dann wäre mit Ihrer Seele alles in Ordnung. Waschfrauen und Ackerknechte haben keine kranken Seelen, doch Seelen haben sie. Ich stelle mir ihre Seelen dünn und fadenscheinig vor, verkümmert in Kälte und Hunger, armselig und jämmerlich, doch zweifellos vorhanden. Und ich frage mich, ob es nicht eine bessere Sorte Seele in einem abgerackerten Körper ist als eine wuchernde Sache nur aus Wasser und Luft und ein bißchen wechselndem Stoff gemacht, so schwächlich, daß sie – verzeihen Sie das Wort – auf andere Seelen plumpst in der Suche nach Sympathie und Unterstützung und Trost, die zu suchen Waschfrauen nie Zeit verschwenden würden, weil sie wissen, sie finden sie doch nicht.

Sie sind ein Poet, und einen jugendlichen Poeten nehme ich nicht ernst. Aber wären Sie keiner, würde ich spöttisch darüber lachen, daß Sie meine eintreffenden Briefe mit einem Strauß Gartenblumen, frisch vom Tau, vergleichen. Vielleicht erwartet meine Selbstliebe eher einen Vergleich mit einem Strauß Gewächshausblumen – ein Bukett wäre es dann, nicht wahr? – oder mein romantischer Sinn erwartet, mit einem Strauß Feldblumen wilder, graziöser, leicht welkender Blumen verglichen zu werden, die ganz und gar nicht ins Foreign Office passen. Doch wahrscheinlich sind Gartenblumen der rechte Ausdruck.

Meine Briefe zaubern schlichte häusliche Bilder vor, und ich bin sicher, der Strauß, den Sie vor sich sehen, ist ein Bund von »Sweet William with their homely cottage smell«. Nett von Matthew Arnold, den Bartnelken eine so hübsche Strophe zu widmen, aber ich finde, ganz verdienen sie es nicht. Ein lieber kleiner Name und ein lieber kleiner Duft. Doch die Blüten selber könnten in einem Berliner Möbelgeschäft zwischen Polstermöbeln hergestellt sein. Statt dessen gehören sie in die lieblichste Ecke des Himmels, woher alle guten Blumen kommen.

XXVIII.

Lieber Mr. Anstruther,

Sie sind, wie mir scheint, unheilbar traurig. Sie sprechen davon, wie schön es sein müsse, eine Schwester, eine Mutter, irgendeine nahe Verwandte zu haben, mit der Sie sprechen könnten. Das erstaunt mich: Haben Sie denn nicht Miss Cheriton? Doch wenn ich mir's überlege, glaube ich zu wissen, was Sie haben möchten, nämlich eine handfeste nüchterne Person, ohne Gefühlsduselei, die warme gute Ratschläge gibt, eine hilfreiche, ja sogar eine leitende Hand – wirklich eine gute dicke Scheibe Butterbrot statt einer ständigen Kost von Kuchen. Ich hatte immer ein gewisses Talent für Schwerfälligkeit, und da ich zwischen Ihren Zeilen mit genügender Klarheit lesen kann, will ich nicht lange herumreden, sondern ich biete mich selbst als Butterbrot an. Vielleicht kann mir das helfen, mich von Selbstvorwürfen und Zweifeln zu befreien, wenn ich Ihnen helfe, soweit ein Mensch einem anderen helfen kann, über die mühsameren Lebensstrecken wegzukommen. Zureden, Ermunterung, Ermahnungen, Ermutigung – alles können Sie brieflich haben, wenn Sie wollen. In diesen Tagen der Muße habe ich Zeit nachzudenken und habe gelernt, die Dinge anders anzuschauen als vorher. Das Leben ist so kurz, daß man kaum Zeit für irgend etwas außer – wie Paulus sagt, es war Paulus, nicht wahr? – freundlich zueinander zu sein. Ich glaube, Sie sind eine sehr schwache Natur. Noch nie in meinem Leben sah ich jemanden, der so leicht entzückt ist und so schnell ermüdet. Befriedigt Sie denn nichts länger als einen oder zwei Tage? Und welcher Enthusiasmus im Anfang und welche Niedergeschlagenheit, ja Verzweiflung, wenn Sie sich daran gewöhnt haben! Ich weiß, daß Sie gescheit sind, einen guten Verstand haben, intellektuell alles, was man sich nur wünschen kann, doch was nützt das alles, wenn Sie so schwach sind? Sie sind krankhaft anspruchsvoll. Nie haben Sie mir gegenüber jemanden gepriesen, den Sie später nicht abgelehnt haben. Als Sie hier waren, wunderte ich mich oft, wenn ich Ihnen zuhörte, aber ich glaubte Ihnen. Jetzt aber weiß ich, daß die Welt unmöglich so viele widerwärtige Leute enthalten kann. So ist das immer mit Ihnen, heftig, ungestüm, heiß und dann eisig kalt. Ich kann nicht zusehen, ohne die Hand hinzustrecken, wenn Sie ertrinken. Sie sind jung, Sie sind, abgesehen von Ihren seltsamen, unbeherrschten Emotionen, überaus vielversprechend und die Verhältnisse haben mich zu Ihrem unwandelbaren Freund gemacht. Vielleicht kann ich Ihnen zu größerer Beständigkeit, zu größerer Festigkeit Ihrer Seele verhelfen. Aber erzählen Sie mir nicht zuviel. Bringen Sie mich nicht in eine unlösbar schwierige Lage. Natürlich würde sie nicht wirklich unlösbar sein, denn ich würde sie einfach lösen, indem ich in Schweigen versinke. Ich sage dies, weil Ihre Briefe die wachsende Neigung haben, alles, was Sie empfinden, auszuschütten. Dies ist an sich nichts Übles, nur müssen Sie Ihre Zuhörer auswählen. Nicht jeder dürfte zuhören. Gewisse Dinge kann man nicht vom Dachfirst ausposaunen. Vergessen Sie nicht, daß wir einander kaum kennen, und Wohlerzogene werfen ihre tieferen Gefühle nicht auf eine Person, die davor zurückweicht. Ich hoffe, Sie verstehen, daß ich bereit bin, Ihnen meistens zuzuhören, und ich hoffe, Sie halten sich ohne weitere Warnung fern von den wenigen sumpfigen Stellen. Denken Sie an all die Dinge, über die Sie mir schreiben können, die unzähligen atembraubenden Dinge in unserer atemberaubenden interessanten Welt – Sie brauchen dann überhaupt nicht über andere Leute zu reden. Schauen Sie in diesem schönen Frühlingswetter um sich und schreiben Sie mir, was der April an Ihrem Wege alles tut. Und wenn Sie zu Ihrer Arbeit durch den Park gehen, danken Sie Gott jeden Tag, daß er sich die Mühe gemacht, Sie überhaupt zu schaffen.

Ihre Rose-Marie Schmidt.

XXIX.

JENA, 30. APRIL

Liebe Mr. Anstruther,

Sie kennen doch das schmale Stück Balkon vor unserem Wohnzimmer, mit Blick über die Bäume vom Paradiestal bis zu den schönen Hügeln jenseits des Flusses? Nun, der Morgen ist wunderbar, die Sonne scheint so warm, daß ich meinen Kaffee und Semmeln hinausnahm, und nun bin ich noch hier und schreibe Ihnen, in warme Decken gehüllt. Ich kann nicht sagen, wie zauberhaft es ist. Die Vögel sind vor Freude trunken. Es gibt Amseln, Drosseln und Finken und Goldammern, alle schmettern gleichzeitig, und hin und wieder, und wenn der Lärm eine Pause macht, höre ich das Zwitschern der Meisen, die lieben kleinen Vögel, die als erste zu singen beginnen, wenn im Februar die Welt am schwärzesten ist, dann hört man ihre hoffnungsvollen Stimmchen. Haben Sie gemerkt, wie anders als im Zimmer Ihr Morgenkaffee draußen schmeckt? Und die Semmeln mit Butter – oh, die Buttersemmeln! So müssen Buttersemmeln geschmeckt haben, als die Welt jung war, als Götter und Sterbliche aufs herrlichste miteinander vereint waren und sie auf köstlichen Gänseblumen und Veilchen wandelten. Thoreau – ich weiß, Sie mögen ihn nicht, wohl nur, weil Sie gelesen haben, was Stevenson über ihn gesagt hat und Sie ihm glauben –, wenn der gesehen hätte, mit welchem Freudenhunger ich eben meine Semmeln verzehrt habe, würde er, fürchte ich, abgestoßen sein, denn er sagt streng, nicht was man ißt, sondern der Gemütszustand, in dem man es ißt – man soll es also nicht zu gern essen –, macht einen zum Vielfraß. Er sagt, es sei nicht die Güte noch die Menge, sondern das Frönen sinnlicher Genüsse, die das Essen abstoßend machen. Er sagt, ein Puritaner freut sich an seiner Schwarzbrotkruste mit ebensolchem Appetit wie ein Ratsherr an seinem Truthahn.

Heute morgen also machte ich mich gierig wie der gierigste Ratsherr über meine Brotkruste, schwelgte in seinem sinnlichen Wohlgeschmack und war sehr vergnügt. Wie angenehm ist es doch, wie angenehm, nicht mit Leuten zusammen zu sein, die man bewundert. Bewunderung, Verehrung, die besten Teile von Liebe sind am angenehmsten in der Entfernung zu ertragen. In ihrer Nähe gibt es zuviel Fischbein-Korsetts und zuwenig Hausschuhe. Ich bin recht zufrieden, daß Thoreau nicht mehr lebt. Ich liebe ihn viel zu sehr, als daß ich ihn je kennenlernen möchte, wie froh bin ich, daß er mich nicht sieht. Heute hat meine Stiefmutter Geburtstag, und Freunde steigen schon seit morgens in Scharen unsere drei Treppen herauf, um ihr Hyazinthen in Töpfen und unglückliche, auf Draht gespießte Rosen zu bringen, und halten Gratulationsansprachen. Ich höre sie durchs offene Fenster sprechen, und was sie sagen, weht zu mir herauf im Sonnenschein und klingt wie das angenehme Summen von Bienen, wenn man nur halb wach ist. Zuerst höre ich von ferne die elektrische Glocke und dann Johanna den Gang entlang rasen. Danach taucht meine Stiefmutter aus der Küche auf und begrüßt lautstark die ankommenden

Freundinnen. Jede Freundin wird dann ins Wohnzimmer geführt, dabei spricht sie atemlos wie wir alle, wenn wir oben in diesem Haus ankommen, und läßt viele gute Wünsche für die liebe Emilie auf sie herabregnen. Dann werden die Hyazinthen und die Rosen dargebracht.

»Ich habe dir hier eine Kleinigkeit mitgebracht«, sagt die Freundin und überreicht sie, und meine Stiefmutter, die schon die ganze Zeit darauf gewartet hat, sie jedoch wohlerzogen ignorierte, fährt zusammen und bricht in größte Begeisterung aus. Sie macht sich nichts aus Blumen, weder in Töpfen noch auf Draht noch sonstwie, so ist ihre Dankbarkeit höchst anerkennenswert. Dann lassen sie sich in der Sofaecke nieder und sprechen über die Dinge, über die sie wirklich sprechen wollen – Nachbarn, Mahlzeiten, Pfarrer, Dienstboten, Krankheiten, Ereignisse. Seit ich so krank war, fangen sie damit an, sich gewohnheitsmäßig nach der Gesundheit der guten Rosemarie zu erkundigen.

»Danke, danke«, sagt meine Stiefmutter, und dann vernehme ich weitere leise gesprochene Auskünfte und schnappe das Wort ZART auf. Dann sprechen sie leise weiter und meinen, dies sei durch das offene Fenster für mich nicht zu hören, sprechen über die Mengen von Kraftbrühe, die ich bekommen habe, die Apothekerrechnung und darüber, daß ich unglücklicherweise so übergroß sei – »schlaksig« sagte meine Stiefmutter.

»Findest du sie wirklich schlaksig?« fragt die Freundin und zeigt ein bißchen höflichen Zweifel.

»Schlaksig« betont meine Stiefmutter, und die Freundin meint ganz im Ernst, daß, wenn ein Mensch so sehr lang ist, sich immer ein Teil von ihm in Zugluft befindet und sich erkälten kann. »Zu schade«, sagte die Freundin, »daß sie nicht geheiratet hat.« (Beachten Sie die Zeitform: Vor einem halben Dutzend Geburtstagen hieß es: nicht heiratet.)

»Herren«, sagt meine Stiefmutter, »machen sich nichts aus ihr.«

»Armes Mädchen«, murmelt die Freundin.

»Herr Gott, ja«, sagt meine Stiefmutter, »was soll man da machen? Früher habe ich Herren eingeladen, zum Kaffee, zu Bierabenden, sonntags zu Musiknachmittagen, wir hatten Schillers Dramen mit verteilten Rollen gelesen, Rosemarie die Heldin. Wie sie kamen, gingen sie wieder. Nichts änderte sich, nur die Höhe meiner Bierrechnung. Nein, nein, Herren machen sich nichts aus ihr. In Gesellschaft gefällt sie nicht.«

»Armes Mädchen«, sagt die Freundin nochmals, und das arme Mädchen draußen in der Sonne lacht unbekümmert in ihre Pelze hinein.

Ganz erstaunlich ist die Wirkung meiner Krankheit auf mich. Ich hielt sie für schlecht, und nun sehe ich, sie war gut. Grauenhaft zu der Zeit, während sie währte, schrecklich, hoffnungslos waren die Schmerzen meines Körpers, doch nichts verglichen mit der furchtbaren Pein meiner Seele. Die Welt wurde zu einer riesigen Grube voller Schmerzen, es war unmöglich, an die Zukunft, unmöglich an die Vergangenheit zu denken, unmöglich, die Gegenwart zu ertragen. Doch siehe – nach all dem bin ich wieder wach, so hellwach, meine Augen vermögen die Wunder und den Wert der kleinen Dinge im Leben, ihre Schönheit, ihr Glück wahrzunehmen. Ich kann laut lachen vor Fröhlichkeit über die köstliche Vorstellung, mich ein ARMES MÄDCHEN zu nennen. Vor drei Monaten hätte ich mit elenden Seufzern, unendlichem Selbstmitleid zugestimmt. Heute, bei klarem Blickfeld, erkenne ich, wie viele kostbare Gaben ich besitze: Leben, Freiheit von Schmerzen, Zeit, zu nutzen und zu genießen – lauter Gaben, die mir niemand nehmen kann, außer Gott.

Das ist's, was ich empfinde: voller Wunder und unaussprechlicher Erleichterung. Es ist seltsam, wie das Schlimme – das, was wir schlimm nennen – Gutes hervorbringen kann. Der Dünger bringt Rosen hervor, wunderschön – und aus den schlimmsten Erfahrungen, die die Seele durchmacht, erblühen Rosen. Soweit ich es sehe (nicht sehr weit, denn ich bin keine kluge Frau), stimmt es aber auch, daß aus guten Dingen schlechte entstehen können. Ich kann Ihnen nicht sagen, wie sehr ich mich über das Leben wundern muß. Nie werde ich mich daran gewöhnen. Nie werde ich müde, nachzudenken und zu beobachten und mich zu wundern. Die ewigen Wahrheiten liegen auf der Lauer an unserem Pfad, liegen wie die Kartoffeln im Keller (Haben Sie schon mal beobachtet, wie sich Kartoffeln im Keller verhalten? Ihre verzweifelte Entschlossenheit, zum Licht zu gelangen, ihr Hinstreben auf diesen einzigen fernen Lichtschimmer?) – die Wahrheiten also lugen uns aus jeder noch so öden Ecke an, sie sitzen zwischen den Steinen, hängen in den Büschen, kommen morgens mit dem heißen Wasser in unser Zimmer, kommen nachts mit den Sternen am Himmel – nie, nie verlassen sie uns. Sie berühren uns, wecken uns, wenn wir nur bereit sind, unsere Augen zu öffnen und zu schauen und unsere Ohren, um zu hören – ist das nicht alles ganz wunderbar? Kann man sich in einer so herrlichen Welt je langweilen? Und das starke Interesse, das man sich aus den Menschen holen kann, das durchdringende Glück, das man aus gewöhnlichen Freundschaften gewinnen kann, das Entzücken, jeden Morgen einen neuen Tag vor sich zu haben, einen neuen, langen Tag, kahl und leer, den du füllen kannst mit lauter reinen und edlen Stunden. Vergeben Sie meinen Überschwang. Die Sonne ist in meine Adern gedrungen und hat alles golden gemacht.

Ihre Rose-Marie Schmidt.

XXX.

Lieber Mr. Anstruther,

was kann ich dafür, daß mir die Welt golden aussieht? Beinah nehmen Sie mir das übel. Scheinbar halten Sie das für selbstsüchtig und sprechen davon, wie schön die Zuneigung zu weniger glücklich veranlagten Menschen sei. Ach, das ist eine graue Schönheit, eine Schönheit aus Nebel, Regen und Tränen. Wären Sie heute nur in den Wiesen jenseits des Flusses gewesen und hätten die Löwenzahnblüten gesehen. Da gab's wenig Graues. Vor der Brücke bis zu den Tennisplätzen – Sie wissen, es ist ein langer Weg, mindestens zwanzig Minuten zu gehen –, waren sie ein einziges Meer von Gold. Wären Sie dort vorm Frühstück gewesen, die Füße in diesem himmlischen Teppich, den Kopf im zitternden leichten Schatten der jungen Weidenblätter, Ihre Augen auf den schimmernden langsamen weißen Wolken, Ihre Ohren erfüllt vom frischen feuchten Ton des Flusses, Ihre Nase erfüllt vom Duft junger feuchter Gewächse – dann hätten Sie sich gewiß nicht gesehnt nach solchen grauen leeren Dingen wie Sympathie mit den Schwermütigen und – hol der Kuckuck die Düsteren. Sie sind eine undankbare Gesellschaft. Wenn sie könnten, würden sie die ganze Welt versauern und alles Glück aus den Kindern des Lichts saugen, ohne etwas dafür zu geben. Ich bin eben nur für Sonne und Hitze und Farbe und Düfte – für alles, was strahlt und positiv ist. Wenn ich meine eigene Natur niederzwänge und mich entschlossen daran machte, diejenigen zu trösten, die Sie die weniger glücklich Veranlagten nennen, wissen Sie, was aus mir würde? Sie würden all meine Lebensfreude aus mir herauspressen und würden doch um kein Lot freudiger trotz allem pressen. Sie können es nicht, Sie sind nicht dazu geschaffen. Die Menschen teile ich in drei Klassen, so wie sie geboren sind: die Kinder des Lichts, Kinder des Zwielichts und die Kinder der Nacht. Können sie etwas dafür, in welche Klasse sie geboren wurden? Ich glaube jedoch, die Kinder des Zwielichts vermögen durch fleißiges Mühen, durch, wenn Sie wollen, Fasten und Beten, aus dem Zwielicht heraus in größere Helligkeit zu gelangen. Nur müssen sie dies allein, durch eigene Kraft tun. Ich bin ganz und gar nicht Ihrer Meinung, daß *gezogen werden* wirksam ist. Wissen Sie denn nicht – ach, natürlich wissen Sie es – haben es nur bisher nicht wahrgenommen –, daß man zuerst das Königreich Gottes und seine Rechtschaffenheit suchen muß, dann wird euch solches alles zufallen. Und haben Sie vergessen, daß das Königreich Gottes in Ihnen selbst ist? Wozu also sich nach etwas umsehen, das getrennt ist von Ihnen, nur um Hilfe zu erlangen? Es gibt keine Hilfe außer dem, was Sie aus sich selbst herausholen, und wenn ich Ihnen das zeigen könnte, würde ich Ihnen alle Geheimnisse des Lebens weisen.

Wie weise ich daherrede. Es ist die Weisheit des immer wiederkehrenden Grases, des guten grünen Grases, das in lebendiger Schönheit leuchtet, das in mir lebt, die Weisheit eines Maimorgens erfüllt von der Freude der Gegenwart, des gegenwärtigen Augenblicks, ohne durch nutzloses Weiterschauen geschwächt zu werden. Spotten Sie nicht, ich kann einfach nicht anders. Möchten Sie nun bemitleidet werden? Ich kann's, wenn Sie durchaus wollen, mit vielen ausgewählten Worten, doch sie kämen nicht vom Herzen. Sie wissen, ich kann Sie nicht wirklich bemitleiden, dazu sind Sie zu gesund, zu jung und vom Glück begünstigt. Sie sollten frohlocken aus freudevoller Dankbarkeit, aber da Sie es nicht tun, paßt auf Sie das so wahre französische Sprichwort: »Le trop est l'ennemi du bien.« Oder, wenn Sie es in unserer plumpen Muttersprache hören wollen: »Die Hälfte ist besser als das Ganze.« Wie kommt es, daß ich, ohne etwas von dem zu besitzen, was Sie für lebenswert halten, so fröhlich bin? Alle Ihre Freunde würden es ein trübseliges Dasein nennen, wenn sie es nur eine Sekunde wahrnähmen. Keine Wirbel, keine Garderobe, ein Umgang, so schäbig, daß er wie von Motten zerfressen wirkt – meine Tage in immer derselben Reihenfolge, mein Zuhause in der kleinen Stadt, wo wir sämtlich im gleichen Fahrwasser schwimmen und auch darin bleiben, wohin nur ein schwaches Echo dringt von dem, was draußen in der Welt vorgeht, ein Ort, wo man nur von zweitklassigen Dingen amüsiert und unterhalten wird, zweitklassigen Konzerten, zweitklassigen Theaterstücken. Man glaubt, sich zu bilden, wenn man zweitklassige Debattierklubs besucht. Eigentlich müssen Sie doch meinen, ich müsse in solcher Umgebung verschmachten. Doch nein, ich tu's nicht. Meine Seele ist weit entfernt vom Verschmachten, ich fürchte sogar für sie, weil sie so fett geworden ist. Außerhalb gibt es sowenig, die Konzerte, Theater, Debattierklubs, Gesellschaften sind Staub und Asche, zu denen ich nicht gehe. Ich wende mich eifrig dem zu, was innen ist, und ich finde dort volle magische Kräfte, heiß und licht, Kräfte stark und brennend, um jeden gewöhnlichen Busch vor Gott in Brand zu setzen. Das ist Elizabeth Barrett Browning – leicht verstümmelt, jedoch immer noch ein Zitat. Und falls Sie es nicht kennen sollten, dürfen Sie es nicht für rein Schmidt halten. Soll ich denn, wenn ich zitiere, Sie warnen durch Anführungsstrichelchen? Das mag ich nicht, sie machen sich so wichtig. Lieber halte ich Sie für gebildet. Oh, ich sehe, wie Sie von dieser Anmaßung schaudern. Ich weiß, daß Sie im innersten Herzen, obwohl Sie immer betonen, wie ungebildet Sie seien, sich für einen außerordentlich gebildeten jungen Mann halten. Und das sind Sie auch, so hochgebildet, daß beinah nichts übrigbleibt, was Sie zu lieben fähig sind. Es ist wahrhaft erstaunlich, daß sie überhaupt an eine so grobe, ungehobelte Person wie mich Briefe schreiben. Müssen Sie nicht die Zähne zusammenbeißen über meine ungeschliffenen Worte, die Sie wie der Saft eines sauren Apfels beißen? Ich muß mich wundern, wenn nicht die Erwähnung, wenn nicht meine roten knochigen Hände, breit von harter Arbeit, Sie zusammenzucken lassen. Sie lieben Halbtöne, erlesene Frauen, vollkommene, hochstehende Frauen, gepflegt und frisch, stets hergerichtete Frauen. Ich hatte vor zwei Jahren meinen letzten Hut, und was mein Kleid betrifft, das ich den ganzen Tag trage, so weiß ich nicht zu sagen, wann ich es zuerst an Sonn- und Festtagen trug. Würden Sie mich einmal, nur ein einziges Mal, drüben zwischen all Ihren Freunden sehen, würden Sie für immer geheilt sein und aufhören, mir zu schreiben. Ich gehöre zu Ihrer Jenaer Zeit, zu Tagen, an denen Sie hart arbeiteten und hart lebten und dachten. Es waren Tage, da Sie gezwungen waren, ohne äußerliche Bequemlichkeit auszukommen, aber Ihr Geist machte es wett durch erhöhte Zufriedenheit und innere Wärme. Vermutlich wird Ihr Geist nie wieder so hell scheinen wie in diesem Jahr. Wie kann er auch, er sei denn ungeheuer stark, und ich weiß sicher, er ist das nicht – sich durch die erstickenden Polstermengen, die Ihr heutiges Leben um Sie häuft, hindurchscheinen? Ach, armer Geist! Sehen Sie wenigstens zu, daß sein letztes Flackern nicht ganz erlischt. Es lohnt aber nicht die Tinte, Ihnen zu raten, Ihr Leben von all dieser bunten Überlastung zu befreien, um die notwendige Zugluft zu kriegen. Meine Familie wünscht Ihnen alles Gute.

Ihre Rose-Marie Schmidt.

XXXI.

Lieber Mr. Anstruther,
ich bin voller Widersprüche. Hatten Sie irgend etwas anderes von mir erwartet? Ich zweifle nicht daran, daß ich in jedem Brief genau das Gegenteil vom letzten Brief sage. Aber machen Sie sich nichts daraus und benutzen Sie die Gelegenheit, mich zu tadeln. Ich bilde mir nicht ein, zwei Tage hintereinander ganz dasselbe zu denken; sonst würde ich auf der Stelle treten, wo es doch die Würze des Lebens ausmacht, beweglich zu sein und fortwährend weiterzugehen. Ich bitte, nageln Sie mich nicht auf Überzeugungen fest, die ich gewechselt habe, bis sie zu Ihnen gelangen. Vor allem halten Sie mir nicht vor und verlangen Sie nicht, daß ich etwas beweise. Ich habe keine Lust, etwas zu beweisen. Ich will überhaupt nichts beweisen. Ich staune das Leben mit offnem Mund voller Entzücken an, und mit offnem Mund kann man nicht sprechen. Sie beklagen sich auch, daß manches, was ich sage, Sie verletzt. Das tut mir leid. Leider, meine ich, daß Sie so weichmütig sind. Können Sie denn nichts aushalten? Gewiß – ich kann meine Zunge auch sänftigen, wenn Sie es so wollen, und schicke Ihnen Briefumschläge voller Zucker-

zeug, plaudere mit Ihnen über Parks, das Auswärtige Amt, die Saison in London, lauter Dinge, von denen ich nichts verstehe, streichle Sie, klopfe Sie in Abständen auf den Rücken und erzähle Ihnen, wie wundervoll Sie sind. Sie behaupten, in einigen meiner Bemerkungen sei ein bitterer Beigeschmack. Nun, vielleicht ein bißchen boshaft, nicht wie eine mild zuredende Schwester, sondern wie eine gereizte Tante. Wie Sie sehen, interessiere ich mich immerhin so viel für Sie, daß ich kribbelig werde, wenn ich Sie jammern höre. Was kann nur, frage ich mich unruhig, mit diesem anscheinend gesunden, wohlversorgten jungen Mann los sein? Und schließlich muß ich durch unmißverständliche Anzeichen zu der Überzeugung gelangen, daß mit Ihnen nichts weiter los ist als ein Übermaß an guten Dingen. Daher bin ich vielleicht auf Sie losgegangen mit dem Eifer einer ärgerlich gewordenen Tante und habe Ihnen geistig ein paar Schläge erteilt. Sie seufzen nach einer Schwester – immer seufzen Sie nach etwas – und baten mich, eine zu sein. Nun, ich bin anscheinend etwas zu weit gegangen in Entschiedenheit und Vorschriften und habe das Bissige einer Tante entwickelt.

Sie sind also in Clinches. In diesem Monat muß es dort wundervoll sein. Ich denke es mir wie eine Sinfonie in Grau und Amethystlila, so wie Sie es mir schilderten, als Sie das erste Mal dort waren. Eine Harmonie in Moll, die Sie völlig gefangen nahm durch ihre weichen sanften Töne. Wenn ich bedenke, daß Sie eines Tages durch Ihre Frau einen solchen Besitz erben werden, empfinde ich mit ganzem Herzen, daß diese Verlobung eine ausgezeichnete Sache ist. Sie muß wahrhaftig glücklich sein in dem Bewußtsein, Ihnen so viel Vollkommenes und Wertvolles geben zu können. Es ist schön. Schenken ist mit das Herrlichste im Leben. Ich hadere mit meiner Armut nur deshalb, weil ich so wenig zu geben habe, so selten und dann nur lächerlich kleinen Plunder. Um dies aufzuwiegen, versuche ich so viel wie möglich von mir selbst zu geben, Sympathie, Hilfe, Freundlichkeit. Lachen Sie nicht, aber ich übe mich an meiner Stiefmutter. Papa zu lieben ist einfach, einfach und ganz mühelos, daß ich meine, es ist nicht viel wert, aber ich habe mich entschlossen – nicht ohne eine gewisse eiserne Beharrlichkeit – die nicht viel mit Liebe zu tun hat –, meiner Stiefmutter soviel von mir selbst, meiner Zuneigung, meiner Hilfe zu geben, als sie gebrauchen kann. Vielleicht kann sie nicht viel davon gebrauchen. Immerhin, was sie brauchen kann, soll sie haben. Sie wissen, daß ich oft gewünscht habe, ein Mann zu sein, meine Stiefel anzuziehen und in die weite Welt zu laufen, ohne gehindert zu werden, doch für eins bin ich dankbar, eine Frau zu sein, und das ist: Eine Frau kann schenken. Der Mann nimmt immer, die Frau ist die Gebende, und Geben ist wundervoll, zum Beispiel bei einem schrecklichen Unglück, Schiffbruch, einem Todesfall. Dies mag erklären, warum sie länger an einer vergangenen Leidenschaft hängt. Ist nicht das zartere Fühlen stets auf seiten dessen, der immer schenkte und segnete? Immer, immer dort? Und mischt sie nicht in das, was sinnlich war, etwas von der göttlichen Mutterliebe? Ich glaube, ich könnte niemals ganz gleichgültig gegen jemanden werden, dem ich viel gegeben habe. Er oder sie würden mir nie, könnten mir nie dasselbe werden wie andere Leute. Auch wenn die Zeit vergeht und die wachsenden Tage die scharfen Ränder des Gefühls auslöschen – die Erinnerung an das, was ich gegeben habe, bindet uns für immer in Freundschaft zusammen.

Ich habe Ihnen nicht für das Buch gedankt, das Sie mir schickten. Es war sehr freundlich von Ihnen, daß Sie hofften, ich werde denselben Genuß davon haben wie Sie. Doch Sie sehen leider, daß ich ganz anderer Meinung bin als Sie: Mir gefällt es nicht. Am wenigsten die Stellen, die Sie besonders anmerkten. Übrigens mag ich das Anstreichen in Büchern nicht. Immer, wenn ich nach Jahren meine eigenen Zeichen antreffe, sehe ich, wie weit ich mich seither davon entfernt habe, mache das Buch zu und sage zu mir selbst: kleiner Dummkopf. Ich kann mir nicht vorstellen, warum Sie glaubten, ich würde dieses Buch mögen. Es hat mich richtig erstaunt und erschreckt, daß Sie mich sowenig kennen. Ich hatte gedacht, Sie kennten mich besser. Alle Erklärungen und noch so viele Worte vermögen einem nicht, die Empfindungen in der Seele des Nachbarn klarzumachen. Es ist erstaunlich genug, daß dies Buch überhaupt gedruckt wurde, doch noch viel erstaunlicher ist's, daß Leute wie Sie es bewundern. Was ist der Grund, daß ich es nicht mag? Ich vermisse Dinge darin, die mir Freude machen. Sehen Sie denn nicht, daß es langweilig ist? Ich finde es sehr langweilig. Jedes Wort tut weh. Es ist langweilig und schlecht geschrieben, es ist so trübsinnig, so hoffnungslos trübsinnig. Nein, so ist das Leben nicht. So scheint das Leben nur Feiglingen, die verstimmt sind, die zeitweilig schlechter Laune sind und sich davor fürchten. Ich mag nicht durch die kranken Augen eines gelbsüchtigen Geschöpfes das Leben ansehen und schaudere davor, was es sieht. Es sollte lieber schweigen und uns, die wir tapfer sind, aufrecht marschieren lassen, daß wir gar nicht auf jede schleimige, kriechende Kreatur achten, die uns über den Weg läuft. Haben Sie nicht bemerkt, daß er ständig in seinen Briefen seinen Freunden rät, nicht um ihn zu trauern, wenn er tot ist? Unnötiger Rat: Ich könnte mir viel eher vorstellen, daß seine Freunde dann unendlich erleichtert sein werden. Leute, die ewig Mitleid, Zuneigung, Beileid fordern, sind sehr ermüdend. Und bestimmt ist alles Gerede über den eigenen Tod selbstsüchtig und schädlich. Das veranlaßt mich auch, obwohl viel Schönes in ihnen steckt, mich vom schwachen Hauch der Entartung in Christina Rosettis Gedichten abzuwenden. Was für ein ständiges Verlangen dort, daß sie sterben möchte, daß sie zu sterben hofft, daß sie sterben wird, sterben soll, muß, wird, und daß niemand um sie weinen wird, daß jedoch aufwendige und wundervolle Lilien- und Rosenarrangements die Leinentücher schmücken sollen. Und mindestens einmal spricht sie vom frischen Gras und feuchten Tautropfen auf ihrem Grab, was wohl bedeutet, daß Tautropfen auch manchmal trocken sind. Ich finde, die einzig anständige Haltung dem eigenen Tod gegenüber ist Schweigen. Wenn man darüber spricht, ist es für die anderen peinlich. Was soll man Leuten antworten, die seufzen und sagen, sie würden wohl bald im Himmel sein? Man müßte dann höflich widersprechen und »Aber nein, nein« sagen, aber dann werden sie ärgerlich. Sagt man »Sicher nicht«, hat es ebenfalls seine Klippen. Aufmunternde Worte, die einem Schlag auf die Schulter entsprechen, scheinen bloß die entschlossene Düsternis zu verstärken. Wenn aber jemand, den man liebt, glaubt, bald sterben zu müssen, braucht nicht der gewöhnliche, bescheidene Sterbliche so viel Ruhe, daß er sich völlig in Gottes Hand begeben kann? Da sollte es nicht viele, vorübergehend gebrochene Zuschauer um sein Bett geben, kein Abschiednehmen und eifriges Letzte-Worte-Sammeln, kein Schwelgen der Verwandten im Schmerz, kein aussichtsloses Zureden, das die letzten armen Atemzüge aufbraucht, kein Schluchzen von solchen, die es höchst anstößig finden, es nicht zu tun. Keine letzten Segenswünsche, die der Sterbende schon früher nötig gehabt hätte. Kann man in dieser letzten Stunde nicht alleingelassen werden? Erinnern Sie sich an PATERS seltsame Einstellung zum Tode? Vielleicht nicht, denn Sie sagten mir einmal, Sie machten sich nichts aus ihm. Nun, alle seine Bücher, so durchzogen sie auch sind von heiterer Klarheit und Sonnenschein, mit erlesenen Schilderungen von Sommer, schönen Landschaften, von Wärme, Leben und Jugend und lauter herrlichen Dingen, trotz all diesen entzückenden Blüten des Lichts, sie preßt wie ein modriges, häßliches, verfaultes Band sie in eine einzige jammervolle Verderbnis zusammen. Wir, die wir noch auf der grasbewachsenen Erde wandeln, müssen bald unser Leben im goldenen Sonnenschein lassen und hilflos und abhängig werden. Wir können dann nur matt leben, wenn unsere starken Freunde in der hellen Welt uns einen Gedanken, ein Erinnern, ein paar Minuten schenken von ihrer Fülle, indem sie neben uns sitzen und in ihren Herzen ein wenig Platz haben für Liebe und mitleiden.»Tote Wange an toter Wange und Regen durchnäßt uns von oben« – klingt das nicht trostlos?

Nachdem man all dieses süße Zeug gelesen, süß mit der unechten Süßigkeit des Verfalls, der Vergangenheit, dem Vergehen, glaubt man, im frischen Quellwasser zu stehen, wenn man an Walt Whitmans tapfere Einstellung zum Tod denkt, an den »tapferen Tod«, »das heilige Wissen vom Tod« – »lieblicher, tröstender Tod«, »kühler, einhüllender Tod« – »große Befreiung«, »großer, verschleierter Tod« – »der Leib, der sich eng an den Tod schmiegt« – »heiler und geheiligter Tod«. Dies ist der Geist, der uns tapfer und furchtlos macht, damit wir schön und gut leben, der uns vorwärts marschieren läßt ohne Zittern, mit erhobenem Haupt. Ist es nicht ganz natürlich, daß wir solche

Schriftsteller am liebsten haben? Schriftsteller, die uns mit frohem Mut erfüllen und uns stolz machen auf den Weg, den wir gewählt haben?

Und doch lehnen Sie Whitman ab. Ich erinnere mich ganz gut, wie enttäuscht ich war, als Sie davon sprachen. Als ich es zuerst hörte, meinte ich, daß ich mich vielleicht irrte, ihn so zu schätzen, doch bald, Gott sei Dank, kam ich wieder ins Gleichgewicht und tröstete mich schließlich damit, es könnte auch sein, daß Sie sich irrten. Sie sagten, das sei keine Dichtung. Das verstörte mich für ein paar Tage, bis ich erkannte, es machte mir nichts aus. Ich konnte nicht sofort mit Ihnen diskutieren und Ihnen einen Beweis liefern, denn ich habe lediglich diesen ESPRIT D'ESCALIER, der nur leuchtet, wenn es zu spät ist. Ganz gleich, ob es Dichtung ist oder keine, ich liebe ihn für immer. Wahrscheinlich haben Sie Ihr Urteil in bezug auf zweitklassige Werte zu einem solchen Gipfel der Feinfühligkeit hochgeschraubt, so daß Sie, wenn die äußere Hülle nicht makellos ist, aus purem intellektuellen Mißvergnügen nicht die innewohnenden Wunder wahrnehmen können. Ich, da ich nicht so gebildet bin, bin mit solcher unvermischter Freude erfüllt, wenn mir jemand neben den vielen Schatten das Licht dieser Welt zeigt, daß ich mich nicht damit aufhalte, zu überlegen, mit welchen Worten er es tat, während mein Blick seinem deutenden Finger folgt. Wie Sie sehen, versuche ich, mich über meine ungeschulte Intelligenz zu trösten. Ja, ich weiß, ich bin ungeschult und daß höchstens wohl- und hochgebildete Leute wie Sie, alle wohlbeschaffen und von Anfang an erzogen, mich nur mit Nachsicht ertragen. Ich muß mit meiner Verstandesausrüstung, mit dem Werkzeug, das mir gegeben ist, auskommen. Ich glaube, was Sie im Augenblick wirklich am meisten brauchen, ist eine Dosis von Walt

Whitman, ein dichtes Studium mehrere Stunden täglich, allein mit ihm an einem stillen ländlichen Ort. Hören Sie nun – Sie müssen zuhören:

Ach, wir können nicht länger warten;
auch wir schiffen uns ein, meine Seele!
Fröhlich begeben wir uns auf das pfadlose Meer.
Ohne Furcht segeln wir auf Wellen der Entzückung,
unbekannten Ufern entgegen,
inmitten der wehenden Winde.
Dann, ich mich dir entgegendrängend, und ich dich
mir, mir, meine Seele,
frei jubilierend singen wir unser Lied Gottes.
Ach, meine tapfere Seele!
Ach, weiter und weiter segeln wir.
Ach, verwegene Lust, doch unversehrt!
Sind sie nicht alle Söhne Gottes?
Ach, weiter und weiter segeln wir.

Na, wie fühlen Sie sich jetzt? Kann irgend jemand, können Sie, können selbst Sie dies lesen, ohne daß es in all Ihren Gliedern prickelt, mit einem solchen frischen Luftzug von Leben und Kraft im ganzen Körper? Man muß einfach aufspringen und all den trübseligen Unsinn abschütteln, der Sie genarrt hat, Sie müssen den krankhaften Selbstquälereien den Rücken kehren und straks in die Sonne rennen zu Ihrer Gesundung, zu Ihrer Rettung.

XXXII.

Lieber Mr. Anstruther,
schade – es tut mir leid, daß Sie mich gefühllos nen-

nen. Hart wäre wohl das rechte Wort, aber gefühllos klingt besser. Ist es denn herzlos, unfruchtbare, nutzlose, trockene Dinge abzulehnen? Den Nebel, Pesthauch und andere zerstörende Dinge mit Namen zu nennen? Aus tiefstem Herzen bemitleide ich alle Leute, die nichts von ihrem Leben haben aus Angst vor ihrem Sterben, aber bewundern kann ich sie nicht. Bedeutet das, gefühllos zu sein? Offenbar denken Sie so. Merkwürdig. Es gibt hier einen kleinen Mann, der kein Gespräch führen kann, ohne von seinem Tod zu reden. Er ist ganz gesund, so etwa 40 oder 50, und es besteht jede Aussicht, daß er weiter für viele Jahre ein kleiner Mann bleibt. Aber er besteht darauf, daß er ebensogut tot sein könnte, da er nie etwas Nützliches getan hat, und wie er sagt, nie geheiratet hat. Bei dem Wort TOT kommt ein ganz angstvoller Ausdruck in seine Augen wie bei einem Hasen, wenn ein Hund hinter ihm her ist. »Wüßte man nur, was dann kommt«, meinte er, als er das letzte Mal hier war, und sah mich mit diesen angstvollen Augen an.

»Sicher etwas Schönes«, sagte ich und versuchte, ihm Mut zu machen.

»Ja, aber für die, die Strafe verdienen?«

»Wenn sie sie verdienen, kriegen sie sie auch«, sagte ich munter. Er schauderte.

»Aber Sie sehen gar nicht sehr böse aus«, fuhr ich freundlich fort. Sein Leben ist wie Brot und Milch, so einfach, so unschuldig voll lauter kleiner häuslicher Tugenden am Herd.

»Oh, doch, das bin ich«, erklärte er ärgerlich.

»Sicherlich halb so schlimm wie die allermeisten Leute«, sagte ich liebenswürdig, da ich die Hausfrau war. »Schlimmer«, sagte er noch grimmiger.

»Aber nein«, sagte ich, und wie ich meinte, höflich. Hier nun wurde er wirklich zornig und fragte, was ich überhaupt wisse, und ich sagte, ich wüßte gar nichts, und er geriet in Wut und wurde immer angstvoller von seinen eigenen Worten, und endlich gestand er mit leiser Stimme, er hätte eine besonders tödliche Angst, die ihn verfolgte und ihm keine Ruhe ließ, nämlich, daß die Bösen nicht ins ewige Feuer kämen, sondern erfrieren müßten.

»Oh«, sagte ich und wich zurück, denn es war ein bitterkalter Tag und der Nordwest-Wind fegte über die Hügel.

»Mir scheint, große Kälte ist viel schrecklicher als große Hitze.«

»Ja, viel schrecklicher«, stimmte ich zu und rückte näher zum Ofen, »hören Sie bloß den Wind.«

»So wird es in der Ewigkeit um uns heulen«, sagte er.

»Oh«, schauderte ich. »Er durchdringt alles, unser ungeschütztes Knochenmark und verwandelt es in uns in Eis.«

»Aber wir haben ja dann kein Knochenmark mehr«, sagte ich. »Was? Kein Knochenmark? Fräulein Rose-Marie, alles haben wir, was weh tut.«

»Oh, weh!« rief ich und hielt mir die Ohren zu.

»Erschreckt Sie dieser Gedanke?« fragte er.

»Fürchterlich!« sagte ich. »Und wieviel fürchterlicher wird dann die Wirklichkeit sein.«

»Hören Sie, ich würde gern ... ich möchte Ihnen einen guten Rat geben«, sagte ich zögernd. »Gern, falls eine Frau unsereinem einen wirksamen Rat zu erteilen fähig ist ...«

»Oh, wirksam ...« flüsterte ich zögernd, »ich würde nur vorschlagen ...«

»Fürchten Sie nichts. Ich bin ganz Ohr und bereit, mich anleiten zu lassen«, sagte er mit unbeschreiblicher Güte. »Na also – gehen Sie einfach nicht dorthin.«

»Nicht hingehen?«

»Ja, und solange Sie hier sind – noch hier sind und am Leben in hübschen, wollenen Kleidern – wissen Sie, was Sie da brauchen?«

»Was ich brauche?«

»Sehr nötig brauchen Sie eine Frau. Warum nicht hingehen und eine nehmen?«

Hier wurden seine Augen noch angsterfüllter als bei dem Gedanken an das ewige Eis. Er ergriff seinen Hut und rannte eilig hinaus, indem er bissige Sachen über MODERNE MÄDCHEN zischte, und draußen in der Sicherheit des Flurs hörte ich ihn UNVERSCHÄMT sagen. Er ist seither nicht mehr hier gewesen. Ich aber möchte hingehen und ihn schütteln, bis sein Hirn wieder am rechten Fleck sitzt, und möchte dabei sagen: »Oh, kleiner Mann, kleiner Mann, komm heraus aus dem Nebel! Warum willst du unbedingt tausend Tode sterben statt eines einzigen?«

Nennen Sie das ohne Mitgefühl sein? Ich meine, das war doch recht freundlich.

Eigentlich hatte ich Ihnen etwas anderes schreiben wollen. Ich las Ihr gelehrtes und sachkundiges und gewiß bewunderungswürdiges Urteil über Walt Whitman mit achtungsvoller Aufmerksamkeit, der soviel Ernsthaftigkeit gebührte. Und als ich damit fertig war, wunderte ich mich über die viele Zeit, die das Auswärtige Amt seinen jungen Leuten zum Briefeschreiben zugesteht. Dann streckte ich mich, holte meinen Hut und lief hinunter zum Fluß und saß am Ufer zwischen vielen, vielen Butterblumen und spürte einen kleinen Wind. Und der kleine Wind neigte die Butterblumen zueinander, und das schien ihnen zu gefallen, oder war's etwas anderes? Denn ich glaube sicher, ich hörte sie lachen.

XXXIII.

Lieber Mr. Anstruther –

Sie fragen nach Ihrem Nachfolger in unserem Haus und warum ich ihn nie erwähnt habe. Warum sollte ich ihn erwähnen? Muß ich denn alles erwähnen? Wahrscheinlich habe ich es einfach vergessen. Er heißt Collins, und an manchen Tagen trägt er ein rosa Hemd und an anderen ein blaues, und in seiner rechten Tasche steckt an den rosa Tagen ein rosa-seidenes Taschentuch und ein blaues an den blauen Tagen. Die Bilder, die ihm gefallen, hat er an die Wände seines Zimmers genagelt, und dort, wo Ihre Luini-Madonnen hingen, hängt jetzt eine junge Dame mit einem Riesenhut und kurzen Röcken, und wo Ihre Bellini-Madonna hing und einen mit ernsten schönen Augen ansah, da hängt jetzt der Sieger des letzten Derbys samt Jockey. »Mit dem da hab ich einen Haufen Geld gemacht«, sagte Mr. Collins, als er es annagelte und mich um einen Reißnagel bat. Ich glaube aber, ich habe gerade jetzt die Luinis und Bellinis satt und auch die Sorte Geist bei einem jungen Mann, der die Wände seines Zimmers mit ihnen schmückt, jedes mit einem vollendet schön gearbeiteten, aber einfachen Rahmen. Und ich bin gar nicht so sicher, ob nicht die ehrliche Gewöhnlichkeit eines Collins mir nicht besser gefällt. Wissen Sie, manchmal sehnt man sich danach, zur Erde zurückzukehren, hinunter zu den einfachen Instinkten, zur rohen Natur oder, wenn Sie wollen, zur unverfälschten Primitivität.

Doch ich will weiter von Mr. Collins erzählen. Sie wollen eine Geschichte von ihm hören: Er hat sich ein Kanu gekauft und einen Preis im Schwimmen gewonnen, den er den widerwilligen Händen der vernichtend geschlagenen jungen Männer von Jena wegschnappte.

Er paddelt bis hinauf zum Wehr, steigt wieder aus und packt sein Kanu, trägt es auf die andere Seite, steigt wieder ein und verschwindet in den Flußwindungen hinter den Hügeln. Die Mädchen auf den Tennisplätzen – Sie erinnern sich doch, sie liegen gegenüber vom Wehr – wissen nicht, ob sie kichern oder erröten sollen, denn er hat sowenig an wie nur möglich und keine Strümpfe. »Nein, dieser Engländer!« japsen die jungen Mädchen und senken die Augen. »Höllisch praktisch«, erklären die jungen Männer, die so weit als möglich die englischen Flanelle kopieren und die sogar ihre Hüte mit einem Band schmücken, das Ihrem Oxford nahekommt. Ich sehe kommen, daß sie alle, ehe der Sommer vorbei ist, im Collins-Kostüm Tennis spielen werden.

Professor Martens hatte keine Lust, Collins zu unterrichten und wollte ihn durchaus Papa übergeben. Papa hat auch keine Lust, ihn zu unterrichten und sagt, er sei ein dummer Bengel, der Goethe ausspricht, daß er sich auf DIRTY reimt. Als unser großer Dichter zum ersten Mal erwähnt wurde, fragte er geistesabwesend und äußerst zerstreut, ob das nicht der Witzbold sei, der das Stück für Irving schrieb mit all den Teufeln darin. Das ärgerte Papa so, daß er an Vater Collins einen Brief entwarf und ihn bat, seinen Sohn in eine Stadt zu schicken, wo es weniger Geistesgrößen gibt. Vater Collins aber ist ein Mann, der mit großem Können und Erfolg Nägel in Manchester herstellt und erschreckend reich ist, und meine Stiefmutter hat den erschreckend Reichen gegenüber die Einstellung, ihnen alles nachzusehen. Sie zerriß Papas Brief, als er gerade die Worte ERBÄRMLICHER ESEL niedergeschrieben hatte, sagte, er wäre ein sehr anständiger Junge, er sollte bleiben, so lange er wollte, daß jedoch, da er schlecht lernte, Papa eine höhere Bezahlung verlangen müsse. Papa wollte das nicht, meine Stiefmutter wollte es, und, stellen Sie sich vor, Joey – sein Taufname ist wirklich Joey – ist für uns doppelt so erträglich wie je ein anderer zuvor.

»Hören Sie mal«, sagte Joey heute morgen zu mir, »kommen Sie mal rüber nach England, und ich sause mit Ihnen runter nach Epsom.«

»Oh himmlisch«, sagte ich mit verzücktem Blick. »Wir werden eine Mordsgaudi haben.«

»Sicher.«

»Ich fahr Sie runter im Wagen von meinem alten Herrn.«

»Wahrhaftig?«

»Wir sind dort, eh Sie bis zwei gezählt haben.«

»Ist das Ihr Ernst?«

»Aber ja, 's ist ein 30pferdiges.«

»Können Sie's nicht in London bekommen?« –

»In London bekommen? Was sollen wir in London bekommen?«

»Muß man denn jedes Mal bis Epsom fahren?«

Joey brach ab und starrte mich an.

»Handelt es sich denn nicht um Salz?« fragte ich hastig, denn ich hatte das Gefühl, daß wir von verschiedenen Dingen sprachen.

»Salz?« fragte Joey und ließ den Mund offenstehen.

»Sie erwähnten doch Epsom, nicht wahr?«

»Salz?«

»Sie sagten Epsom, nicht wahr?«

»Salz?«

»Salz«, sagte ich sehr deutlich angesichts dieser Begriffsstutzigkeit. »Was hat das alles mit Salz zu tun?«

»Also hören Sie – was haben Sie vor? Soll das ein Spiel sein?«

»Sicher nicht. Es ist auch Sonntag. Haben Sie nie von Epsom-Salz gehört?«

»Oh – ah – jetzt begreife ich. Eno und so weiter,

Rhizinusöl. Rhabarber und Magnesia. Na, ich nehme es Ihnen nicht übel, Sie sind schließlich nur eine Deutsche. Ganz hübsch unheimlich, was für Stückchen von Tatsachen Sie mitkriegen. Nie die richtigen allerdings. Ich sag Ihnen was, Miss Schmidt ...«

»Ja, reden Sie nur.«

»Hier in diesem Haus scheint Ihr alles zu wissen, was sich nicht lohnt, und kein Wort von dem, was sich lohnt.«

»Meinen Sie Goethe?«

»Zum Teufel mit GERTY«, sagte Joey. So unterhielt ich mich mit Joey. Möchten Sie sonst noch was wissen?

XXXIV.

Lieber Mr. Anstruther –

Entschuldigen Sie bitte, daß ich Ihnen viele Wochen nicht auf Ihren Brief antworten konnte, es tut mir leid, daß Sie, wie Sie sagen, in Sorge waren, aber mein Antworttelegramm auf Ihres wird erklärt haben, was bei uns geschehen ist. Meine Stiefmutter ist vor zwei Wochen gestorben. Fast sofort, nachdem ich Ihnen zuletzt schrieb, wurde sie sehr krank. Meine Gefühle für sie haben sich seither vollkommen verändert. Ich kann nicht von ihr sprechen. Sie vergilt mir, wie nur die Toten in ihrem äußersten Groll sich zu rächen vermögen, jeden harten und spöttischen Gedanken. Ich glaube, ich erzählte Ihnen einmal von ihrer Rente. Da sie nun fortfällt, müssen Papa und ich zusehen, wie wir nur vom Erbe meiner Mutter leben können. Das sind im Jahr 100 Pfund, wir müssen sparsam leben, zwar nur so sparsam, hoffe ich, daß wir uns alles leisten können, was uns Freude macht, aber doch so sparsam, daß wir vorsichtig sein müssen. Deshalb geben wir unsere Wohnung auf, die viel zu teuer für uns ist, sobald wir ein anderes Unterkommen finden. Für eins haben wir uns beinahe entschlossen. Mr. Collins kehrte nach England zurück, als die Krankheit augenscheinlich hoffnungslos wurde, und wir werden ihn nicht mehr aufnehmen, denn mein Vater möchte, jedenfalls gegenwärtig, keine Fremden um uns haben. Ich selber kann mir nicht recht vorstellen, daß ich für einen jungen Mann in der Weise kochen und sorgen kann, wie meine Stiefmutter es tat. Wir werden recht bedürftig sein, wenn wir keinen Mieter mehr haben, ich glaube aber, wir werden uns ganz leidlich durchschlagen, denn wir brauchen wenig.

Ich danke Ihnen für Ihren freundlichen Brief nach dem Telegramm. Die anderen vorher, die in dieses ernste Haus kamen, das so nah am Tod stand, dem Tod in seiner ganzen Unbeugsamkeit und Härte, dessen Hände die grausame Geißel halten, sie kamen mir so unaussprechlich ... nein, ich will es nicht sagen, auch darf ich Ihnen keinen Vorwurf machen, daß Sie mit den Nebensächlichkeiten des Lebens beschäftigt waren, da Sie ja nicht wissen konnten, in wessen Schatten wir lebten. Briefe, die man an Freunde schickt, die weit weg wohnen, wirken manchmal ziemlich gespenstig. Ihre taten das. Manchmal während der Nacht, als ich bei meiner Stiefmutter wachte, habe ich sie gelesen. Das Zimmer lag im Halbdunkel, und zuweilen gab es Augenblicke kurzer Ruhe, in denen sie die Qualen vergessen durfte und ein wenig schlafen konnte. Und als ich neben diesem schmerzgequälten Körper saß und all dem, was dieser Schmerz bedeutete, der mir fürchterliche Strafpredigten hielt, tonlose Predigten, mehr beredt als alles, was ich jemals zu hören bekommen werde – wie fremd, wie weit her schien mir der Widerhall Ihres Lebens in der Welt! Fernes, künstliches, ein nicht ganz echtes Leiden unter unechten Lasten, müßige Fragen und Selbstbeschuldigungen, Klagen, Zweifel und komplizierte, halbverschleierte Vorwürfe gegen mich, daß ich fähig sein, in einer so wurmzerfressenen Welt zufrieden zu sein, daß ich immer noch mein Lebenslied in Dur singen könne in einer Welt, die so ausgesprochen in Moll gefärbt sei. All dieses fiel seltsam in die Schwere des Zimmers voller Schatten, hier, wo alles wirklich war, fielen Spinnweben der Unwirklichkeit, während alles wirklich war. Ich mußte seufzen und auch lächeln: Sie waren so finster und dabei so bedeutungslos. Oft habe ich mir überlegt, wozu diese meist so nützliche Magd ERFAHRUNG da ist, daß sie noch nicht mit ihrem Besen hinter Ihnen her ist. Ihre Haupttätigkeit besteht darin, die Rolläden hochzuziehen und die Morgensonne einzulassen. Doch ich will nicht ungerecht gegen Sie sein, Ihre Briefe waren, seit Sie es wußten, die Freundlichkeit selbst. Haben Sie Dank dafür.

Es ist so seltsam, daß jemand im Juni sterben muß, daß jemand leblos mitten in der verschwenderischen Fülle des Lebens daliegt und kalt wird in dieser zitternden strahlenden Wärme. Die Leute unter uns haben dieses Jahr Kästen mit Zimmercalla auf ihrem Balkon. Ihr heißer schwerer Duft drang nachmittags durchs offene Fenster ein, wenn die Sonne auf sie schien, der honigsüße Duft von Leben füllte stark und durchdringend jede Ecke des Zimmers mit herrlichem, heidnischem Sommer: Und auf dem Bett warf sich meine Stiefmutter unruhig hin und her und flüsterte unausgesetzt von Christus.

XXXV.

Lieber Mr. Anstruther –

Unsere neue Adresse ist Galgenberg, Jena – ziemlich
grauslich, aber was bedeutet schon ein Name. Die
Wohnung selbst ist vollkommen in einem kleinen
Haus, weiß, mit grünen Fensterläden, am Südhang
eines Hügels zwischen lauter Apfelbäumen. Der Garten ist so steil, daß man nur auf der Nordseite des Hauses sitzen kann, wo das Haus uns vor dem Abrutschen
schützt. Dort ist ein Streifen harten Grases, aus dem ich
Heuhaufen machen werde. Drei Apfelbäume stehen
dort. Unten, unter dem Zaun, der an vielen Stellen
verfault ist, aber ich werde das ausbessern, beginnt ein
richtiger Apfel-Obstgarten. Durch seine Zweige kann
man auf das Dach eines anderen Hauses sehen, weiß
wie unseres, doch etwas größer und mit blauen statt
grünen Fensterläden. Es wird für den Sommer vermie-
tet, und einmal kam ein Engländer und legte ein Bohnenfeld dort an, aber ich glaube, ich habe Ihnen davon
schon erzählt. Hinter uns, gerade aufwärts am Hang,
stehen Kiefern, die sich den ganzen Tag rastlos hin und
her, vor- und rückwärts wiegen und versuchen, ein
wenig Wolken vom klaren Himmel wegzuwischen.
Nachts stehen sie steif und regungslos vor den Sternen.
Das sah ich gestern von meinem Fenster aus. Gestern
sind wir eingezogen. Der Einzug war nicht ganz einfach wegen des – wie Papa es nennt – gebirgigen Ge-
ländes hier. Er saß mit dem Rücken an die Hausmauer
gelehnt, die einzige Seite, an der man sitzen kann, wie
ich schon berichtete, und arbeitete in völligem Seelenfrieden mit dem Bleistift an seinem Buch über Goethe
in Jena. Johanna und ich und der Mann, der den Mö-
belwagen den Hügel hinaufgewuchtet hatte, stolperten

jedesmal über seine Beine, wenn wir ein- und ausgingen, um das Haus einzurichten. Allerdings war nicht viel einzurichten. Wir hatten alles Überflüssige abgestoßen, eingeschlossen den Kanarienvogel, den ich, den Käfig schönstens geschmückt mit den blauen Bändern, die ich auf meinem ersten Ball trug, dem kleinen Mädchen mit den flammendroten Haaren schenkte, das im zweiten Stock wohnt. Alles andere, das nur irgend jemand kaufen wollte, haben wir verkauft; das übrige, das niemand kaufen oder geschenkt wollte, haben wir verbrannt. Auf diese Weise eingeschränkt, passen wir ganz nett hier herein, und nach ein oder zwei Tagen, die wir der Härte des Lebens widmen müssen — zum Beispiel das Aufhängen von Voile-Vorhängen an den richtigen Stellen und sie mit Schleifen verzieren —, plane ich, einen Spaten zu kaufen und eine Gießkanne und mich um den Garten zu kümmern.

Ich wünschte, er wäre nicht ganz so steil. Wenn ich nicht oberhalb eines Apfelbaums stehe, den Rücken fest gegen den Stamm gepreßt, weiß ich nicht recht, wie ich gärtnern soll. Es ist höchst störend und verschwendet viel Zeit, sich mit der einen Hand festzuhalten, während man mit der anderen gärtnert. Und wenn das Ding nachgibt und man hinunterrollt bis zu dem kaputten Zaun . . . Und falls dieser auch nachgibt, so gibt es lediglich nur ein paar vermutlich schwächliche Apfelbaumstämme zwischen mir und dem Haus mit den blauen Fensterläden. Höchstwahrscheinlich werde ich, bis ich das gewonnen habe, was man unter Seefestigkeit versteht, ziemlich oft auf diesem Dach landen. Hoffentlich ist es stark und neu. Vielleicht wohnen freundliche Leute darin, denen es nichts ausmacht. Bald werden sie sich so daran gewöhnt habe, daß sie, wenn sie das anfängliche Krachen zwischen ihren Apfelbäumen hören und den darauffolgenden

Bums auf dem Dach, kaum von ihrer Lektüre aufsehen, sondern bloß einander zuraunen: »Ach, da ist Fräulein Schmidt wieder auf dem Dach« und werden weiterlesen.

Jetzt rede ich aber Unsinn, die Art von Unsinn, die Sie gar nicht ein bißchen mögen, aber heute bin ich in alberner Stimmung, und Sie müssen mich nehmen, wie ich bin. Jederzeit, wenn ich Ihnen zu unerträglich bin, können Sie einfach aufhören, mir zu schreiben. Dann werde ich wissen, Sie haben genug von mir, meinen Launen, meinen scheußlichen Anfällen von Redseligkeit, meinem albernen Humor, meinen Strafpredigten für Sie und meiner Selbstgerechtigkeit. Es sieht allerdings so aus, als hätten Sie meine Schelte gern. Das ist wenig schön von Ihnen. Was Sie offenbar am wenigsten mögen, sind Briefe mit handfesten Gefühlen und ebensolchem Lebensgenuß. Fast sieht es so aus, als sähen Sie mich nicht gern glücklich. Merkwürdig. Und manchmal frage ich mich, ob es für zwei Leute möglich ist, befreundet zu bleiben, die verschiedenen Geschmack haben für das, was ich unter Spaß machen verstehe. Meine Freude an diesen ist so primitiv, ein Applepie-Bad bringt mich zum Lachen, daß mir Tränen kommen, und wenn ich ins Theater gehe, liebe ich es, wenn Stühle weggezogen werden, gerade wenn die Leute sich hinsetzen wollen. Natürlich stoßen solche Dinge Sie ab, sie erfüllen Sie mit Abscheu. Sie werden derartig von ihnen entsetzt, daß es Sie schmerzt. Ich bin wenigstens feinfühlig genug, Ihre Einstellung zu verstehen. Scherze jedoch hoher Grade auf der Stufenleiter des Humors konnten Sie nicht zum Lächeln bringen. Ich habe gesehen, wie Sie unverändert ernst dasaßen, während Papa die hübschesten kleinen Witze vorbrachte, und ich weiß, niemals mochten Sie es, wenn Ihr geliebter Professor Martens anfing zu blödeln. Nun, entweder lache ich zu gern oder Sie lachen nicht genug.

Wir planen, diesen Sommer fleischlos zu leben. Papa, der es nicht kennt, ist ganz bereit dazu, und wenn wir hauptsächlich von Nüssen und Salaten leben, brauchen wir kaum Geld. Ich las ihm Shelleys RECHTFERTIGUNG DER NATÜRLICHEN ERNÄHRUNG vor, ehe wir die alte Wohnung verließen, um ihn vorzubereiten. Er bejahte jedes Wort von Herzen und lief sofort in die freie Leihbibliothek und grub sämtliche Bücher aus, die er finden konnte, die von Muskeln, Hirnen und von der erstaunlichen Abhängigkeit von der Art der Nahrung, die man ißt, handeln und brachte sie heim, damit ich sie studiere. Wie liebe ich Papa! Er fällt so liebenswürdig auf meine kleinen Pläne herein und läßt mich schalten, ohne im geringsten zu fragen oder zu raten. Ich las die Bücher mit größtem Interesse. Ein Mensch, der kocht, der mit rohem Fleisch umzugehen hat, der die Eingeweide von Gänsen, das Fell von Kaninchen abziehen muß, die Schuppen von noch lebenden Fischen abschaben muß – meine Stiefmutter bestand darauf, da der Geschmack unendlich viel besser sei –, nur so ein Mensch ermißt, mit welcher Erleichterung, was für einer Empfindung persönlicher Reinheit und welchem sich Abwenden vom Bösen man einen Kohlkopf in den Topf mit reinem Wasser wirft oder man liebevoll mit Linsen spielt. Neulich schleppte ich einen Beutel voll Linsen, und der Kohl, übriggeblieben von meinem letzten Markteinkauf, kam auch ins Netz: Linsensuppe und Kraut mit Butterbrot – was könnte reiner sein? Für Johanna, die Shelley nicht gelesen hat, gab's die letzte Wurst aus der Rauchgasse als Trostpflaster für ihre unreife Seele. Dies vor einer Stunde. Papa kam soeben herein um mitzuteilen, er habe Hunger. »Was! Du hast ja gerade zu Mittag gegessen, Papachen«, sagte ich erstaunt. – »Ich weiß, ich weiß«, sagte er und sah leicht beunruhigt aus. – »Du kannst wirklich keinen Hunger haben, vielleicht eine Magenverstimmung?« – »Na vielleicht«, stimmte er zu und verzog sich, sah aber immer noch beunruhigt aus. Dieses Haus hatte, bevor wir es mieteten, mehrere Jahre leer gestanden. Der Mann, dem es gehört, war so froh, jemanden zu finden, der darin wohnen will und es beheizt, daß er es uns für eine ganz geringe Miete überließ. Was arme Leute gern möchten – und nur arme Leute würden in einem so kleinen Ding wohnen –, ist ein flacher Garten, um darin Kartoffeln zu bauen, und Geflügel, das darin herumläuft, und ein Schwein in einem guten, ebenen Stall. Das alles kann man hier nicht haben. Jedenfalls keinen Schweinestall auf einem solchen Abhang. Das arme Schwein würde seine Tage damit verbringen, sich angstvoll mit all seinen Füßen an der Bergseite festzuklammern oder sich elendiglich an den unteren Planken zusammenzuhokken und nie in jener gelösten Seelenstimmung sein, die ihm notwendig ist, um in richtig befriedigendem Schinken zu enden. Was Hühner betrifft, so müßten sie, nehme ich an, ihre Eier im Fluge legen, keinesfalls im Sitzen. Und wie lästig würde das für jemanden sein, der wie ich hinauf in den Himmel zu schauen pflegt, denn wie kann man unter einem Schirm in den Himmel schauen? Ich befragte den Hausbesitzer, wie es mit Kartoffeln stünde, und er sagte, ich müsse sie ebenso anbauen, wie der letzte Mieter es tat, eine Witwe, die hier lebte und starb. Sie baute sie auf einem schmalen Streifen an der Nordseite des Hauses, wo ein ebenes Stück Land ist, ungefähr zwei Meter am Hause entlang, das eigentlich ein Weg ist und den Abhang hindert, in unsere Fenster zu fallen. Es ist dies wirklich der einzige Platz. Ich kann mir nicht vorstellen, wie Johanna und ich, so begabt und einfallsreich wir auch sein mögen, Terrassen machen könnten mit nichts als einem Spaten und einer Gießkanne. Auch scheint es notwendig, einen Weg zu unserer Haustüre zu haben. Oder kann man geschätzt bleiben ohne einen Weg zur Haustüre? Nun, vielleicht kann man das, und es mag überflüssig sein, wenn man das Leben handfest betrachtet.

Ich bin überzeugt, daß wir Kartoffeln bauen müssen und bin, wenn ich darüber nachdenke, nicht überzeugt, daß dort ein Weg sein muß. Haben Sie jemals die Freude kennengelernt, Dinge loszuwerden? Sie ist so groß, daß sie beinah überwältigend ist. Nach jeder Entledigung, nach jedem Wegwerfen von etwas, atmet man erleichtert auf; es ist ein Hochgefühl, wenn die befreite Seele lächelnd zu sich selbst sagt: Siehst du, nun hast du wieder entdeckt, ohne dies kannst du leben und glücklich sein. Und während ich dies schreibe, habe ich festgestellt, daß ich ohne Weg sein kann.

Eben war Papa wieder hier. »Ist noch keine Kaffeezeit?« fragt er. Ich sah ihn verblüfft an. – »Liebling, Kaffee gibt es doch nie um halb drei Uhr«, sagte ich vorwurfsvoll. – »Was? Ist es erst halb drei? Teufel noch mal«, sagte Papa. – »Geht's mit deinem Buch gut voran?« fragte ich. – »Jaja, das Buch macht Fortschritte, das heißt, es würde sie machen, wenn ich nicht ständig an etwas anderes denken müßte.«

»An was denken?«

»Rose-Marie, in mir nagt fortwährend irgend etwas, das mir nicht erlaubt, zu glauben, ich hätte Mittag gegessen.«

»Aber du hast es, Papachen. Ich sah dich essen.«

»Was du gesehen hast, war kein Mittagessen.«

»Was! Kein Mittagessen!« Papa schlenkerte mit den Armen, plötzlich und komisch. »Gras! Gras war das!« rief er ungehalten.

»Gras?« wiederholte ich, noch erstaunter.

»Bücher von dauerndem Wert, Werke von gewisser Qualität sind niemals und werden auch niemals auf Gras gegründet sein«, rief Papa, ganz rot im Gesicht.

»Ich verstehe nicht, wovon du sprichst«, sagte ich, »wo ist denn Gras?«

»Hier«, sagte Papa und schlug sich schnell auf den Teil, den wir Magen zu nennen pflegen. Er sah mich dabei ganz streng an. »Ich bin heute ernährt worden, wie es einer Gebirgsziege angemessen ist, und das nur, weil sie sonst nichts anderes findet.«

»Höre, du hast eine Linsensuppe bekommen, die, wissenschaftlich nachgewiesen, alles Lebenswichtige enthält . . .«

»Ich kann der Linsensuppe nur gratulieren. Ich beneide sie. Ich wünschte nur, auch ich enthielte alles, was lebenswichtig ist. Doch hier – « und wieder schlug er auf seinen Magen – »hier ist nichts drin.«

»Oh, ja, da ist etwas. Kohl ist darin.«

»Pah«, sagte Papa, »Grünzeug. Blätter.«

»Blätter?«

»Jawohl, und zwar dürftiges Grünzeug, das vermutlich dem gebirgigen Gelände entspricht, in dem wir jetzt leben.«

»Papa, willst du denn kein Vegetarier sein?«

»Ich will meinen Kaffee«, sagte Papa.

»Was! Jetzt!«

»Und warum nicht jetzt? Rose-Marie, ist es nicht das Vernünftigste, zu essen, wenn man Hunger hat? Und gib viel, sehr viel Butterbrot dazu.«

»Aber Papa, wir wollten doch keinen Kaffee mehr trinken! Warst du nicht entschlossen, Stimulantien aufzugeben? Nun, Kaffee ist eins . . .«

»Unser einziges.«

»Du wolltest es aber aufgeben.«

»Ich sagte, allmählich. Wenn wir es heute tun, so wäre das nicht allmählich. Nichts ist gut, was nicht allmählich, langsam getan wird.«

»Aber einmal muß man damit anfangen.«

»Man muß allmählich anfangen.«

»Du warst begeistert von Shelley.«

»Das war nach dem Mittagessen.«

»Du warst aber ganz davon überzeugt.«

»Ich hatte damals keinen Hunger.«

»Du weißt doch, er ist nur für reines Wasser.«

»Er ist für vieles, was Leuten zusagt, die gerade zu Mittag gegessen haben.«

»Weißt du, daß er gesagt hat: Hätten die Bewohner von Paris während der Revolution das reine Quellwasser der Seine getrunken ...«

»Aber es gibt kein reines Quellwasser der Seine in Reichweite der Pariser Bevölkerung, es ist vermischt mit Topfscherben und leeren Konservendosen.«

»Er sagt aber reines Quellwasser.«

»Dann sagte er reinen Blödsinn.«

»Er sagt, wenn sie das so getan hätten und ihren Hunger gestillt hätten an der stets gedeckten Tafel der Gemüse ...«

»Stets gedeckten Tafel – himmlischer Vater, was für ein guter, vorzüglicher junger Mann ...«

»So hätten sie nie ihr brutales Stimmrecht für Robespierres Ächtungsliste gegeben ... Rose-Marie, heute ist es mir egal, was dieser junge Mann gesagt hat.«

»Er sagt – warte, hier ist das Buch in meiner Tasche.«

»Nein, ich will es nicht lesen.«

»Er fragt, könnten Menschen, deren Leidenschaften durch unnatürliche Stimulanzen nicht – er meint natürlich Kaffee – verdorben sind, einem Ketzergericht kalten Herzens zusehen?«

»Ich bin bereit, sofort einem Ketzergericht zuzu-
schauen, das ich antreffe, wenn ich nur schnell – «

»Er sagt . . .«

»Leg das Buch weg, Rose-Marie, und mach Kaffee.«

»Er sagt, es sei anzunehmen, daß ein Wesen zarten
Gemüts, das von seinem Mahl aus Wurzeln auf-
steht . . .«

»O Gott, Mahl aus Wurzeln!«

». . . sich je für blutige Sportarten begeistern
könne?« –

»Genug. Ich bin nicht in Stimmung für Shelley.«

»Aber du liebtest ihn noch vor wenigen Tagen!«

»Ja, Essen ausgenommen. Niemand kann irgend etwas lieben, solange sein Magen leer ist.«

»Das finde ich aber nicht schön, Papachen!«

»Es ist die reine Wahrheit. Denke daran, falls du heiraten solltest. Richte deine Handlungen danach. Dreimal täglich, Rose-Marie, vor dem Frühstück, dem Mittagessen und Abendbrot – liebt kein Ehemann seine
Frau. Und wenn sie schön ist wie Sterne, so weise wie
Pallas Athene, so gebildet wie Goethe, unterhaltend
wie ein Zirkus und noch so liebevoll – er macht sich
nichts aus ihr. Sie existiert nicht für ihn. Mein Kind,
geh nun und mach Kaffee und schneide das Butterbrot
recht dick.«

Nun, seither habe ich Butterbrote geschnitten und
Tassen und Tassen Kaffee ausgegossen. Ich dachte, Papa
würde nie aufhören. Ist das der Erfolg eines fleischlo-
sen Essens, so kann es nicht billiger kommen als
Fleisch. Papa aß ein halbes Pfund Butter, das sind sechzig Pfennige, und für sechzig Pfennige hätte ich ein
Kalbsschnitzel bekommen, so groß, daß es für zwei
Tage gereicht hätte. Ich muß einen Spaziergang machen
und darüber nachdenken.

Rose-Marie.

XXXVI.

Lieber Mr. Anstruther,

glauben Sie mir, wir haben alles, was wir brauchen. Bitte beunruhigen Sie sich nicht unseretwegen. Und warum sollten Sie auch beunruhigt sein? Ja, ich nehme es Ihnen sogar ein bißchen übel.

Offen gesagt (Sie würden sagen: brutal gesagt) haben Sie kein Recht, besorgt, beunruhigt, ängstlich und alles das zu sein, was Sie sagen, über die Privatangelegenheiten von Leuten, die Ihnen nichts bedeuten. Selbst ein Lamm würde sich vermutlich ärgern, wenn es dauernd bemitleidet würde und dabei doch alles hat, was es braucht. Und wenn wir jetzt von Mitleid sprechen, so wollen wir es richtigstellen: Ich bemitleide Sie. Sie wissen, daß der immer eine gewisse Befriedigung empfindet, der bemitleidet. Es tut ihm wohl, es schmeichelt ihm, ob es ihm bewußt ist oder nicht, das hängt von seiner Fähigkeit zur Selbstkritik ab. Wenn ich mich mit Ihnen vergleiche, so halte ich mein Leben für wundervoll. Wann werden Sie einsehen, daß es Herrlichkeiten gibt, die nicht von Geld oder Stellung abhängig sind? Mir ist klar, daß man, je weniger man besitzt, desto größere Freuden hat, und Sie würden das auch sehen, wenn Sie darüber nachdächten. Wir brauchen Raum, Zeit, Aufmerksamkeit, um an die wahren, holden Wurzeln des Lebens zu gelangen. Und ich glaube – was Sie vermutlich nicht tun –, daß die wahren, holden Wurzeln überall dort liegen können – ganz gleich wo –, auf die Ihre ganze, ungeteilte Aufmerksamkeit gerichtet ist. Ich habe einmal vor Jahren, mit meiner Mutter eine kleine französische Geschichte gelesen; ich war noch ein Kind und weiß nicht mehr, wer sie schrieb und wie sie hieß. Es war die Geschichte eines Gefangenen, er fand eine Pflanze, die zwischen den Pflastersteinen des Hofs wuchs, wo er umhergehen durfte. Ich glaube, es war Goldlack. Er wuchs langsam heran und streckte ein zartes bißchen Grün nach dem anderen aus diesem grauen, steinigen Hof hervor; er streckte seine kleinen Händchen voller Hoffnung und Leben und Teilnahme dem Mann entgegen, der hierher kam als eine verlorene Seele. Er hatte nichts anderes. Endlich wurde das Pflänzchen seine große Liebe. Da er nichts anderes hatte, was ihn ablenken konnte, beobachtete er alle seine Wunder. Von dieser einen Pflanze lernte er mehr, als eilige Vorübergehende in einem ganzen Leben lernen. Sie rettete ihn vor der Verzweiflung. Sie schenkte ihm lebendige Anteilnahme an der wundervollen Welt, die seine Seele wieder empfand, da sie nicht mehr von zu schweren Schlingen belastet war. Nun, auch ich habe deren noch zu viele, und Sie bemitleiden mich, weil ich nicht mehr habe. Jeden Frühling kann ich ganze Beete voller Goldlack betrachten und gehe nur mit einem unbestimmten Gefühl des Staunens vorüber über soviel Duft und Farbe. Nichts nehme ich von ihnen mit als diesen vergänglichen Farbschimmer und Duft. Es gibt einfach zu viele. Ich habe nicht Zeit genug für alle. Doch schlösse man mich ein paar Wochen lang ein mit einer einzigen in einem Blumentopf, dann würde ich einen Begriff bekommen von der Höhe und der Tiefe und dem Wunder des Lebens. – Und nun werfen Sie mir vor, daß wir nur von Gemüsen leben!

Ist es, weil Sie Fleisch essen? Warum aber ist es Ihnen nicht recht, daß ich von Grünzeug lebe? Ich tat es standhaft eine Woche lang und will es wenigstens eine Weile ehrlich versuchen. Sagen unsere Bücher darüber die Wahrheit, so liegen Gesundheit und Wohlgefühl in dieser Richtung. Wie wohltuend ist es, eine reine

Küche zu haben, in die nie so abscheuliche tote Dinge gelangen! Ich mag nicht teilhaben an dem Leben und dem Sterben der Tiere. Ich mag nicht zu drei Viertel ein Schwein, eine Gans oder ein dummes Schaf werden. Mit Abscheu wende ich mich ab von dem roten Greuel der Bratensoße. Ich finde es eine grauenhaft scheußliche Sache, daß Teile von einem Schwein in meinen Adern auf und nieder wallen, sich in Gehirnzellen verwandeln, meine Gedanken färben und ein Teil meines Körpers werden. Ist ein Körper nicht etwas Wundervolles, das nicht sorgfältig und ehrfurchtsvoll genug behandelt werden darf? So wundervoll, daß er nicht sorgsam genug vor Verderb bewahrt werden kann? Und haben Sie schon einmal das Äußere und die Gewohnheiten von Schweinen beobachtet?

Ich gebe zu, daß das Dasein eines Vegetariers verwirrend erscheint. In keinem dieser Bücher steht ein Wort über jenes seltsame Gefühl, als habe man überhaupt nichts gegessen. Was Papa an diesem ersten Tag empfand, das ergeht mir seither täglich. Ich bin ständig hungrig, und es ist dieser unangenehme Hunger, bei dem man keine Nahrung mag, man ist lustlos, kann nicht arbeiten, fühlt sich schlapp, ja sogar ohnmächtig. Morgens, acht Uhr, fange ich mit Brot und Pflaumen an. Mein ganzes Sein sehnt sich nach Kaffee und Milch darin und nach Butter auf meinem Brot. Kaffee jedoch ist ein Stimulans, und in den Büchern steht, daß in der Butter kein einziger Nährstoff enthalten ist. Da ich mich am meisten nach solchen sehne, will ich keine Zeit damit verschwenden, Speisen zu essen, die keine enthalten. Statt dessen esse ich große Mengen Brot und stapelweise Pflaumen, nicht etwa, weil ich Lust darauf habe, sondern weil ich das nagende Bedürfnis fürchte, das folgt, wenn ich es nicht tue. Mir gegenüber sitzt Papa und frühstückt behaglich seine Eier; er erklärt, er täte alles allmählich, und er äße die Eier, um eine weisheitsvolle Brücke zu bauen zwischen dem Ende des Fleischessens und dem Anfang des Krautessens, wie er es nennt.

Um neun Uhr habe ich das Gefühl, nicht gefrühstückt zu haben. Das viele Brotessen hatte keinen Erfolg. Dies bekämpfe ich so lange wie möglich, weil ich in den Büchern lese, man dürfe nichts zwischen den Mahlzeiten essen, und dann gehe ich und esse mehr Pflaumen. Unbegreiflich, daß ich jemals Pflaumen gern hatte. Kein Wort beschreibt meinen Abscheu gegen sie. Jedoch, was ist zu tun? Sie sind die einzigen Früchte, die wir bekommen können. Die Kirschen sind vorbei. Äpfel sind noch nicht reif. Wir kaufen die Pflaumen vom Nachbarn unten. Zu meinem Entsetzen habe ich entdeckt, daß kaum eine ohne jenen sich schlängelnden Wurm innen ist. Wer weiß, wie viele ich schon gegessen habe. Gehören sie überhaupt in die vegetarische Lebensweise? Papa sagt ja, weil sie leben und weben und gedeihen in einem Umkreis reiner Pflaumen. Sie bestehen aus reiner Pflaume, sagt Papa, um mich zu trösten – Pflaumen, die die Fähigkeit haben, sich zu bewegen. Doch danach müßte Rindfleisch doch auch vegetarisch sein, Gras, das fähig ist, herumzugehen. Alles das ist sehr verwirrend. Eines Tages schickte unser Nachbar, der sich für unseren Versuch interessiert, einen Korb voller Erdbeeren, leuchtend rot und betaut und flaumig und mit einem schönen silbrigen Kohlblatt bedeckt – doch auch sie waren ebenso, nur mehr, beeinträchtigt. Papa sagt, warum schaust du sie an? Aber ich muß nachsehen, da ich sie einmal gesehen habe, und die Erdbeeren endeten in der Küche, und Johanna, die ohne Vorurteile ist, machte ein Kompott daraus und aß sie samt Ingwer zum Abendbrot. Zum Abendbrot bin ich schon ganz wackelig, interessiere mich überhaupt nicht fürs Essen, sondern bin von größter Sehnsucht erfüllt, mich aufs Sofa zu legen und nichts zu tun. Es gibt Kartoffeln mit Salat und Obst – natürlich Pflaumen – und Linsen, die uns so gut tun – (zu schade, daß sie so scheußlich sind) und Käse. Denn in dem einen Buch steht (es ist ein ausgezeichnetes, außerordentlich überzeugendes Buch), daß ein Mensch, der ohne Pause von sechs bis zwölf Rindfleisch ißt, zum Schluß nicht die Hälfte der Nährstoffe in sich aufgenommen haben wird, die er in zwei Minuten Käse-Essens genossen hätte. Bedauerlicherweise mag ich keinen Käse. Nach dem Essen ziehe ich mich zurück mit den Werken von Mr. Eustace Miles, der in überzeugenden Worten all das Geld, die Zeit und die Energie aufzählt, die ich gespart habe durch die Zunahme meiner körperlichen Kräfte, und wie tatenfroh, wie gewandt, zäh und ausdauernd ich geworden bin, wie klar und wie behende mein Geist wurde, und wie weit über den Durchschnitt meine Moral gestiegen ist, und wie lebhaft ich alles genießen werde, selbst – merkwürdigerweise – meine Mahlzeiten. Ich lese das im Liegen, zu matt, um zu sitzen. Johanna in der Küche, die Schweinebraten und Eier genossen hat, wäscht ab unter dem Klirren überschäumender Energie und singt dabei so laut, daß das ganze Haus zittert: »Einst liebte ich einen Studenten.« Alles ist sehr verwirrend. Alle Ratschläge, die man erhält, widersprechen einander. Unser Nachbar freundete sich gleich am ersten Abend mit Papa an. Dieser wanderte unbesonnen und unaufmerksam durch unseren Garten und rutschte durch ein Loch im Zaun in seinen Obstgarten und landete in Nachbars Armen, der dabei war, abgefallene Pflaumen für seine Frau zu sammeln, die Marmelade davon machte. Als er eines Tages bei uns zu Abend aß, sah er mich durch meinen Kohl kämpfen und behauptete, mein Heil läge bei Mandeln. So ging ich hinunter nach Jena am selben Nachmittag und kaufte drei Pfund davon. Teuer genug und furchtbar schwer, sie den Berg hinauf zu schleppen. Als ich damit am Tor des Nachbarn vorüberkeuchte, stand dort seine Frau, eine freundliche Dame, die jeden Morgen sämtliche Anzeigen in der Zeitung studiert und ihre Abende damit verbringt, mit dem Bleistift Silbenrätsel zu entziffern, was sie behaglich im Kühlen tut. Sie fragte mich mit der schlichten Neugier, die unserem Volk innewohnt, was ich in meinem Paket habe. Ich war froh, einen Augenblick zu Atem zu kommen, erzählte es ihr, und sie machte sich sofort über ihren Mann und die Mandeln lustig und behauptete, wenn ich sie äße, würde ich im Alter etwas Schreckliches kriegen und mich mit Gelbsucht vergiften. Ich ging heim und befragte meine Bücher. Ja, die Nachbarin hatte recht. Johanna buk Makronen aus den Mandeln und Papa, der sehr gern Makronen ißt, zog es vor, der Nachbarsfrau nicht zu glauben, und aß sie.

Doch die Bücher sind nicht immer einer Meinung. Das eine ermunterte uns, viel Erbsen und Bohnen zu essen, was wir bereitwillig taten – sind es nicht reizende Sachen im Sommer? Dann las ich in einem anderen Buch, ebensogut könnten wir uns vergiften mit all den Stoffen, die mit -xanthin endeten. Linsen werden von den meisten Büchern warm empfohlen, doch zwei widersprechen dem, weil sie dick machen. Reis wird ebenso verdammt. Man darf Salate essen, doch ohne Öl, das ihn so sänftigt, und ohne Essig, der ihn interessant macht, und wenn du Salz daran tust, wirst du durstig und darfst nie trinken. Ein nicht angemachter Salat – ganz nackt – ist etwas sehr Langweiliges. Ebensogut kann ich Gras essen. Vorläufig weigern wir uns, diese grausame Vorschrift zu befolgen, und haben trotz allem täglich Salat, doch mein Gewissen zwingt mich, immer weniger Zutaten daran zu tun, und ich hoffe, wir gewöhnen uns den Geschmack davon ab — »allmählich«, wie Papa meint. Auch vor Karotten warnen uns die Bücher. Ich vergaß, was sie Schädliches verursachen sollen, aber der Nachbar sagte, man bekäme davon glänzende Haut, und seit ich das weiß, kommt uns keine Karotte mehr über die Schwelle. Äpfel dürfen wir essen, aber sie werden uns nicht nähren und verhindern bloß durch ihren Umfang, daß unsere Magenwände aneinanderstoßen. Dies kann einem Vegetarier sehr leicht passieren, wenn er alles wegläßt, wogegen er gewarnt wird. Wie wir, wie in unseren fleischlichen Tagen in der Rauchgasse, uns mit unserer Sonntagsgans vollstopften, so werden wir uns jetzt mit Äpfeln füllen. Einstweilen gibt es noch keine Äpfel, und ich muß mich umsehen, etwas Ausfüllendes zu finden. Ob ich nächste Woche noch stark genug sein werde, Ihnen zu schreiben?

Ihre Rose-Marie Schmidt.

XXXVII.

GALGENBERG, 28. JULI

Lieber Mr. Anstruther,

heute haben wir einen sehr lieblichen Abend. Es tropft noch ruhig nach einem Regentag, ein Streifen klaren Himmels leuchtet gelb hinter den Kiefern droben auf dem Hügel. Ich raffte meine Röcke auf und ging durchs nasse Gras bis zum Zaun, wo ein himmlischer rosa Busch von Heckenrosen wächst. Ich wollte sehen, wie es ihnen nach diesem Regenbad ging. Ich betrachtete sie in diesem ruhigen Licht, hinter ihnen der Zaun, dunkelgrün und schwarz vor Nässe, so daß jedes Blatt und jede einzelne Blüte regenfeucht davor leuchtete. Ein Rotkehlchen kam herbei, setzte sich auf den Zaun neben mich und begann zu singen. Sie werden nun fragen: Und was kommt jetzt? Aber es kommt nichts weiter, das heißt nichts, was ich erklären könnte. Nichts, als daß ich mich überaus glücklich fühlte. Sie werden nun fragen: Warum denn nur? Und wenn ich's erklären wollte, würden Sie zum Schluß immer noch fragen: Warum? Nun, Sie können mein Gesicht nicht sehen, während ich Ihnen schreibe, daher konnte ich oft verdecken, was ich wirklich dachte. Sie dürfen nicht glauben, daß meine Briefe immer genau meinen Gemütszustand schilderten. Meine Seele hat während des letzten halben Jahres viele Wanderungen gemacht, ich glaube, sie ist viele tausend Meilen gewandert. Oft, während ich Sie schalt oder weise und beschaulich oder lustig und angriffsfreudig war, gerade dann waren meine Füße müde und bluteten am meisten, wenn sie über bittere Steine stolperten. Heute abend wußte ich, daß es keine Steine mehr gibt, daß meine Seele wieder mein eigen geworden ist, sicher wieder in meinen Besitz gekommen war, froh, heimgekehrt zu sein, und daß es mich keine Anstrengungen mehr kosten wird, dem Leben ernsthaft ins Gesicht zu schauen. Bis jetzt war da immer Anstrengung, und daß ich Ihnen davon erzählen kann, ist ein sicheres Zeichen dafür, daß es vorüber ist. Der Gesang des Rotkehlchens, das klare Licht hinter den Kiefern, die regennassen Bäume und Büsche, der Duft der feuchten Rosen, das kleine weiße Haus, so einfach und versteckt, in dem Papa und ich glücklich sein wollen, die völlige Stille nach einem stürmischen Tag, der große Friede nach dem Mißklang der letzten Monate – oh, Ihnen möchte ich danken für all diese Herrlichkeiten. Erinnern Sie sich noch daran, daß Sie mir ein Buch von Ernst Dowson's Gedichten zu meinem Geburtstag schenkten, als Sie noch bei uns waren? Und erinnern Sie sich an dies:

Nun will ich zu einem Ort des Friedens gehn,
die Wünsche meines Herzens vergessen
und einsam und im Gebet mein Herz erleichtern.

Dies habe ich nun vollbracht.

Jedoch, ich will Sie mit meinen Gefühlen nicht weiter langweilen. Wissen Sie, ich habe immer den Wunsch, rasch an die Oberfläche der Dinge zu gelangen, um leichtfüßig über die Stellen zu springen, unter denen Tränen – glückliche oder verzweifelte – liegen, um auch nur mit dem leichtesten Flügelschlag die zarten Geheimnisse der Seele zu berühren. Daher, mein Herr, lassen Sie uns zu den Gemüsen zurückkehren, ein sicherer Gegenstand für höfliche Briefe. Drei Briefe bekam ich in dieser Woche von Ihnen, die mich mit sämtlichen heftigen Ausdrücken, die die englische Sprache zur Verfügung hat, verdammen – ein Ersatz für die gemischte Kost des durchschnittlichen Spießbürgers. Jawohl, mein Herr, ich betrachte Sie als einen Spießbürger. Wollen Sie wissen, was das bedeutet? Ein Spießbürger ist einer, der in den bereits vorhandenen Geleisen geht, anstatt auf einem Meilenstein zu sitzen und nachzudenken und seine eigenen Geleise zu suchen. Sie gehören zu einer Herde und lehnen Schafe, wie ich es bin, ab, da sie sich lieber seitwärts schlagen und allein grasen. Sie verurteilen alle meine Unternehmungen. Was ich auch denke oder tue, ich finde keine Anerkennung in Ihren Augen. Sie erklären mir rundheraus, ich sei selbstsüchtig. Sie beschuldigen mich zwar nicht, weil es sich nicht schickt, jedoch verblümt unter verhüllenden Worten, die keineswegs ihren wahren Sinn verbergen, daß ich unter meinem Äußeren JÄGERWÄSCHE trage. Vermutlich erwarten Sie, daß ich bald eine Spiritistin und Sozialdemokratin werde. Und sehr bald, vermuten Sie bestimmt, werde ich mir die Haare abschneiden und in Sandalen gehen. Nun, jetzt werde ich Ihnen etwas sagen, was Sie beruhigen wird: Ich habe die Pflanzenkost satt. Nicht etwa, daß ich mich nach den Fleischtöpfen sehne, ich werde fortfahren, ihnen den Rücken zu kehren; vor allem tut es mir um die Zeit und die Mühe leid, die sie einem wegnehmen. Vierzehn Tage lang, in denen ich ihren Vorschriften folgte, habe ich mehr für meinen Körper gelebt als je zuvor. Nur noch Körper. Ich dachte an nichts anderes. Den ganzen Tag diente ich nur ihm. Und statt, daß ich geistig heranwuchs, um ganz nahe an den lieben Gott zu gelangen, versank ich in Gleichgültigkeit gegen alles, was Anstrengung oder Begeisterung erforderte. Es ist übrigens in keiner Weise einfach, dieses vegetarische Leben. Wenn Shelley ein Rübenessen empfiehlt, klingt dies ganz einfach, aber stellen Sie sich die Mühe vor, auszugehen, nur durch andere Rüben gestärkt, um wieder andere zu kaufen. Nüsse und Obst, Dinge, die man nicht zu kochen braucht, machen erhebliche Plage. Die Nüsse müssen geknackt werden, und die Früchte von ihren, wie Papa sie nennt, langweiligen Teilen befreit werden, und selbst dann waren sie einem Menschen so nutzlos, der viel lieber hinausgegangen wäre und im Garten gegraben hätte. Alles, wozu sie gut waren, war Sehnsucht nach einem Sofa. Nein, ich habe es satt, satt, kostbare Zeit zu verschwenden, über meine elende Ernährung nachzudenken und sie zu planen. Ich hatte gestern zum Frühstück ein Ei und eine wundervolle Tasse Kaffee mit Milch darin. Der Erfolg war, daß ich singend in den Garten hinausging und den Zaun reparierte. Mein Nachbar erschien, um zu sehen, was die kräftigen

Hammerschläge bedeuteten, von Takten aus SIEG-
FRIED begleitet, und rief sofort: »Sie haben Fleisch gegessen!« – »Nein, das habe ich nicht«, rief ich und
schwang den Hammer, zu zeigen, was Eier und Milch
vollbringen können. – »In irgendeiner Weise haben
Sie sich mit dem königlichen Tierreich vereinigt«, beharrte er, und als ich ihm von meinem Frühstück erzählte, wischte er sich die Hände ab (er hatte Beeren
gepflückt), schüttelte meine und gratulierte mir. »Ich
habe nämlich mit Besorgnis beobachtet, daß Ihre
Augen täglich größer wurden. Es ist nicht gut, wenn
Augen das tun. Sie werden jetzt ihre natürliche Größe
wieder erlangen, und Sie werden endlich Ihren unglücklichen Garten in Ordnung bringen. Wissen Sie
auch, daß Sie schon vor einem Monat hätten Heu
machen sollen?« Er ist ein hagerer Mann mit dünnen
Wangen, runden Schultern und kurzsichtig, er unter-
richtet kleine Weimarer Buben in Latein und Griechisch. Das tut er seit 30 Jahren und stockt sein Einkommen auf, wie wir alle hierzulande, indem er
Ausländer aufnimmt, die Deutsch lernen wollen. Im
Juli schüttelt er seine Ausländer ab und kommt für
sechs Wochen hier herauf und werkelt in seinem
Obstgarten. Er kaufte das Haus auf gut Glück, vermie-
tet den oberen Stock jedem, der ihn haben will, und
wohnt mit Frau und Sohn unten im Haus. Zu mir ist er
äußerst freundlich und hat mir zu verstehen gegeben,
er halte mich für intelligent, natürlich mag ich ihn deshalb. Nur die Leute, die in anderen Intelligenz bewundern und ihre eigene anzweifeln, wissen, wie schön es
ist, so etwas zu hören. Und ich bin immer glücklich,
wenn man mich lobt, ja, ich dürste danach. In meinem
Herzen bin ich entsetzlich eitel, tue aber, als sei ich erhaben über solche Schwächen. Wenn niemand etwas
von mir hält – und niemand tut das –, tue ich wenig-

stens so, als ob ich das auch nie erwarte. So benimmt sich ein Mädchen auf dem Ball, mit dem keiner tanzen will, es tut so, als ob es gar keinen Wert darauf legte. So benimmt sich der berühmte Fuchs mit den Trauben. Ich weiß wohl, an mir ist nichts zu loben, doch bin ich gerade noch klug genug zu wissen, daß ich nicht klug bin und daß man mir sagt, ich sei klug – können Sie mir folgen? – Und das prickelt mich. – So, genug von mir. Wir wollen über Sie reden. Sie sollen nicht nach Jena kommen. Wie sind Sie auf eine solche Idee verfallen? Jena ist jetzt ein glühendheißer, gottverlassener Ort, und wenn man von den Hügeln hinunterschaut, ist es wie ein Topf voller heiße Bouillon drunten in der Grube, in Dampf gehüllt. Die Universität ist geschlossen. Die Professoren in alle Winde verstreut. Martens ist in der Schweiz und kommt nicht vor September zurück. Selbst die Schmidts, diese interessanten Leute, sind mit glücklichem Geschrei in ihr Nest jenseits der Schlucht geflattert. Ich beschwöre Sie mit der Autorität einer älteren Schwester, zu bleiben, wo Sie sind. Klar außerdem, daß Sie mich nicht sehen würden, kämen Sie her. Oh, ich will nicht so tun, als wüßte ich nicht, warum Sie kommen wollen: Mich wollen Sie sehen. Nun gut, das werden Sie nicht. Warum Sie das möchten, kann ich mir einfach nicht vorstellen. Ich glaube, Sie betrachten mich als eine Art Medikament, eine stärkende Medizin, und möchten Ihre kranke Seele dorthin bringen, wo ihr ein Rezept zubereitet wird. Ich aber, das wissen Sie, will nichts mit kranken Seelen zu tun haben, und ich weise jede Zumutung zurück, jemandes Arzt zu sein. Nein, ich will nicht Ihr Arzt sein. Sollten Sie aus meinen Briefen medizinischen Nutzen ziehen, sind Sie mir willkommen. Aber sind Sie denn verrückt, daran zu denken, herzukommen? Kommen Sie, dann nur mit Ihrer Frau, und haben Sie eine Frau, dann sollen Sie überhaupt nicht kommen. Sehr einfach so. Wirklich, ich muß lachen, wenn ich Sie mir vorstelle, nach Ihrem Londoner Leben, nach den Tagen jetzt in Clinches, wie Sie sich hier droben auf unserem Berg ausnehmen würden. Ich kann's mir nicht vorstellen. Unser Leben haben wir auf die primitivsten Grundbedürfnisse zurückgeschnitten, sozusagen aufs Rohmaterial; Sie hingegen, das weiß ich, sind ein äußerst verfeinerter junger Mann geworden. Tatsache ist, Sie haben Zeit gehabt, zu vergessen, wie wir in Wirklichkeit sind, mein Vater, ich und Johanna. Seit dem Tod meiner Stiefmutter hat unsere lässige Haushaltsführung, die uns liegt, zugenommen. Sie würden sich wie ein fremder und kostbarer Vogel zwischen lauter schäbigen Spatzen ausnehmen. So sieht die Sache aus, etwas, worüber man lachen kann. Von der moralischen Seite ist sie für immer unmöglich.

Rose-Marie Schmidt.

XXXVIII.

GALGENBERG, 7. AUGUST

Lieber Mr. Anstruther,

es ist hübsch, daß Sie unseren Nachbarn nachahmen und mir erzählen, daß Sie mich für intelligent halten. Sie äußern es zwar kunstvoller als er, eingewickelt in größere Stickerei schöner Wörter, doch bin ich bereit, sie für ebenso aufrichtig zu halten. Ich mache einen tiefen Knicks vor Ihnen – ein besseres Wort als eine Verneigung – aus Dankbarkeit und Höflichkeit. Weniger gefällt mir, daß Sie zusammen mit diesem Lob sagen, ich sei anbetungswürdig. Wenn Sie mit solchen Bezeichnungen, unangebracht und ewig unüberzeugend, fortfahren, wird unser Briefwechsel sehr plötzlich zu

Ende sein. Ich schreibe nicht mehr, wenn Sie sich nicht an die Spielregeln halten. Ich würde auch jetzt nicht schreiben, wenn es mir nicht so egal wäre. So wie es ist, betrachte ich es seelenruhig, was alles in dieser Richtung Sie mir sagen mögen, aber wenn Sie von mir Briefe wollen, sagen Sie es nicht mehr. Ich wünsche nicht, für verächtlich gehalten zu werden.

XXXIX.

Lieber Mr. Anstruther –

Das war aber nicht nötig, mir so viele Seiten voller Proteste zu schicken. Was immer Sie auch sagen mögen, nichts überzeugt mich davon, ich sei anbetungswürdig, und ich gebrauchte mit Absicht das Wort verächtlich. Zanken Sie sich nicht mit Miss Cheriton, doch wenn Sie müssen, erzählen Sie es mir nicht. Warum erzählten Sie stets jedem von uns etwas über den anderen? Wissen Sie nicht, was sich gehört? Ich bedeute Ihnen nichts und will nichts von diesen Dingen hören.

Ihre Rose-Marie Schmidt.

XL.

Lieber Mr. Anstruther,

Sie sollten wirklich ein Buch schreiben. Schreiben Sie ein ganz langes, in dem all Ihre Wörter Platz finden. Wie hoch ist Ihre Portorechnung geworden? Bestimmt glaubt Johanna, daß Sie mir ein Manuskript in Raten schicken, und wundert sich über die Verschwendung von Porto, es in Umschläge zu verschließen, statt sie

offenzulassen und als Drucksache zu schicken. Ich muß
Sie nochmals bitten, nicht über Miss Cheriton zu
schreiben. Es ist nutzlos, mich daran zu erinnern, ich
hätte mich als Ihre Schwester bezeichnet und einer
Schwester könne man alles anvertrauen. Jedoch, ich
bin nicht Ihre Schwester. Gelegentlich habe ich im Ton
einer älteren Schwester mit Ihnen gesprochen, doch
das waren natürlich nur Worte. Dafür bin ich nicht
heftig, nicht scharf genug. Doch ich meine, Sie sollten
sich mit schlechtgelaunten Frauen umgeben. Sechs
schlechtgelaunte und energische ältere Schwestern
würden Ihnen wunderbar guttun, auch eine Mutter mit
einem eisernen Willen oder vielleicht auch eine jener
Tanten, die mit im Hause lebt, deren es genügend gibt,
wäre gut; die Ihre Seele mit den Augen durchbohrt
und die sie dann bei den Mahlzeiten in Gegenwart der
ganzen Familie haargenau beschreibt und sich besonders über die Eigenschaften ausläßt, die Sie geheimzu-
halten wünschen, die, in denen Ihre Lieblingsfehler
versteckt sind.

XLI.

GALGENBERG, 25. AUGUST

Lieber Mr. Anstruther,
schon gut, ich will keinen Streit. Ich bin Ihre Freundin
– Freundin allerdings, solange Sie mir zugestehen, dies
in der einzig richtigen und möglichen Art und Weise
zu sein. Morden Sie nicht zu viele Moorhühner. Denken Sie an mein tadelndes Gesicht, wenn Sie damit anfangen. Vielleicht wird dann Ihr Schlachttag zu einem
unschuldigen Picknick in den Mooren, allein dort mit
Himmel und Heide und einem gelangweilten bewun-
derten Hund. Sind Sie nicht froh, daß Sie nach Schott-

land gingen, statt nach Jena, wo Sie niemand von den Schmidts angetroffen hätten? Ich glaube bestimmt, daß die langen Tage draußen in der Heide, allein, Ihnen guttun werden, das Leben liebzugewinnen. Ich stelle mir diese Moore wunderschön vor, wirklich, beinah so schön wie meinen Galgenberg. Übrigens ist mein Galgenberg nicht mehr ganz so herrlich einsam wie anfangs. Der Nachbar ist, wie ich Ihnen schon erzählte, außerordentlich freundlich und seine Frau ebenfalls, aber ich schätze ihre Freundlichkeit nicht so hoch wie seine, denn offengestanden finde ich Männer doch besser. Sie haben einen Sohn, Assessor in Berlin. Wissen Sie, was ein Assessor ist? Eine Person, die danach Landrat wird. Und wissen Sie, was ein Landrat ist? Das ist jemand, der danach ein Regierungsrat wird. Und ein Regierungsrat sind Sie, bevor Sie ein Geheimrat werden, und wenn ein Geheimrat lang genug lebt und sich mit seinen Vorgesetzten gutsteht, so wird er schließlich jenes bedeutende und großartige Wesen Wirklicher Geheimer Rat, was in sich schließt, er sei es vorher nur zum Spaß gewesen – mit dem Titel Excellenz.

Sagen Sie nicht, ich erklärte das nicht gut, denn das tue ich. Wo war ich stehengeblieben? Ach ja, bei dem Sohn. Also, der erschien vor vierzehn Tagen braungebrannt und erhitzt und mit einem Rucksack, denn er ist den ganzen Weg von Berlin hierher zu Fuß gewandert und verbringt nun seine Ferien mit seiner Familie. Anfangs hielt ich ihn für ganz durchschnittlich. Er machte alberne Witze und trug einen roten Schlips. Eines Abends jedoch hörte ich zauberhafte Töne, zauberhafte, schwebende, weiche Töne, die in Wellen durch den Obstgarten in meinen Garten drangen. Ich stand an einen Baumstamm gelehnt und beobachtete einen riesigen gelben Mond, der langsam aus Jenas Nebel auftauchte. Oh, es waren erlesene Töne, Töne, die meine Seele durchfluteten und ihr alles sagten, was sie zu hören wünschte, ihr den Weg zu allem wiesen, wonach sie sich sehnte. Sie erzählten ihr wundervoll von den Hoffnungen des Lebens. Zuerst zogen sie mich auf die Füße, dann hinab durch den Garten, durch den Obstgarten, immer näher und näher, bis ich unter dem offenen Fenster stand, von wo sie kamen. Ich lauschte inbrünstig, lehnte an der Mauer mit angehaltenem Atem, verzaubert – und dachte über großartige Dinge wie Leben und Tod nach. Die Musik tropfte wie flüssiges Licht auf dunkles und durstiges Land. Ich weiß nicht mehr, wie lange ich dort stand, auch nachdem es zu Ende war, dann kam jemand ans Fenster, steckte den Kopf hinaus ins Kühle, und was meinen Sie, was er sagte? »Donnerwetter, was man im Zimmer schwitzt!« Und das war der Sohn, braun und heiß mit dem roten Schlips. »Ach, Fräulein Schmidt«, sagte er, als er mich erspähte. »Guten Abend. Ein schöner Abend. Ich wußte nicht, daß ich Zuhörer hatte.«

»Ja«, sagte ich, unfähig höflich zu sein.

»Hören Sie gern Musik?«

»Ja«, sagte ich, immer noch bebend.

»Ja, das ist eine gute Geige, ich habe sie zufällig gefunden.« Und er zählte eine Menge auf, die ich nicht hörte, denn wie kann ich zuhören, wenn meine Seele noch auf Reisen zwischen den Sternen weilt? »Wollen Sie nicht hereinkommen?« fragte er endlich. »Meine Mutter holt nur etwas Bier und wird gleich hier sein. Vom Spielen wird man warm.« Doch ich wollte nicht.

Ich ging langsam heim durch das hohe Gras unter den Apfelbäumen. Die Äste hingen schwer herab von Äpfeln, die ins Gras gefallen waren und dort den ganzen Tag in der Sonne gelegen hatten. Die Welt ist überwältigend schön, oft beinah unerträglich schön und von solcher Heftigkeit des Gefühls, solcher Stärke, daß es wehtut. – Was ich aber berichten wollte ist, wie seltsam Gutes aus Bösem entsteht. Es bringt einen beinah dazu, die schlechten Dinge zu achten und zu schätzen, wenn man ein nachdenkliches Auge auf die Zukunft richtet. Da ist nun unser junger Freund hügelabwärts, ein junger Mann, alltäglich bis auf eine – so alltäglich, daß wir ihn als schlecht bezeichnen müssen –, schlecht im verneinenden Sinne, also als Abwesenheit des Guten. Da ist er: derb von Sprache, Liebhaber von Bier, rot von Schlips – den die zarte Musengöttin der Musik als ihren Tempel erwählt hat. Offenbar ist sie nicht wählerisch, wen sie da auszeichnet. Wenn er auf ihre Eingebung hin spielt, verwandelt sie ihn vollständig, ohne sich darum zu kümmern, nehme ich an, wie er in den Zwischenzeiten ist. Ich aber tue das, wenn er es dazwischen hübsch findet, mich mit Späßen zu unterhalten, und seine Mutter hängt liebevoll an jedem seiner Worte in der erstaunlichen Art und Weise von Müttern, sonst ganz verständige Personen. Er hat seit jenem ersten Abend jeden Tag gespielt, sein Geschmack in Musik ist vollkommen, wie er auf jedem anderen Gebiet schlecht ist. Er spielt Beethoven, Mozart und Bach und verschwendet keine Zeit mit Mendelssohns Zuckerzeug oder den geringeren Eingebungen von Brahms. Ich versuchte, in dieser Hinsicht etwas Erhellendes aus ihm herauszukriegen, versuchte, die Gründe für die größere Ausschließlichkeit zu erfahren, die ich jemals angetroffen habe, begann mit Schumann und hörte auf mit Wagner und Tschaikowsky, doch er zeigte keine Anteilnahme und wußte auch nichts von ihnen, er zuckte bloß die Schultern, und das genügte. Allerdings bemerkte er einmal, das Leben sei zu kurz, um nicht nur das Allerbeste zu nehmen, »und«, fügte er hinzu und mußte einen Witz daran hängen, »daher trinke ich nur Pilsner«. – »Was!« rief ich und überging das Pilsner und zählte nochmals die Namen auf, »gehören sie nicht auch zum Allerbesten?« – »Nein«, sagte er und nichts weiter. Sie sehen also, er ist ebenso eigensinnig wie engstirnig.

Finden Sie nicht, daß eine solche Einseitigkeit in Kunst sehr begrenzt ist? Außerdem kann er sich sehr wohl irren. Sie, das weiß ich, haben stets Brahms auf den allerhöchsten Gipfel des Parnassus gestellt (Ich glaubte nie, daß dort für ihn genug Platz sei) und sind Sie nicht, während Sie bei uns wohnten, dreimal nach München gefahren, um Mottl den RING dirigieren zu hören? Ist es nicht wahrscheinlich, daß jemand von so allgemein gutem Geschmack wie Sie ein besserer Kenner ist als er mit seinem allgemein schlechten Geschmack? So viele Fehler Sie auch haben mögen – nie haben Sie die falschen Krawatten getragen, nie haben Sie fortwährend nach Bier verlangt, nie von SCHWITZEN gesprochen und nie haben Sie eine junge Frau von nebenan über die Tricks eines Quacksalbers unterhalten. Wenn wir sein System auf die Literatur übertragen würden, und wir uns auf das halbe Dutzend der eindeutig besten Schriftsteller einigen würden, und wenn wir sie kennten, wir, die wir unsere Kenntnisse nur über dünne Gebiete erstrecken –, und wenn wir von jenen dermaßen Teil würden, mit ihnen und in ihnen leben, wenn wir mit ihren Augen sehen und mit ihren Gedanken leben könnten – wäre dies ein Gewinn oder Verlust? Ich weiß es nicht. Was meinen Sie – sagen Sie es mir. Hätte ich die Wahl zwischen den sechs wertvollsten Büchern, um mit ihnen zu leben mein Leben lang, so würde ich bestimmt erst einmal Griechisch lernen wegen Homer. Wenn ich aber die allermächtigsten auswählen müßte, so bekomme ich nicht einmal sechs zusammen, es sind bloß vier. Natürlich, wenn ich sage sechs Bücher, so meine ich die Werke von sechs Dichtern. Aber über meine vier kann ich nicht hinausgehen, da muß es einen leichten Abstand geben zu den nächsten zwei – ganz leicht, kaum einen Abstand zu nennen, ein leises Abfallen in den Glanz, um einen ganz schwachen Grad weniger leuchtend, jedoch einen Grad weniger. Diese zwei würden Milton und Virgil sein. Die anderen vier aber – nun, die wissen Sie, ich brauche sie Ihnen nicht zu nennen. Vielleicht denke ich, der Assessor hat doch recht und daß man, auf dem Gebiet des Geistes, nicht anspruchsvoll genug sein kann. Dies bedeutet Verdichtung, tieferes Eindringen, genaueres Wissen, denn wir haben ja nur ein paar wenige Jahre dafür, und die reichen ganz sicher nicht aus, um die ganze Welt in sich aufzunehmen.

Andererseits – würde meine Sprache dann nicht altertümlich werden? Ich fürchte, ich würde die Neigung haben, Papa in blanken Versen anzureden. Wenn ich ihn beim Frühstück um Butter bitte, würde ich ihn unfehlbar erhaben anreden. Wahrscheinlich würde er das nicht mögen. Und was würde er zu einer Tochter sagen, die sich auf sechs Werke beschränkt, um damit durchs Leben zu gehen, und Goethe ausläßt? Goethe war nämlich keiner von den zwei weniger großartigen und bestimmt keiner von den vier ganz Großartigen. Trotzdem – ich fange an, zu fürchten, mit meinen Auslassungen eine Menge zu versäumen. Wie traurig, wäre ich nie von WERTHER erzittert, erregt durch FAUST, verwundert durch die WAHLVERWANDTSCHAFTEN, durch WILHELM MEISTER eingeschlafen. Sterben, ohne Schillers GLOCKE gekannt zu haben, ohne sie in der Schule auswendig gelernt zu haben. Doch schließlich würde es damit enden, daß man müde wird, fortgesetzt die höchsten Höhen der allerbedeutendsten Menschen zu erklimmen. Nein, solche Höhen sind nichts für solche kleinen Käfer wie mich. Schließlich würde ich trübselig mit hängendem Kopf und Flügeln über jenen erhabenen Büchern hängen. Sehnt die Seele sich zeitweise nicht auch nach Schlafrock und Pantoffeln?

Ihre Rose-Marie Schmidt.

XLII.

GALGENBERG, 31. AUGUST

Lieber Mr. Anstruther –

Aber gewiß, er spielt jeden Abend. Und jeden Abend gehe ich hinüber und höre zu, entweder im Obstgarten unter seinem offenen Fenster oder feierlicher, im Zimmer drinnen, mit oder ohne Papa. Ich finde es eine gute Sache, schwelge in einem Bad von Musik. Sie erwarten natürlich nicht, daß ich mit Ihnen übereinstimme, Musik sei im ganzen der Erreger zweitklassiger Empfindungen. Was sind, bitte, zweitklassige Empfindungen? Haben Sie solche? Waren es diejenigen, die Sie veranlaßten, so oft nach München zu Mottl zu fahren? Angerührt bin ich gewiß. Nicht in der Art, das gebe ich zu, in die mich ein Gedicht von Milton versetzt, auch nicht im geringsten wie ich, zum Beispiel, ergriffen bin von der erhabenen Majestät seines Gedichts an die ZEIT – doch wenn es auch weniger edel ist, ist es immer noch sehr eindrucksvoll. – Halt, hier sehe ich, daß ich offenbar nicht mit Ihnen übereinstimme. Nun wohl, sobald ich mir überlege, was in mir ergriffen ist, so ist das weniger edel. Höre ich Musik, so empfinde ich hauptsächlich WEHMUT, und davon halte ich nicht viel. Ihr Engländer habt dafür kein Wort, vielleicht habt Ihr einfach nicht diese Art von Empfindung. Wehmut ist etwas Verlorenes, es besteht aus ungenauen, verblasenen Sehnsüchten, ungenauer Reue, ungenauen Enttäuschungen. Wenn sie uns überkommt, fallen uns alle Leute ein, die fern sind, und wir werden traurig, und die Leute, die gestorben sind, und dann werden wir auch traurig, Zeiten, da wir lieblos gewesen sind, und dann bereuen wir. Ich erkenne, daß Gefühle, die so auf uns wirken, nicht die höchsten sind. Sie bringen nichts, sie sind unfruchtbar. Sie weisen uns nicht freudevoll voran, sondern wir verweilen im Staub von Friedhöfen, in leeren Orten der Vergangenheit, die ein Gesundfühlender nicht mehr aufsuchen darf. Nun sieht es beinah so aus, als stimme ich mit Ihnen überein, aber das tue ich nicht. Sie drücken es gar so eindeutig aus. Scheußlich zu denken, meine Gefühle wären zweitklassig. Zwar weiß ich schon lange, daß meine Manieren zweitklassig sind, aber ich glaube sicher, in meiner Seele ist nichts Zweitklassiges. Also – was tun? Niemals weich sein? Niemals traurig sein? Oder betrübt? Oder reuevoll? Immer auf der Höhe von Miltons »Zeit«-Gedicht oder dem über »Feierliche Musik«? – unwandelbar auf der Höhe kühler Herrlichkeit und Hochherzigkeit? Ja – das ist's, nach dem ich strebe, dies wäre mir das liebste. Und dann kommt unser Freund mit dem roten Schlips, und am kühlen Abend, wenn es in der Welt dämmert und duftet, dann schüttelt er aus seiner Fiedel eine kleine Bach'sche Fuge, eine funkelnde, listige kleine Sache, fröhlich trotz Moll, eine Handvoll heiterer zusammengewebter Fäden, die ineinander verflochten sind und sich wieder lösen, die, so scheint es, miteinander Verstecken spielen, die vorgeben, einander zu haschen und sich verwirren, doch stets übermütig aus den Verknotungen wieder herauskommen, jedes folgt seinem eigenen leuchtenden Weg, bis sie am Ende wieder zusammentreffen, einander umschlingen, wenn das Spiel zu Ende ist und sie sich glücklich im letzten Akkord vereinen. Unser Freund spielt diese fühlbar heitere Sache, meine Seele lauscht und lächelt und seufzt und sehnt sich und ist am Ende in Wehmut gebadet. Ich nenne diese kleine Fuge als Beispiel, denn sie ist die Musik, die sich am meisten an den Verstand richtet. Sie ist am weitesten entfernt von Wehmut, und wenn sie trotzdem so auf mich wirkt, will ich Ihnen nicht lästig fallen durch eine Schilderung, was die geringere Musik wirkt: die leidenschaftliche mit wildem Frohlocken und wilder Verzweiflung. Doch mein unbestimmter Wunsch nach etwas, ich weiß nicht nach was, Sanftem und Holdseligem trat zurück, wenn die Musik von Bach ist, und nimmt plötzlich zu, während ich zuhöre, und wird zu bestürzender Sehnsucht, die meine Seele zerreißt und zermürbt.

Was für private Dinge erzähle ich da! Nie würde ich das tun, wenn wir miteinander sprächen. Ihre leibliche Gegenwart würde das verhindern. Schreiben jedoch ist etwas ganz anderes und Seltsames – ist gleichzeitig viel persönlicher und doch weniger intim. Man ist weit weg, gesichert in seinem Körper, weit weg und unerreichbar, die Seele jedoch darf sich hinauswagen zu einem gleichgestimmten Geist mit einem Freimut, die sie nie mit dem Körper haben würde, jenem schmerzlichen Verhinderer der Vereinigung der Heiligen, jenem zudringlichen Tölpel, der die erhabenste Vereinigung verderben kann durch ein einziges Erröten.

Gerade kam Johanna herein. Sie war nur EIN großes Lächeln und wollte sich bis morgen verabschieden. Es ist ihr freier Abend, und sie sah wirklich wunderbar aus für jeden, der sie nur in ihrer Küchenaufmachung kennt. Ihre Haut, sauber geschrubbt von ihrem Wochentags-Schmutz, leuchtete erstaunlich hell, ihr Haar herrlich gewellt, schöner als meins je sein kann, war in glänzenden Massen aufgetürmt; ihr gestärktes weißes Kleid war mit rosa Bändern geschmückt; dazu trug sie baumwollne Handschuhe und hielt das Taschentuch, das ich ihr zu solchen Gelegenheiten leihe, zierlich in der Mitte. Jeden zweiten Sonntag verläßt sie bei Sonnenuntergang unseren Berg, den Hausschlüssel in der Tasche, tanzt dann die ganze Nacht hindurch in irgendeinem fröhlichen Gasthaus in der Stadt und kehrt bei Sonnenaufgang oder auch später zurück, entsprechend dem Spaß, den sie gehabt hat. Montags mache ich dann so gut wie alles allein, denn sie schläft den halben Tag, und den anderen halben Tag wünscht sie, nicht angesprochen zu werden. Sie ist ein guter Dienstbote, und sicher würde sie weggehen, wenn wir sie nicht diese zwölf Stunden fortließen. An den anderen Sonntagen darf sie ihren jungen Mann nachmittags und abends bei sich haben. Er ist Trompeter bei dem Regiment, das in Jena liegt, er bringt seine Trompete mit, um gewisse verlegene Gesprächspausen auszufüllen. Junge Paare dieser Art scheinen nicht viel miteinander reden zu können, daher ist ihnen die Trompete ein großer Trost und Hilfe. Sobald die Unterhaltung zu einem Stillstand kommt, zieht er sie hervor und bläst einen tüchtigen Trompetenstoß, damit sie sich derweil überlegen kann, was sie als nächstes sagen will. Ich mußte ihn bitten, das im Garten zu tun, denn beim ersten Mal blies er beinah unser Dach weg, das sowieso nicht sehr fest ist. Nun sitzen er und sie zusammen auf der Bank neben der Türe, und der Künstler drunten bergabwärts mit dem anspruchsvollen Gehör muß, fürchte ich, ziemlich peinlich leiden. Papa und ich aber wandern so weit wir können durch die Berge.

Schrecklich aber ist's, wenn sie sich streiten. Johanna schmollt, wie Mädchen eben schmollen, und schweigt dann, und der Trompeter füllt diese gähnende Leere und hört nicht damit auf. Am vergangenen Sonntag blies er die ganze Zeit, während wir aus waren, und als wir heimkamen, erwartete ich die Verlobung gelöst. Wir blieben solang wir irgend konnten aus, wir kletterten immer höher und wanderten immer weiter. Schließlich aßen wir in dem kleinen Restaurant droben auf der Schweizer Höhe Gurkensalat und kalten Hering, weil die Trompete nicht schwieg und wir nicht heimzukehren wagten, bis sie still war. Sein Schmettern verfolgte uns bis in die Winkel der schmutzigbraunen, holzgetäfelten Halle, wohin wir unsere Ohren flüchteten, vergeblich konnten wir sie aus diesem Bereich retten. Offenbar war es ein ernster Streit. Wir aßen in Niedergeschlagenheit.

Wir beide schätzen Johanna mit jener angstvollen Achtung, die wir für jemanden empfinden, der jeden Augenblick kündigen kann, der alle unerfreulichen Dinge für uns tut, die wir sonst selber tun müßten. Daher berührt ihre Laune ernsthaft unseren Seelenfrieden. Wie Sie wissen, ist unser Haus klein. Wenn ihr Trompeter unbefriedigt war, und sie das Geschirr klirrend umherwirft, donnert sie beim Kehren den Besen gegen hölzerne Dinge wie Türen oder Scheuerleisten. Es entsteht ein unerträgliches Poltern, und sofort ist es mit Papas Arbeit zu Ende und mit meinem ebenso ernsten Spielen auch. Da Johannas Nerven sowieso schon angegriffen sind, würde sie, auch wenn ich sie lächelnd bitten würde, etwas ruhiger zu sein, sofort kündigen – das weiß ich bestimmt, und wieder würde die trostlose Suche nach diesem unerreichbaren Schatz beginnen, den Ihr in England einen Solitär nennt und wir in Jena eine Perle. Denn wo kann ich eine saubere, ehrliche, kräftige Perle finden, die kochen kann und bereit ist, herzukommen und hier oben zu leben in so etwas wie in einer ungeöffneten Austernschale – abgeschnitten, abgeschlossen hier zu leben – und alles für acht Pfund im Jahr? Für so erhabene Leute wie Euch, die niemals ihre Dienstboten zu Gesicht bekommen, ist es leicht, sich über uns lustig zu machen. Ihr habt so viele, daß ihr sie schon wegen ihrer großen Zahl gar nicht kennt, während wir nur eine einzige haben, auf die wir so angewiesen sind. Ja, ich weiß, Ihr spottet über uns. Schon sehe ich Ihren Brief: Liebes Fräulein Schmidt – »ist Ihre Einstellung zu dem Mädchen Johanna nicht ein wenig unwürdig?« Nein, sie ist nicht unwürdig, sie ist natürlich. Ja, ich gestehe, sie ist unterwürfig. Aber unter diesen Umständen ist Unterwürfigkeit natürlich. Auch Sie würden so sein. Ich möchte behaupten, daß immer, wenn Ihr persönlicher Dienstbote gut ist und Sie mit Ihrem Wohlbehagen von ihm abhängen, Sie sich auch so verhalten. Und es gibt sehr wenige Mädchen in Jena, die hier heraufkommen und eine Stellung jenseits der Schlucht für acht Pfund im Jahr annehmen. Die Löhne sind, gemessen an den Nachteilen, niedrig. Und die Löhne steigen. In Jena drunten kann ein gutes Dienstmädchen ohne Schwierigkeiten zehn Pfund im Jahr bekommen. Daher müssen wir uns, die wir keine solchen Löhne zahlen können, dareinschikken, Johanna bei Laune zu erhalten.

Gegen neun Uhr verstummte der Trompeter mit einem Mal. Nachdem wir ein paar Minuten gewartet hatten, machten wir uns auf den Heimweg und überlegten uns dabei, in welcher Verfassung wir Johanna wohl finden würden. Bedeutete die Stille einen Bruch oder eine Versöhnung? Ich neigte zum Bruch, denn wie kann ein Mädchen, fragte ich Papa, versöhnende sanfte Worte zu seinem Liebhaber sprechen, der die Trompete bläst? Papa sagte, er wisse es nicht, und von Ängsten erfüllt gingen wir schweigend heim. Niemand war zu sehen. Das Haus war dunkel und leer, alles war still bis auf die Grillen. Der Trompeter war fort, doch Johanna offenbar auch. Sie hatte vergessen, die Haustüre abzuschließen, so daß jedermann, wir und jeder andere, der vorüberging, ins Haus gehen konnte. Allerdings wird niemand – und damit meine ich Einbrecher – in ein so hoch gelegenes Haus einsteigen. Die Einbrecher würden atemlos sein, wenn sie an unser Gartentor kämen. Wir würden ihr röchelndes Atmen rechtzeitig hören, wenn sie sich den Berg heraufquälten. Der mitleidige und höfliche Papa würde wahrscheinlich die Türe wieder aufschließen und ihnen eilends Stühle und etwas zu trinken anbieten. Ohne irgendwelche Vorahnungen betraten wir unser verlassenes Haus und tasteten nach Streichhölzern. Ich wunderte mich, daß Johanna, die bequem auf einem Stuhl neben der Türe sitzen könnte, statt dessen lieber hinausgehen und im Garten umherschlendern wollte. Man kann in unserem Garten nicht umherschlendern. Man kann nur sehr weniges darin tun, nicht wie in anderen Gärten, schlendern ist jedenfalls nicht dabei. Es ist überhaupt kein Ort für Liebende oder Philosophen oder andere müßige Leute oder gemächliche, zeithabende Menschen. Es ist ein unruhiger Ort, der einen zur Tätigkeit zwingt, aufzupassen, wohin man seinen Fuß setzt, um aufs genaueste sein Gleichgewicht zu halten. Kurz, man muß ständig auf der Hut sein.

So zündete ich eine Laterne an und machte mich auf die Suche nach der schlendernden Johanna. Ich stand an den Stufen zur Hintertüre und schaute nach links und rechts. Keine Johanna. Kein Ton von ihr. Nur die Grillen und das weiche Flügeln der Fledermäuse. Ich stieg die Stufen hinab – es sind sechs unregelmäßige Steine, einer über dem anderen in den Lehm gebettet, sie führen zu der Pumpe, wo wir in Eimern unseren Wasservorrat holen, ich blieb wieder stehen und ver-

nahm wieder die Grillen. Ich ging zum Resedabeet –
Reseda und Kapuzinerkresse, Reseda für den Duft und
Kresse wegen der leuchtenden Farbe, und ich hoffe,
Sie mögen die Kresse – und blieb wieder stehen und
vernahm wieder nur die Grillen. Die Nacht war dunkel
und wild, grenzenlos und weit. Das nahe Singen der
Grillen verstärkte nur die Stille hier drunten. Eine
Katze schlich vorüber, samtfüßig, leise wie die Nacht,
sie verschwand wie ein grauer Schatten, gespannt und
gefährlich, nur auf Raub aus. Ich ging weiter durchs
Gras, meine Schuhe waren naß vom Tau, mein Laternenlicht fiel flackernd auf meine Apfelbäume, den Jo-
hannisbeerstrauch, das blasse Hornkraut, Kinder, die
vor langer Zeit ein zufälliger Wind hier ausgesät hatte.
Dort, neben dem Hornkraut, blieb ich wieder stehen,
um zu lauschen. Wieder nur die Grillen. Endlich kam
von weither der Pfiff des Nachtexpreß Berlin–München, der durch den kleinen Bahnhof im Paradies-Tal
raste. Es war außerordentlich still. Einmal hielt ich
meine eigenen Herzschläge für die Schritte eines späten Wanderers auf der Straße. Ich ging immer weiter,
hinab bis zum äußersten Ende, dort, wo eine schöne,
unermüdliche Monatsrose eine rosa Blüte nach der anderen am Zaun öffnete, der uns vom Königreich unseres Nachbarn trennt, hielt wieder an und lauschte.
Anfangs nur das angstvolle Zirpen eines Vogels, wohin
der mörderische Schatten der Katze glitt. Es begann zu
regnen, weiche, warme Tropfen aus der regungslosen
Wolke, die niedrig unter dem Himmel hing. Ich vergaß Johanna, ganz erfüllt vom lastenden Atem der
Nacht, von dem Gefühl der Einheit, dem Gleichsein
mit der Finsternis, der Stille, dem Duft. Meine Füße
waren vom Tau naß, mein Haar vom warmen, sanften
Regen. Ich erhob mein Gesicht und ließ die Tropfen
darauf fallen zwischen den Blättern des Apfelbaums,

warm und sanft wie eine Liebkosung. Das plötzliche Schmettern einer Trompete ließ mich zusammenfahren und erschrecken. Ich schreckte so zusammen, daß meine Laterne herunterfiel und erlosch. Ich glaubte, das Schmettern war der lauteste Lärm, den ich je gehört, es zerschnitt die Stille wie mit einem scharfen zackigen Messer. Die erschrockenen Hügel konnten sich nicht beruhigen, sie wiederholten es wieder und wieder, warfen es hin und her einander zu in endloser Verwunderung, und als sie sich endlich beruhigt hatten, wurden sie von einem neuen Geschmetter wieder hochgeschreckt. Danach folgte ein Trompetenstoß dem anderen. Der Mann machte bloß eine Pause, um Atem zu holen. Sie waren lauter und fröhlicher als alles, was ich ihn hatte blasen hören. Und sie kamen aus dem Nachbarhaus, aus dem Haus mit den so leicht empfindlichen Ohren, von ihm, dem Wagner nicht gut genug war. Nun, wissen Sie, was er tat? Ich rannte hinunter, um es zu erfragen und Johanna herauszuholen und mit dem Trompeter zu reden. Ich traf das unselige Genie, sehr bleich und angegriffen aussehend. Er hatte sein Halstuch bis über die Ohren gezogen. Als ich ankam, stürzte er in die Nacht hinaus, atemlos an den Stufen der Haustüre. »Was in aller Welt . . .?« rief ich. Ein Trompetenstoß ertränkte jedes weitere Wort. Er warf die Hände hoch und verschwand in der Finsternis. »Aber es regnet!« rief ich der hutlosen Gestalt nach. Mir war, als hätte er gerufen: »Das kommt vom Pilsner!« Doch der Lärm war zu laut, um dessen sicher zu sein. Im Flur ging sein Vater auf und ab, die Hände in den Hosentaschen, die Schultern bis zu den Ohren gezogen, als ob er sich vor Schlägen schützen müsse. Er berichtete, was sein unseliger Sohn getan hatte. Da er die Trompete, die er gegen Abend droben in unserem Haus nicht länger ertragen konnte, die nicht einmal durch die Entfernung und die dazwischenliegenden Mauern gemildert wurde, hatte er seine Mutter angewiesen, hinaufzugehen und den Bläser in ihre Küche einzuladen, wo er durch Essen und Trinken besänftigt werden sollte. Denn, so erklärte der Sohn, stolz auf seine Weisheit, kein Mensch, der ißt und trinkt, kann gleichzeitig die Trompete blasen. »Auf diese Weise«, sagte sein Vater, »in den Pausen, wenn der Trompeter Atem schöpfte, hoffte er Ruhe zu bekommen.«

»Die er aber nicht bekam«, sagte ich.

»Nein. Eine Zeitlang herrschte äußerste, köstliche Stille. Mutter«, so nannte er stets seine Frau, »opferte ihre beste Wurst. Wie konnten wir zulassen, daß unser Sohn so gepeinigt wurde? Das Brot wurde zentimeterhoch mit Butter bestrichen. Der Trompeter und sein Schatz saßen in der Küche und schmausten ruhevoll. Wir saßen friedlich auf der Terrasse und führten beschauliche Gespräche. Und dann wirkte das Bier, das gute Bier, das mein Sohn so preist, dies ausgezeichnete Faßbier, im Keller lagernd, hell wie Bernstein, durchsichtig wie Eis, kühl wie . . .«

»Wie Gurken«, half ich ein. »Ja, gut, sehr gut, wie Gurkensalat.«

»Nein, nein. Im Salat ist Pfeffer. Sagen wir ruhig einfach Gurken«, unterbrach ich ihn, wie immer bemüht, die richtigen Bilder zu wählen.

»Na gut, also kühl wie Gurken. Und dieses wunderbare Getränk, welches wie wir gehofft hatten, ihn langsam und allmählich müde machen sollte, ich meine, ihn langsam und allmählich so schläfrig machen sollte, daß der Wunsch nach seinem Bett mit jedem Glas stärker werde, ihn veranlassen werde, aufzustehen und in seine Kaserne zurückzukehren – das weckte ihn auf. Ach, mein liebes Fräulein, Sie haben es ja selbst gehört, Sie hören es jetzt selbst, wie völlig es ihn aufweckte.«

»Dann ist er also – « fragte ich betreten.

»Ja. Das ist er. Er hat sich vierzehn Gläser genehmigt.« Und in der Tat, er war es. Von dem Tumult, dem Lärm ohne Melodie, der Munterkeit zu urteilen, könnte es nicht besser bewiesen werden. »Ich fürchte, mein Sohn wird, bevor seine Ferien zu Ende gehen, uns verlassen und einen ruhigeren Ort aufsuchen«, sagte der Nachbar betrübt.

Und trotzdem ich Ihnen den Wert unserer Johanna ausführlich geschildert habe, versprach ich ihm rasch, ich werde das Mädchen entlassen, wenn es die Verlobung nicht löste. Er starrte mich einen Augenblick erstaunt an, dann schüttelte er ergeben den Kopf und sagte mit der müden Erfahrung eines dreißigjährigen Haushaltungsvorstands: »Aber das geht doch nicht.«

XLIII.

GALGENBERG, 9. SEPTEMBER

Lieber Mr. Anstruther,
doch, es ist wirklich wahr. Unsere Dienstboten bekommen nicht mehr als einhundert bis zweihundertfünfzig Mark im Jahr, und ich meine, das ist eine ganze Menge. Und wenn Sie sagen, Sie geben soviel für Handschuhe und Krawatten in einem Monat aus (wenn Sie das sagen, muß ich es glauben), so müssen Sie sich selbst verabscheuen. Doch dadurch zahlen wir unseren Dienstboten auch nicht mehr. Wie stellen Sie sich denn vor, wie wir alles, was wir brauchen, mit unseren hundert Pfund im Jahr bezahlen sollen, wenn wir unseren Dienstboten mehr als acht Pfund zahlen müßten? Und für unser Haus mehr als fünfzehn Pfund? Papa und ich mögen nicht auf unsere Bücher verzichten, wir geben vermutlich jeden Pfennig unse-

res Einkommens dafür aus. Ich kenne aber mehrere Familien mit Kindern, die ganz anständig leben und die dasselbe Einkommen wie wir haben und gelegentlich sogar Kaffeegesellschaften geben und für die Aussteuer ihrer Töchter noch etwas beiseite legen. Und die Dienstboten selber – habe ich Ihnen nicht Johannas prächtiges Aussehen an Sonntagen beschrieben, ihr weißes Kleid, die Handschuhe, ihre rosa Bänder um die Taille? Sie kauft all dies von ihrem Lohn und behält noch genug für die Sparkasse. Sie ist wirklich ganz zufrieden. Allerdings weiß ich nicht, ob sie es bliebe, falls Sie hier wären und sie bedauerten und ihr erzählten, wie wenig Sie mit demselben Geld anfangen könnten. Wahrscheinlich würde sie nicht den tiefen Sinn dieses Eingeständnisses begreifen, der, so finde ich, der ist, daß sie nicht zuwenig, Sie aber zuviel ausgeben. Jedoch, wie kann ich von meinem Galgenberg aus beurteilen, was ein verwöhnter junger Mann wie Sie an Handschuhen und Krawatten braucht. Das kommt mir fürchterlich hoch vor. Da müssen ja Berge von Handschuhen und Krawatten ständig an Ihrem Lebenswege aufwachsen. Sie geben also für diese zwei Posten allein fast genausoviel aus, wie wir drei im Jahr für alles zusammen. Doch das beweist wohl lediglich meine Unwissenheit. Nein, machen Sie sich keine Vorwürfe. Entweder geben Sie Ihr Geld ohne Reue aus, oder, falls Sie bereuen, geben Sie es nicht aus. Ein Sünder sollte, finde ich, wohlgemut sündigen oder gar nicht. Ich meine nicht, daß Sie in dieser Hinsicht sündigen, ich meine nur, daß im allgemeinen halbherzige Sünder verächtlich sind. Ein armer Wicht ist der, der bedauert, wenn er sündigt. Wenn er es muß, laß es ihn mit vollem Herzen tun und hinterher nicht darüber jammern. Also machen Sie sich keine Vorwürfe. Sicherlich müssen Sie diese Dinge haben. Ihr Brief klingt niedergeschlagener als sonst. Niemand, der immerzu über seinen Fehlern brütet, hat wirklich Großes vollbracht. Wenn Sie aber je den Pastor treffen, der mich auf die Konfirmation vorbereitete, sagen Sie ihm das nicht. Ich weiß ja nicht, wie es mit Ihren Pastoren in England ist, hier aber sind sie unfähig, einfache Tatsachen anzuhören. Sie sind dazu da, meiner Seele beizustehen, warum darf ich ihnen dann nicht meine Leiden erzählen, wie ich dem Arzt meine körperlichen Leiden zeige, die er heilen soll? Dieser ist nicht entsetzt oder ärgerlich, wenn ich ihm meine Wunden zeige — er empfiehlt ein Pflaster oder eine gewisse Medizin, spricht mir Mut zu und geht wieder fort. Mein geistlicher Arzt jedoch hält unsere geistigen Wunden für eine Art persönliche Beleidigung; jedenfalls zeigt er oft Entrüstung, je freimütiger man ist. Statt geduldig zu sein, läßt er einen kaum zu Worte kommen; statt zu helfen, etwas zu verschreiben, beschuldigt er und zankt er aus. Daher gehe ich nicht mehr zu ihm und kämpfe mich allein durch meine Schmerzen. Meine Mutter starb gerade, als ich für die Konfirmation vorbereitet wurde. Mein Herz, von Kummer zerrissen, war sehr empfänglich für religiöse Eindrücke und Tröstungen. Diese Vorbereitung dauerte zwei Jahre, und ich ging während dieser Zeit dreimal in der Woche in den Unterricht. Zwei Jahre durfte ich weder tanzen oder auch nur auf die harmlosesten Gesellschaften gehen. Zwei Jahre lang, von sechzehn bis achtzehn, war ich ernst, betete viel und strebte demütig nach dem Guten. Als ich eines Tages auf Probleme traf, die mein Gewissen nicht entscheiden konnte, ging ich vertrauensvoll zu dem Pastor, der mich vorbereitete, wie ich mit Zahnschmerzen zum Zahnarzt ging. Ich enthüllte ihm mein empfindliches Gewissen und bat ihn, mich aufzuklären und meine Zweifel und Fragen zu beantworten. Zu meiner Verstörung und meinem äußersten Schrecken war er entsetzt und ärgerlich und wollte kaum zuhören, was ich alles nicht verstand. Es schien mir sehr seltsam. Schließlich saß ich mit niedergeschlagenen Augen, stumm und beschämt da, mein Herz zog sich verletzt und erkältet zurück. Man half mir nicht, ich wurde ausgescholten. Endlich an der Türe traf mich ein besonders tadelndes Wort und brachte mich in Hitze, ich rief: »Herr Pastor, wenn ich eine wunde Zunge habe und zeige sie dem Arzt, gibt er mir ein Heilmittel. Sind Sie nicht der Arzt meiner Seele? Warum schelten Sie mich, wenn ich Sie bitte, mich zu heilen, statt mir Medizin zu geben?«

Er starrte mich einen Augenblick wortlos an, warf die Hände übern Kopf: »Das ist dein Vater! Dein Vater! Er ist's, der aus dir spricht. Solche Worte kommen nicht von selbst aus dem Munde einer Achtzehnjährigen, aus dem Mund einer, die von diesen meinen Händen konfirmiert wird. Oh, du unseliges Geschöpf, nicht von dir wird das Paradies bevölkert. Der Makel deiner Herkunft liegt schwer auf dir. Nein, du bist nicht, du kannst niemals ein Gotteskind werden.« Mehr bekam ich nicht für meine Schmerzen.

Nun sagen Sie mir, in welcher Stimmung haben Sie neulich geschrieben? Waren Sie nicht vielleicht, abgesehen von Ihrer Niedergeschlagenheit, auch einfach verdrießlich? Sie fragen zum Beispiel, weshalb ich soviel über den beschwipsten Trompeter schreibe, obwohl ich weiß, daß Sie viel lieber von anderen Dingen hören, die ich Ihnen niemals erzähle. Keine Ahnung, was Sie damit meinen. Lassen Sie mich schreiben wie und was ich will, ertragen Sie mich, wenn ich Ihnen von Rosen und Kapuzinerkressen-Beeten erzähle, von Regen und Sonnenschein, Wolken und Wind, Katzen, Vögeln, Dienstboten, ja auch von Trompetern. Mein

Leben hat nichts Großartigeres als dieses. Wenn Sie von mir etwas erfahren wollen, dann müssen Sie von diesen hören. Und warum haben Sie eine so bittere Abneigung gegen unseren begabten jungen Nachbarn drunten am Hügel und nennen ihn verächtlich einen Fiedler? Ja, gewiß ist er ein Fiedler, wenn er in seinen müßigen Stunden einer sein will. Vielleicht würden Sie doppelt so glücklich sein, wenn Sie halb so schön, so wundervoll fiedeln könnten wie er. Jetzt ist er fort. Entweder waren seine Ferien zu Ende, oder sie wurden durch Johannas Trompeter beendet. Nun hat er in diesen frühen Septembertagen, dieser Jahreszeit der Nebel und wolkigen Morgen, der ruhigen Abende und goldenen Nachmittage den Rücken gewandt. Er hat die Hügel und Wälder, die rosigen Kletterpflanzen und die reifenden süßen Trauben, die plätschernden Wasser zwischen den Farnen und Felsen verlassen, all diese frischen, stillen Dinge, die das Leben lebenswert machen, und sitzt nun irgendwo in Berlin an einem Pult, um nach vielen Tagen und Jahren schließlich ein Landrat, ein Regierungsrat, ein Geheimrat und endlich ein Wirklicher Geheimrat mit dem Titel Excellenz zu werden. Hat er das erreicht, wird er seinen Hut nehmen und fortgehen, um sein Leben zu genießen. Und dann wird er zu seinem Erstaunen merken, daß es nicht mehr da ist, daß alles hinter ihm liegt – ein Haufen staubiger Tage, zusammengehäuft in den Winkeln von Büros. Seine Knie werden zittern, wenn er nicht einmal mehr seine Fiedel selber stimmen kann, das wird ein Diener für ihn tun müssen. Ist dies nicht das, was all euch klugen Männern geschieht, die Ihr so ängstlich entschlossen seid, euren Weg in der Welt zu machen? Ihr müßt einer anderen Welt sehr sicher sein! Wie könnt Ihr es sonst ertragen, dieses Leben hier so zu verschwenden? Oh, was Ihr alles versäumt, wieviel Ihr versäumt! Wie sorgfältig fügen Sie einen kleinen Gewinn zum nächsten! Ich kann keinen Sinn darin sehen, sich Tag für Tag durch seine schönsten Jahre hindurchzuschuften. Nehmen Sie an, Sie haben am Ende keinen Diener, der die Türe für Sie öffnet — was dann? Ich muß blind sein, daß ich niemals einsehe, dieser Aufwand sei so wünschenswert. Doch offenbar muß er wünschenswert sein, da jedermann, wirklich jedermann, bereit ist, so teuer dafür zu bezahlen. Unser ältlicher Nachbar drunten gab tatsächlich seine Augen und seinen Rücken dafür in Kauf; er muß das Leben durch Brillen betrachten. Er ist doppelt gebeugt, weil er seit Jahren die schlecht geschriebenen Schulhefte kleiner Buben korrigiert. Nun ist er mit fünfzig immer noch nicht zufrieden mit dem, was er verdient hat, und schuftet sich das ganze Jahr ab und hat nur sechs Wochen Urlaub im Sommer. Seine Frau ist knickerig, sie haben nur den einen Sohn, leben sparsam. Längst müßten sie so viel zurückgelegt haben, damit sie es warm und satt und gut haben, ohne einen einzigen Schlag zu tun.

Eben wurde ich unterbrochen mit seiner Bitte, herunterzukommen und für ihn Fallobst in seinem Obstgarten zu sammeln, seine Frau sei beschäftigt, Bohnen zu pflücken. Ich hatte noch den Kopf voll von dem, was ich eben an Sie geschrieben hatte, und mit den Äpfeln las ich eine kleine Lehre auf, wie töricht es ist, übertriebene und unbedachte Kritik an anderen zu üben. — Als unsere Körbe voll waren und wir unseren Rücken ausruhten, seufzte er und meinte, daß er in den nächsten Wochen nach Weimar gehen müsse. »Aber Sie lieben doch Ihre Arbeit?« fragte ich.

»Ich hasse sie«, sagte er verdrossen, »ich hasse zu unterrichten. Ich hasse kleine Jungen.«

»Ja warum aber . . .«, begann ich, hielt aber inne.

»Warum? Warum? Das ist kein Grund, meine Arbeit nicht zu tun, weil ich sie hasse.«

»Doch, das ist wohl ein Grund.«

»Was! Und in meinem Alter etwas anderes zu tun?«

»Nein, nein.«

»Wollen Sie denn, daß ich untätig bin?«

»Ja, das wollte ich.« Er starrte mich ernst durch seine Brille an.

»Das sind schlechte Grundsätze«, sagte er.

Ich lachte. Seit vielen Jahren habe ich erkannt, daß Leute mit Grundsätzen viel seufzen und mit dem Leben unzufrieden sind.

»Nein, das sind keine Grundsätze«, beharrte er, als er mich lachen sah.

»Wirklich?« sagte ich.

»Ein Mann muß arbeiten«, sagte er.

»Wirklich?« sagte ich.

»Ganz gewiß«, sagte er.

»Den ganzen Tag?« fragte ich.

»Wenn er dazu den ganzen Tag braucht, gewiß.«

»Jeden Tag?«

»Ja, gewiß.«

»Und wozu?«

»Meine liebe junge Dame, Sie haben wohl kürzlich wieder nur von Gemüse gelebt?«

»Warum?«

»Ihre Gedanken scheinen mir wäßrig.«

Ich schwieg ein wenig verärgert. Während ich mir überlegte, wie ich ihn am besten überzeugen könne, schüttelte er den Kopf und meinte, wie seltsam es sei, daß die intelligentesten Frauen unfähig seien, logisch zu denken. »Ich will ja nichts sagen gegen wäßrige Gedanken, besonders bei Damen. Diese würden viel weniger reizend sein, wenn sie herber wären. Nein, Ebbe und Flut, wechselnde Stimmungen, Unbeständigkeit,

Unberechenbarkeit – dies alles gehört zu Ihrem Geschlecht. Doch auf dem Gebiet des Denkens, des Intellekts, der einen Vernunft – da würde es recht trocken aussehen.«

Ich wußte darauf keine Antwort. Mir blieb wohl nichts anderes übrig, als nach Hause zu gehen. Ich ging ein paar Schritte hinauf zum Obstgarten und überlegte, daß Männer eine Art haben, uns zu sagen, wir könnten nicht logisch denken, gerade wenn wir unser selbst nicht ganz sicher sind, und das gerade dann, wenn wir uns nicht sicher fühlen, wodurch sogleich jede interessante Unterhaltung ihr Ende findet. Endlich, als ich mich dem Zaun näherte, rief er hinter mir her: »Fräulein Rose-Marie!«

»Na, was nun?« fragte ich und sah über meine ablehnende Schulter auf ihn herab. »Kommen Sie zurück?«

»Nein.«

»Kommen Sie zurück und essen Sie mit uns?«

»Nein.«

»Es gibt Lammbraten zum Abendbrot und vorher eine Suppe voll konzentrierter Kraft der Tiere. Ich weiß, daß Sie droben Möhren und gekochte Äpfel essen werden und Sie werden nie die Dinge sehen können, wie ich sie sehe.«

»Der Himmel bewahre mich davor.«

»Wie? Sie möchten nicht vernünftig sein?«

»Ich mag nicht mit Ihnen streiten.«

»Hab ich denn etwas falsch gemacht?«

»Sie sind mir nicht logisch genug«, sagte ich schnell, bevor die unvermeidliche Behauptung kam. »Es ist aber wahr«, fügte ich hinzu.

»Kommen Sie zurück und beweisen Sie es.«

»Es hat keinen Zweck.«

»Sie können es nur nicht.«

»Ich will nicht.«

»Das ist dasselbe.« Ich kletterte den Hügel weiter hinauf.

»Kommen Sie zurück und erklären Sie mir, warum ich meine Arbeit aufgeben soll und den Rest meines Lebens tatenlos herumsitzen soll.«

Ich drehte mich herum und sah auf ihn herab.

»Warum?« fragte ich. »Sind Sie nicht fünfzig? Wäre es nicht höchste Zeit, damit anzufangen, etwas vom Leben zu haben?« Er rückte an seiner Brille und sah mich aufmerksam an. – »Bitte weiter«, sagte er.

»Wenn ich mir Ihr Leben ansehe und diese fünfzig Jahre, so sehe ich nur unerträgliche Einförmigkeit.«

»Weiter.«

»Langeweile.«

»Weiter.«

»Verstaubte Öde.« Bei jedem meiner Worte nickte er leicht und zählte mit den Fingern mit. »Ich sehe Sie voller Tintenfässer, Grammatiken mit eingeknickten Ecken und lauter kleinen Jungen.«

»Weiter.«

»Sie sind ständig denselben Weg gegangen – ein Weg, der einen verrückt machen muß. Kaum haben die Jungen ein bestimmtes Alter erreicht und eine gewisse Erkenntnis und sind ein wenig interessanter geworden, kommen sie zu einem anderen Lehrer, während Sie mit einer neuen Serie kleiner Jungen anfangen. Sie unterrichten in einem Raum mit kahlen Wänden und riesigen blendenden Fenstern, das Klingeln der Elektrischen drunten in der Straße ist das Komma in Ihren Sätzen. So ging es jeden Tag während der letzten dreißig Jahre. Die Jungen, die Sie zuerst unterrichteten, sind heute Familienväter. Die Bäume auf dem Spielplatz sind von grünen Setzlingen zu hohen Schattenbäumen geworden. So ist alles immer weitergegangen und Sie mit, doch Sie sind immer trockner und gelangweilter geworden.«

»Weiter«, sagte er lächelnd. Ich trat ein wenig näher.

»Ihre Intelligenz, die anfangs rastlos versuchte, grüne Schößlinge durch die dicke Rinde des Herkömmlichen zu treiben . . .«

»Gut. Sehr gut, weiter.«

»Hindurch in einen größeren Raum, ein fruchtbares Licht . . .«

»Poetisch. Sehr poetisch. Meine Anerkennung.«

»Danke. Ihre Intelligenz ist für immer – ach, Sie haben mich unterbrochen, ich weiß nicht mehr, was ich sagen wollte.«

»Sie sprachen davon, daß meine Intelligenz grüne Schößlinge triebe.«

»Richtig. Nun, jetzt gibt's kein Grünes mehr. Darauf wollte ich hinzielen. Sie wären weitergewachsen, hätten Sie sich mehr Freizeit gegönnt und hätten nicht immerzu geschuftet. Jetzt müßten sie mehr als Schößlinge sein, nein, hohe Bäume, in deren Schatten wir alle dankerfüllt sitzen können. Sie könnten Ihre freien Tage genießen, hinter Ihnen die angenehme Erinnerung an freie Jahre, vor Ihnen die freudige Hoffnung auf freie zukünftige Jahre. Aber in all den Jahren Ihrer Gefangenschaft in einem Klassenzimmer ging die Welt voller Herrlichkeit weiter, die Jahreszeiten voller Schönheit, die Sie nicht wahrnehmen konnten. Die Sonne schien und wärmte andere Leute, der Wind wehte und prickelte die Haut anderer Leute und ließ ihr Blut tanzen – Sie hingegen waren ans Bett gefesselt und hatten kalte Füße und Kopfschmerzen. Die Vögel sangen für andere himmlische Lieder, während in Ihren Ohren die Stimmen widerspenstiger kleiner Jungen summten, und der köstliche Regen ...«

»Halt, halt! Vergessen Sie nicht, daß ich meinen Lebensunterhalt verdienen mußte.«

»Ja, gewiß, das mußten Sie. Aber den hatten Sie ja längst schon verdient. Was Sie jetzt verdienen, reicht viel weiter als fürs Sterben – das Sterben Ihrer Seele. Ist es denn nicht egal, ob Ihre Frau einen Hut weniger im Jahr bekommt und kein seidenes Kleid ...«

»Lassen Sie sie das nur nicht hören«, sagte er und blickte scheu um sich. »Oder daß Sie kein Dienstmädchen halten können oder sonntags weniger üppiger essen können als Ihre Nachbarn, daß Sie keine Gesellschaften geben für Bekannte, die sich nichts aus Ihnen machen. Würden Sie dies alles aufgeben, könnten Sie Ihre Plagerei auch aufgeben. Sie sind zu alt für eine solcher Plagerei. Sie sind all diese zwanzig Jahre überhaupt zu alt gewesen. Ein Mann mit Ihrem Verstand ...« Hier versuchte er dankbar auszusehen – »der nicht zwischen zwanzig und dreißig genug verdient, um den Rest seines Lebens keine Sklavenarbeit leisten zu müssen, der ist nicht – ist nicht ...«

»Wert, Mensch genannt zu werden?«

»Na, ich weiß nicht recht, daß dies etwas sehr Großartiges ist«, meinte ich unsicher.

»Lassen wir's sein. Und nun, meine liebe junge Dame, haben Sie mir eine Strafpredigt gehalten ...«

»Keine Strafpredigt.« – »Nun, habe mir erlaubt, einem Vortrag beizuwohnen ...«

»Nein, nein, keinem Vortrag.«

»Immerhin, einer Vorlesung über meine schwächlichen äußeren Lebensbedingungen. Ich gebe zu, die Tintenfässer, die kleinen Jungen, die Langeweile, das Trambahnklingeln, die beklagenswerten langen Jahre

– dies alles gibt es wirklich, und Sie haben sie mit Ihrer lebhaften Vorstellungskraft alle gesehen. Aber sagen Sie mir eins: Ist es Ihnen niemals in den Sinn gekommen, daß sie nur die äußere Schale, die Hülse und Einpackung sind und daß es möglich ist, trotz ihrer« – hier wurde seine Stimme ernst –, »daß mein Leben dennoch innen sehr reich gewesen ist?«

Und nun sagen Sie mir, mein Freund: Bin ich nicht verzweifelt, hoffnungslos abscheulich? Unbesonnen? Anmaßend? Ziehe ich nicht vorschnell Schlüsse? Bin ich nicht der unduldsamste Beurteiler anderer Leute? Innerlich reich, ja gewiß. Reich in Gott. Dies habe ich nie gesehen, wenn ich von der Höhe meiner eigenen Nutzlosigkeit auf jene mühseligen Leben herabsah. Und sehen Sie, wie erstaunlich meine Torheit war! Wenn man mein eigenes Leben von außen beurteilen wollte, mein einsames Leben hier mit Papa, dieses eingeschränkte, arme, einsame Leben, meine erste Jugend dahin, meine Zukunft ohne irgendwelche Aussichten, keine Zerstreuung, wenig Freunde und Papas Zuneigung, die, je älter er wird, immer unbestimmter wird – schaue man mein Leben an, wollte man es so betrachten wie ich das Leben meines Nachbarn, so würde es vollkommen leer und trostlos aussehen. Und doch, ich wiederhole das wahrhaftig, was er mir sagte: Mein Leben ist innen sehr reich.

XLIV.

GALGENBERG, 16. SEPTEMBER

Lieber Mr. Anstruther,
es ist ja sehr freundlich von Ihnen, meinem letzten Brief über den äußeren Schein meines Lebens zu widersprechen, aber Sie wissen es selbst: Ich BIN über

148

meine erste Jugend hinaus. Mit sechsundzwanzig kann man nicht mehr so tun, als sei man ein junges Mädchen, und ich will das auch gar nicht. Für nichts in der Welt möchte ich noch einmal siebzehn oder achtzehn sein. Ich will eine erwachsene Frau sein, ich habe Besitz ergriffen von allen meinen Möglichkeiten, ich weiß, was ich will, ich will die Dinge in ihren wahren Verhältnissen sehen. Ich glaube, daß 18 keinen Ersatz dafür bietet. Es ist ein so richtungsloses, steuerloses Alter. Für den Zuschauer mag das ja reizvoll sein, doch nicht halb so angenehm für die Person selber. Was ist das Gute daran, Schokolade bis zur Raserei zu lieben, wenn es nur dazu führt, daß einem übel wird? Und wenn man selig ist über ein neues Kleid oder einen Hut und dann ein anderes Mädchen trifft in noch herrlicherem Kleid oder Hut? Gesellschaften sind meist recht enttäuschend. Studenten mögen recht interessant sein, doch führen sie leicht in ärgerliche Verwicklungen – entweder sie verehren einen oder, wenn sie das nicht tun, so ist das erst recht ärgerlich. Ja, selbst der junge Mann in der Konditorei, der einem so feurig Limonade servierte und so wundervolle Augenwimpern hatte, war nicht sehr nützlich, denn er konnte nicht zum Tee eingeladen werden. Und wenn wir uns an seinen Augenwimpern weiden wollten, mußten wir einen Kuchen kaufen, und Kuchen sind überaus teuer für Leute, die wie wir kein Geld haben. Jawohl, es ist ein albernes, zwitscherndes, kälbisches Alter, gottlob, daß es nicht wiederkehrt. Glauben Sie ja nicht, mich trösten zu müssen, daß es vorüber ist mit all den anderen Einzelheiten, die ich nannte. Die Zukunft sieht für mich recht erfreulich aus – hell und sonnig. Sie ist nur leer von dem, was andere Leute »Aussichten« nennen, womit sie einen Ehemann meinen. Ich hingegen will sie mit Schweinen füllen. Ich habe große Pläne. Was kann man alles mit einem Schwein machen, wie es mein Nachbar tut! Er hat sich eine Art von Terrasse ausgegraben und darauf einen Schweinestall gestellt, einfach wunderbar. Und wieviel mehr könnte man mit zweien erreichen.

Ich beabsichtige, eine sehr glückliche alte Jungfer zu werden. Ich werde meine Vormittage mit lohnenden Dingen füllen wie mit Schweinen, die Nachmittage aber will ich schönstens verbringen, indem ich körperlich müßig bin, doch meine Seele soll sich eifrig mit Dichtern beschäftigen. Später, viel später, wenn Papa mich nicht mehr braucht, will ich mir ein kleines Haus suchen, wo ich – außer Bienen, noch andere Geschöpfe halten kann, denn die sind die einzigen Tiere, die ich jetzt hier oben halten kann. Sie dürfen ja nicht glauben, ich werde dann nicht glücklich sein. Ich werde bestimmt SO GLÜCKLICH sein. Und ich bin auch jetzt glücklich und werde es bleiben, und wenn ich ganz alt bin und sterben muß, werde ich auch darüber glücklich sein.

Was meinen Sie, finden Sie, daß meine Pläne selbstsüchtig sind? Vielleicht sehen sie so aus. Die Leute nennen so leicht diejenigen selbstsüchtig, die ein wenig abseits stehen und dem Leben zuschauen. Wir haben einen Dichter, auf den wir stolz sind, dessen Ruhm jedoch, glaube ich, England nicht erreichte, obwohl er gar nicht so weit unter Goethe steht; einen derben, robusten Dichter, der sagt:

> Bei sich selber fängt man an,
> da man nicht allen helfen kann.

Ein hübsches Wortgeklingel, nicht wahr? Der Mann heißt Hebbel, war ungefähr vierzig, und vielleicht wissen Sie mehr von ihm als ich, dann wäre ich schon wieder arrogant gewesen. Es ist ein hübscher Reim, der mich oft erfreut hat, wenn ich fürchtete, ich müsse jemandem etwas beibringen, oder wenn ich jemandem Besuche machen und dabei fließend über den Lieben Gott reden mußte. Ist das unrecht von mir? Sagt mir das mein Gewissen – was nicht oft geschieht –, dann versuche ich, es wieder gutzumachen und stelle Johanna freundliche Fragen. Ich frage sie nach ihrer Mutter zum Beispiel. Und dann benimmt sie sich höchst seltsam. Sie antwortet mir kaum. Sie klappert mit ihren Schüsseln so energisch, als sei sie beinah wütend. Wird ganz einsilbig. Dabei handelt es nicht einmal um ihre Stiefmutter, sondern um ihre eigene Mutter, und es sollte doch die beste Art sein, Seiten in ihrem Herzen anzurühren und sie fühlen zu lassen, ich sei nicht nur ihre Brotgeberin, sondern eine Freundin. Als sie schließlich den Deckel einer Schüssel hinunterwarf, versuchte ich's mit ihrem Vater, aber der Lärm wurde sofort derartig laut, daß ich eine ganze Zeit schwieg. Später fühlte ich deutlich, ich hätte lieber über das Wetter reden sollen.

Ich weiß nicht, ob ich Ihnen erzählte, daß ich nach dem Trompeten-Sonntag so von Mitleid mit dem sogenannten Fiedler und seinen Leiden erfüllt war, daß ich meinen Mut in beide Hände nahm und Johanna mit dem anmutigsten Lächeln (ich fürchte, es war ein geisterhaftes Lächeln) erklärte, ihr Trompeter möge bei seinen Besuchen sein Instrument lieber nicht mitbringen. »Ich finde, er kann es doch gut zu Hause lassen«, meinte ich verbindlich. Sie sagte augenblicklich, sie kündige für den 1. Oktober.

»Aber Johanna!« rief ich. Sie wiederholte ihre Worte. »Aber Johanna! Wie kann ein so gescheites Mädchen wie Sie so unvernünftig sein! Er kann Sie ja so oft wie bisher besuchen! Alles, worum wir Sie bitten, ist, daß er keine Musik macht.« Sie wiederholte ihre Kündigung. »Aber Johanna!« rief ich vorwurfs-voll, ein ausdrucksvoller Ausruf, der die verschieden-sten Gefühle zeigt. Wieder beharrte sie auf ihrer Erklä-rung, und so mußte ich wahrhaftig am nächsten Tage nach Jena hinunter, und als ich beim Nachbarn vor-überkam, schüttelte ich eine gramerfüllte Faust in seine Richtung und machte mich auf, um in einer obskuren Stellenvermittlung die Perle zu suchen, die wir unser Leben lang zu finden hoffen.

Dieses Vermittlungsamt besteht aus zwei Räumen. Im vorderen befinden sich Dienstboten, die eine Stel-lung suchen, und im zweiten die Damen, die ein Mäd-chen suchen. Ein Fräulein unbestimmten Alters und von entschlossenem Betragen sitzt im zweiten Zimmer an einem Pult und trägt in ein dickes Buch die Wün-sche beider Parteien ein. Es sind stets dieselben Eigen-schaften der zukünftigen Angestellten, die immer wie-der hoffnungsvoll bis ans Ende ihrer Tage genannt werden, Eigenschaften wie: fleißig, treu, ehrlich, an-ständig, arbeitsfreudig, kinderlieb, die dort neben den Forderungen wie Kochen, Waschen und Bügeln ange-geben sind. Oft steht dort neben diesen Angaben, daß, wenn auch der Lohn gering erscheinen möge, dies nicht der Fall sei, da die Behandlung ganz ungewöhn-lich gut sei.

Die zukünftigen Dienstmädchen fassen sich kürzer. Sie erklären ohne Illusionen, nirgends hinzugehen, wo sie kochen und waschen müssen, und wo ein Baby ist. »Gott, diese Mädchen!« rief eine der wartenden Da-men aus, als ich heiß und zerknittert von meinem lan-gen Marsch in der Sonne eintrat. Ich ließ mich in den Stuhl neben ihr fallen und war wesentlich zerknitterter als sie, die dort schon stundenlang saß. In ihrer Erre-gung wandte sie sich dem ersten menschlichen Wesen zu, das neben ihr war, denn das Fräulein am Pult hatte etwas ausgesprochen Unmenschliches an sich – eigentlich merkwürdig bei ihrem langjährigen und intensiven Umgang mit Menschen: »Nana! Das ist ja die liebe Rose-Marie!« Es war eine gute Freundin meiner Stiefmutter, Frau Meyer, die Frau eines Arztes am hiesigen Irrenhaus, erinnern Sie sich? Die oft zu uns kam. Jedesmal, wenn sie kam, gingen Sie hinaus. »Nun? Noch nicht verheiratet?« fragte sie, als wir einander die Hand gaben, und lächelte dabei wie über einen großen Spaß. Ich lächelte ebenso wie sie und sagte nein, ich sei es nicht. »Nicht mal verlobt?« Und ich lächelte so breit, als sei ich unendlich geschmeichelt. »Du mußt dich eilen«, sagte sie. Ich gab diese Dringlichkeit zu und nickte. »Du bist sechsundzwanzig – ich weiß das, weil die arme Emilie« – das war meine Stiefmutter – »zehn Jahre verheiratet ist und als sie sich verheiratete, warst du sechzehn. Nun, sechsundzwanzig ist schon ein tüchtiges Alter für ein Mädchen. Als ich so alt war wie du, hatte ich bereits vier Kinder. Was sagst du dazu?« Ich wußte wirklich nicht, was ich dazu sagen sollte. Ich lächelte bloß flüchtig, wandte mich zum Pult und begann mit meiner Liste: fleißig, reinlich, ehrlich . . .«

»Ja, wenn es nur ein solches Kleinod gäbe!« unterbrach mich Frau Meyer und seufzte, »ich muß nämlich die erste Kaffeegesellschaft des Jahres geben.« – »Was! Im Sommer!« – »Im September ist kein Sommer. Wenn das Wetter so tut, ich kann's nicht ändern. Es ist Herbst, und ich mag nicht länger auf Gesellschaften verzichten. Immer finde ich die Zeit zwischen der letzten Kaffeegesellschaft im Frühling und der ersten im Herbst unerträglich langweilig. Was treibst du denn dort droben auf Eurem schrecklichen Berg, wie vertreibst du die Zeit?«

Zeit vertreiben? Ich, die ich mich vor dem Vergehen der Zeit so fürchte, daß ich versuche, sie festzuhalten, damit sie langsam schleicht und ich aus jeder Minute etwas Herrliches herauspressen kann? Ich starrte sie abwesend an und stellte mir die davonfliegenden Tage vor, ehe ich wußte, wie glücklich ich darin war.

»Wirklich, ich kann's nicht sagen«, sagte ich. »Fleißig, reinlich, ehrlich«, las das Fräulein vor und erinnerte mich an den Zweck meines Hierseins.

»Anständig«, diktierte ich, »versteht, die Wäsche zu behandeln«.

»So eine wirst du nie finden«, unterbrach mich Frau Meyer, »jedenfalls keine, die anständig ist und waschen kann. Zwei solch gute Eigenschaften gibt es nicht bei diesen Mädchen. Der Haken ist, daß ich auch so eine brauche. Sie sind so selten und so teuer wie Rosen im Dezember. Ich hatte drei seit April, und alle mußten gehen wegen Kleinigkeiten – hatte nichts zu tun mit meinem Haushalt. Hier scheinen sie zu wissen, daß ich in der kurzen Zeit drei hatte und verlangen nun enormen Lohn. Ich bin schon den ganzen Vormittag hier, ich bin verzweifelt«. Sie fächelte sich mit ihrem Taschentuch.

»Gute Wäscherin«, fuhr ich fort, »bügeln, kochen, flicken – haben Sie so jemanden, Fräulein?«

»Oh, ja, viele«, war die kurze Antwort.

»Leider können wir nicht mehr als einhundertundsechzig Mark zahlen«, sagte ich.

»Puh«, sagte Frau Meyer. Die Feder hörte auf zu kratzen.

»Aber ohne Kinder«, fuhr ich fort. Die Feder glitt schneller übers Papier. »Bloß zwei Personen.« Die Feder glitt noch schneller. Frau Meyer fächelte sich stärker. »Wir wohnen droben auf dem Galgenberg.« Die Feder hielt inne.

»Du wirst nie eine finden, die dort raufgeht«, schrie Frau Meyer triumphierend. »Ich brauche keine Angst zu haben, daß du mir eine gute wegnimmst. Es geht keine aus der Stadt weg.« Das Fräulein läutete eine Glocke und rief einen Namen aus.

»Hier ist noch jemand für Sie, Frau Doktor«, sagte sie. Eine große junge Person kam aus dem anderen Zimmer. »Dies ist Fräulein Ottilie Krummacher – Frau Dr. Meyer«, stellte das Fräulein einander vor, »ich glaube, Sie könnten zusammenpassen.«

»Das wird auch Zeit, daß Sie mir jemanden zeigen«, seufzte Frau Meyer, »bisher habe ich schon sechs befragt, und die Ansprüche von allen sechsen waren derartig, daß sich meine Mutter, Frau Gutsbesitzer Großkopf auf Großkopfsecke, geborene Knoblauch, eine Dame mit außerordentlicher Erfahrung im Haushalt, im Grabe herumdrehen würde.« Die große Person schnitt Frau Meyer das Wort ab.

»Stadt?« fragte sie, offenbar unempfänglich für die Großkopfs auf Großkopfsecke.

»Oh, ja, gewiß – hier am Marktplatz, wo die interessante Statue des Gründers der Universität steht. Kein Weg daher zum Markt. Von den Fenstern aus sieht man ständig etwas Interessantes.«

»Welches Stockwerk?«

»Zweiter Stock. Niedrige Stufen mit einem hübschen Geländer, kaum höher als der erste Stock, ja als ein gewöhnliches Erdgeschoß, denn die Zimmer sind sehr niedrig.«

»Wäsche?«

»Wäsche ist außer dem Hause, bis auf die kleine. Bügeln, liebes Fräulein, mache ich meist selbst. Da sind die Hemden, wissen Sie – Ehemänner sind da eigen, wissen Sie . . .«

»Wie viele?«

»Wie viele?« wiederholte Frau Meyer, »wie viele was?«

»Ehemänner.«

»Aber Fräulein!« rief die Sekretärin vorwurfsvoll aus.

»Sie hat gesagt: Ehemänner«, sagte die große Person. »Also Hemden. Das ist doch alles eins.«

»Alles eins?« rief Frau Meyer, die ihren Mann vergötterte.

»Wieviel Arbeit sie machen.«

»Aber, liebes Fräulein, die Hemden werden nicht im Haus gewaschen.«

»Aber gebügelt.«

»Ich bügele sie.«

»Und ich heize die Eisen und muß das Feuer unterhalten.«

»Jaja!« rief Frau Meyer voll Vergnügen, »das stimmt.«

Die große Person sah verblüfft drein. »Kochen?« fragte sie nach einer kurzen Pause.

»Das meiste mache ich selber. Der Herr ist sehr anspruchsvoll. Ich brauche nur ein wenig – ganz wenig – Hilfe. Und denken Sie an die neuen und ausgezeichneten Gerichte, die Sie dabei kennenlernen.« Das Mädchen schlug diese letzte Bemerkung in den Wind.

»Wieviel Personen sind im Haushalt?«

Frau Meyer hüstelte, bevor sie antwortete. »Oh«, sagte sie, »oh, ja – da ist also mein Mann und natürlich ich und dann – mögen Sie eigentlich Kinder?« schloß sie hastig.

Das Mädchen betrachtete sie mißtrauisch. »Das kommt darauf an, wie viele es sind«, sagte sie vorsichtig.

Frau Meyer stand auf und lehnte sich zu dem Fräulein am Pult und flüsterte ihm etwas ins Ohr. Das Fräulein schüttelte den Kopf.

»Ich glaube, es hat keinen Sinn«, sagte sie.

Wieder flüsterte Frau Meyer. Das Fräulein sah auf,

heftete ihren Blick auf eine Stelle etwas unter dem Kinn der großen Person und sagte: »Der Lohn ist gut.«

»Wieviel?«

»Alles frei und einhundertundachtzig Mark im Jahr.« Das Mädchen drehte sich um und ging auf die Türe zu.

»Warten Sie – warten Sie!« rief Frau Meyer verzweifelt, »wie können Sie eine so gute Stellung so bedenkenlos aufgeben! Bedenken Sie, es gibt keine langen Wege zum Markt und Sie benötigen infolgedessen nur halb so viele Schuhe und Strümpfe und Röcke wie die armen Mädels, die oben in den Villen leben, die so großartig aussehen – aber ob die so hohe Löhne haben?« Das Mädchen hielt inne.

»Und keine Treppen steigen mit schweren Körben? Und kaum Wäsche – kaum Wäsche – hören Sie?« rief sie schrill in ihrer Not. »Und so gut wie kein Kochen! Und jeden Sonntag – hören Sie? – jeden Sonntag abend frei. Und ich schelte nie, mein Mann erst recht nicht, und mit hundertachtzig Mark im Jahr kann sich ein gescheites Mädchen alles leisten. Wirklich – es ist eine ideale, eine wunderbare Stellung – wäre ich ein Mädchen, so würde ich nur so drauf springen, und diese Dame« – dabei zeigte sie auf mich – »würde ebenso springen, nicht wahr Rose-Marie?«

Das Mädchen zauderte. »Wieviel Kinder sind da?« fragte es. »Kinder? Kinder? Sie meinen wohl Engel, so vollkommen, so gut und brav erzogen – nicht wahr, Rose-Marie? Nicht wahr, Fräulein, Sie lieben Kinder, bestimmt! Natürlich, ich sehe es Ihrem Gesicht an. Jedes nette Mädchen liebt Kinder. Und diese, versichere ich Ihnen, sind ganz ungewöhnlich . . .«

»Wie viele sind's?«

»Ach Gott, nur sechs, davon ein paar so klein noch, daß man sie gar nicht dazu zählen kann – sechs der allerliebsten . . .« Das Mädchen drehte sich auf dem Absatz um. »Sechs kann ich nicht lieben«, sagte sie und schritt endgültig festen Schrittes hinaus.

Frau Meyer sah mich an. »Da siehst du es«, sagte sie wirklich verzweifelt.

»Ja, das ist wirklich ärgerlich«, sagte ich voller Mitgefühl, je näher ich an die Reihe kam.

»Ärgerlich? Es ist einfach furchtbar. In zwei Tagen habe ich meine Kaffeegesellschaft und habe kein – kein . . .« Sie brach in Tränen aus und verbarg ihr Gesicht vor den gleichgültigen Blicken des Fräuleins am Pult in ihrem Taschentuch und versuchte, ihr Schluchzen zu verstecken, indem sie sich ständig die Nase putzte.

»Es tut mir wirklich sehr leid«, murmelte ich, von dieser Auflösung gerührt. Plötzlich hatte ich einen Einfall. »Nehmen Sie Johanna, nehmen Sie sie für diesen Tag, sie kann Sie zumindest über diesen Tag wegbringen. Bei einer Gesellschaft ist sie glänzend, sie ist sehr erfahren in Kaffeegesellschaften. Ich werde sie rechtzeitig zu Ihnen hinunterschicken, und Sie behalten sie, so lange Sie wollen. Und das Ausgehen wird ihr Spaß machen, und wir können uns ganz gut einen Tag lang ohne sie behelfen.«

»Ist es die Johanna, die Sie in der Rauchgasse schon hatten?«

»Jawohl, von meiner Stiefmutter angelernt – wirklich ausgezeichnet in einem plötzlichen Notfall.«

Frau Meyer umarmte mich. »Ach danke, danke, du liebes gutes Kind!« schrie sie. Die Wärme ihrer Umarmung zeigte mir, welche Mengen von Gästen sie eingeladen haben mußte. Als die erste Aufwallung, eine gute Tat getan zu haben, verging, und ich kühler darüber nachdachte und mich den Berg hinauf heimwärts rackerte – ich war von sämtlichen Anwesenden als

Dienstherrin abgelehnt worden – bereute ich. War nicht Johanna meine einzige Hoffnung? Verzagt überlegte ich mir, daß Frau Meyer sie am Ersten für ganz einstellen wird, und sie wird auch dort bleiben, weil sie dort zwanzig Mark mehr Lohn erhält? Wie dumm von mir! Hätte ich ihr ein wenig mehr zugeredet, wäre sie gewiß lieber geblieben, statt sich nach einer neuen Stelle umzusehen und dafür Vermittlungsgebühren zu bezahlen. Höchstwahrscheinlich wird sie eine Stellung nicht ausschlagen, die sie nichts kostet.

Doch nun können Sie sehen, daß eine gute Tat doch manchmal belohnt wird.

Johanna ging zu Meyers hinunter, wie ich's versprochen hatte, und schaffte den ganzen Tag für sie. Sie bekam einen Taler geschenkt und soviel Kaffee und Kuchen, als sie nur verzehren konnte, und dann kam der Vorschlag, für immer zu bleiben, falls sie uns aufgeben würde. Als sie spät nachts an meinem Bett stand, und die Kerze ihr erhitztes glänzendes Gesicht erhellte und ihr Haar von der Anstrengung verwirrt war, berichtete sie mir dies alles. »Aber Fräulein Rose-Marie – nicht um die Welt würde ich dort in Stellung gehen. Diese unruhige Dame, so ein nervöser Herr und alles voller Kinder! Wäre ich nicht dort gewesen und hätte alles von innen gesehen, würde ich sie vielleicht angenommen haben. Aber nun nach diesem ...«, sie bewegte ihre Kerze hin und her – »nie«.

»Was wollen Sie denn aber tun?« fragte ich und dachte sehnsüchtig an die vier Jahre, die wir miteinander verlebt hatten. »Hier bleiben«, verkündete sie resolut. Ich nahm sie in die Arme und küßte sie.

Mit vielen Grüßen
Rose-Marie Schmidt.

XLV.

Lieber Mr. Anstruther,
heute bin ich mit dem Mädchen von nebenan nach
Jena hinuntergegangen, um etwas Einfaches einzukau-
fen, wie es so etwas in Jena eben gibt, etwas Einfaches
für einfache Geldbeutel. Am Marktplatz fand ich mich
alsbald im Buchladen, wo ich schon so oft gewesen war
und fand dort ein Buch mit englischen Gedichten und
Poesie, angefangen mit Gedichten von Chaucer. Es gab
auch Bilder der Dichter, die diese Gedichte gedichtet
hatten. Ehe ich aber mehr darüber schreibe – und Sie
werden staunen, wieviel ich da zu erzählen habe – muß
ich erklären, wer das Mädchen von nebenan ist. Unser
Nachbar hat sein Haus, kurz bevor er fortfuhr, vermie-
tet und zwar erstaunlich gering. Die Mieter nahmen
das obere Stockwerk für ein volles Jahr, und dies ist
nun ihre Tochter. Der Nachbar fuhr glücklich zu seinen kleinen tintenbeschmierten Jungen. Als er weg-
fuhr sagte er: »Sehen Sie, mein Leben wird tatsächlich
reich, innen wie außen.«

»Ach schweigen Sie«, murmelte ich und wurde rot
wie Leute, die an frühere Torheiten erinnert werden.

Die neuen Nachbarn waren keine zehn Tage da, als
ich mich mit dem Mädchen über den Zaun hinweg an-
freundete. Sie sah mir zu, wie ich das Septembergras in
einem jämmerlichen Haufen zusammenkratzte, das
Johanna und ich letzte Woche mit der Sichel abwech-
selnd gemäht hatten. Sie beobachtete mich mit so leb-
haftem Interesse, daß ich ihr schließlich zulächelte.
»Das ist unsere Ernte für den nächsten Winter«, sagte
ich und wies auf den Heuhaufen. »Ich meine, ich habe
schon größere Maulwurfshügel gesehen.«

»Viel ist das nicht«, sagte das Mädchen.

»Nein«, stimmte ich zu und rechte eifrig.

»Haben Sie denn eine Kuh?« fragte sie. »Nein.«

»Überhaupt keine Tiere?«

»Doch, Bienen.« Das Mädchen schwieg, dann meinte es, Bienen wären keine Tiere. »Aber sie sind das einzige, das uns mit der Landwirtschaft verbindet.«

»Und wofür machen Sie Heu?«

»Bloß um das Gras kurz zu halten, und dann bilden wir uns ein, es wäre Rasen.« Während ich rechte, kam ich ihr ein wenig näher, und da sah ich, daß sie kürzlich geweint haben mußte. Ich sah sie nun genauer an. Sie war hübsch, mit der Hübschheit von zwanzig Jahren, rund und weich, hell und glatt. Sie trug ein ausgesprochen männliches Hemd mit einem steifen hohen Kragen, einer Krawatte mit einer Nadel darin und einen Gürtel, und unter dem steifen Strohhut, links aufgeschlagen, unter Massen von glänzenden Haaren, sah ich einen schwellenden roten Mund, eine unentschlossene kleine Nase und zwei unglückliche Augen, rot vom Weinen. »Zeit damit anzufangen«, sagte ich. »Anzufangen mit was?«

»Es ist noch nicht neun Uhr. Sind Sie immer schon vor dem Frühstück mit Ihrem Weinen fertig?« Sie wurde ganz rot.

»Verzeihen Sie«, sagte ich und rechte eifrig, »ich bin unhöflich.«

Das Mädchen verstummte für einen Augenblick, sie überlegte vermutlich, ob sie der frechen Fremden ein für allemal den Rücken kehren sollte, oder die Taktlosigkeit übersehen und Freund werden wollte. Nun, wir wurden Freunde. Da wir hier oben auf dem Hügel, beide ungefähr gleichen Alters, einander ständig im Wald, auf der Straße, über den Zaun hinweg treffen mußten, mußten wir entweder so tun, als sähen wir die andere nicht, oder wir mußten Freunde werden, und das sind wir geworden. Das ist immer und zu allen Zeiten das beste. Innerhalb von zehn Tagen wurden wir feste Freundinnen, und nach den ersten sechs Tagen hörte sie mit Weinen auf.

Jetzt will ich Ihnen erzählen, warum das so schnell geschehen ist. Wie Sie vielleicht wissen, ist es nicht meine Art, Fremden so leicht um den Hals zu fallen. Ich bin zu schwerfällig, zu langsam und meiner Nachteile allzu bewußt, ja wirklich zu langweilig und linkisch und nur für ein ganz einsames Leben geeignet. Dieses Mädchen war vor kurzem verliebt gewesen. Nun, das ist das übliche Schicksal, das passiert uns allen, und dies allein würde mich nicht zur Freundschaft veranlassen. Dieser Mann war öffentlich mit ihr verlobt gewesen, hatte, gegen alle deutschen Gebräuche, die Verlobung gelöst, was ein schreckliches Getöse verursachte, denn die Sache war schon so weit gediehen, daß die neue Wohnung bereits eingerichtet war, und die Hochzeitsgäste bereits eingeladen waren. Da hatte er erklärt, er liebe sie nicht genug und hatte sie verlassen. Als sie mir das erzählte, flog ihr sofort mein Herz zu. Ich werde Ihnen hier nicht erklären, warum, aber es flog ihr zu. Von dieser Stunde an hatte ich das Gefühl, ich müsse sie in die Arme schließen, daß ich, die Ältere, die Erfahrenere, sie bei der Hand nehmen, ihr helfen und ihre armen törichten Tränen trocknen müsse, lieb zu ihr sein, damit sie wieder fröhlich werde. Und nach sechs Tagen gab es kein Weinen mehr, und in den letzten drei Tagen fing sie an, das Leben mit so etwas wie kritischer Gleichgültigkeit anzusehen und damit über manche lästige Kleinigkeit hinwegzukommen.

Bedauerlicherweise mag ihre Mutter mich nicht. Finden Sie das nicht recht scheußlich von ihr? Sie hat den Verdacht, ich sei emanzipiert, und sie weiß, daß ich Schmidt heiße. Ja, wäre ich eine Wedel oder Alvensleben oder Schulenburg oder aus einer anderen vornehmen Familie, ja selbst einem unbedeutenden Zweig davon, dann würde sie meine Art zu leben und zu sprechen, freundlich lächelnd akzeptieren. Jedoch, ich bin eine Schmidt. Nichts, was ich auch sage oder tue, und sei es auch noch so gescheit und vernünftig, kann diese schreckliche Tatsache verdecken. Sie weiß auch, daß mein Vater ein sorgloses Naturkind ist, der sich von Geburt und Ämtern nicht beeindrucken läßt. Daß meine Mutter eine Engländerin war und einen Namen trug, der wenig Vertrauen einflößte, und daß wir eine geradezu unanständige Gleichgültigkeit zur Schau stellen und nicht einmal versuchen, unsere Armut zu verbergen. Es ist nutzlos, liebenswürdig und hübsch zu sein – ich bin ihr gegenüber wirklich sehr liebenswürdig gewesen, und die Tochter versichert mir freundlicherweise, ich sei hübsch – wenn man Schmidt heißt und arm ist, hilft das alles nichts. Und wenn ich mit Engelszungen redete – da ich nicht von Familie bin, so bin ich nichts. Wäre ich von Familie, so würde ich in der Welt viel mehr gelten, was Paulus auch sagen mag. Frau von Lindeberg würde mich an ihr Herz nehmen und mich vornehm finden; wie sie mich jetzt nur ausgefallen findet, würde sie mich witzig nennen, wie sie mich jetzt frech findet, würde sie meinen Worten lauschen, würde über meine Einfälle lachen, sich für meine Gartenkünste und meine vegetarischen Versuche interessieren. Und nun, da ich, wie ich hoffe, von Mitgefühl und Liebe zu meinen Nachbarn erfüllt bin, bereitwillig mit Sympathie, mit eifriger Freundschaft, mit dem Wunsch zu helfen dastehe, nützt mir das alles nichts, denn mein Name ist Schmidt.

Zum ersten Mal habe ich unseren Adel nahe ken-

nengelernt. In Jena gab es sehr wenige Adelige – helle
Sterne auf dem nüchternen Hintergrund der akademischen Mittelklasse, deren Glanz uns von ferne blendete. Jetzt sehe ich sie jeden Tag und finde sie sehr enttäuschend und gar nicht blendend. Nein, ich bin nicht geblendet. Vielleicht fühlt das Frau von Lindeberg und kann mir das nicht verzeihen.

Aber wahrhaftig, dieser Dünkel ist absurd. Bei diesem Anblick wallt mein freies Watson-Blut. Ich denke an so etwas wie Albions Töchter und BRITANNIA RULES THE WAVES, ich finde es ist etwas, worauf ich stolz sein darf, zur Hälfte Watson zu sein, deren Vorfahren in einem Haus lebten, das THE ACACIAS hieß, in einer Straße, die Plantagenet Road hieß. Welches Recht haben denn diese Lindebergs, diesen atemberaubenden, maßlosen Respekt zu verlangen? Er ist ein Oberst a. D., war sein ganzes Leben lang Offizier, und da er nicht begabt genug war für die höhere Militärkarriere, mußte er mit fünfzig seinen Abschied nehmen. Er stammt aus einer guten Familie, heiratete eine Frau aus einer klein wenig besseren Familie. Sie war eine Freiin von Dammerlitz; Papa sagt: eine Familie, die groß, unangenehm und verschuldet ist. Weder berühmte Soldaten noch Staatsmänner entstammen ihr. Ihre Söhne waren sämtlich Offiziere, denen es nicht gelang, jene Schwelle, die Majorsecke, zu überwinden, jenseits derer höhere Ehren liegen. Die Töchter haben entweder nicht geheiratet, da sie unvermögend waren, oder sie heirateten unmögliche Leute, sagt Papa, wie zum Beispiel . . .

»Was für welche?« fragte ich und erwartete, sie hätten Briefträger geheiratet. »Pastoren, meine Liebe«, sagte Papa lächelnd. »Pastoren?« wiederholte ich erstaunt. Sie waren mir stets als unendlich vorbildlich und als Ehemänner wünschenswert erschienen. »Aber nicht vom Standpunkt der Dämmerlitze, mein Liebes«, sagte Papa. – »Oh«, sagte ich und versuchte mir vorzustellen, wie sie wohl von diesen gewertet wurden.

So also sehen die Leute aus, die uns frostig auf den Platz verweisen, den sie für uns angemessen halten. Treffen sie uns, geben sie sich keine Mühe, zu verbergen, was für unerwünschte Leute wir sind. In beredtem Schweigen starren sie auf Papa, dessen Hut schiefer als gewöhnlich über ein Ohr gezogen ist, und betrachten meine ländlichen Kleider mit so kalten Blicken, daß mein Blut gefriert. Seltsam taub, wenn wir irgend etwas sagen, seltsam blind, wenn wir einander begegnen und sie beinahe umrennen. So benehmen sie sich täglich immer wieder, ohne daß ich einen Grund sehe, der ihre Anmaßung erklärt. Ist es so wundervoll »von« zu heißen? Es ist das einzige, soviel ich sehe, das sie uns voraushaben. Sie sind arm, wie Offiziere im Ruhestand unfehlbar sind, verbringen aber viel Zeit, so zu tun, als wären sie es nicht. Sie sind unwissend. Er brachte seine Jahre hin mit den Forderungen seines Berufs, die alles verhindern, was Studien oder Interessen für andere bedeuten. Sie erzog ihren Sohn, der ebenfalls Offizier wurde, und führte ihre Tochter auf Gesellschaften, die, wie ich Vickis Schilderungen entnehme, sich kaum von denen in Jena unterschieden. Vielleicht sind sie ein wenig größer, ein wenig reicher, mit mehr Tassen und Gläsern und mit der Möglichkeit, die wir in Jena natürlich nicht haben, hin und wieder jemanden ganz Neuen kennenzulernen, doch im ganzen sehr ähnlich. Er ist ein feierlicher, ältlicher Mann mit einem schwarz eingefaßten Zwicker, in Kleidern, die immer schwarz zu sein scheinen. Er vegetiert, wie nur irgend jemand, den ich mir vorstellen kann oder von dem ich träume. Ein verlängerter Morgenkaffee, verlängerte Zeitungslektüre und ein schildkrötenhafter Gang durch den

Garten, so bringt er seine Vormittage zu. Das Mittagessen, sagt Vicki, bringt weitere anderthalb Stunden. Dann folgt der Mittagschlaf auf dem Sofa im verdunkelten Zimmer, der ihn zum Kaffeetrinken bewegt. Sie sitzen über ihren Tassen, daß Vicki schreien möchte. Jedenfalls möchte sie es, seit sie mich kennt, wie sie sagt. Von da an sitzt sie, seit ihrer unseligen Affäre, ebenso träge herum, doch zusammengesunken wie die anderen. Nach dem Kaffee gehen die Eltern bis zu einer bestimmten Stelle die Straße hinunter und wieder zurück. Dann kommt die Abendzeitung, die man bis zum Abendbrot liest, danach raucht er, bis er zu Bett geht.

»Weißt du, eigentlich ist er kaum lebendig«, sagte ich zu Vicki, als sie mir diesen Lebenslauf schilderte. Sie zuckte die Achseln. »So leben sie alle«, meinte sie, »alle im Ruhestand. Ich habe es hundertmal in Berlin gesehen. Sie sind alt und können niemals mit etwas Neuem anfangen.«

»So machen wir es aber nicht, wenn wir alt sind, nicht wahr?« sagte ich und schaute sie an, als hätte ich eine Vision. Sie starrte zurück, und eine böse Ahnung stieg in ihren Augen auf. »Schlafen und essen, und Zeitung lesen«, murmelte sie. – »Schlafen, essen und Zeitung lesen?« wiederholte ich. Schweigend blickten wir einander an, und die ferneren Jahre nahmen auf, was wir gesagt hatten und wiederholten dumpf: Schlafen – essen – Zeitung lesen ...

Was aber geschieht mit Mädchen aus guter Familie, die arm sind und nicht heiraten? Sie können nicht Erzieherin werden, das ist wahrhaftig ein trauriges Geschäft. Vicki hat außer ein bißchen Kochen und häuslichen Fertigkeiten nichts gelernt, und das hat nur Sinn, wenn man ein Haus hat, für das man sich plagt, und einen Ehemann, für den man sich plagt. Sie weiß nichts von Berufen, die Geld einbringen und einen unabhängig machen, und durch die man frei, frisch und lustig wird. Hätte ich eine Tochter, so würde ich sie ganz im Hinblick auf eine ehelose Zukunft erziehen. Sie müßte ebenso wie ein Junge einen Beruf gründlich erlernen. Ihr Kopf müßte mit ebensoviel Wissen angefüllt werden, und sie dürfte gleichzeitig Interesse haben für Kleider und Bänder. Ich würde ihr einhämmern, wie herrlich Unabhängigkeit ist, eine eigene Freizeit zu haben und vor sich die ganze Welt, wie Adam und Eva, als sie für immer dem übersüßen Paradies den Rücken wandten; denn sie trafen neue Bewohner, die sich freuten, die seltenen Leute zu empfangen, die fröhlich und tapfer sind. »Oh wie schön«, sagte Vicki, als ich ihr beredt und anschaulich meine Pläne auseinandersetzte. Papa saß in unserer Nähe am offenen Fenster, er streckte plötzlich den Kopf heraus. – »Es ist wirklich ein Glück, daß du keine Tochter hast, Rose-Marie«, sagte er. Wir fuhren zusammen. »Sie würde ein höchst betrübliches Frauenzimmer sein«, fuhr er fort und lächelte wie von einer Kanzel auf uns herab, dabei putzte er seine Brille. »Nachkommen, die ständig von ihren Eltern geführt werden, – die gehämmert und geformt und gemeißelt werden . . .« – »Meine Güte, Papachen«, seufzte ich. – »Jawohl, flach gehämmert«, sagte Papa und schwenkte seine Brille, – »durch dürre Ansichten, Opfer eines Systems, einem Experiment unterworfen, Gefangene von Vorurteilen – was sollen sie anderes tun als bei der ersten Gelegenheit in offnem Aufruhr aufzuflammen – oder ständig trübseliger und dümmer zu werden.«

Vicki starrte zuerst Papa, dann mich an, ihr weicher Mund verzog sich verlegen und erstaunt. Papa lehnte sich weiter aus dem Fenster und schlug mit der Faust aufs Fensterbrett wie ein Pastor, der auf den Kanzelrand schlägt. »Ein einziges Wort des Lobes oder Tadels, ein einziges Wort eines Unbeteiligten wird auf deinen Sprößling mehr wirken als all die Jahre der Mühe, die du auf ihn verwendest, als die Haufen von Lehren, die du ihm gepredigt hast, als die Ströme guter Ratschläge, die Meere von Ermahnungen und Warnungen, die so zahlreich waren wie Abrahmas Samen, wie eigene Gebete und Strafen.«

Damit verschwand er plötzlich. »Ach«, sagte Vicki, tief beeindruckt. Papa steckte den Kopf noch einmal heraus. »Glaube es mir, Rose-Marie«, sagte er. — »Das tu ich ja, Papachen«, sagte ich und lächelte ihm zu. — »Dafür mußt du mir dankbar sein.« — »Das tu ich auch.« — »Vor allem aber für die Freiheit, die Triebe deiner Natur in jeder Richtung ausleben zu dürfen«, damit schloß er das Fenster.

»Du hast so schöne Sachen gesagt«, sagte Vicki zweifelnd, »und der sagt genau das Gegenteil. Welches ist denn nun richtig?« — »Beides«, sagte ich prompt, »ich wollte mich von Papa nicht unterkriegen lassen.« Arme Vicki. Wie schwer muß es sein wenn einem mit nur zwanzig Jahren sein Leben kaputt gemacht wird. Sie vergötterte diesen Mann, war so stolz auf ihn, war darauf so stolz, von ihm erwählt worden zu sein. Während des Jahres ihrer Verlobung wuchs sie zur Frau heran. Jetzt kann sie nie mehr zurück in die Welt voller Sonnenschein und Sorglosigkeit. Wenn man uns nur allein und in Ruhe ließe, Jahre um Jahre noch, auch nachdem man uns erwachsen nannte. Können Sie sich vorstellen, was für einen schlimmen Schlag sie da erhielt, vor allem auf ihr armes kleines Herz? Alle ihre kleinen Eitelkeiten, ohne die ein Mädchen nun einmal nichts gilt, alle ihre Selbstachtung, ihr Stolz waren dahin. Ein Verlöbnis ist hierzulande etwas fast so Bindendes und Feierliches wie eine Heirat. Es wird in den Zeitungen bekanntgegeben. Es wird ausgiebig gefeiert. Und die beiderseitigen Eltern umarmen einander und halten viel voneinander, und dann kommt der Zeitpunkt, da man gemeinsame Pläne für die Zukunft macht. Die Lindebergs hatten alles, was sie zurückgelegt und dazu noch geliehen hatten, in die Aussteuer gesteckt und in die Einrichtung des Hauses. Wenn Vicki von ihren Tischtüchern erzählte, weinte sie bitterlich. Es waren, sagte sie, zwölf Dutzend in zwölf verschiedenen Mustern, und jedes Dutzend war mit einem rosa Band und einer Schnalle zusammengebunden. Sie mußten mit großem Verlust wieder verkauft werden, die Familie verließ fluchtartig Berlin, und der Anblick ihrer Bekannten, die ihre Gesichter zur Sympathie zwangen, während sie in Wirklichkeit, sagt Vicki, am liebsten gelächelt hätten. Und so kamen sie hierher in diesen billigen Ort, wo sie im Verborgenen sitzen und die Löcher ihres zerstörten Glücks zu flicken suchen. Frau von Lindeberg, die nicht unter den Qualen verschmähter Liebe zu leiden hat, sondern nur unter der Bitterkeit der gesellschaftlichen und finanziellen Niederlagen, kann es nicht lassen, oft harte Dinge zu Vicki zu sagen, scharfe und giftige Dinge, die an bitteren Hohn grenzen. Der Mann war für Vicki eine »gute Partie«, er hatte zwar wenig Geld, aber gute Zukunftsaussichten, er war ein gutes Stück älter als sie und hatte als Offizier eine glänzende Karriere vor sich. Während der Brautzeit floß die glückliche Mutter über vor Liebe zu ihrer hochgeachteten Tochter. »Ach, es war so hübsch«, sagte Vicki und schluchzte kummervoll, »sie hatte mich anscheinend so lieb wie meinen Bruder. Wie war ich glücklich. Ich hatte ja alles. Und mit einem Schlage war alles zu Ende. Mama kann den Gedanken nicht ertragen, daß mich keiner mehr heiraten wird, weil ich verlobt gewesen bin.«

Ach, die Liebe ist eine grausame, eine schreckliche Sache. Es kommt kaum je vor, daß beide Personen mit gleicher Stärke lieben, und wenn sie es tun – was wird daraus? Alles muß eines Tages in Rauch und Nichts enden – ausgelöscht von der öden Gewohnheit der Ehe. Und was wird aus den anderen, den vielen, die nicht gleich stark lieben, deren eine Hälfte in einem elenden Nachteil ist, gänzlich der Gnade der anderen Hälfte ausgeliefert? Da ist doch nichts als Leiden. Und dennoch – dennoch ist nicht der Anfang, der allererste Anfang, etwas sehr Süßes, Holdes? Doch wie bei einem Kätzchen, ist aller Charme, sind all die entzückenden Regungen im Anfang unschuldig, weich, bezaubernd, um sich mit bestürzender Geschwindigkeit in eine große Katze zu verwandeln, die dich grausam mit ihren Krallen verletzt. Ich frage mich, ob es ein einziges Wesen auf Erden gibt, das so heiter und so dickfellig ist, daß es nicht unter einem tapferen Äußeren, unter seinen Kleidern und Garnituren die Brandmale dieser Krallen trägt. Und ich meine, die meisten dieser Male sind so grausam, daß sie immer wieder aufgehen und bluten. Und wenn sie mit den Jahren allmählich eintrocknen, so ist da doch immer noch die Narbe, rot und schrecklich, und man zuckt zusammen, wenn sie zufällig berührt wird.

So also denke ich darüber. Was meinen Sie?

Nein, sagen Sie mir nicht, was Sie meinen. Ich will es gar nicht wissen.

XLVI.

GALGENBERG, 24. SEPTEMBER

Lieber Mr. Anstruther – ich war gestern so sehr mit Vickis Schmerzen beschäftigt, daß ich gar nicht dazu

kam, Ihnen zu schreiben, was ich eigentlich wollte. Es
war über das Buch, das ich in dem Jenaer Buchladen
fand. Es war antiquarisch, schon benutzt und billig,
und ich habe es gekauft, und es hat sich sehr unfreundlich gerächt und meine Illusionen zerstört. Es handelt
sich um eine Sammlung von Lebensbeschreibungen
englischer Dichter und fängt mit Chaucer an: er lebte
glücklicherweise weit in der Vergangenheit, daß es
kaum mehr viel Klatsch um ihn gibt. Mit den Jahrhun-
derten wird der Tratsch immer größer und endet mit
Rosetti und Fitzgerald und Stevenson. Jeder Dichter ist
mit seinem Porträt abgebildet, aus diesem Grund habe
ich es gekauft. Ich kann gar nicht sagen, mit welchem
Interesse ich sie betrachte. Endlich konnte ich erfahren,
wie Wordsworth aussah und Keats und Coleridge und
Shelley. Immer hatte ich davon geträumt, bei Euch in
London in die National Porträt Gallery zu gehen, die
in einem alten Baedeker beschrieben war, und die Gesichter derer zu betrachten, deren Werke ich so gut
kenne. Jetzt wünsche ich mir das nicht mehr. Wissen
Sie, was das für ein Segen ist, die Werke eines Dichters
zu lesen, seinen Geist zu kennen, das Beste an ihm, und
dabei so entfernt von seiner Heimat, seiner Lebensge-
schichte oder seinen Briefen zu leben, daß alles Geschwätz über sein Privatleben, und Kritik an seiner
Moral nicht zu mir gedrungen ist? Milton, Wordsworth, Keats, Shelley, Burns sind meine großen Lehrmeister gewesen, große Vorbilder, vor deren leuchtenden Gestalten, aufgebaut aus ihren strahlenden Werken, ich herrliche Stunden der Verehrung verbrachte.
Keine Wolke, nichts Unerquickliches überschattete
meine Verehrung. Ja, wir brauchen Altäre, wir Frauen
jedenfalls – ich jedenfalls. Ich vermochte nicht, im üblichen Sinne religiös zu sein, aber sie nahmen die Stelle
der Religion ein. Unsere besten Dichter, Goethe,

Schiller, Humboldt und die übrigen sprechen mich nicht in diesem Sinne an. Goethe ist wundervoll, aber er läßt uns auf irgendeine Weise draußen im Kühlen sitzen, von wo aus wir gelegentlich voll Überzeugung ausrufen, wie wundervoll er sei. Doch dabei wünschen wir uns, er möge die Füße unserer Seele ein wenig wärmer halten. Schiller schlägt seine vaterländische Trommel und läßt den Blick seiner schönen Augen beständig zur Galerie rollen, zu häufig, um zu entzücken. Heine, der erlesene, der erfahrene Goldarbeiter, der Perlenketten auf die zartesten goldenen Fäden reiht, ist zu boshaft, zu giftig, um in einem Tempel aufgestellt zu werden, wenn ich auch lachen muß über seine außerordentliche Fähigkeit, die Achtbaren zu ärgern, seine unglaubliche Geschicklichkeit und Treffsicherheit, mit der er Gift in ihre empfindlichen Stellen spritzt, und wie kann ich verehren, wenn ich lachen muß? Wüßte ich weniger von den Dichtern und ihren Leben – leider ist es unvermeidlich, mehr von ihnen zu wissen, als ich wünsche –, würde ich dasselbe empfinden. Ich finde, in ihrer Dichtung ist nichts Himmlisches. Ich danke Gott dafür, daß sie leben und singen durften, daß sie uns ein so edles Erbteil hinterließen, doch kann ich Papa nicht folgen und in Entzücken hinschmelzen, sobald Goethes Name genannt wird. Ich denke daran, was Sie einst über Goethe sagten. Das hat mich nicht beeinflußt. Sie haben sich sicherlich geirrt. Ich glaube jedoch auch, daß alles, was wirklich himmlisch ist in unserem Volk, alles, was rein vergeistigt, was zweifellos unsterblich ist, sich nicht in unserer Dichtung, sondern in unserer Musik verewigt hat. Hier ist unser gesamter Anteil des göttlichen Feuers versammelt und hat unseren Dichtern nur die kühle und bewußte Ausübung ihres Intellekts gelassen.

Nun gut, so predige ich nun. Aus mir wäre sicher ein

sehr anmaßender Pfarrer geworden, der das Gesetz viel öfter als die Propheten auslegt, von der gesicherten Zitadelle seiner Kanzel aus. Aber bitte haben Sie Geduld mit mir, ich brauche Trost. Dieses Buch hat mich richtig unglücklich gemacht. Diese Art von Büchern liest und liest man, immer weiter, – ärgerlich, voller Widerspruch auf jeder Seite, doch hört man damit doch nicht auf bis zur letzten Seite. Dann erst wirft man es voller Zorn in die äußerste Zimmerecke und schüttelt sich wie ein Hund, der aus schmutzigem Wasser kommt, und man bildet sich ein, es ebenso abzuschütteln wie der Hund den Schlamm. Doch kann man es nicht, es hat sich in meine Seele eingebrannt. Ich fürchte, Sie verstehen mein Gefühl nicht. Besitzt ein Mensch nur wenige Dinge, so sind ihm diese unendlich kostbar. Wie eine Mutter, die bloß ein einziges Kind hat, jedes Husten ängstigt, verglichen mit einer Mutter, die sechs hat, die alle husten. Wie leidet sie, und wie heiter bringt die andere ihre Flasche mit Hustensaft und gibt ihren Kindern zu trinken. Ich bin wie die erste Mutter, Sie sind wie die andere.

Wahrscheinlich haben Sie längst gewußt und nichts dabei gefunden, wie kleinlich meine Götter waren, ich jedoch wurde unsicher, zappelig beim Lesen, wie ein Pferd, grausam angetrieben, weiß, daß die Peitsche jeden Augenblick woanders niedersausen kann. Stellen Sie sich vor: Ich wußte nichts über Harriet Westbrook, ihr tragisches Leben und ihren Tod! Ich wußte nichts über Emilia Viviani, von Mary, von jener, die eigentlich Eliza hieß, aber hoch droben in Shelleys Anbetung schwelgte, Portia getauft, die geisterhaft als brauner Teufel erscheint. Nie hatte ich auch von Jean Armour gehört, seinem ungestümen Abkömmling, der »in Glanz und Freude« wandelte, seinen Pflug über die Berge ziehend, und hoffnungslose Jahre in einem

Wirtshaus verbrachte. Stellen Sie sich diesen göttlichen Geist vor, der dann gezwungen wurde, auf jeden Ruf hin jedermann zu bedienen, der einen Schluck trinken wollte! Nie hatte ich von Coleridges Opium gehört, der Carlyle vorkam wie ein trostloser Geist, versponnen in den Spinnweben der Church of England, ein schwacher, verworrener, verwirrter, untauglicher Mann – niemals hatte ich erfahren, daß Wordsworth's Gruß ein müder Händedruck nichtssagender, teilnahmsloser Finger war, daß seine Reden weitschweifig, dünn, schwächlich waren. Ich hatte nie gewußt daß Milton drei Frauen gehabt hat, daß die erste einen Monat nach der Hochzeit davonlief, daß er seine Töchter so hart behandelte, daß sie ihm den Tod wünschten ...

Dies alles hatte ich nie erfahren, statt dessen bin ich im Geist mit diesen herrlichen Wesen gewandelt, von Honigtau und Paradiesesmilch genährt. Mir wurde es kalt, als ich Wordsworth's Porträt zum ersten Mal erblickte, lachen Sie nicht, mir wurde tatsächlich kalt ums Herz. Er war mir so viel wert gewesen mein Leben lang. Ich hatte ihn mir so wundervoll vorgestellt, ruhevoll, schön, von der erhabensten Anmut, gelegentlich wohl etwas kühl und abwesend, jedoch sanft und heiter und stets würdevoll. Ich hatte Angst – große Angst – und warf alle meine Überzeugungen über den Haufen, das Antlitz sei der Spiegel der Seele.

Coleridge's Bildnis war eine Enttäuschung, doch keine so große, denn ihn liebte ich etwas weniger. Er war seltener vom Geist erfüllt. Dennoch betrübte es mich, als ich erfuhr, er sei ein hoffnungsloser Psychopath gewesen. Ich mochte nichts hören über seine Spinnereien. Nein, ich wollte nichts von seinen Schwächen wissen, von seinem verschwendeten Leben, das immer düsterer wurde, je weiter er sich von Osten entfernte, zu dem er einst mit solchem Morgenleuchten aufgebrochen war. Wahrhaftig, die Welt würde ein Ort des Friedens sein, könnten wir nur unsere schwachen Stellen verschweigen. Wie kommt es nur, daß wir so rastlos alles, alles herabgezogen, herabgesetzt, beschmutzt haben wollen? Sie sagen, daß ohne ein wenig Gift und boshafte Kritik die Unterhaltung sehr langweilig werden würde. Sie meinen, es sei das Salz, der Schaum, das Funkeln, der Ingwer im Ingwerbier, der Senf auf dem Brot. Aber Sie werden zugeben, daß es schrecklich wird, wenn man die wirklich großen Geister nicht in Ruhe läßt, wenn man sie herabzieht auf unsere niedrige Ebene, wenn dies auch schriftlich geschieht, so daß die Nachwelt keine Illusionen haben darf – die Flecken in der Sonne, die schwachen Stellen auf der Rüstung immer wieder betont. Sie stoßen uns, die wir ungestört im Vorhof des Tempels knien wollen, die Stufen in die Küchen hinab. Ich verbrachte zwei Nächte und zwei Tage fieberhaft mit diesem Buch. Ich fürchte, ich werde es nie vergessen können.

Bisher konnte ich nie unerwünschte, schlechte Dinge vergessen. Wenn ich jetzt meine Dichter mit hinauf in die Wälder nehme, auf den düsteren, von Kiefern bewachsenen Abhängen sitze, wo das Licht zu geheimnisvollem Grau-Grün wird, und wo die Welt zu lauschender Stille gedämpft wird, wo weit unten die Dächer von Jena im Sonnenschein leuchten und weiße Schmetterlinge wie weiße Blüten lebendig werden und einander im blauen Vorhang der Hitze hinter den Bäumen jagen; wenn ich jetzt das Buch aufschlage und die edlen, bekannten Worte lese, lauern dann nicht diese anderen Worte, die Anekdoten, die persönlichen Beschreibungen, diese Andeutungen, diese Kleinlichkeiten zwischen den Zeilen? Und ich, die ich auf die Musik lausche, soll ich für immer nur die Instrumente sehen und wie das Elfenbein jammervoll abblättert? Und soll ich, die ich nach geistiger Nahrung hungere statt dessen die matt gewordenen und nicht ganz sauberen Schüsseln ansehen, in denen sie gekocht wurden? Sagen Sie nicht, daß Sie das nicht verstehen. Versetzen Sie sich an meine Stelle. Kommen Sie heraus aus Ihrer lustigen Welt, wo man den ganzen Tag spricht, und wo man zu Ihnen spricht, und stellen Sie sich Rose-Marie Schmidt, allein in Jena, vor, auf einem Hügel mit ihren Büchern. Stellen Sie sich ein Leben vor, in dem Sie viele Stunden täglich nichts Besonderes zu tun haben, keine Jagd, keine Hetzjagd, keine Zeitungen, keine Romane. Stellen Sie sich vor, Sie läsen leidenschaftlich gern, und von allen Büchern liebten Sie vor allem Gedichte. Stellen Sie sich weiter vor, Sie hätten von Ihrer Mutter eine kostbare Bücherwand voller Gedichte geerbt, von ihr ebenso geliebt wie von Ihnen, in preiswerten Ausgaben, gänzlich ohne den Mehltau von Erklärungen, Fußnoten und Einführungen. Und stellen Sie sich vor, diese Bücher wären im Laufe der Jahre Ihre Religion, Ihre Führer, die Quelle Ihrer besten Gedanken und glücklichsten Stunden geworden – würden Sie tatenlos zusehen, wenn jemand boshafte Dinge zwischen die Zeilen schriebe? Nein, das würden Sie nicht. Sie würden ebenso wie ich empfinden. Sie wissen, was die Dichter mir bedeuten, daß ich ihre Charaktere allein aus dem aufgebaut habe, was ich aus ihren Werken herauslese. Niemals haben sie mir schlimme Dinge über sich selbst erzählt. Sie haben mir nur von ihren Seelen erzählt, und diese waren erhaben und licht. Ich wußte, daß Milton blind war, er hat es wundervoll beschrieben. Ich wußte, daß er ein ergebener und schmerzerfüllter Ehemann war, denn kein Ehemann, der nicht ein solcher war, konnte so von seiner gestorbenen Frau sprechen, als sei sie eine Heilige gewesen. Ich weiß, daß er ein zärtlicher Freund war, der tiefsten Liebe und Fürsorge fähig, und trotz Johnsons Ausspruch: »Es ist nicht als Erguß echter Leidenschaft anzusehen«, war ich doch überzeugt von seiner Liebe und dem Kummer um Lycidas. Ich wußte, daß sein Geist beständig in den höchsten Ekstasen schwebte, der alle Himmel vor seinen Augen sah, kurz, ich bejahte völlig Wordsworth's Worte: »Seine Seele war gleich einem Stern, er lebte und wohnte für sich.« Nun aber steigen üble kleine Bilder vor meinen Augen auf und ersticken meine Überzeugung. Ich kann einfach nicht ertragen, mir vorzustellen, er habe nur zwei oder drei Oliven zum Abendbrot gehabt mit etwas kaltem Wasser, und sei unfreundlich zu seinen Töchtern gewesen. Natürlich muß er nach einem solchen Abendbrot schlechter Laune gewesen sein. Ich weigere mich, daran zu glauben, daß in diesem Hause gemurrt und gebrummt wurde, in dem so himmlische Erscheinungen gesehen wurden; doch alle Kleinlichkeiten, zu oft wiederholter Tadel, Spott und alles, was zum Familienleben gehören mag, sie gehören mit seltsamer und erregender Anmut zu dem Dichter des Paradieses. Ich möchte niemals davon ein Wort gehört haben.

Sie wissen, daß ich auch Fitzgerald liebte. Ihm schenkte ich einen meiner schönsten Altäre. Erinnern Sie sich, wie Sie mir zweimal OMAR KHAYYM vorlasen, einmal im Frühling – am 3. April, einem plötzlich heißen Tag, blau und heiter, den Gott zwischen Wochen von hoffnungslosem Himmel und eisigem Wind geschoben hatte, und noch einmal im letzten September, als wir den Fluß hinunterruderten, an der Stadt vorüber, von ihren Häusern fort und ihren Bewohnern und ihrer Arbeit und ihrem Unterricht, hinaus, wo die Fasanen über die Steppen flüchteten und die ganze Welt golden leuchtete. (Das war am 11. September, Sie

sehen, ich kann mich ziemlich gut an Daten erinnern.)
Nun gut, jetzt nenne ich ihn Fitz und lache über ihn bei
der Beschreibung, wie er über die Suffolk-Wege in
einem verbeulten Filzhut wanderte, den er gegen den
Wind mit einem Schal festgebunden hatte und der an-
stelle von Ruhmeswolken hinter ihm herschleifte und
der grün und schwarz kariert war. Natürlich ist es gar
nicht so übel, einen Schal hinter sich herzuschleifen
wenn man einen Landspaziergang macht, nein, da gibt
es nichts an ihm, das einen schockiert oder beleidigt, er
ist und bleibt sehr liebenswert. Ich will aber gar nicht
lachen. Ich will ihn auch nicht Fitz nennen. Er bleibt
einer der Götter in meinem Tempel, und das ist ein
Ort, aus dem ich ganz entschieden jeden Funken von
Lächerlichkeit fernhalten will.

Ich mag keine Götter, die mich amüsieren. Ich kann
nicht anbeten und gleichzeitig lachen. Lachen ist gut,
ich weiß, und selbst Spott, in kleinen Mengen, kann so
gut wirken wie Salz. Aber ich will lachen und spotten
nur außerhalb heiliger Stätten. Ich will nicht dazu gezwungen werden, wenn ich auf den Knien liege.

Nun sagen Sie bloß nicht: Was will diese Frau um
Himmels willen? Alles ist doch so klar und einfach.
Was die Frau jedoch verlangt, ist das: Heutige und zukünftige Dichter müssen sich strengstens in einen
Mantel des undurchdringlichsten Privatlebens hüllen.
Leider tun sie das nicht. Ich jedoch gebe nicht auf zu
wünschen, sie mögen es tun. Und sie tun es nicht, weil
der flüchtige Augenblick Macht hat, weil Lob erfreulich ist, weil man anerkannt sein will und seine Aus-
strahlung wünscht, und weil man – aber genau weiß
ich das nicht – dabei auch an Geld denkt. Erinnern Sie
sich noch an den heiteren Reimschmied Prior, der
sang: lang lang ists her, als die Götter noch namenlos
waren?

Nun, ich wünsche mir von ganzem Herzen, sie wären das ein bißchen länger geblieben. Er hat wohl nicht, glaube ich, das beklagt, was ich beklage, nämlich das Fehlen eines Gefühls für die Namenlosigkeit der Götter, für die Würde der Abgeschiedenheit, der Zurückgezogenheit, des Geheimnisses, wo es noch irgendeinen Funken des Göttlichen gibt; nein, ich glaube, daß sie weder incognito noch in irgendeiner anderen Gestalt gelebt haben und je wieder so erscheinen können. Er gab zu verstehen, daß es keine Götter mehr geben werde. Gut, er ist seit über 180 Jahren tot, und seither sind sie einfach in Scharen erschienen. Auf diese Seite möchte ich gern all die großen Namen schreiben, die Namen der Dichter, die ersten und größten unter den Göttern, um sie zu Ehren zu bringen und den Geist Priors zu beschämen und zu vernichten, doch aus Rücksicht auf Sie werde ich es nicht tun.

Stöhnen Sie nun nicht angesichts meiner Begeisterung, meinem Berg von Energie mit der tödlichen Müdigkeit dessen, der zuhören muß und nicht teilnehmen kann? Ich höre auf, mein Brief wird unanständig dick. Die Luft hier ist derartig stark, daß selbst meine Unzufriedenheit schließlich immer noch voller Lebensfreude ist, klingende, gesunde Kümmernisse, die ich beinah noch genieße. Nun kehre ich zu meinen Kochtöpfen zurück. Sie werden es nicht glauben, aber ich bin heute sehr beschäftigt, denn ich mache aus unseren eigenen Äpfeln Gelee. Ich gehe zu meinen Töpfen und vergesse – – – aber nein, ich will nicht den schwachen Scherz machen, der mir eben auf der Zunge lag, wenn ich mir vorstelle, was für ein Gesicht Sie beim Lesen machen. Denn ich glaube, ich habe doch ganz hübsch Angst vor Ihnen.

Ihre Rose-Marie Schmidt

Lieber Mr. Anstruther. Wie reizend von Ihnen, so
tröstlich, so freundlich zu schreiben, mir so geduldig
zu erklären, wo ich verkehrt denke. Das Buch habe ich
im Herd verbrannt und empfand große Befriedigung,
als das Haus davon befreit war. Sie haben ganz recht:
Mich geht der Leib eines Dichters nichts an, was mich
angeht, ist seine Seele, und beides muß streng voneinander getrennt bleiben. Schön, daß Sie meiner Meinung sind, Dichter sollten namenlos sein. Sie scheinen
jedoch noch weniger als ich zu hoffen, sie könnten es
je werden. Ich wenigstens bete darum, Sie aber wollen
nichts dazu tun. Sie behaupten, die Erfahrung lehre,
nicht zuviel von den Göttern erwarten, daß mögliche
Schmerzen der Nachwelt sie kalt lassen. Sie fürchten,
sie werden sich nie ändern, und Sie ermahnen mich,
darauf zu achten, daß deren Schwächen mich nicht veranlassen, selber zu straucheln. Ein sehr vernünftiger
Rat.

Ehe Ihr freundlicher Brief kam, hatten ein paar frische Herbstmorgen ein gut Teil meiner früheren trüben Gedanken hinweggeräumt. Ich kann ja schließlich
die Augen schließen, wenn die Götter sich nicht verbergen wollen. Und kann ich das Göttliche in ihnen
nicht uneingeschränkt genießen, so will ich wenigstens
alle Wärme aus ihrem Feuer zu holen versuchen. Und
ich kann meine eigenen zierlichen Bienen, die emsi-
gen, nachahmen und werde mich bemühen, mich lediglich um ihren Honig zu kümmern. Ich bin beschämt, wie verrückt ich war, daß ich glaubte, nie mehr
Burns lesen zu können, seit ich von seinen Sünden
wußte. Im geheimen dachte ich wirklich so, war dessen
gewiß. Ich fühlte mich ganz elend, ihn von seinem Al-

tar in den Dreck taumeln zu sehen. Ihr Brief zeigt mir
wieder einmal, wie töricht ich war, ja, es grenzt an
Dummheit. Wie habe ich selbst über Jenaer Leute gelacht, die Goethe nicht lesen, weil sie persönliche Haß-
gefühle gegen ihn haben wegen seiner vielen Liebesaf-
fären. Mit Staunen hörte ich, mit welcher Wut der Plan
einiger großzügiger Personen bedacht wurde, ein
Denkmal für Heine zu errichten. In einem beinah haß-
erfüllten Ton rief ein Mann, sobald Heines Namen genannt wurde, »Schmutzfink«.

Unsere Dichter habe ich von jeher ganz vernünftig
beurteilt, nur die Ihren waren mir in irgendeiner
Weise heilig; heilig, weil sie geheimnisvoller, ferner
waren, strahlend, engelhafte Trompeten Gottes, durch
welche ER seine Botschaften verkündigte. Ich bin stets
geneigt, zu spotten und zu kritisieren, so war ich glücklich, daß es etwas gab, worüber ich nicht spotten
konnte, ein ganzes Gebiet voll Schönheit, in dem ich
mit Ernst wandeln konnte, mit niedergeschlagenen
Blicken. Und dann glaubte ich, nie wieder ernsthaft
sein zu können. Doch das war vorübergehend, ein Anfall, ein heftiger Umschwung. Wenn ich für mich selber streng darauf achte, Leib und Seele auseinanderzu-
halten – warum tu ich es nicht bei anderen Sündern?
Seltsam ist doch, wie wir immer wiederholen und versichern, elende Sünder zu sein. Wir tun das mit solch
behaglicher Selbstgerechtigkeit. Wir stimmen damit
überein, so herzlich, mit so zufriedenen, behaglichen
Seufzern, wir sind ganz damit einverstanden, wenn jemand uns das erzählt – doch nur mit einem einzigen
elenden Sünder haben wir wirklich Nachsicht, das sind
wir selbst. Ich weiß das, habe es schon immer gewußt.
Jetzt bin ich in einem Alter, wo ich hoffe, jedes Jahr
ein bißchen besser zu werden, und doch bin ich immer
so anmaßend unduldsam wie dieser Mann, dem es bei

Nennung des Namens Heine graust, der keine Zeile
von ihm liest und ihn Schmutzfink heißt. Diese Bücher
des Dichters, von dem Sie mir erzählen – die Bücher,
die die Tugendhaften in England nicht lesen wegen
seines anstößigen Lebens, sind schöne Bücher, wie Sie
sagen, sein Bestes war in ihnen. Sein Geist leuchtete, er
hat ihn unberührt und rein gehalten. Ich will alles lesen. Ein Sünder, verflucht und hin-und-hergerissen
zwischen Leib und Seele, der dennoch die himmlische
Musik vernahm und sie aufs wunderbarste auszudrük-
ken vermochte, den will ich immer verehren, weil ich
weiß, wie mühevoll er sich rein erhielt. Ich kenne mindestens drei deutsche Schriftsteller, denen es ebenso
erging, die ein schlechtes Leben führten und doch
hochherzig schrieben. Mein ganzes Herz fliegt ihnen
zu. Ich stelle sie mir lahm und behindert vor, sie führen
ihre Muse ängstlich bei der Hand, damit sie nicht berührt werden von der Niedrigkeit, durch die sie selbst
waten. Sie selbst sind beschmutzt von Schändlichkeit,
sie aber halten sie mit zartester Fürsorge rein. Sie
schenken sie der Welt, schenken ihr Bestes, ihren Engel, ihren Teil der Göttlichkeit. Die Wohlanständigen
jedoch fürchten für ihre Anständigkeit, sie kehren ihnen voll Abscheu den Rücken zu und lesen und übersehen häßliche Dinge, die andere Wohlanständige geschrieben haben. Eine Rose ist lieblich, auch wenn ihre
Wurzeln im Unrat stehen. Gott selbst lag in einer
Krippe. Ich danke Ihnen, leben Sie wohl.

XLVIII.

8. SEPTEMBER

Lieber Mr. Anstruther. Wir sind hier sehr glücklich. Papas neues Buch, an dem er drei Jahre lang gearbeitet

hat, ist abgeschlossen. Nun schreibe ich es ab, und bis das getan ist, ergehen wir uns in den angenehmsten Tagträumen. In dieser Zeit, wenn ein Buch beendet und noch keinem Verleger angeboten wurde, sind wir übermütig fröhlich. Wir bauen zügellos Luftschlösser. Noch ist nichts gewiß, alles aber ist möglich. Die Leiden des Schriftsatzes sind vorüber, noch sind sie nicht zurückgewiesen. Wir glauben jedesmal, dies werde nie geschehen. Es werde mindestens Ohren geben, die unsere Gedanken aufnehmen. Bisher sind solche Ohren allerdings selten gewesen, Papas Bücher sind so durchgefallen wie nur denkbar. Keiner wünschte auch nur die Hälfte dessen zu erfahren, was er über Goethe mitzuteilen hatte. Jena zuckte die Achseln, und die weitere Welt schwieg. Keinen Ruhm, kein Geld haben sie uns eingebracht, nur ein paar mutlose Stunden, doch auch viel Interessantes und sogar Vergnügliches. Traurige Stunden kamen immer dann, wenn Papa sich die Haare raufte und Böses über das deutsche Publikum hinwarf. Und wenn kein Geld da war, gab es ungemütliche Stunden. Doch auch die gehen vorüber. Papa läßt seine Haare in Ruhe, und wir halten uns an hübschere Dinge. Wir brauchen wirklich nicht mehr Geld. Papa ist beschäftigt und glücklich, und ihn so beschäftigt, so eifrig und so erfüllt von Arbeit zu sehen, erfüllt das Haus mit schönstem Sonnenschein. Einst kam für ein Buch ein Scheck, wir stürzten herbei, ihn zu bewundern, und fanden, daß er über zwei Mark und dreißig Pfennige ausgestellt war. Dies war, sagte der beiliegende Brief, die Tantieme für ein Jahr der Veröffentlichung. Papa fand dies viel schlimmer als überhaupt nichts zu erhalten, und ging in der rotglühenden Stimmung eines Beleidigten zu seinem Verleger. Dieser lehnte sich, die Daumen in den Armlöchern seiner Weste, in seinem Stuhl zurück und schaute mit erfrischender Kaltblütigkeit auf Papa, der sehr hitzig war, und sagte, so wie der Markt stehe, sei dies ein recht guter Scheck. Er habe diesen Morgen einem anderen Autoren – einer Jenaer Berühmtheit, der in seinen Mußestunden kleine Rätselheftchen verfaßte, einen Scheck über neunzig Pfennige geschickt. Papa kehrte nach Hause zurück und strahlte vor Begeisterung, daß das Geld nur so herbeiströmte und er auf einer Glückswelle schwämme. Der Rätselmensch war eine etwas verachtete Bekanntschaft, den man etwas leichtfertig über Papas Bücher sprechen hörte. Papa empfand nun die Süße des Erfolgs, den Triumph über einen mißliebigen Rivalen, und seither betrachten wir dieses besondere Buch als sein Opus Magnum.

Während ich abschreibe, kommt er immer wieder herein und fragt, an welcher Stelle ich sei und ob es mir gefalle. Und ich versichere ihm, ich fände es begeisternd, und das stimmt in gewisser Hinsicht, ich fürchte nur, es ist dies nicht in den Augen des Verlegers. Er fängt damit an, dem Leser zu berichten, vermutlich einer Person, die sich bilden möchte, – Jena sei eine Stadt von zwanzigtausend Einwohnern, von denen neunzehntausend anscheinend Professoren seien. Die Stadt vermittelt einem entschieden diesen Eindruck, wenn man durch seine kleinen Gassen wandert und an jeder Ecke die gleichen schäbig gekleideten Personen in Schwarz trifft – doch was hat das mit Goethe zu tun?

Was dann folgt, ist eine Abhandlung über die Herkunft und Entwicklung der Filzhüte, die diese Professoren tragen, – fahlbraune, schlappe Dinger. Es folgt eine Erklärung ihrer Sinnbildlichung und Unvermeidlichkeit. Er zieht eine sorgfältige Parallele zwischen ihnen und den Gehirnen, die sie decken. Von hier, von den Kopfbedeckungen der Gebildeten heutzutage, führt er uns ein Jahrhundert zurück bis zu Goethe in Jena. Dafür benötigt er mehrere Kapitel, da seine Veranlagung ihn veranlaßt, sich seitwärts in den grünen Pfaden des Moralisierens zu verlieren, die sich so verführerisch von der Hauptlinie abzweigen, und wo er in weite Gefilde abschweift. Wenn er endlich bei dem Giganten ankommt, der darauf wartet, beschrieben zu werden, ist er ziemlich atemlos. Er verliert sich in kleinen Anekdoten, reizenden, anmutigen Anekdoten, die jedoch nichts mehr zu tun haben mit der geduldigen Hauptperson.

Endlich kommt er in Schwung, und endlich fängt er an. Rosig vor Hoffnung für sein Buch ist er. »Ganz Jena wird es lesen«, meint er, »jeder hört gern etwas über sich selbst.« (Ich bezweifle dies.) »Und ganz Deutschland wird es lesen, weil sie alles über Goethe lesen möchten.« – »Weißt du, Papachen, man hat schon eine ganze Menge über ihn gehört«, sage ich und versuche mild, Möglichkeiten anzudeuten. »Auch England mag es gern lesen. Seit diesem LEWES ist nichts Rechtes erschienen, nichts Gründliches. Was meinst du, Rose-Marie, was hältst du von einer guten Übersetzung, wäre das nicht eine schöne Arbeit für dich während der Wintermonate? Das ist eine Sache, die doch zu überlegen ist. Du hättest Anteil an dem Buch, einen Finger in der Literatur, was meinst du?« – »Ja natürlich, gern. Jetzt aber laß mich weiter abschreiben, Liebling. Ich bin noch nicht halb durch.« Er sagt, falls diese blinden, voreingenommenen Leute, die Verleger, nicht wagen, es herauszubringen, dann will er es auf eigene Kosten drucken lassen, und das lieber, als daß die Welt daran gehindert wird zu erfahren, was Goethe in Jena sagte und tat. Also steht uns eine ernste Gefahr bevor! Wir werden dann nur von Salat leben, diesmal ist es grimmiger Ernst. Hoffentlich will er nicht nächstens Rennpferde halten.

Unterdessen ist aber etwas passiert, was uns ein wenig hilft, neue Ausgaben zu bewältigen – ich gehe jeden Tag hinunter und lese mit Vicki Englisch; ihre Mutter wünscht es, zwei Stunden täglich. Sie will auf diese Weise ihre Beziehungen zu uns legalisieren, denn Vicki weigert sich standhaft, sich von uns fernzuhalten. Ich bin also Brotverdiener und tue etwas, Papa zu helfen. Gewiß, viel helfe ich nicht, denn ich verdiene jedes Mal nur fünfzig Pfennige, und da Englischlesen an Sonntagen nicht besonders anziehend ist, komme ich nur auf drei Mark wöchentlich. Immerhin, etwas ist es doch und leicht verdient. Am vergangenen Sonntag, am Ende meiner ersten Woche, kaufte ich das gesamte Sonntagessen, Mittag- und Abendessen, dazu Bier für Johannas Bräutigam. Dieser sagt, er mag es nur, wenn das Bier einer bestimmten Marke und seit vierzehn Tagen richtig kalt im Kohlenkeller gehalten sei.

Seit ich mit Vicki lese, ist Frau von Lindeberg ganz verändert. Sie ist höflich mit der gewissenhaften Höflichkeit, die anständige Leute ihren Untergebenen erweisen, freundlich, sogar gnädig zuweilen. Beim Lesen sitzt sie dabei, stopft Strümpfe und alte Wäschestücke mit ihren sorgsam gepflegten Fingern. Mich behandelt sie, als ob ich als Gouvernante zu ihrem Haushalt gehörte. Sie fürchtet nicht mehr, wir wollten als Gleichgestellte mit ihnen verkehren. Oft fragt sie nach der Gesundheit dessen, den sie »meinen guten Vater« nennt. Als letzte Woche eine Cousine, eine weibliche Dammerlitz, eine Nacht bei ihnen verbrachte, stellte sie mich mit angenehmer Herablassung als die »kleine Engländerin«, Gesellschafterin ihrer Tochter vor. »Eine recht liebe Hausgenossin«, fügte sie hinzu und nickte sanft bei jedem Wort. Die Cousine war davon überzeugt, ich wohne als Angestellte dort, und alles

Geschwätz über die Armut der Lindebergs sei erfunden. »Das ist nicht richtig«, sagte ich in ehrlicher Entrüstung zu Vicki. – »Willst du damit sagen, daß es nicht ganz – nicht ganz...?« fragte Vicki. – »Ich bin nicht klein. Ich bin keine Engländerin. Ich bin nicht eure Hausgenossin«, rief ich aufgebracht, »wozu solche unnötigen Geschichten!« – »Rose-Marie, du weißt doch, warum Mama sagt: Kleine Engländerin.« – »Jawohl, und in herablassendem Ton.« – »Ja, und eine ENGLÄNDERIN im Haus zu haben, ist etwas recht Großartiges, du weißt – teuer, meine ich. Immer teurer als Einheimische. Mama wollte nur, daß Cousine Mienchen uns für wohlhabend hält.«

»Oh«, sagte ich. – »Du bist doch nicht böse?« fragte Vicki und nahm schüchtern meine Hand. – »MIR macht es nichts aus«, sagte ich und betonte das MIR, damit wollte ich andeuten, daß ich Frau von Lindebergs Seele meinte. – »Scheußlich«, murmelte Vicki und senkte den Kopf tief über ihr Buch, »wenn wir bloß nicht immer vorgäben, wir wären nicht arm. Wir SIND arm. Arm wie die Kirchenmäuse. Es macht uns so nervös, so empfindlich und heikel, es könnte jemand merken. Wir leben wie auf der Folter, kein angenehmer Zustand, sein Leben so zu verbringen.« – »Unangenehm, fürwahr«, stimmte ich zu. »Ich glaube, Cousine Mienchen ist trotz allem nicht darauf reingefallen, trotz all unserer Mühe.« – »Ich glaube das tun die Leute nie wirklich«, meinte sie.

Frau von Lindeberg war nicht da, sie war zu beschäftigt, es ihrer Cousine bequem und angenehm zu machen. Auf diese Weise tummelten wir uns, von Milton ungehindert, in den nebeligen Gefilden privater Weisheit. Keiner von uns ist weise, aber seltsamerweise klärt sich unser Hirn und sieht Dinge in neuem Licht, wenn wir sie mit einem Freund, und sei er noch so unwissend wie wir selbst, besprechen. Das ist der Grund, weshalb ich Ihnen gern schreibe und Ihre Briefe lese. Sie dürfen aber nicht beleidigt sein, Sie glänzender junger Mann, wenn ich Sie mit der armen Vicki und mir selber in der Klasse der Unwissenden gleichstelle. Natürlich hat das gar nichts mit Büchergelehrsamkeit zu tun, worin Sie, das weiß ich nur zu gut, uns weit übertreffen.

Ihre
Rose-Marie Schmidt.

XLIX.

GALGENBERG, 9. OKTOBER

Lieber Mr. Anstruther, –

Es tut mir wirklich sehr leid, lieber Mr. Anstruther, daß Ihre Verlobung gelöst ist. Ich fürchtete schon so etwas. Sie sagten so manches, was Sie zwar nur andeuteten und nicht aussprachen in Ihren letzten Briefen. Sind Sie nun sehr beunruhigt und bekümmert? Ich möchte mich ein wenig in die ältere Schwester verwandeln, sprechen Sie sich aus und sehen Sie in mir eine teilnehmende Freundin. Die ganze Zeit muß für Sie recht unerfreulich gewesen sein. Ach, ich weiß wirklich nicht recht, was ich dazu sagen soll. Jedenfalls tut es mir ernstlich leid, ich finde es aber überaus schwierig, etwas über Miss Cheriton zu sagen. Natürlich ist es bedauerlich, daß, wie Sie schreiben, unsere Briefe so oft die Ursache Ihrer Auseinandersetzungen gewesen sind. Das haben Sie mir nie geschrieben, sonst hätte ich sofort damit aufgehört. Sie füllen mehrere Seiten mit dem Erstaunen darüber, daß ein Mädchen von zweiundzwanzig so anders sein kann, als wie sie wirkt. Daß sie außen so sanft und zart ist und darunter doch solch unergründliche Tiefen solcher Härte liegen. Vermutlich haben Sie sie zu sehr bewundert und sind nun in das Gegenteil verfallen und sind um so kritischer. Wahrscheinlich ist Miss Cheriton, so wie Sie sie zuerst sahen: ungewöhnlich reizvoll und sympathisch und liebenswert, nur paßten Sie einfach nicht zueinander. Denken Sie in Ihrem ersten Ärger nicht zu unfreundlich über sie. Es tut mir so sehr leid, leid für Sie. Es muß Ihnen zumute sein, als sei Ihr Leben durch ein Erdbeben erschüttert worden und alles Ihnen Bekannte verzerrt. Leid tut mir auch Ihres Vaters Enttäuschung, leid auch Miss Cheriton, die sich elend fühlen muß. Aber wie unendlich viel weiser ist es, sich zur rechten Zeit zu trennen, anstatt aus Mangel an Mut in diese größte Katastrophe, eine unglückliche Ehe, zu schliddern.

Halten Sie mich nicht für zynisch, weil ich sie »Katastrophe« nenne, vielleicht ist sie das nur im harmlosen Sinne eines DENOUMENT. Wenn nicht, so finde ich es nicht zynisch, einen Spaten einen Spaten zu nennen, wenn man klar sieht. Aber werden Sie nicht bitter und selbst ein Zyniker. Sie sagen, Miss Cheriton wünschte sich einen Herzog, und sind sehr zornig.

Warum ärgern Sie sich eigentlich, wenn Sie, wie Sie schreiben, sie während der letzten Monate nicht mehr wirklich geliebt haben? Und warum sollte sie Ihnen einen Herzog nicht vorziehen? Es gibt da vielleicht sehr nette, Sie dürfen sicher sein daß sie es sofort gespürt hat, als Sie aufhörten, sie lieb zu haben. In solchen Fragen läßt eine Frau sich nie täuschen, ebensowenig wie ein Barometer in Fragen der Meteorologie. Das war der Grund und nicht der Herzog. Natürlich hat sie Sie geliebt, aber kein Mädchen mit einem Funken Stolz wird sich an einen abgekühlten Liebhaber klammern. Sie wäre ein bedauernswertes Geschöpf. Sie glauben nicht, wie ich mich für ein solches Mädchen

schämen würde, das sich anklammert, nachläuft, die
jammert, als wäre die Welt, die herrliche, wunderbare
Welt, bar jeder Schönheit ohne diesen einen Mann; als
schiene die Sonne nicht mehr, sänge kein Vogel, wehte
kein Wind mehr, als gäbe es keine Berge, die man be-
steigen kann, keine Bäume, unter denen man sitzen,
keine Bücher, die man lesen kann, keine Freunde, die
man liebt, keine Arbeit mehr zu tun, kein Himmel
mehr über einem. Zum ersten Mal möchte ich Miss
Cheriton eigentlich kennenlernen. Aber wie schwierig,
wie unmöglich ist es, so einen Brief zu schreiben – was
ich auch sage, hätte ich lieber nicht gesagt. Schreiben Sie
mir von Ihren Kümmernissen so oft Sie glauben, es
könnte Ihnen helfen und Sie sollen wissen, daß ich von
Herzen mit Ihnen fühle. Aber machen Sie sich nichts
daraus und verzeihen Sie mir, wenn meine Antworten
Sie nicht befriedigen. Ich bin ungeübt und ungeschickt,
unbeholfen, engstirnig, wenn ich offen schreiben soll
über Gefühle in Dingen, in denen Sie mich weit übertreffen. Doch bin ich wie immer Ihre Freundin

Rose-Marie Schmidt.

L.

GALGENBERG, 15. OKTOBER

Lieber Mr. Anstruther, es hat nicht viel Wert, daß der
Abwesende sanfte Ratschläge erteilt, zum Frieden
mahnt und rät, allen Ärger fahren zu lassen, wenn er
nur nach allgemeinen Grundsätzen handelt. Sie kennen Miss Cheriton besser als ich, so muß ich Ihnen
glauben, wenn Sie sagen, Sie hätten allen Grund bitter
zu sein. Hierzu möchte ich ein paar Bemerkungen machen. Praktisch ist mir der Mund verschlossen. Nur
eins: Wie Sie mir schrieben, haben Sie schon lange

aufgehört, sie zu lieben. Die Wunde, die Sie jetzt fühlen, ist ganz einfach die Wunde verletzter Eitelkeit und dafür, es tut mir leid, habe ich keine mildernde Arznei zur Hand. Ich muß auch sagen, sie hatte ganz recht, Sie aufzugeben sobald sie fühlte, Sie liebten sie nicht mehr. Ich bin ganz dafür, aufzugeben, Dinge loszuwerden, die veralten, bevor es zu spät ist. Die einzige Stelle, die in meinen Augen nicht ganz blank bei ihrem sonst korrekten Verhalten ist, daß sie es nicht eher tat. Lieber Freund, halten Sie mich nicht für hart.

Wäre ich Ihre Mutter, so würde ich vor Mitleid mit meinem Jungen zerfließen. So wie es ist, müssen Sie meine unseligen Gabe verzeihen, nüchtern zu sein. Ich wünsche, ich könnte die Dinge rosiger sehen, weniger handgreiflich und ungeschminkt. Meine lästigen Augen haben mich oft geärgert. Gern würde ich jetzt aus ganzem Herzen mit Ihnen einverstanden sein, mich über Miss Cheriton empören, sie ein kleines Biest nennen, sagen, sie sei herzlos, und mit allem heilenden Balsam und Zuckerwerk bei der Hand sein, Sie armer Junge, in den Fängen einer grausamen Quälerin. Das kann ich nicht.

Würden Sie sie von neuem lieben können und alles wieder reparieren, so wäre das ein Glück. Wenn sie Sie nicht aufgegeben hätte – ich glaube, SIE hätten nichts getan. Sie hätten sie geheiratet und weiß der Himmel, was aus Ihrer armen Seele geworden wäre. Übrigens hätten Sie nicht nötig gehabt, mir zu erzählen daß Sie aufgehört haben, sie zu lieben. Ich wußte es. Ich wußte es sofort. Ich weiß genau, in welcher Woche es geschah. Und immer habe ich gehofft – und ich kann Ihnen nicht sagen, wie ernstlich ich hoffte – es möge bloß eine Laune sein, und Sie kehrten zu ihr zurück und würden wieder glücklich.

Ihre Rose-Marie Schmidt.

LI.

Lieber Mr. Anstruther, mir scheint, ich lebe in einer Welt in der jedermann beschäftigt ist, sich zu entlieben, und es seiner Familie ungemütlich zu machen.

Ich habe nur zwei Freundinnen, der Rest sind bloß Bekannte, und sie beide haben es getan oder es ist ihnen angetan worden. Muß ich mich da nicht wundern, wenn ich meine, die ganze Welt müsse nur aus solchen bestehen, die entweder verlassen oder verlassen werden, da es meinen beiden Freundinnen geschehen ist – hinter ihnen ein griechischer Chor von jammernden und klagenden Anverwandten? Man kommt wirklich zu der Meinung, daß die Liebe und ihre Grillen und Albernheiten das ganze Leben ausfüllen. Da ist Vicki, aufs neue verzweifelt, weil irgend jemand geschrieben hat, sie habe ihren verflossenen Liebhaber auf einer Gesellschaft getroffen, und er habe nichts als Suppe gegessen. Nun wird sie von der Vorstellung gepeinigt, er sehne sich nach ihr, trotz allem, was geschah, und will ihm schreiben und ihn trösten und weint sich wieder die Augen nach ihm aus. Sie hat nicht das geringste Interesse für meine englischen Vorträge und für meine häufigen Berichte über hausbackene Themen, denen sie noch gestern mit solch wachem Interesse lauschte.

Sie dagegen schreiben mir die trübseligsten Briefe, je länger desto trauriger und sehnen sich nach etwas, was bestimmt nicht Miss Cheriton ist, – doch mehr weiß ich auch nicht. Was für eine seltsame und wunderbare Welt! Da stehe ich nun verwirrt zwischen Ihnen und Vicki. Sie auf der einen, Vicki auf der anderen Seite, und teile Ermahnungen nach beiden Seiten aus. Ich versuche Sie aufzurichten, doch keiner von Ihnen beiden will aufgerichtet werden. Ich versuche zu besänftigen, Mitgefühl zu zeigen, doch keiner will besänftigt sein. Was soll ich tun? Soll ich lachen? Oder würde das Sie zu tief beleidigen? Ich mußte leider sehr lachen über das Telegramm Ihres Vaters aus Amerika, als er Ihre gelöste Verlobung erfuhr. Sie fragen, was ich von einem Vater hielte, der einfach nur »Dummkopf« telegrafiert, während sein Sohn so unglücklich ist. Jedoch, Sie müssen bedenken, daß telegrafieren teuer ist, und er hatte keine Lust, mehr als ein Wort zu telegrafieren, und wären es zwei Wörter gewesen, hätte er Sie noch viel mehr geärgert. Doch im Ernst: Ich verstehe, daß es Sie gekränkt haben muß, und ich höre bald auf, mich darüber zu amüsieren. Sonderbar wieviel älter ich mich fühle als Ihr beiden Jammerer, richtig alt und gesetzt und unparteiisch. Hoffentlich bin ich dadurch nicht unsympathisch und unparteiisch, wahrscheinlich geht es aber in die Richtung. Selbst wenn es so wäre, und ich wäre so streng und trocken, wie ich manchmal zu werden fürchte, würden Sie und Vicki mir Ihre Kümmernisse anvertrauen? Auch andere Leute tun das. Stellen Sie sich vor: Papa Lindeberg, der bisher an eine lange dünne, schweigsame Person in Schwarz geknöpft war, geheimnisvoll einfach, weil er den Mund hielt, der besessen einseitige konservative Zeitungen durch schwarz geränderte Brillengläser las, der mir so gefühllos wie Wordsworth die Hand gab, wenn er meine respektvoll ergriff, dieser Mann hat sich neuerdings geöffnet, entfaltet, ausgebreitet wie jene japanischen Blumen, wenn man sie ins Wasser wirft. Es fing an mit Guten-Morgen-Grüßen, Betrachtungen übers Wetter und Politik, von da an ging es weiter über den befriedigend verworrenen Zustand der Britischen Armee, dann unmerklich, doch sicher, zu vertraulicher Kritik der Fehler, die hierzulande im Hauptquartier gemacht wurden, die unfehlbar die fähigsten Offiziere außer

Dienst stellt, ausgerechnet wenn diese, wie er sich aus-
drückte, auf ihrem Höhepunkt stehen. Er erscheint nun
jeden Morgen im Apfelgarten zu der Zeit, wenn ich zu
meiner Unterrichtsstunde komme und hilft mir über
den Zaun. Er kommt, sehr gemessen und entschlossen
daher, jedoch, er kommt, und wir gehen miteinander
hinunter, und jeden Morgen vertraut er mir mehr an
und schildert mir haargenau seine Kümmernisse. Ich
höre zu und nicke dazu, das ist einfach und offenbar
alles, was er erwartet. Dann unterbricht ihn nämlich
augenblicklich seine Frau mit dem Dammerlitzschen
Freimut, daß alle Schicksalsschläge, die sie betroffen
haben, einzig und allein seine Schuld seien. Warum
war er denn nicht so geschickt wie jene Untergebenen,
die ihm vorgezogen wurden, fragt sie mit gefährlicher
Ruhe, und eine solche Frage ist nicht zu beantworten.

Als er mir gestern mit derselben Höflichkeit, mit
der alte Herren vornehme Witwen in der Quadrille an
ihren Platz geleiten, über den Zaun half, sagte er, es
mache ihn zwanzig Jahre jünger, mein gut gelauntes
Morgen-Gesicht zu sehen. »Wenn Sie gesagt hätten
›leuchtendes Morgen-Gesicht‹, so hätten Sie Shakespeare zitiert«, sagte ich.

»Ach ja ja. Meine Shakespeare-Zeiten sind, fürchte
ich, vorbei. Ich bin jetzt in einem Mannesalter, in dem
ernsthafte und praktische Gesichtspunkte meine ganze
Aufmerksamkeit beanspruchen. Shakespeare ist für
meine Tochter geeigneter als für mich.«

»Aber gescheite Männer lesen ihn doch?«

»Oh ja«.

»Ganz erwachsene tun es sogar.«

»Ja ja.«

»Solche mit Bärten.«

»Richtige Männer.«

»Ach ja ja.«

»Professoren. Leute vom Theater. Leute ohne Ange-
hörige, die keine ernsten Verantwortungen auf den
Schultern tragen. Männer der Feder, nicht des
Schwerts. Und wer ist in unserem Land unter den hö-
heren Ständen nicht Offizier, oder möchte es sein? Die
haben keine Zeit für Literatur. Natürlich allerdings –
wir haben alle von ihm gehört.« Und dabei machte er
eine leichte Verbeugung, denn er hält mich stellvertre-
tend für alles und jedes, was englisch ist.

»Wirklich?« frage ich.

»Als ich in die Schule ging«, sagte er heute morgen,
»lasen wir von einer jungen Frau – einer Gestalt aus der
Mythologie, genannt Hebe.«

»Ja, sie war die Tochter der Juno und wildem Salat«,
sagte ich.

»Mag sein«, meinte er, »die Abstammungen in my-
thologischen Zeiten sind seltsam verwickelt. Wie
kommt es aber, Fräulein Schmidt, daß ich, obwohl ich
nur ihren Namen erinnere, sobald ich Sie sehe, an
diese denke?«

Nun, war das nicht sehr erfreulich? Hebe, die Göttern und Menschen die Jugend wiederschenkte, Hebe,
die Lebendige und Gesunde. Thoreau meint, sie sei die
einzige durch und durch gesunde und robuste junge
Dame, die je auf Erden wandelte – wo immer sie erschien war Frühling. Kein Wunder, daß mir das gefiel.

»Vielleicht, weil ich halt gesund bin«, meinte ich.

»Meinen Sie?« fragte er und dachte sichtlich scharf
nach. Und als er zu seinem Haus kam, äußerte er sich
endlich und sagte: »Aber viele Leute sind gesund.«

»Ja«, sagte ich und überließ ihn seinen Betrachtungen.

So bin ich schon mit zwei netten jungen Frauen verglichen worden. Sie sagten, ich sei wie Nausicaa, und
nun, ein Jahr danach, in dem mir recht salzige und bei-

ßende Wogen über den Kopf gingen, verglich mich jemand mit Hebe. Offenbar haben die Wogen mir nicht geschadet. Allerdings ist Papa Lindeberg kurzsichtig, und wahr ist auch, daß ich gestern abend ein schön glänzendes silbriges Haar an meiner Stirn fand. »Jaja, meine Liebe«, sagte Papa, mein Papa – »wir werden alt.«

»Und gesetzt. Und nüchtern«, sagte ich, indem ich es vorsichtig vor dem Spiegel herauszog. »Aber Papachen, innerlich fühle ich mich ganz jung.«

Papa schmunzelte. »Was innen ist, bedeutet nichts Sicheres, meine Liebe«, sagte er, »das Äußere zählt.«

»Zählt was?«

»Das Alter einer Frau.« Augenscheinlich habe ich meinen eigenen Papa nicht an Hebe erinnert.

LII.

GALGENBERG, 28. OKTOBER

Lieber Mr. Anstruther, – ja, ich glaube, Sie müssen es ohne viel Hilfe von mir überstehen. Ich versichere Ihnen, ich habe viel Mitgefühl mit Ihnen, – viel mehr als Sie ahnen. Ich tue es nur nicht in meine Briefe, weil sie sonst zu schwer würden. Es gehörten auch eine große Menge Erklärungen dazu, und das wären ganz andere Dinge, als Sie erwarten und sie würden ganz anders ausfallen, als Sie sich denken. Es würde ganz unmöglich für Sie sein, alles zu verstehen. Aber überlegen Sie mal: wie sehen Sie, was Ihre gebrochene Verlobung betrifft, in meinen Augen aus? Sind Sie, offen gesagt, ein geeigneter Gegenstand für mein Mitgefühl? Ich sehe Sie jetzt durch Italien wandern, in seinem goldenen Herbst schauen Sie all Ihre geliebten Luinis, Bellinis und Botticellis und andere Lieblinge aus Ihrer er-

sten Jugendzeit an. Von meinem rauhen, kalten Hügel
aus sehe ich Ihnen sehnsüchtig hungrig nach. November ist bald da, und wir schaudern unter bleiernen
Wolken und Regengüssen. Die Fensterläden sind nicht
fest, alle klappern. Der Wind heult durch ihre Ritzen,
es klingt, als ob jemand an den Zehen gepackt sei und
gezwickt werde. Vor Regentropfen können wir kaum
aus den Fenstern sehen. Gehe ich vor die Haustüre, um
ein bißchen frischere Luft als Hausluft zu atmen, er-
blicke ich nichts als Nebel und Wolkenbündel, dort,
wo noch vor zwei Wochen eine kleine goldene Stadt
zwischen goldenen Hügeln lag. Wie soll ein Mensch
bei diesem trostlosen Anblick Sie bemitleiden, Sie,
dort drunten in der Sonne?

Ich verfolge Ihre lichte Wanderspur auf dem Atlas
und empfinde nur Neid. Ich werde von Visionen verfolgt von herrlichen Ländern und Sonnenwetter, wie
ich es niemals sehen werde. Ich stelle mir Menschen
vor, die in diesem Augenblick unter Palmen oder im
Schatten der Pyramiden sitzen und sich mit ihren Ta-
schentüchern kühle Luft zufächeln, während ich in
meinem feuchten Zimmer sitze – das Haus wird bei
nassem Wetter feucht – und die Lampe noch nicht an-
zünde, weil es erst drei Uhr ist, und ich kaum sehen
kann wegen des strömenden Regens und der ziehen-
den Nebelschwaden, und der Gedanke an diese glücklichen Menschen macht mir schlechte Laune. Ich
möchte auf- und davonlaufen, durch dieses schreckliche graue Bahrtuch, das über diesem Norden hängt,
und zu Orten laufen, wo die Sonne den Nebel aus
meinen Haaren trocknet, mein Gesicht bräunt, meine
Gelenke lockert und meinen armen eingefrorenen
Geist erwärmt. Könnte ich's, ich würde sofort mit Ihnen tauschen. Bereitwillig würde ich alle Ihre Kümmernisse schultern und sie wie einen Rucksack tragen,

sie zu Füßen der ersten Bellinimadonna ablegen und sie dort für immer lassen. Es würde mir gar nicht schwerfallen, diese Sorgen abzulegen, die mir andere Leute zufügten. Nur ein leichtes Schütteln – und fort wären sie. Dinge und Orte sind mir immer wichtiger gewesen als Menschen. Wahrscheinlich geht es oft Menschen so, die einsam leben. Jedoch, bitte schreien Sie nicht sogleich, ich sei unnatürlich und unmenschlich. Die Dinge sind, letzten Endes, nur Gestalten, die wir sehen und berühren können. Es ist von mir nicht so schrecklich, daß ich sie lieber habe, ihren Umgang wünsche und ihre schweigenden Lehren, doch Sie werden, das weiß ich, mich deswegen tadeln und mir vielleicht vorwerfen, ich versteinere selber in einen Gegenstand. Sie haben völlig das Recht, mich zu maßregeln, da ich Sie so oft maßregele.

Ihre ganz sanfte Rose-Marie Schmidt.

LIII.

GALGENBERG, 1. NOVEMBER

Lieber Mr. Anstruther, – Jetzt mag ich nicht mehr darüber reden. Wir wollen damit aufhören. An etwas anderes denken. Wenn Sie nicht achtgeben, werde ich den Herzog satt kriegen, so bitte bewahren Sie mich vor etwas, was mir nicht steht. Heute ist Allerseelen, das Fest der weißen Chrysanthemen und der lieben Erinnerungen. Meine Mutter hielt es für einen besonderen Tag, ich empfand etwas von seinem Geheimnis. In ihrem Schlafzimmer stand ein Tisch, der ein wenig einem Altar ähnlich war, darüber hing eines jener Bilder von Christus am Kreuz, das mich immer an das Gedicht von Swinburne erinnerte – kennen Sie es? – und Kerzen und Vasen mit Blumen und eine Menge kleiner Bücher. Sie las darin, auf den Knien liegend, vor dem Bild. Sie erklärte mir, daß die Lutherische weiße Tünche ihre Seele aushungere und daß sie eine Erinnerung an die Gebete in England suchte, auch wenn sie noch so einfach waren. Habe ich Ihnen erzählt, wie hübsch sie war? Sie war so sehr hübsch, und so flink mit der Zunge. Rasch, glänzend, lebendig funkelte sie an dem schweren Jenaer Himmel wie ein fremder kleiner Stern. Sie führte Papa und mich an der Nase herum, und wie liebten wir das! Ich sehe sie heute noch locker in einem niedrigen Stuhl sitzen, sie war lang und dünn, und ihre aufrührerischen Ideen entwickkeln. Doch in ihrem blumengleichen Gesicht war nichts Nachlässiges, ihre Augen leuchteten, wenn sie sprach. Sie war davon überzeugt, daß es für jeden notwendig sei, doch unbedingt für eine Frau, mindestens einmal in der Woche sich für Religion und für das Leben nach dem Tode zu begeistern. Sie sagte, nichts bekäme einem so gut und nichts sei einem so wichtig, wie angeregt zu werden, und daß nur die Angeregten und Lebendigen Großes vollbringen, und daß seelische Trägheit niemals aus den Nebeln in die klaren Höhen führe, aus denen man die unten Lebenden geleiten kann. Die kalten, leeren lutherischen Kirchen waren ihr verhaßt. »Sonntags«, pflegte sie zu sagen, »finden sich darin nur bequeme, schläfrige Frauen, Frauen, die so träge sind, daß man beinah die Entengrütze auf ihnen wachsen sieht.« Sie konnte nicht, wie auch ich, die ich mit ihren Augen sehen lernte, die kalte, weiße Tünche und die bemalten Fichtenbretter der Kirchenbänke ertragen, wo wir einmal wöchentlich den Herrgott lobpreisen sollen. Unsere Kirchen – jedenfalls alle, die ich kenne – gleichen entweder Grüften oder Scheunen, die Grüfte sind seltener, wenn auch etwas besser. Ihre auffällige Häßlichkeit, der kalte, abstoßende Gottesdienst hält die erstarrten Sünder auf Armeslänge von sich; sie trieben meine Mutter fast in die Arme der katholischen Kirche, zu der bisher noch niemals ein Watson gehört hat. Die Jenaer Kirchen ließen sie mit zartester Sehnsucht an die alten, vor-lutherischen Tage denken, an das Licht, die Farben und Gefühle der katholischen Messen, und jedesmal, wenn sie eine besuchen mußte, machte sie einen großen Schritt auf Rom zu.

»Luther war ein höchst verderblicher Mensch«, pflegte sie zu sagen und warf Papa durch ihre langen Augenwimpern einen halb herausfordernden Blick zu. Er jedoch schmunzelte. Er machte sich nichts aus Luther, doch wenn er seine nationalen Gefühle wirklich einmal verletzt sah, stand sie langsam auf – all ihre Bewegungen waren langsam, so hurtig ihre Zunge auch war – nahm ihn bei den Ohren und küßte ihn.

Mit fünfunddreißig ist sie gestorben, bis zuletzt war sie süß und wundervoll. Auch die plötzliche Krankheit, die sie schließlich tötete, konnte ihrer Schönheit nichts anhaben. »Eine Lilie in linnenem Gewand«, sang unser Meredith. An diesem Tag, diesem Allerheiligen Tag, der uns so wert ist, lebe ich in Gedanken ganz in jenen glücklichen, vergangenen Tagen, die ich mit ihr verbrachte. Ich habe in meinem Zimmer keinen Altar, kein Bildnis des Schmerzensmannes und keine weißen Blumen an diesem feuchten herbstlichen Ort, um zu zeigen, daß ich an sie denke. Ich finde auch nicht in den kleinen Büchern, die mich erstaunen, daß sie darin seelische Nahrung hatte suchen können, da sie doch beständig in den großen Dichtern las. Doch an jedem Allerheiligen Tag gehe ich seit zehn Jahren in die Kirche in Jena zu ihrer Erinnerung, schließe die Augen und stelle mir vor, ich sei an einem wunderschönen Ort ohne weiße Tünche oder scheußliche, fast brutal gefärbte Glasfenster.

Als ich heute morgen sah, daß ich bis an die Ohren mit Schlamm bekleckst sein würde, wenn ich in die Stadt hinunterginge, und so beschmutzt vom Kirchendiener abgewiesen würde, weil ich den Kirchenstuhl schmutzig mache, ging ich zum nächsten Dorf in den Hügeln und hoffte, daß eine dörfliche Gemeinde eher an Schmutz gewöhnt sei. Jedoch, die Kirche war verschlossen, offenbar hatte kein Mensch den leisesten Versuch gemacht, sie zu öffnen. Der Regen pladderte traurig auf meinen Schirm, als ich vor der verschlossenen Türe stand. Ein verwahrloster Zaun trennte die Gräber von dem vorderen Hof des Pfarrers und beschützte sie, nahm ich an, so gut wie möglich vor räuberischen Wanderkühen. Auf der anderen Seite lag der Misthaufen des Pfarrers, darauf standen nasse Hühner, die freudlos seinen Inhalt untersuchten. Seine verschlossenen, undurchdringlichen Fenster gingen auf den Misthaufen, die Hühner, den Friedhof und mich. Es ist eine sehr alte, malerische Kirche mit schönen Spitzbogenfenstern und zartem Maßwerk aus uralten sorgfältig geschichteten Ziegeln.

Ich hatte keine Lust, die fünf Meilen umsonst gelaufen zu sein, außerdem wollte ich nicht von meiner alten Gewohnheit lassen, an diesem Allerseelentag in einer Kirche für die Seele meiner Mutter und aller lieben Seelen zu beten. So raffte ich meine Röcke auf und patschte durch die pfarrherrlichen Pfützen und klopfte bescheiden an die Türe, um den Schlüssel zu erbitten. Kaum hatte ich das getan, stürzten zwei infame kleine Hunde jener unangenehmen Rasse, nach denen wahrscheinlich die Pommern genannt werden, mit wütendem Gebell auf mich los. Der Lärm hätte Tote auferwecken können. Niemand in dem Haus rührte sich, es gab kein Zeichen dafür, daß seine Bewohner am Leben waren. Wieder klopfte ich. Wieder bellten die Hunde gellend. Tief angewidert blickte ich auf sie, beschämt, daß die regennasse Stille durch mich zerrissen wurde. Ich schüttelte meinen Schirm beruhigend auf sie hin, aber das verstärkte nur ihre Wut. Wie ich wurden sie immer entrüsteter, je länger die Türe geschlossen blieb. Endlich öffnete ein Dienstbote sie ein paar Centimeter weit, beäugte mich erstaunt und betrachtete mich mißtrauisch, als ich meine unschuldige Bitte vortrug. Sie zögerte, schloß halb die Türe, zögerte nochmals und sagte schließlich, sie wolle es dem Herrn Pfarrer sagen und sehen, was er meinte. Dann schloß sie die Türe wieder ganz. Ich habe mich noch nie so mißachtet gefühlt. Jedenfalls hielt das Mädchen mich nicht für achtbar, die Hunde ebenfalls. Aufgebracht ob der verschlossenen Türe und dem Ausdruck auf dem Gesicht der Magd war es das einzig angemessene, wegzugehen, aber wegen der Hunde konnte ich das nicht. Das Mädchen kam mit dem Schlüssel wieder. Sie sah aus, als habe sie eine persönliche Abneigung gegen mich. Sie öffnete die Türe nur so weit, daß eine dünne Person sich gerade nur durchquetschen konnte und forderte mich sichtlich wiederstrebend auf, hereinzukommen. Die Eingangshalle hatte einen Fußboden aus Ziegeln, dazu einen Schirmständer. In diesem steckte ein Regenschirm, und als das Mädchen vor mir herging und daran vorbeiging, packte es rasch den Schirm und nahm ihn mit, fest an sich gepreßt. Ich begriff nicht sofort den Sinn. Sie führte mich in ein eisiges, abgeschlossenes Zimmer und ließ mich dort allein. Es war die GUTE STUBE, die nur bei Gelegenheiten als kalte Pracht benutzt wurde. Der Fußboden glänzte von gelber Ölfarbe, und damit die Farbe nicht beschädigt wurde, wenn Leute darauf gingen, waren Streifen von Kokosmatten daraufgelegt von der Türe bis zum Fenster, von einer Türe zur anderen, eine von der Türe zum Sofa, und ein Streifen vom Sofa, auf dem der Besucher saß, zum Stuhl, auf dem der zu Besuchende saß. Ein offenbar ganz neugeborenes Baby schrie im Nebenzimmer. Ich wartete und lauschte eine unendlich lange Zeit, wagte aber nicht, mich hinzusetzen, weil es in Deutschland nicht gestattet ist, sich in einem fremden Haus unaufgefordert zu setzen. Ich betrachtete die Pfützen, die mein Schirm und meine Kleider auf der Matte hinterließen, und versuchte vergeblich, sie mit den Schuhen wegzureiben. Das ununterbrochene Geschrei des Babys im Nebenzimmer war bedrückend. Der Wind peitschte trübselig gegen die Fensterscheiben. Minute auf Minute verging. Niemand kam. Ich begann zu frieren nach dem schnellen Gang, und ich sah eine Erkältung kommen. Es gab keine Glocke, die ich hätte läuten können und bitten, weggehen zu dürfen. Ich wollte die Türe öffnen, um nach dem Mädchen zu rufen, fand aber zu meinem Erstaunen, daß sie verschlossen war. Aus meinen verständnislosen Betrachtungen wurde ich erst erlöst, als der Pfarrer durch die andere Türe eintrat; ihm folgte eine Flut des Babygeschreis, dazu der bekannte Geruch von Babywindeln, die am Ofen trocknen.

Er war kalt, mißtrauisch und ablehnend. Offenbar war er nicht gewöhnt, daß jemand in seine Kirche zu gehen wünschte, und daß jemand durch sein Dorf kam, das offensichtlich sehr einsam lag. So versuchte er mit einer gewissen List herauszukriegen, was ich hier wollte. Ich umging mit gleicher List die Beantwortung seiner Fragen. Er fragte nach meinem Namen, meinem Alter, Adresse, meines Vaters Beruf, ob ich einen Ehemann oder gar keinen hätte, nach der Anzahl meiner

Geschwister, und forschte deutlich nach der Höhe unseres Einkommens. Ich fand, daß er eine Menge Zeit haben mußte und sehr wenige Besucher, von Dieben abgesehen. Geschickt ließ ich dies durchblicken, ließ nur die Diebe aus trotz einer Andeutung. Er zuckte die Achseln und meinte, für Begräbnisse, seiner einzigen Aufgabe in dieser Jahreszeit, sei es zu naß. »Was! Sterben die Leute nicht, wenn es regnet?« fragte ich erstaunt.

»Doch, wenn es nötig ist«, sagte er.

»Oh«, sagte ich nachdenklich, »wenn aber jemand stirbt, muß er doch begraben werden?«

»Wir verschieben es«, sagte er fest.

»Aber . . .« fiel ich ein, protestierend!

»Wenn man lang genug wartet, kommt immer mal ein schöner Tag«, sagte er.

»Ja, das stimmt«, sagte ich, verblüfft von einer Tatsache, die ich noch nicht durchdacht hatte.

Er lud mich nicht zum Sitzen ein, er hatte vermutlich die Wirkung meiner nassen Kleider auf seine trockenen Stühle bedacht, und so standen wir einander auf dem Mattenstreifen gegenüber und warfen uns Fragen und Antworten wie Bälle zu. Endlich gab er mir den Schlüssel, pfiff den Hunden, und ich verließ ihn mit noch ungestillten Fragen. Die Kirche ist sehr alt und stammt aus dem dreizehnten Jahrhundert. Sie würden ihr Äußeres schön finden. Ich möchte wissen, ob Ihre Spaziergänge Sie bis hierher geführt haben. Das Innere ist jedoch von den übereifrigen Lutheranern verdorben und in die übliche Scheune verwandelt worden. Als sie noch schön war in jenen fernen Zeiten der katholischen Welt, muß sie für die Frauen und auch manche Männer ein Hafen der Stille gewesen sein in diesem verlassenen Rübendorf: der einzige Ort der Schönheit, des Geheimnisses und der Entrückung. Ich sah umher und dachte, daß niemand bei so viel weißer Tünche im Herzen angerührt werden könne. Die Bewohner dieser kahlen ländlichen Kirchspiele sind nicht vergeistigt genug für den lutherischen Glauben. Schwarze Talare und nackte Wände mögen für jene sein, deren Frömmigkeit so verzückt ist, daß Äußerlichkeiten nur die Reinheit ihrer Anbetung stören. Die Ungebildeten und Stumpfen, vor allem die Frauen, die in jenen grauen Jahren, die für sie mit ungefähr fünfundzwanzig Jahren beginnen, die hager und formlos irgendwo in den Feldern arbeiten und nie damit aufhören. Wenn man denen helfen will, weniger verlassen zu sein, brauchen sie viele Feierlichkeiten, Symbole, Darbietungen, Geheimnis und Erhabenheit. Vielleicht werden Sie sagen, und werden es für sehr unwahrscheinlich halten, daß Frauen eines so armen Kirchspiels sich überhaupt verlassen fühlen, aber ich weiß das besser. Sie werden sagen, daß niemand, der hart arbeitet, sich verlassen fühlt; doch auch das weiß ich besser, und ich sage das nur im Hinblick auf junge Männer wie Sie selbst. Es stimmt, es gibt die Tragödie des verwelkten Gesichts mit einem gleichzeitig unbequemen jungen Herzen. Es ist die Tragödie jeder Frau, die ein leichtes Leben hatte und es nun für eine ganze Reihe von Jahren ertragen muß. Dies gibt es nicht im Leben einer Geplagten; aber es stimmt ebenfalls, was wir beide nie sahen, daß eine Frau aus der arbeitenden Klasse nicht versucht, jünger zu erscheinen, als sie ist. Und ebenso selten habe ich beobachtet, und Sie bestimmt auch nicht, daß eine Frau aus einer Schicht, die wenig oder nichts zu tun hat, damit aufhört, sich für die Schönheit anzustrengen. Die endlos harte Arbeit, die Sorgen für die vielen Kinder, setzen der Jugend von Leib und Seele sehr rasch ein Ende, und mit der Jugend des Herzens verschwindet auch jede Sehnsucht, ganz gleich wie ihr Angesicht aussieht; und doch bleibt ihr Herz ohne Falten. Plackerei und verlorene Jugend machen ein Leben nicht geringer, aber noch trostloser. Diese armen Frauen können sich nicht, wie ihre Männer, im Wirtshaus mit Schnaps trösten. Sie müssen die Bitterkeit des Lebens gänzlich ohne Betäubungsmittel ertragen. Nein, ich kann wirklich nicht zulassen, daß Sie sie für völlig gefühllos halten. Sonst kann es dazu kommen, daß nur Sie allein meinen, in dieser schwer schuftenden, seufzenden Welt leiden zu müssen. Geben Sie diese Illusion auf.

Lesen Sie, lieber, junger Freund, den englischen Dichter Crabbe, lesen Sie viel von ihm, denken Sie über ihn nach. Er kannte die Bauern durch und durch. Ein einfacher Mann mit einer Gabe für Reim und Rhythmus, der einem wochenlang in den Ohren klang – der kannte die Bauern, wie sie sind. Es müssen die sein, die wir hier haben. In seinen Versen gibt es keinen Gaisblatt, der malerisch ihre Pfade umrankt, keine einfachen Tugenden, die von ihren Angesichtern leuchten. Ihr Herz ist nicht schneeweiß, ihre Weiber sind nicht blitzblank und schmuck. Sie sitzen nicht an hellen Feuern und erzählen einander harmlose Geschichten an Winterabenden. Gewiß, ihr Gruß ist freundlich, aber dadurch werden sie nicht liebenswerter. Nie rufen sie mit feuchten erhobenen Blicken den Segen auf Sie herab. Große Herren mit ehrwürdigem Haupthaar werden mit Vorsicht aufgenommen. Der Gang junger Männer ist nicht elastisch, und wenn sie sich unterhalten, selten genug, sprechen sie nicht anerkennend von ihren Gutsherren. Glauben Sie ja nicht, daß Sie genau wissen, wie kalt und unterernährt sie sind, daß sie alt geworden sind durch die Schufterei bei jedem Wetter, daß Sie wissen, woher ihr Rheumatismus und ihr Fieber kommen.

Ich wanderte durch den sumpfigen, seufzenden Wald zurück, überdachte all diese Dinge, die die Götter des Lebens so ungerecht verteilen, und wie seltsam sich Unglück auf einem Haufen sammelt. Alte Gedanken, werden Sie sagen, uralte dürre Gedanken, die schon von unzähligen Hirnen gedacht worden sind, dann wieder vergessen wurden und keinen Gewinn hinterlassen haben. Doch man muß darüber nachdenken und sich wundern. Machen Sie das Beste aus Ihrer Freiheit, Sie glücklicher junger Mann, aus Italien und Sonnenschein und Ihren sechsundzwanzig Jahren! Könnte ich Sie nur dazu bringen, sich einfach gehenzulassen und glücklich zu sein! Sich loszulassen. Unsere Freundschaft trotz ihrer Ernsthaftigkeit, hat Ihnen bislang so wenig genützt, und eine Freundschaft, die keine Hilfe gibt, ist eigentlich nichts wert. Wüßte ich nur, mit was für Worten ich Ihnen am meisten helfen könnte, wie gern würde ich sie Ihnen schreiben. Wie gern sähe ich Sie in sorglosen Wassern und geradewegs auf ein volles, fruchtbares Leben zustreben. Doch ich bin ein törichtes unfähiges Mädchen, das Ihnen bittere Briefe schreibt und das Ihnen, hätte ich nur mehr Verständnis, entdeckt, mit welchen Worten ich Ihr Herz dazu brächte, vor Lebensfreude zu singen.

Ihre Rose-Marie Schmidt

Kürzlich las ich ein paar der sehr schönen Gebete in meiner Mutter englischem Gebetbuch; ich wollte damit wiedergutmachen, daß ich heute in der Kirche nicht gebetet habe. Seine Ränder fand ich bedeckt mit Bleistiftbemerkungen. In den Psalmen und den Lobgesängen waren die Zwischenräume angefüllt mit Anmerkungen über die Schönheit der Gedanken und der Sprache, und Vergleiche mit ähnlichen Stellen in der Bibel. Hin und wieder waren zwischen den Seiten kleine Madonnenbilder geklebt und auch Bilder des Schmerzensmanns. Beim Athanasischen Glaubensbekenntnis jedoch ändern sich die Bemerkungen. Darüber schrieb sie: »Jemand hat einmal gesagt: Durch dieses Glaubensbekenntnis läuft eine Ader von trocknem Humor, der sehr bemerkenswert ist.« Und zum Schluß jener darin enthaltenen Nebensätze, die zwar völlig vergeblich, aber mit einem Anflug von herausfordernder Kritik versuchen, das Unerklärbare zu beschreiben. Darüber schrieb meine Mutter in bewunderungswürdigem Mißtrauen: »Vielleicht?«

LLIV.

Lieber Mr. Anstruther, – Sie kommen also im Dezember nach Berlin. Mir war, als hätten Sie mir in einem Brief geschrieben, Washington sei vermutlich Ihr erster diplomatischer Posten. Offensichtlich sind Sie froh, er ist es nicht; wenn ich aber ein Attaché wäre, ginge ich viel lieber nach Washington als nach Berlin, aus dem einfachen Grunde, daß ich noch nie in Washington war, dafür aber in Berlin. Warum freuen Sie sich so – verzeihen Sie, warum sind Sie so besonders erfreut über Berlin? Sie mochten es nicht, als Sie von hier aus zwei Tage hinfuhren, um es kennenzulernen. Sie nannten es damals einen harten weißen Ort mit breiten Straßen, in denen niemand war. Sie sagten damals, es sei unergiebig, seelenlos, trocken, protzig, von Polizei beherrscht, daß dort jedermann ein Beamter sei und die seien unhöflich. Sie ärgerten sich über einen Polizisten, der Sie bloß anstarrte, ohne zu antworten, als Sie ihn nach dem Weg fragten. Sie waren empört über die Manieren der Männer in der Stadtbahn, die sitzen blieben und den Frauen ins Gesicht rauchten, und die der Männer, die von ihren Frauen in den Straßen die Pakete tragen ließen. Sie kehrten zurück und sagten, Jena sei das beste, und Sie seien dankbar, wieder bei uns zu sein. Ich war, kurz bevor Sie nach Deutschland kamen, in Berlin und mochte es auch nicht, aber vor allem, weil diese Straßen, die Ihnen so leer vorkamen, mich durch ihren stürmischen Verkehr beunruhigten. So sehen Sie, ein Ort ist das, was Ihr Auge daraus macht, das London- oder Jena-Auge. Außerdem mochte ich es nicht, weil wir die lärmende Nacht und den Morgen mit Verwandten verbrachten. Der Verkehrslärm in den Straßen bei Tage und der Lärm der Verwandten bei Nacht verleideten es mir. Wir waren dort, um eine Vergnügungsreise zu machen, um die Museen und andere Sehenswürdigkeiten zu besuchen und die Nacht mit Papas Bruder zu verbringen, der dort lebt. Er ist Papas jüngerer Bruder und arbeitet in einer Bank; er verbringt seine Tage, indem er Geld einnimmt und auszahlt durch eine Art Öffnung in einer Art Käfig. Hinter seinem Ohr hat er einen Federhalter – ich sah ihn zwischen zwei Museumsbesuchen – er trägt einen schwarzen Anzug, wochentags wie an Sonntagen, was meine Stiefmutter, die mit uns war, tief beeindruckte. Ich halte ihn für enorm rechtschaffen, und die Bank schätzt ihn als alten und verläßlichen Angestellten und hat ihn wohlhabend gemacht. Er verdient im Jahr achttausend Mark, das sind vierhundert Pfund, mein Herr, viermal so viel, wie wir haben, und meine Stiefmutter hat oft und deutlich den Wunsch geäußert, Papa sei ihm ähnlicher. Ich hatte ihn mir als einen beängstigenden alten Onkel vorgestellt, einen ausgedörrten maschinenhaften Menschen, dessen Seele in unbekannte Fernen entwichen sei, von der nur ein schwaches Flackern in seiner mechanischen Arbeit enthalten sei. Er ist zehn Jahre jünger als Papa, doch unendlich viel älter. Nie lacht er, er lächelt nicht einmal. Seine Frau behandelt er grob, zu seinen Töchtern ist er unfreundlich. Er erinnert mich an eine Eule, wie er an jenem Abend in seinem gepflegten Anzug dasaß, seine runden düsteren Augen auf Papa gerichtet, dem er Vorhaltungen machte. Dem macht es nichts aus. Er hatte einen glücklichen Tag verbracht, der mit zwei wundervollen Stunden in der Königlichen Bibliothek endete, und der Heringssalat von Tante Else schmeckte ihm sehr. »Heinrich – hast du denn gar keinen Respekt vor Deinem älteren Bruder und seinem weißen Haar?« rief er schließlich, als mein Onkel, vom Bier erwärmt, seine Vorwürfe zu Schelten werden ließ.

Onkel Heinrich jedoch, der Erfolgreiche und das Vorbild der Familie und unduldsam, wie Erfolgreiche und Vorbilder den ärmeren und sorgloseren Familienmitgliedern gegenüber sind, schob Papas Scherze verächtlich beiseite und schlug statt dessen vor, er solle, statt eines erschreckend vergeudeten Lebens durch müßiges Pfuschen in sogenannter Literatur, sich anstrengen, einen noch so bescheidenen Posten in einer Berliner Bank zu bekommen und sein Leben verbessern und ein eigenes Einkommen verdienen, statt von dem zu leben, was er durch Heiraten erlangt habe.

Meine Stiefmutter nickte bei jedem Wort beifällig.

»Was! Ein Pförtner! Du Born der Weisheit!« schrie Papa, hob sein Glas und trank fröhlich Tante Else zu, die unbehaglich auf ihren Mann schaute, der ihrer Erinnerung nach noch nie ein Brunnen genannt worden war.

»Immerhin ist es besser«, sagte Tante Else, der ein Mann so methodisch, so pünktlich und so gut bezahlt wie Onkel Heinrich, völlig ideal erschien, »besser ein Pförtner in – in ...« Sie wußte nicht recht weiter und hielt inne.

»Einer Bank?« schlug Papa freundlich vor.

»Ja, Ferdinand, sogar in einer Bank als in den Zelten der Bösen zu leben.«

Papa lehnte sich zurück in seinem Stuhl und kreuzte behaglich die Arme über dem, was Ihr Engländer seine Brust nennt. »Das ist der poetische Ausdruck meiner lieben Ehefrau ...«

»Nicht poetisch, es ist ein biblischer Ausdruck, Ferdinand«, unterbrach ihn meine Stiefmutter.

»Das ist dasselbe, meine Liebste. Die biblischen Texte triefen von Poesie. Poetisch also, Jena betreffend.«

»Ach so«, sagte Tante Else verlegen, die die Bibel ebensowenig kennt wie alle übrigen Deutschen, nur Ihr Engländer habt sie an allen fünf Fingern, und, natürlich, meine Stiefmutter auch.

»Zelte«, fuhr Tante Else fort, die fand, als Hausfrau sei es ihre Pflicht, in die Unterhaltung einzugreifen und die verstecken wollte, daß sie unsicher war, »Zelte sind zum dauernden Wohnen ungesund. Ich meine, eine Stellung als Pförtner eines gesunden Gebäudes ist wesentlich besser als in einem zugigen Zelt zu leben.«

»Quatsch«, sagte Onkel Heinrich, in dem eine plötzliche Bitterkeit explodierte. Sie wissen natürlich noch, daß Quatsch das deutsche Wort ist für Albernheit, Torheit, Unsinn und daß es viel ausdrucksvoller und daher auch viel unhöflicher ist. Meine Stiefmutter wollte etwas sagen, aber Tante Else empfand es als ihre Pflicht, weiterzusprechen. »Man kann nicht«, wandte sie sich an Papa, »ein Pförtner sein, wenn keine Türe da ist.«

»Also wirklich«, rief Papa und klatschte Beifall, »da will noch jemand behaupten, daß Frauen nicht logisch seien.«

»Quatsch«, sagte Onkel Heinrich.

»Eine Türe ist gewöhnlich ein – ein ...« Sie suchte nach dem Wort.

»Eine Notwendigkeit?« schlug Papa vor, ganz heiter und voller Freundlichkeit und Aufmerksamkeit.

»Eine Annehmlichkeit?« schlug meine Cousine Lieschen vor, die recht hübsche, unverheiratete Tochter, ein Mädchen mit einem niedlichen, ordentlichen Köpfchen, einem schlampigen Körper und dicken roten Händen.

»Oder ein Schmuck?« schlug Cousine Elschen vor, die recht hübsche, verheiratete Tochter, ebenfalls mit einem niedlichen Kopf, sonst schlampig und mit dicken roten Händen.

»Vielleicht etwas, wo man hineingeht?« schlug ich vor.

»Nein, nein«, sagte Tante Else ungeduldig, entschlossen, das rechte Wort zu finden.

»Oder etwas, durch das man hinausgeht?« meinte ich, stolz auf den Vorrat meiner Intelligenz.

»Nein, ach nein«, sagte Tante Else, immer ungeduldiger. »Ach Gott, wo bleiben nur die Worte.«

»Suchst du denn ein Wort für etwas ganz Besonderes?« fragte meine Stiefmutter mit teilnehmendem Interesse, das man für die reichen Verwandten hat.

»Etwas, was sich bestimmt nicht zu suchen lohnt«, bemerkte Onkel Heinrich.

»Ach Gott«, sagte Tante Else, ohne ihn zu beachten, »wo sind nur all meine ...« Sie preßte ihre Hände zusammen und wieder auseinander, starrte ins Zimmer, an die Decke, während wir alle stumm dasaßen, denn da gab es keine Hilfe, und zuschauten, wie sie nach dem entflohenen Wort in ihrem Hirn suchte. Nur Onkel Heinrich aß weiter seinen Heringssalat in beleidigender Teilnahmslosigkeit.

»Ich habs!« schrie sie endlich triumphierend. «Eine Tür ist ein Merkmal . . .«

»Wirklich, ein ausgezeichneter Ausdruck«, sagte Papa und ermutigte sie, »nur weiter, weiter, meine Liebe.«

»Eine Tür ist charakteristisch für massive Gebäude mit Fenstern und Kaminen wie andere Bauwerke.«

»Ausgezeichnet, ausgezeichnet«, sagte Papa. Auslegungen sind nie einfach. »Ja, und Zelte haben sie eben nicht«, schloß Tante Else und sah sich im Kreise um, sanft erstaunt, so viel geredet zu haben, das weder Nachbarn noch den Haushalt betraf.

LV.

GALGENBERG, 7. NOVEMBER

Lieber Mr. Anstruther,

diesen Brief schicke ich nach Jermyn Street, er kann Sie in Italien nicht mehr erreichen. Jena liegt nicht am Wege zwischen London und Berlin, wie kamen Sie auf die Idee, es läge da. Es ist sehr anhänglich und treu von Ihnen, Professor Martens sehen zu wollen, aber er ist, wie Sie wissen, sehr beschäftigt, und um ihn zwischen einem Vortrag und einer Privatstunde in Eile für fünf Minuten zu sehen, lohnt es sich kaum, diesen riesigen Umweg zu machen. Außerdem müßten Sie Stunden brauchen, um auf Nebenlinien auf Anschlüsse zu warten, und Sie würden, des bin ich sicher, niemals Ihr Gepäck wiedersehen. Jedoch, es ist nicht meine Sache, Ihnen den Besuch bei Professor Marten auszureden, der bisher nichts davon weiß. Ich gebe nur einen Rat, und Sie wissen ja, daß ich ungern eine Gelegenheit auslasse, das zu tun.

Eine andere seltsame Idee ist, unsere Berliner Verwandten besuchen zu wollen. Hat Italien diese warmen Freundschaftsgefühle in Ihren Kopf gesetzt? Ich kann Ihnen unmöglich die Familie Heinrich Schmidt sehr anziehend geschildert haben. Während ich schrieb, bebte ich mit neuem Grauen bei den Erinnerungen an jenen Abend und Morgen, die in mir wieder lebendig wurden. Daß das Ergebnis in Ihnen Sehnsucht nach diesen Personen geweckt haben sollte, erstaunt mich. Wollen Sie sie besuchen und ihnen wohl tun? Onkel Heinrich besänftigen und ihn lehren, die gute Tante Else freundlicher zu behandeln?

Sie können doch nicht im Ernst glauben, mit ihnen einen regelmäßigen gesellschaftlichen Umgang zu pflegen. Niemals würden Sie sie auf einer Gesellschaft treffen, nein, nicht einmal Elschens Schwiegermutter. Bei uns sind die Klassen derartig getrennt, daß das Nadelöhr ein Scheunentor ist, verglichen mit dem Einlaß in einer anderen Klasse. Vermutlich werden Sie bei meinem klosterartigen Leben fragen, was ich darüber weiß, doch mir scheint – nun lachen Sie bitte nicht –, daß ich eine ganze Menge gesehen und erfahren habe. Und wo die Erfahrung fehlt, füllt die Phantasie das Fehlende. Was ich gesehen habe genügt, um zu wissen, woher der Wind weht, und bedenken Sie bitte, daß Frauen verstehen, Schlüsse zu ziehen. Daher prophezeie ich, daß Sie an der englischen Botschaft, und wären Sie fünfzig Jahre dort, und träfen täglich neue Leute, niemals Onkel Heinrich und Tante Else zu sehen bekämen. Warum also bitten Sie mich um deren Adresse? Wenn Sie es ernstlich wünschen, gebe ich sie Ihnen, aber ich warne Sie: Sie würden ungeheuer erstaunt sein über Ihren Besuch und in keiner Weise erfreut. Das verbindende Band ist gar zu dünn. Papas Empfehlung wird dort bestimmt nicht gewertet, ja sie würde eher ein Hindernis sein als eine Aufwertung. Die einzige Vermutung, die sie daraus ziehen würden, ist die, daß Sie irgendwo, irgendwann, in der Elektrischen oder in einem Laden oder beim Spaziergehen Lieschen gesehen und sich in sie verliebt hätten. Und ehe Sie bis drei gezählt hätten, wären Sie mit ihr verheiratet.

Es muß traurig sein, von den flammenden Kastanienbäumen in Italien fort und in den Londoner Nebel zu kommen. Ihnen scheint es nichts auszumachen. Überhaupt macht Ihnen nichts etwas aus, was mein Herz mit bleierner Trauer erfüllt, während Sie jammern, über Dinge, die für mich belanglos sind. Ja, nicht nur daß es Ihnen nichts ausmacht, Sie freuen sich abzureisen. London im November kann keineswegs schön sein, und Berlin, wo Sie bald sein werden, ist einfach abscheulich. Es war November, als wir dort waren. Wir patschten in rauher, nasser Kälte umher, im Regen, der in Hagel und Schneetreiben überging, an zugigen Straßenecken, in überfüllten Omnibussen (wir konnten uns die teurere und feinere Straßenbahn nicht leisten), und jeder, den wir trafen, hatte einen unfreundlichen und ablehnenden Ausdruck und starrte uns, trotz Eile und Regenschirmen, eindringlich und schonungslos an, was wohl für Berlin typisch zu sein scheint. Papas Gummischuhe paßten ihm nicht, und er verlor sie immer wieder, meist in einem besonders schwierigen Augenblick; wenn wir eine Straße überqueren wollten, lagen sie verstreut zwischen Pferdehufen und Wagenrädern, und ich mußte sie von dort retten. Auch sein Regenschirm, alt und niemals besonders fest und stabil, kippte an besonders stürmischen Ecken um. Wir waren gekommen, zu schauen und zu staunen. Jedoch, ich will Ihren Eifer nicht mit solchen finsteren Geschichten dämpfen. Ich bin schon froh, daß Sie überhaupt Eifer zeigen, nachdem Sie so lange mit dem Leben unzufrieden waren. Daher sollte ich Sie aufheitern und nicht über trübe Dinge sprechen. Ihr Regenschirm wird mit zugigen Ecken gut fertig werden, und Galoschen tragen Sie ja nicht.

Zu Ihrer neuen Stelle wünsche ich Ihnen viel Gutes, mögen Sie viel Freude haben. Papa hat mit Interesse gehört, daß Sie in unsere Nähe kommen und schickt Ihnen viele Grüße und das bedeutet zu guter Letzt, daß Sie ein guter Kerl sind und ihm Ehre machen. Er weiß nichts von dem schmerzlichen Ende Ihrer Verlobung, und ich sage ihm auch nichts davon. Es würde ihm leid tun, und schließlich, je mehr die Tage und Monate dahinschwinden wie in einem Traum, desto mehr wünsche ich mir, ihm Trauriges zu ersparen. Finden Sie nicht auch, man darf alte Leute nie traurig machen?

Ihre Rose-Marie Schmidt.

Ich will nur hoffen, Sie verschwenden keine kostbare Zeit damit, nach Jena zu kommen um Professor Martens zu besuchen. Ich hörte, er sei krank oder verreist oder ähnliches, so würden Sie die lange und ÄUSSERST umständliche Fahrt ganz umsonst machen.

LVI.

GALGENBERG, 23. NOVEMBER

Lieber Mr. Anstruther
war er wirklich so kurz? Ich kann mich nicht erinnern. Gut, dieser Brief soll also länger werden. Sagen Sie – glauben Sie, daß es irgendeinen Sinn hat, einen Verliebten heilen zu wollen? Ich bin zu dem Ergebnis gelangt, es ist hoffnungslos. Solche Unternehmungen müssen von innen nach außen gelingen und nicht umgekehrt. Ich hatte gehofft, ich könne Vicki zu einer edlen Unabhängigkeit bewegen, Sie hätten die Reden

hören sollen, die ich ihr gehalten habe. Manchmal mußte ich selbst über mich lachen, wie das eine tropfnasse Frauenzimmer einem anderen tropfnassen heldenhafte und stolze Dinge einredete, mit Schirmen kämpfend im windzerzausten, heulenden Wald. Vicki ist mal wieder völlig zerschmettert, ihre Augen sind röter denn je. Ich weiß nicht, ob es diese Novembernebel sind, die daran schuld sind; jedoch all meine Versuche, sie hochzuwuchten auf die Höhen stolzer Unabhängigkeit, sind gescheitert, und sie geriet noch tiefer in den Morast, als ich sie aufgefunden hatte. Sie ist in einem wahren Gefühlssumpf versunken. Ich überrede sie, einen Zehn-Kilometer-Weg zu machen und behaupte, sie könne ihn in zwei Stunden schaffen, und hoffe, ich kann ihre Liebeskrankheit durch gesundes Schwitzen vertreiben. Aber nichts hilft. »OH!« stöhnt Vicki, wenn wir neben den düsteren Fichten wandern, die sich in grauer Unendlichkeit ausstrecken, mit rauchenden Stämmen, schwarz vor Nässe, eisgrau mit Flechten bedeckt, und hören das Seufzen und Krachen durch das Geprassel des Regens auf unseren Regenschirmen und spüren seinen feuchten Atem auf unseren Gesichtern – »Oh! Was ist das für eine leere, schreckliche Welt!«

Dann erzähle ich ihr, so begeistert ich nur kann, die Welt sei ganz anders, sie sei wunderschön, sage ihr, wie jung wir sind und gesund, daß wir unser Leben strahlend schön machen können, wenn wir nur energisch genug sind.

Und sie glaubt mir kein Wort, sie schüttelt nur den Kopf und stöhnt, sie wäre eben nicht energisch. »Aber du bist es«, und sage noch zuversichtlicher, »los, wir wollen schneller gehen. Wer würde dann noch sagen, du wärest nicht energisch?«

»Oh!« jammert Vicki und trabt neben mir her und

schneuzt sich dabei die Nase. Arme kleine Seele! Ich habe es mit Küssen versucht, und das hat nichts genützt. Ich habe sie einen ganzen Tag lang gehätschelt und geliebkost, saß neben ihr, den Arm um sie geschlungen, hatte ihren Kopf an meine Schulter gepreßt, flüsterte lauter Trostworte, die mir nur einfielen, doch war eben leider der einzige Mensch, der sie je liebkost hatte, der Ungetreue gewesen, und daher mußte sie nun mit erneutem Seelenschmerz an ihn denken, und wahre Verzweiflungsschleusen öffneten sich.

Ich habe es mit Schelten versucht, im Ton von »Meine liebe Vicki, wirklich, eine erwachsene Frau . . .« Doch davon hört sie schon genug von ihrer Mutter. Außerdem ist sie keine erwachsene Frau, sondern ein armes, unglückliches, betrogenes Kind. Und wie langweilig, wie trocken, wie erfolglos sind die Trostsprüche einer Frau für die andere – ich fühle das die ganze Zeit in jedem Nerv, wenn ich sie ausspreche. Ein einziger Kuß von diesem elenden Kerl – und die Welt lodert in strahlendem Licht. Und wenn ich tausend der schönsten und erhebendsten Wahrheiten ausspreche, so ergeben diese nur eine Art von frostigem Schleier um ihren unseligen kleinen Kopf und ersticken ihn nur. Seit sie diesen verhängnisvollen Brief über die Suppe erhielt, gab es Pausen, in denen ich mit unendlichen Mühen sie wieder in die Höhe brachte. Doch sie findet diese Felsenhöhen trocken und tot. Von dort kann sie wenigstens klarer sehen und bleibt trocken. Nun aber ist sie wieder total zusammengeklappt, seit dieses schreckliche Wetter über uns hereingebrochen ist, jeder Tag nässer und trüber ist als der vorhergehende. Wenn ich so gut schreiben könnte wie Papa, so würde ich gern einen Aufsatz schreiben über die Beziehung zwischen einem nassen November und dem erneuten Keimen der Liebe. Frau von Lindeberg ist fürchterlich ärgerlich. Sie kam zu uns herauf und tatsächlich auch ins Haus, etwas, was sie bisher noch nie getan hat, saß auf dem Sofa, thronte in der Mitte, wohl ausgebreitet für den Fall, daß ich mich so weit vergessen könnte, auch dort zu sitzen, und fragte mich, was für einen Unsinn ich dem Kind in den Kopf gesetzt habe. »Dummheiten?« rief ich aus und dachte an meine stolzen Worte. – »Sie war schon ein wenig damit fertig geworden. Sie müssen irgend etwas gesagt haben.«

»Gesagt? Ja, allerdings habe ich etwas gesagt. Noch nie vorher hat ein Mensch so viel gesagt.«

Sie starrte mich entgeistert an. »Was!« rief sie, »Sie haben tatsächlich – Sie haben gewagt – Sie hatten die Frechheit . . .«

»Soll ich Ihnen erzählen, was ich gesagt habe?« Und eine Stunde lang gab ich ihr eine Übersicht über meine Ansichten über Ideale, Verhalten und Benehmen, während die erstaunte Dame vom Tisch und meinem Stuhl eingezwickt auf dem Sofa saß. Ich machte das Beste daraus. Keine Einwürfe oder Versuche vermochten mich zum Schweigen zu bringen. Sie war hergekommen, um mich auszuzanken, jetzt sollte sie etwas lernen.

»Nun, nun«, sagte sie, als ich vom Reden ermüdet endlich aufstand und den störenden Tisch wegschob, etwa wie ein Zahnarzt die Serviette des Patienten abknöpft und den Stuhl niedersenkt, nachdem er sein Ärgstes vollbracht hat – »Sie scheinen mir ein gutes Mädchen zu sein. Wie ich sehe, haben Sie es nicht bös gemeint.«

»Nicht bös gemeint? Ich habe es weder bös gemeint noch bös getan. Darf ich Ihnen noch mal erklären . . .« Und ich wollte wieder den Tisch vor sie hinschieben und nochmals anfangen.

»Nein, nein – es ist ganz klar, vielen Dank. Fahren

Sie also bitte damit fort, mein unglückliches Kind zum Guten zu beeinflussen. Ihr verehrter Herr Vater ist wohl, hoffe ich. Guten Morgen.«

Jedoch trotz meines Einflusses hat Vicki aufgehört, die hohen leinenen Krägen und die schmucken Krawatten zu tragen, mit denen sie mich anfangs betört hatte. Sie trägt, ähnlich wie ich, schwer zu beschreibende wollene Kleider. Sie behauptet, das sei wegen der Wäscherechnung. Ich aber weiß, es ist ein weiteres Zeichen der Verzweiflung. Von ihrer anfänglichen Gepflegtheit blieb nur ihr wunderbar gebürstetes Haar. Als ich mich über sie beugte, um ihre englischen Aufgaben zu prüfen, schmiegte ich meine Wange ganz leicht daran, so, daß sie es nicht merkte, denn es ist wunderschön, weich, wellig, glänzend und sollte allein, ohne das kleine Ohr und die biegsame junge Wange, ohne den törichten kleinen Mund und die ehrlichen lieben Augen den dummen Kerl an jeder Möglichkeit, sich freizumachen, hindern. Nein, sie ist nicht für Milton und die Musen geschaffen. Als die Natur sie schuf, hat sie ihren Körper geformt und ihren Geist, hat hier ein Grübchen gesetzt und dort eine Augenwimper extra gezogen, und plante eine hübsche, von Feuer erwärmte Zukunft für Vicki, eine trauliche, behütete Zukunft mit einem Kamingitter für ihre Füße, ein Baby in jedem Arm und einen sie anbetenden Ehemann, der am Abend heimkommt und gefüttert und geküßt wird. Dieser Mann jedoch hat gegen die Natur gehandelt. Übertölpelt. Er wog auf gut deutsch ab, setzte Vicki und ihre Grübchen gegen die kleine Mitgift, die aus ihren Eltern herausgelockt werden konnte und fand, sie wären doch nicht genug, um die bestürzende Leere der anderen Waagschale aufzuwiegen. Nun sind für Vicki Kamingitter, Babies und ein glückliches, geschäftiges Leben ins Niemals-Land verbannt. Sie wird niemanden finden, der seinen Platz einnimmt, denn sie hat jetzt eine Vergangenheit, verhängnisvoll für ein Mädchen hierzulande. Anders als Miss Cheriton, die sie einfach beiseite schiebt und sich ohne die geringsten Schwierigkeiten mit einem Herzog verlobt, ist Vicki ein Mädchen mit einem Makel und wird von unseren vorsichtigen und berechnenden jungen Männern gemieden. So ist sie verurteilt, niemals Babies zu verwöhnen und mit ihnen zu spielen, niemals einen Ehemann zu verwöhnen und anzubeten. Statt dessen wird sie ein Jahr lang mit mir die Hügel durchstreifen, meinen Ratschlägen höflich lauschen und wird dabei innerlich über die Einsamkeit und Leere der Wälder schaudern. Wenn der Aufenthalt ihrer Eltern hier zu Ende ist, werden sie alle in irgendeine kleine Stadt im Harz ziehen, wo pensionierte Offiziere ihr Leben enden und Gemüse ziehen. Die Jahre werden über sie herfallen und ihr Jahr für Jahr ihr kleines Kapital an Lieblichkeit rauben. Sie müssen nicht meinen, ich werfe es dem Mann vor, denn ich tue das nicht, ich beklage nur, daß er den besten Teil davon haben soll. Kein Gesetz zwingt einen Mann, zu heiraten, bloß weil ein liebeskrankes Mädchen ihn haben will – wäre ich ein Mann, so würde ich niemals heiraten – ich beklage nur die viel größere Zahl von Mädchen, die das wollen. Wenn jedes Mädchen brav seine Gebete sprechen würde und dann seinen eigenen Weg gehen würde, ihren Beruf ausübte, da ihre Eltern für eine Ausbildung gesorgt hätten, wie heiter, tränenlos könnte die Welt sein.

Bitte vergeben Sie mir mein Geschrei, aber ich hatte heute einen schmerzensvollen Vormittag mit Vicki, die so bitterlich in meinen Milton schluchzte, daß ein gut Teil von SAMSON AGONISTES zusammenklebte und die rote Farbe von den Rändern abging. Papa Lindeberg kam am Ende der Stunde und bot mir seinen Schirm an, um mich nach Hause zu begleiten. »Ein nasser Tag, Fräulein Hebe«, sagte er und schaute sich um.

»Ja, so ist's«, sagte ich und betrachtete betrübt meinen Milton.

»Selbst die Töchter der Götter« – sagte er, denn so scherzen wir milde miteinander – »selbst die Töchter der Götter müssen manchmal einen Schirm benützen.«

»Ja«, lächelte ich dem netten alten Herrn zu, diesem alten Mann, den ich anfangs so unangenehm fand, und er begleitete mich zur Tür und fragte mich ängstlich flüsternd, wie ich Vicki fände. »Lang dauerts, lang, lang«, sagte er mutlos.

»Ja«, sagte ich, im Regen unter dem Schirm, während er unter dem Vordach stand und sich mechanisch die Hände rieb.

»Sie sind eine glückliche junge Dame«, sagte er wehmütig sinnend.

»Ich?«

»Unsere arme kleine Vicki ... wäre sie wie Sie ...«

»Wie ich?«

»Es ist so offensichtlich, daß Sie nie diese schreckliche Krankheit Liebe kennenlernten. Sie haben das Gesicht eines fröhlichen Backfischs«.

»Oh!« Ich lachte und lachte so sehr, daß vom Regenschirm Tropfen von jeder Spitze fielen. Er betrachtete mich nachdenklich. »Es ist wahr«, sagte er.

»Oh!« konnte ich nur ausrufen, denn seine Worte belustigten mich.

»Da gab es mal in einer Jenaer Konditorei einen jungen Mann ...«

»Ach was«, unterbrach er mich und schob den jungen Mann und die Kuchen mit einer ungeduldigen Handbewegung beiseite.

»Ich wußte gar nicht«, sagte ich, »daß Sie der Leute Vergangenheit lesen können.«

»Ihre ist leicht zu lesen. Sie leuchtet so klar in Ihren Augen, ist so durchsichtig auf Ihrem Gesicht gespiegelt . . .«

»Wie hübsch«, sagte ich und unterbrach ihn nun meinerseits, denn meine Füße wurden unangenehm naß. »Sie wissen ja, mit welchem Eifer ich alles, was irgend jemand mir je an Schmeichelhaftem gesagt hat, behalte und aufzeichne. Doch Sie sollen auch das Gegenteil davon erfahren.«

Ich wandte mich ab, und er wandte sich auch ab, und ich hatte noch nicht einen Schritt getan, so ging mein Schuhband auf, und ich mußte zurück unter das Vordach, um es festzubinden und als ich meinen Fuß auf den Fußabstreifer stellte und mich bückte, eine Schlinge und einen Knoten zu machen, damit ich heimgehen konnte, hörte ich, wie Frau von Lindeberg vom Wohnzimmer aus auf den Flur ihm folgende Rede hielt: »Ludwig, ich bin fortwährend erstaunt darüber, wieviel Zeit und Unterhaltung du Fräulein S. zuwendest. Ich will es nicht gerade Unverschämtheit nennen, aber in ihren Manieren ist etwas Unglaubliches – eine unangemessene Unbefangenheit, ja fast unbescheidene Offenheit. Eine fast unverhüllte Natürlichkeit, die gefährlich an Unverschämtheit grenzt. Leute aus dieser Klasse können unsereinen nicht verstehen, und sie wird, wenn du freundlicher als unbedingt notwendig zu ihr bist, bestimmt davon profitieren wollen. Ich möchte dich sehr bitten, sei vorsichtig!«

Und Ludwig, der ab und zu ein Wort zu sagen versuchte, antwortete kein Wort.

Ihre . . .

Wissen Sie, was passiert ist? Papas Buch ist von dem Jenaer Verleger zurückgewiesen worden, dann von drei Berlinern und von zweien in Stuttgart und von einem in Leipzig. Es reist zur Zeit zu den übrigen Leipziger Verlegern. Beim ersten Mal, als es zurückkam, fühlten wir den Schlag und waren betrübt, beim zweiten fühlten wir den Schlag, waren aber nicht traurig, beim dritten Mal empfanden wir gar nichts, und beim vierten lachten wir. »Verrückte Leute«, kicherte Papa erheitert über so viel Blindheit gegen ihre eigenen Interessen.

»Wenn niemand es nimmt, übersetzen wir es und schicken es nach England, was meinst du?«

»Wer ist WIR, Liebling?« fragte ich ängstlich.

»WIR bist du, Rose-Marie«, sagte Papa und zog mich am Ohr.

»Oh«, sagte ich. Ende der Unterhaltung.

LVII.

GALGENBERG, 1. DEZEMBER

Lieber Mr. Anstruther –

Merkwürdig, diesen Brief nach Berlin zu adressieren und zu wissen, daß Sie in der Zwischenzeit dort auch angekommen sein werden. Nun, wir heißen Sie herzlich willkommen im Vaterland. Wahrscheinlich kannten Sie die Straße, in der Sie wohnen; sie liegt dem Tiergarten gegenüber, nicht wahr, und nach Norden. Ganz nah am Brandenburger Tor, nicht wahr? Ich kenne sie, denn wir schleppten uns unter anderem auch bei unserem denkwürdigen Besuch durch den Tiergarten, und Papa las zufällig den Namen Ihrer Straße und stand zehn Minuten lang im Regen und hielt einen geistvollen Vortrag über das Leben des Mannes und seiner Verdienste, nach dem diese Straße genannt wurde. Meine Stiefmutter wartete, ihre Röcke fest mit beiden Händen haltend, mit grimmiger Geduld. Sie war ja hergekommen, um Sehenswürdigkeiten zu besichtigen und diese erklärt zu bekommen, es wäre also Fahrgeldvergeudung gewesen, nicht zu schauen und zuzuhören. Papa hatte einen großen Tag, er zeigte so großartig die Weite seines Wissens und seine Überlegenheit über uns Weibersleut. Sie werden dort nicht viel Sonne haben, außer, wenn Ihre Zimmer nach hinten gehen aber andererseits ist es eine Straße für die Vornehmen und Wohlhabenden, wie ich an den marmornen Stufen und dem schmiedeeisernen Gitter sehen konnte. Ich würde ja lieber in einer Hundehütte nach Süden hinaus leben als in einem Palast, der niemals Sonne bekommt. Aber wie Sie wissen, liegen meine Neigungen unteilbar in Richtung Hundehütte.

Heute bin ich bedrückt und lasse den Kopf hängen, denn ich habe zu meinem Kummer und Schrecken entdeckt, daß Papa und ich weit über unsere Verhältnisse leben. Vermutlich haben wir zu viele Bücher gekauft und viel für Briefmarken ausgegeben, die dann die Verleger benutzen. Sicher ist jedenfalls, daß wir bereits über siebzig Pfund von unseren jährlichen hundert ausgegeben haben und das in nur fünf Monaten! Wie finden Sie das, was halten Sie davon? Wir müssen das Geld links und rechts hinausgeworfen haben. Es waren keine Kleider zu kaufen, denn was wir besitzen, wird mindestens zwei Jahre lang halten. Wo alles hingegangen ist, kann ich mir nicht vorstellen. Ich bin wirklich eine nutzlose Person, da ich nicht einmal ein so winziges Haus wie unseres führen und mit unseren ausreichenden Mitteln wirtschaften kann. Papa hat an Professor Martens geschrieben, wir wären bereit, wieder einen jungen Mann ins Haus zu nehmen. Bereit?

Ja, Papa ist begierig, hungrig nach einem jungen Mann, denn er sieht ein, daß ohne diesen die Sache für uns schlecht steht.

Da wir uns gut daran erinnern, in welchem Reichtum wir durch Mr. Collins schwelgten, habe ich an ihn geschrieben, ob er nicht Lust hat wiederzukommen und sein Deutsch zu vervollkommnen. Ich weiß nicht, ob er das noch will, oder vielmehr, ob sein Vater das für ihn wünscht, denn Deutsch war für Joey in seiner außerordentlichen Widerwärtigkeit wie die Fliege im Öl des Apothekers. Ich habe Papa auch nicht gesagt, daß ich geschrieben habe, weil er ein ganz besonderes Grausen vor Joey hat. Aber ich konnte es nicht lassen, weil ich weiß, daß sechs Monate Joey uns für zwei volle Jahre von sämtlichen jungen Männern befreien. Ich hoffe, wenn die Zeit kommt, und Joey mit ihr, daß ich Papa von den riesigen Vorteilen, die dieser besondere junge Mann uns bringt, überzeugen kann.

Hierbei gibt es jedoch gewisse Schwierigkeiten. In unserem Haus gibt es zwei Schlafzimmer, zwei Wohnzimmer, einen Dachboden, eine Küche und einen Kohlenkeller. Johanna bewohnt den Dachboden. Ein Wohnzimmer ist Papa und seiner Arbeit geweiht. Das andere ist das Zimmer für alles. Wo wir essen und wo wir Frau von Lindeberg empfangen, falls sie uns besucht, und wo ich Briefe schreibe, lese und Strümpfe stopfe. Die Antwort ist klar wie der Tag, aber sehr bestürzend: Joey muß bei Papa schlafen. Seit ich dies erkannt habe, verbringe ich Stunden mit Nachdenken über Vorhänge und Wandschirme, und gleichzeitig entwerfe ich lange Reden, wie ich Papa zur Vernunft bringen kann. Er war selbst der erste, der erklärte, wir müßten unbedingt wieder einen jungen Mann aufnehmen, und er wird bestimmt, wenn man es ihm erklärt, einsehen, daß derjenige, den wir bekommen dort schlafen muß, wie es die Natur vorschreibt. Ich fürchte nur, er wird damit einverstanden sein, nur nicht mit dem ertragreichen Joey. Es ist wirklich höchst ungünstig, daß Joey so töricht wegen Goethe ist, denn wir brauchen unbedingt jemanden, bei dem Geld keine Rolle spielt. Ich erinnere mich da an ein paar arme Jungen in der Vergangenheit, die so arm waren, daß sie an den Tagen, an denen meine Stiefmutter das Pensionsgeld von ihnen verlangte, zeitig ausgingen und bis zum Abend in den Hügeln herumliefen, unfähig den Ton der Taler zu ertragen, die aus ihnen herausgequetscht wurden.

Oh, Geld ist das widerwärtigste und allergräßlichste von allen Bedürfnissen! Mit Scham denke ich an die vielen lichten Stunden des Lebens, die befleckt wurden durch Geldsorgen, durch niedrige Sorgen um Geld. Überall, wo die Geldfrage auftaucht, fliehen Liebe und alle Grazien, dicht hinter ihnen der verschreckte Trupp ebenso entsetzter Musen durchs nächste Fenster. Ich hasse es. Ich brauche es nicht. Doch trotz allen Widerstands dagegen werde ich ebenso gänzlich unter das Joch des Pfennigs gezwungen wie alle Welt. Wie gut kenne ich den Pfennig und wie groß sein Wert ist, wenn man einen übrig hat, und wie schlimm, wenn einer zu wenig da ist.

Johanna kommt herein um den Abendbrottisch zu decken. Wir sind wieder regelrechte Vegetarier. Papa geht mit enormer Entschlossenheit mit gutem Beispiel voran, denn er hat ausgerechnet zu diesen ungünstigen Zeiten sein Herz an die neue Biographie über Goethe gehängt, die neu herauskommt – ein dickes Werk in zwei Bänden, das entsetzlich viel Geld kostet – sehr schön geschrieben und voller Originalereignisse und neuer Ergebnisse aus den Archiven. Aber er wagt nicht, es zu kaufen, in unseren jetzigen Geldverhältnissen.

»Meinst du nicht, Rose-Marie«, sagte er, sein Gesicht in sorgenvollen Falten, »daß eine erneute und sorgfältige vegetarische Lebensweise alles schnell wieder in Ordnung bringen kann?«

»Nicht schnell«, sagte ich kopfschüttelnd. Im geheimen überlegte ich, was er wohl mit dem Wort »erneut« meinen könnte.

Er war niedergeschlagen. »Ja, aber schließlich doch«, sagte ich, um ihn zu ermutigen.

»Schließlich – schließlich«, wiederholte er verdrießlich. »Dieses Wort klingt so düster, das mag ich nicht. Bis wir dein ›Schließlich‹ erreicht haben werden, bin ich nicht mehr in einem Zustand, mir Bielschoweskys GOETHE zu wünschen oder zu würdigen. Dann wird mein Gehirn mit Gras bedeckt sein und durch meine Adern fließen Ströme von Wasser.«

»Höre, Liebling«, sagte ich und legte meinen Arm in seinen, »dann wirst du wenigstens hübsch und frisch sein – ganz und gar wie ein Vers aus den Psalmen.«

Zwei Tage lang hat er unverzagt durchgehalten. Jetzt kommt Johanna mit unserer Lieblingssuppe und den gebratenen Äpfeln.

Gute Nacht.

LVIII.

4. DEZEMBER

Lieber Mr. Anstruther –

Als ich heute morgen aufwachte, wunderte ich mich über ein seltsames Licht um unser Haus. Es liegt so nah am ewig bewegten Wald; ich schaute aus dem Fenster, und da war der erste Schnee. Die ganze Nacht muß es geschneit haben. Dort, wo ich vor kurzem noch gegraben habe, lag der schönste weiche Schnee ohne einen

Buckel von meinem Fenster bis zum Wald. Jede Kiefer war ein Märchenbaum, jeder Ast beladen mit weißem Glanz. Die Wolken waren verschwunden, und als ich gefrühstückt hatte, war der Himmel leuchtend blau, und die Hügel um Jena waren so scharf gezeichnet, als ob jemand sie mit dem Beil ausgeschnitten hätte. Nie gab es eine so erhabene und schweigende Welt wie die, in die ich hinaustrat mit meiner Schneeschippe. Ich hatte den Weg von der Küche zur Pumpe ausschaufeln wollen, statt dessen stand ich ebenso still wie alles um mich her, die Schippe unterm Arm und schaute mich um und trank in sprachlosem Entzücken die Reinheit um mich her ein. Oh, diese Luft, diese Luft, Mr. Anstruther! Unseliger junger Mann, der sie nicht einatmet. So etwas gibt es nicht in Berlin, das ist sicher.

Es war eisig, doch scharf und frisch und von den Sonnenstrahlen durchschossen. Wie wundervoll sah die Welt aus nach dem schmutzigen gestrigen Anblick, der noch in meinem Sinn war. Jeder Zweig im Obstgarten hatte um sich einen weißen Rand nach einer Seite, genau und weich, vom Finger des Nordwinds gezogen. Die Stufen vor der Hintertüre waren unter der lieblichsten, glattesten weißen Decke verschwunden. Die Pumpe, seit ich sie kenne, und bis gestern ein düsterer ausdrucksvoller Gegenstand, der sich in all seiner Hagerkeit und eisernen Dürre vom Hintergrund von Himmel und Bergen abhob, war fast wie zum Scherz zu etwas Phantastischem, Umfangreichem, geworden. Ihre obere Spitze und der lange eiserne Griff waren mit einer Unmenge von Schnee beladen, ihr Speirohr war behängt mit einem Bart von Eiszapfen. Der Rauch aus Frau von Lindebergs Küche stieg kerzengerade und perlgrau hinauf ins goldene Licht. Jenas Dächer lagen in blauen Schatten. Das Dach unseres Nachbars blitzte mit Millionen Diamanten im Sonnenschein. Zwei Raben krächzten einander von der Kiefer nahe bei unserer Türe zu, und Rose-Marie Schmidt sprach sogleich das Morgengebet und klammerte sich dabei an ihre Schippe. Dann zog sie ihren Mantel aus, hängte ihren Hut an die Türklinke und fing in höchster Begeisterung an, einen Pfad zur Pumpe zu schaufeln.

Was sind die Freuden des Sommers dagegen? Es ist nichts, gar nichts in der Welt damit zu vergleichen. Ich kenne keine Stimmung der Natur, die ich nicht liebe, aber nie fühle ich eine solch durchdringende Lebensfreude, solch heftige, ungestüme Freude, solch überströmende Lebensfreude, wie sie mir ein Wintertag mit dem ersten Schnee schenkt, mit einem klaren Himmel und mit zehn Grad unter Null.

Vicki rief von ihrer Haustüre – man konnte an diesem Morgen den leisesten Ton auf weite Entfernung hören – und fragte, ob wir zu sehr eingeschneit wären, um, wie gewöhnlich herabzukommen.

»Ich komme runter und schaufle nur einen Weg zu Euch«, rief ich zurück und schaufelte mit solcher Heftigkeit, daß mir die Haare um die Ohren tanzten. Sie rief zurück – und an ihrem Ruf hörte ich, daß sie froher Laune war, und ich brauchte ihr Gesicht nicht zu sehen, um zu wissen, daß es heute keine Tränen geben würde, daß sie auch einen Weg schaufeln würde, um mir zu begegnen, und bald war das Geräusch einer zweiten vergnügten Schippe zu hören. Der Boden darunter war hart vom Frost; es hatte stark gefroren, bevor der Schnee aus den weiten purpurnen Flügeln des Nordwindes fiel. Es löschte die morastigen Straßen, den aufgeweichten Wald, das klägliche Pladdern des Regens aus und deckte sie zu zwischen Einschlafen und Aufwachen. Keine jammervolle Welt war das! Keine Seufzer waren dort denkbar. Die Vorstellung, ob ein

Mann einen heiratet oder nicht, legte nicht den leisesten Klecks auf meine lichten Lebenshoffnungen, und ich lachte laut aus gesundem Spott darüber. Oh, wie klang meine Schaufel gegen die gefrorenen Steine! Der federleichte Schnee flog bei jedem Schritt zu beiden Seiten, mein Körper glühte und prickelte. Meine Haare wurden feucht an der Stirn. Die Sonne brannte und lachte breit auf meinen Rücken. Papa riß sein Fenster auf, um mich anzufeuern, schlug es aber rasch wieder zu, bevor er aus dem Konzept kam. Johanna trat einen Augenblick aus der Haustür, spähte hinaus und stieß nur hervor, es sei »unheimlich kalt« – unheimlich, was für ein seltsamer Ausdruck - unheimlich, denken Sie nur! und machte die Tür ebenso schnell wieder zu wie Papa sein Fenster.

Eine Stunde später trafen zwei erhitzte, lachende junge Weibsbilder auf dem Weg zusammen, den sie geschaufelt hatten. Sie lachten über ihre roten Gesichter und über die Schweißtröpfchen auf Nase und Kinn. »Als wäre es August, und wir arbeiteten für die Ernte«, sagte Vicki, und das große Mädchen lachte darüber und das kleine ebenfalls und mit einer Ausgiebigkeit, daß ein Vorübergehender glauben mußte, es sei sehr komisch. Aber es kam kein Vorübergehender. Man geht nicht spazieren, wenn der Schnee auf den Straßen drei Fuß hoch liegt. Wir sind völlig abgeschnitten von Jena und den Läden. Dieser Brief wird wer weiß wie lange nicht abgehen. Milch kommt nicht herauf, und wir können zu keiner Kuh gelangen. Ich habe Mehl genug, um für zehn Tage Brot zu backen. Falls die Lindebergs keines haben, reicht es nur für fünf Tage. Im Kohlenkeller liegt ein Vorrat von Kohl und Möhren in großer Voraussicht mit Sand bedeckt. Kartoffeln sind in großen Mieten in Erdhügeln im Freien. In Johannas Dachstübchen lagern Massen von Äpfeln. Uns Vegetariern machen solche Ereignisse nichts aus. Das Fehlen von Milch und Butter macht den bereits ohnehin bescheiden Lebenden nichts aus, und das Fehlen von Fleisch läßt uns völlig kalt.

Vicki und ich haben einen Jungen-Schlitten hergerichtet, den wir in der Rumpelkammer ihres Hauses fanden. Ich glaube beinahe, diesen Schlitten benutzte der Assessor, jetzt an seinen Schreibtisch in Berlin gekettet, in seinen glücklichen Tagen. Mit diesem gehen wir nach dem Kaffee heute nachmittag, wenn der Himmel blaßgrün wird und die Sterne hervorkommen und uns zublinken, oben ans Ende der Straße, wo sie an den Wald grenzt. Wir werden den Schlitten so gut wir können über den gefrorenen Schnee ziehen. Dann wollen wir uns fest aneinander halten und nicht, wie ich glaube, in völligem Schweigen, hinuntersausen, so weit uns das Ding fährt und so schnell, daß uns niemand aufhalten kann, vorbei am Tor von Vickis Mutter. Vielleicht werden wir nicht anhalten können, und wir landen mitten auf dem Marktplatz. Für diesen Fall will ich den Brief mitnehmen, dann kann ich ihn in den Briefkasten stecken. Leben Sie wohl. Es wird wundervoll. Möchten Sie nicht auch einen Schlitten haben und einen Berg dazu?

In großer Eile!
Rose-Marie

LIX.

GALGENBERG, 9. DEZEMBER

Lieber Mr. Anstruther

Wir leben noch immer hier oben in Sonne und Frost und sind alle sehr vergnügt – wir drei Schmidts – Johanna ist die dritte –, denn morgen kommt Joey an, und wir werden wieder im Geld schwimmen. Ich beeile mich, Ihnen das mitzuteilen, denn in Ihrem letzten Brief klang so etwas wie aufrichtige Teilnahme, als ob Sie sich unsere Lage zu Herzen nähmen. Ich finde, es ist ganz wundervoll freundlich, in welcher Weise Sie sich für unsere verschiedenen kleinen Leiden und Freuden interessieren. Ich bin oft mehr als gerührt von Ihrer Teilnahme an allem, was wir tun, und für einen nahen Freund sehr dankbar. Ich war sehr erleichtert, daß Sie Ihren Plan aufgaben, auf Ihrem Weg nach Berlin nach Jena zu kommen. Es beweist, daß Sie versuchen, vernünftig zu sein. Professor Martens fährt sowieso hin und wieder nach Berlin, um mit Männern wie Harnack vertraute Zwiesprache zu halten; so werden Sie ihn eher oder später treffen und werden ihn in aller Bequemlichkeit sehen, ohne die Hetzerei, einen Zug erwischen zu müssen. Sie sagen, Sie seien nicht gekommen, weil ich Ihnen so sehr davon abriet und weil Sie mir in allen Dingen gefällig sein wollen.

Nun, ich glaube eher, Sie sind ein Befolger dieses bescheidenen, doch ausgezeichneten Führers genannt »Gesunder Menschenverstand«. Ich denke lieber, Sie wollten mir einen Gefallen tun. Das schmeichelt mir, wenn ich es überlege. Doch immer versuche ich mir vorzustellen, wie ein junger Mann von Ihren gesellschaftlichen und geistigen Vorteilen den Wunsch haben sollte, mir, einer so unberühmten Person, gefallen zu wollen. Was würde Frau von Lindeberg dazu sagen? Sie wissen doch, daß Shelleys Schwester, Miss Westbrook, ihre Haare so häufig bürstete und dabei ständig ausrief: »Guter Himmel – was würde Miss Warne sagen?« Ich möchte fast dasselbe ausrufen im Hinblick auf Frau v. L., doch im entgegengesetzten Sinne.

Es ist wirklich sehr erstaunlich, daß Sie so freundlich sind. Oft bin ich widerspenstig gegen Sie gewesen und mit meinen eigenen Angelegenheiten so beschäftigt, und habe nicht an übertriebene Sympathie von Ihnen geglaubt. Wenn wir beide eines Tages sehr alt sein und Sie ein paar Stunden frei haben werden von Ihrer verwitweten Herzogin, die Sie mit vierzig heiraten werden, werden Sie mich besuchen und meine Schweine und meinen Garten ansehen und mit mir am Feuer sitzen. Dann werden wir über unsere lange Freundschaft plaudern und über all die langen Tage unseres Lebens. Ich werde, wenn ich höre, daß Sie kommen, in größter Aufregung sein, mein bestes Kleid hervorholen und werde mich aufregen über Spargel und Salate und werde dem erhitzten und ehrfürchtigen Dienstmädchen erzählen, daß der Botschafter Ihrer Britischen Majestät, der wichtigsten Botschaft der Welt, zum Abendessen kommt, und wir werden erkennen, wie süß alte Freundschaft ist.

Unterdessen sind wir beide mit dem Heute beschäftigt. Heute zum Beispiel war ein so voller tätiger Tag, daß mir jeder Knochen im Leibe weh tut. Da Sie mir ernsthaft versichern, alles, was wir tun, interessiere Sie, will ich Ihnen erzählen. Der Schnee ist hart gefroren, so daß wir keineswegs abgeschnitten sind von Läden und Lebensmitteln, sondern eine wunderbare Rodelbahn nach Jena haben. Kaum hatten wir von Joeys bevorstehender Ankunft erfahren, rodelten Vicki und ich hinunter. Ich kaufte das Buch, das Papa sich so wünschte und ein riesiges Stück Rindfleisch. Wir trafen einen Jungen auf dem Marktplatz, der zwar klein, aber kräftig aussah, mit offenem Gesicht und guten Manieren und überredeten ihn, den Schlitten mit dem Rindfleisch und dem Buch für uns den Berg hinaufzuziehen.

So machten wir uns auf den Heimweg. Beide gingen wir neben dem Schlitten her und ermutigten ihn mit lauter Bewunderung über seine Leistung. Wenn ein besonders steiles Wegstück kam, rief ich: »Sieh, wie großartig und leicht du das ziehen kannst.«

Er schmunzelte und zog bei diesen Worten um so fester. Das Schmunzeln jedoch wurde seltener, je steiler der Weg war, und seine Anstrengungen wurden schwächer und schwächer bei den größeren Steigungen des Weges. Schließlich verschwand das Lächeln ganz, und nach der sechsten Wiederholung meiner anfeuernden Worte blieb er einfach stehen. »Wenn es so schön ist zu ziehen, wie Sie sagen, warum tun Sie es dann nicht selber?« Dabei wischte er sich seine jugendliche Stirn mit seinem geflickten Ärmel und in seinen Augen lag eine pfiffige Altklugheit, die ich bisher nicht an ihm wahrgenommen hatte.

Vicki und ich starrten einander schweigend und verwundert an. »Weil ich dir gern die fünfzig Pfennige zu verdienen gebe, die ich dir versprochen habe, mein lieber Junge, wenn wir oben sind«, sagte ich und sah ihn vorwurfsvoll an.

Wieder fing er an zu ziehen, nun aber ohne jede Freudigkeit. Schweigend gingen Vicki und ich hinterher, und beim nächsten steilen Stück wiederholte ich nicht die vergeblich gesprochenen Worte, sondern machte schnell das Fleischpaket los, das an der rechten Seite des Schlittens hing und trug es. Vicki, die wie immer rasch meinem Beispiel folgte, machte die Goethe-Biographie los und trug sie. Der Schlitten machte einen Satz vorwärts und für eine Weile zog der Junge mit größerer Kraft. Beim nächsten steilen Wegstück ließ er wiederum nach.

»Komm, komm«, sagte ich, »Nur zu. Es ist ganz leicht.«

Er blieb sofort stehen und wischte sich die Stirn.

»Wenn es so leicht ist, warum ziehen Sie ihn nicht selber«, fragte er.

»Mein lieber Junge«, sagte ich und versuchte, geduldig zu sein. Doch das Fleisch war schwer, da es roh war, und ich fürchtete jeden Augenblick, seine scheußliche Feuchtigkeit werde das Papier durchdringen. Dazu war ich außer Atem und nicht mehr ganz ruhig.

»Du versprachst, es für uns heraufzuziehen, und da du es versprochen hast ist es deine Pflicht, das auch zu tun. Ich will einen Jungen nicht an seiner Pflicht hindern.«

Der Junge blickte Vicki an. »Wie sie redet!« sagte er. Wieder sahen Vicki und ich einander an, stumm und wortlos. Unterdessen zog er den Schlitten über den Weg zur Seite und setzte sich darauf.

»Los, los«, sagte ich aufmunternd mit heiterer Strenge.

»Ich bin müde«, sagte er und betrachtete mein und dann Vickis Gesicht mit gleichgültiger Neugier.

»Wir sind auch müde«, sagte ich, »doch du siehst, trotzdem tragen wir die schweren Pakete für dich ... Der Schlitten ist ja leer und ganz leicht.«

»Warum ziehen Sie ihn dann nicht selber?« fragte er wieder.

»Immerhin, solange er da sitzt, brauchen wir diese schweren Dinger nicht zu tragen.« Damit legte Vicki die beiden Bücherbände auf den Schlitten, und ich ließ das Fleisch mit einem dumpfen, weichen Schlag auch darauf fallen. Der Junge rührte sich nicht.

»Laß ihn erst mal zu Atem kommen«, sagte Vicki und wandte sich um, um ins Tal hinabzuschauen.

»Ich fürchte, er ist ein kleiner fauler Junge«, stichelte ich und folgte ihrem Blick zu den glitzernden Hügeln drüben.

»Ein fauler kleiner Junge, der dazu ganz unschuldig aussieht.«

»Er muß nur zu Atem kommen«, meinte Vicki.

»Er sieht gar nicht so aus.«

Der Junge saß ganz ruhig da, und sein Mund war ruhevoll geschlossen. Nach ein paar Minuten stand er auf und schüttelte sich.

»Ich habe mich ausgeruht«, verkündete er wieder mit der angenehmen Höflichkeit, die uns in Jena angezogen hatte.

»Ich gebe zu, das war ein langer, steiler Weg herauf«, sagte ich freundlich, von seinem Benehmen versöhnt.

»Jawohl. Aber nun will ich die Damen nicht länger aufhalten«, sagte er.

Und das tat er auch, denn er warf den Schlitten herum, setzte sich darauf und bevor wir begriffen, was er vorhatte, sauste er samt den Büchern für Papa und dem Fleisch für Joey den Hügel hinab und flog die Bahn entlang mit jener herrlichen Geschwindigkeit, die niemand besser kannte als wir. An der Wegbiegung schrie er einen lauten Jubelschrei aus und schwenkte die Mütze. Dann war er verschwunden.

Wieder starrten Vicki und ich einander stumm an.

»Was für ein verteufelter kleiner Kerl«, stieß sie schließlich hervor. Er mußte unterdessen längst in Jena angekommen sein.

»Schade um das Fleisch«, sagte ich betrübt, denn es war ein großes Stück und sehr teuer gewesen.

»Ja, und die Bücher«, sagte Vicki.

»Ja, und den Schlitten vom Assessor!«

Uns blieb nichts anderes übrig, als hinter ihm herzurennen und die Polizei zu alarmieren, damit sie ihn verfolgten. So rannten wir müde, schweigend und hungrig die Straße hinunter, beide heimlich erbost von dem kleinen Buben, der uns so hereingelegt hatte.

»Kleine Jungen sind wirklich eine Pest, ich kenne nichts Widerlicheres«, sagte Vicki nachdem wir eine Weile wortlos über den knirschenden Schnee gelaufen waren.

»Ich auch nicht«, sagte ich.

»Ich danke dem Himmel, daß ich nicht verheiratet bin«, sagte sie.

»Ich auch«, sagte ich.

»Es gibt viel zu viele von der Sorte«, meinte sie.

»Viel zu viele«, sagte ich.

»Oh«, schrie sie plötzlich und stampfte mit den Füßen, »könnte ich ihn nur erwischen, das unverschämte kleine Biest.«

»Was würdest du denn mit ihm tun?« fragte ich neugierig, ob sie das selbe wie ich plante?

»Gr – r – r – r –«, sagte Vicki, zeigte alle ihre Zähne und ballte die Fäuste.

»Ich auch, genau so«, schrie ich.

Wir waren fast unten angelangt, die Straße machte einen letzten Bogen und als wir um die Ecke kamen, erblickten wir den Jungen, ohne Mütze mit gesenktem Kopf, das Seil um die Schultern gezerrt. So schleppte er den Schlitten mühsam wieder bergauf. Und das Fleisch hing wieder an den Kufen und die Bücher hingen auch an der Seite dran. Wir blieben mit einem Ruck stehen bei diesem Anblick. Er stand beinahe vor uns, ehe er uns erblickte, den Blick zu Boden gewandt, so sehr war er mit seinem Unternehmen beschäftigt. Die Sonne leuchtete auf seinem goldblonden Haar und Schweißtropfen rannen über seine feuerroten Backen.

»Nanu?« keuchte er und blieb stehen, als er unsere Stiefel in einer Reihe vor sich sah. Er sah auf und sah, wem sie gehörten.

»Was, bin ich schon oben?«

»Nein«, schrie ich in berechtigtem Ärger. »Du bist

nicht schon oben, sondern im Gegenteil, am Anfang. Nun, was sagst du dazu?«

»Nichts«, grinste er und fuhr sich mit dem Ärmel übers Gesicht.

»Aber das war eine famose Abfahrt.«

»Du bist um ein Haar der Polizei entkommen und dem Gefängnis«, sagte ich noch lauter. »Wir wollten dich gerade ausliefern.«

»Du hast unseren Schlitten und unsere Pakete gestohlen«, fuhr ich fort und blitzte ihn dabei an.

»Du bist ein ganz unartiger Junge«, sagte Vicki. »Gib mir das Seil und hau ab.«

»Geben Sie mir erst die fünfzig Pfennige.«

»Deine fünfzig Pfennige?« riefen wir mit einer Stimme aus. »Sie haben mir fünfzig Pfennige versprochen.«

»Jawohl, um den Schlitten bis hinauf zu ziehen.«

»Das will ich ja auch tun.«

»Nein, danke. Wir haben genug von dir. Laß das Seil los . . .«

»Und geh heim zu deiner Mutter.«

»Und sag ihr, sie soll dich tüchtig . . .«

»Geschäft ist Geschäft«, sagte der Junge. Er pflanzte sich breitbeinig vor mich hin, während ich das Seil über meine Schulter warf und zu ziehen begann.

»So, nun lauf, du ganz unartiger Bub«, sagte ich und zog den Schlitten an ihm vorbei.

Wieder trat er zur Seite und blickte mich an.

»Sie haben mir fünfzig Pfennige versprochen«, sagte er.

»Ja, um den Schlitten ganz hinaufzuziehen.«

»Das will ich ja auch tun.«

»Und um dann wieder hinunterzurasen, sobald du oben angekommen bist. Marsch, fort mit dir. Wir machen hier keine Scherze.«

»Ein Versprechen ist ein Versprechen«, sagte er.

»Vicki, schieb ihn mir aus dem Wege«, sagte ich.

Vicki faßte ihn am Arm und schob ihn vorsichtig zur Seite. Ich fing an, bergauf zu gehen und bemerkte sofort, wie schwer das war.

»Ich komme mit euch«, sagte der Junge.

»So, willst du das wirklich?«

»Ja, um meine fünfzig Pfennige zu kriegen.«

Wir sagten nichts mehr. Ich nicht, weil ich atemlos zerrte, und Vicki, weil sie in entrüstetem Schweigen neben mir ging und gleichzeitig mißtrauisch den Jungen und die Pakete im Auge behielt. Er steckte sorglos die Hände in die Hosentaschen und vertrieb sich die Zeit mit schrillem Pfeifen.

Bei jeder Biegung der Straße, wenn Vicki und ich die Plätze tauschten, wiederholte er sein Anerbieten, sein Versprechen zu erfüllen. Wir jedoch wurden immer ärgerlicher, je heißer und erschöpfter wir wurden und lehnten es mit wachsendem Zorn ab.

»Na, kommen Sie doch«, sagte er, als ein besonders steiles Stück kam und mich zwang, innezuhalten und Atem zu schöpfen – und er ahmte mich nach – »Es ist ganz leicht.«

Ich sah ihn so hoheitsvoll ich nur konnte an und antwortete mit keinem Wort.

Bei Vickis Gartentor war er noch neben uns.

»Ich begleite dich heim«, sagte Vicki, als wir ankamen.

»Wohnen Sie hier?« erkundigte sich der Junge und spähte interessiert durch die Zaunlatten. »Ein hübsches kleines Haus.«

Wir schwiegen.

»Ich will sie heimbegleiten«, sagte er zu Vicki, »wenn es Ihnen zuviel wird. Sie könnte ja wirklich allein heimgehen, so ein großes Mädchen.«

Wir schwiegen. Er war noch immer da, als wir an meinem Tor ankamen. »Wohnt sie hier drin?« fragte er Vicki und spähte voller Interesse durch den Zaun.

»Ulkiges kleines Haus.«

Wir schwiegen. Schweigend machten wir das Tor auf und zogen den Schlitten herein. Er folgte.

»Hier darfst du nicht herein, Privatbesitz.«

»Ich will meine fünfzig Pfennige haben« sagte er. »Es würde Ihnen nur lästig sein, wenn ich bis zur Tür komme.«

Schweigend gingen wir hinein und zogen zusammen den Schlitten ins Haus, was wir bisher noch nie getan hatten und was uns riesige Anstrengung kostete. Dann schleppten wir ihn in die Halle, schoben ihn unter den Tisch und banden ihn an allen vier Ecken an die Tischbeine.

»So, gut«, sagte Vicki. Sie kam wieder auf die Füße und besah befriedigt ihre Knoten. »Das ist jetzt sicher, wenn irgend etwas sicher ist.«

Ich ging mit ihr zur Tür, wo der Junge noch immer stand, die Mütze in der Hand, sehr höflich und geduldig.

»Und meine fünfzig Pfennige?« fragte er liebenswürdig.

Ich kann nicht erklären, was wir dann taten. Ich holte meinen Geldbeutel hervor und bezahlte ihn. Das war schon erstaunlich genug, aber Vicki, für die fünfzig Pfennige auch sehr wertvoll sind, zog ihren ebenfalls hervor und gab ihm ebenfalls fünfzig Pfennige. Ich vermag nicht zu erklären, warum sie das tat und warum ich es tat. Der Junge machte eine tiefe Verbeugung, wobei seine Mütze den Schnee streifte.

Er sagte und warf den Kopf in meine Richtung: »Sie hält sich wahrscheinlich für die Hübschere. Sie aber sind bestimmt die Liebere.«

Er zog ab und überließ uns, dies zwischen uns zu entscheiden. Er ging und pfiff dabei schrill.

Ich bin so müde, daß sogar meine Feder müde ist. Also, leben Sie wohl.

Oh, ich muß Ihnen noch erzählen, daß Papa sich mit solcher Entschiedenheit weigerte, mit Joey in einem Zimmer zu schlafen, daß ich gar nicht erst anfing, ihn dazu zu überreden.

»Nee«, schrie er, »ich will das nicht.«

Alle meine Worte erstickte er. Er hörte gar nicht zu. Er wollte keine Gründe hören. Papageienhaft ertönte sein Ruf: »Nein, ich will es nicht.«

Ich gab die Hoffnung auf. Jedoch — alles erledigte sich von selbst. Joey wird das Zimmer des Assessors im Erdgeschoß des Nachbarhauses bekommen und wird zu den Unterrichtsstunden und den Mahlzeiten zu uns herüberkommen. Er wird nur drüben schlafen, sonst wird er den ganzen Tag bei uns sein. Wir telefonierten nach Weimar um das Einverständnis des Besitzers, und der immer Freundliche war sofort einverstanden. Frau von Lindeberg war wenig erfreut, sie sagt, noch nie habe eine Dammerlitz in einem Haus gelebt, in dem ein Mieter wohnte — zuerst sagte sie, ein bürgerlicher Mieter, aber sie verbesserte sich und hüstelte das Wort hinweg.

LX.

GALGENBERG, 12. DEZEMBER

Lieber Mr. Anstruther —

Ich muß heute abend noch schreiben, obgleich es schon spät ist und muß Ihnen sagen, daß ich zu meinem sprachlosen Erstaunen, als ich vor einer Stunde heimkam, erfuhr, daß Sie hier gewesen sind. Ich merkte es sofort, als ich ins Haus trat. Erkannte gleich den Duft Ihrer Zigaretten. Ich ging hinauf und rief nach Johanna, es hätte ja auch sein können, daß Sie noch hier im Wohnzimmer waren. Offengestanden, ich wäre nicht hineingegangen. Ich wünsche nicht, daß meine Festung gestürmt wird. Johanna berichtete mir von Ihrem Besuch, daß Sie zu Fuß heraufgekommen sind, kurz nachdem Vicki, Joey und ich zu unserer nachmittäglichen Schlittenfahrt in die Berge gegangen waren. Und daß Sie dablieben und sich mit Papa lange unterhalten haben, bis Sie hinuntereilen mußten, um den letzten Zug zu erreichen.

»Und er läßt Sie grüßen«, schloß Johanna.

»Ja, wirklich«, sagte ich.

Mögen Sie denn Ausflüge im Winter aufs Land? Langweilen Sie sich schon in Berlin? Ich schüttelte ernstlich mißbilligend den Kopf, als Johanna diese Geschichte erzählte. Ich bin sehr dafür, daß ein junger Mann seine Arbeit tut und keine wilden Unternehmungen macht, die ihn den ganzen Tag und den größten Teil der Nacht davon abhalten. Ich muß allerdings gestehen, Papa war entzückt, daß er endlich, wie er mir mit entwaffnender Offenheit mitteilte, nach vielen Monaten eine intelligente Unterhaltung führen konnte. Mit seiner Begeisterung endete allerdings der Erfolg Ihres Besuches, denn ich war nicht begeistert, als ich davon erfuhr. Warum sind Sie in die Küche gegangen? Johanna sagte, daß Sie das durchaus wollten, und auch, daß Sie ohne Hut zur Hintertür hinaus und bis zum Gartenende gingen, und dort lange standen und sich gegen den Zaun lehnten – als sei Sommer.

»Und immer ohne Hut«, sagte Johanna kopfschüttelnd, »bei dieser Kälte!«

Wahrhaftig, BEI DIESER KÄLTE. Ja, warum taten Sie das? Ich bin froh, daß ich nicht zu Hause war, denn ich sehe nicht gerne Leute, die sonst Vernünftigen, die sich unvernünftig benehmen. Nein, ich fürchte, nach diesem kann ich für eine Weile nicht Ihre Freundin sein. Ich muß zanken, denn ich finde es nicht sehr anständig, unerwartet eine Person zu überfallen, die Ihnen von Zeit zu Zeit mit der ihr eigenen Freimütigkeit – die ihre hervorstechendste Eigenschaft ist – mitgeteilt hat, sie wünsche nicht überfallen zu werden. Gewiß, Sie wollten Papa auch wiedersehen und auf dem Weg durch Jena Professor Martens ebenfalls. Doch ich will nicht so tun, als wisse ich nicht, daß Ihr Besuch in erster Linie mir galt, denn schließlich haben Sie mir und nicht einem dieser Klugen seit Wochen täglich geschrieben. Sie sind ein seltsamer junger Mann. Der Himmel mag wissen, was für ein Bild Sie sich von mir mit der Zeit gemacht haben. Beinahe wünschte ich, Sie hätten mich erblickt, als ich von unserer gewaltsamen Unternehmung heimkam: eine zerzauste, erhitzte Person mit kurzem Rock. Es hätte Sie vielleicht geheilt. Ich vergaß, in den Spiegel zu schauen, natürlich waren meine Haare und Wimpern ebenso bereift wie Vickis und Joeys. Darunter und unterhalb meines offenen Kragens muß eine ebenso glühend rote Nase geleuchtet haben. Selbst Papa war von meinem Anblick betroffen. Er hatte stundenlang seine Augen auf Ihrem gepflegten, gesellschaftlichen Anblick ruhen lassen. Nun fand er, daß das Leben auf dem Lande nicht unbedingt Rückkehr zur Barbarei bedeuten müsse.

Das Haus ist heute abend sonderbar. Ebenso fühle ich. Als wären da Gespenster. Es spukt. Ich möchte Sie ausschelten, aber ich kann es nicht. Ich möchte seltsamerweise weinen. Ich denke daran, wie Sie diesen langen Weg hierher gemacht haben, sich unseren steilen Berg heraufgeschleppt haben – alles nur, um jemanden zu treffen, der froh ist, Sie nicht getroffen zu haben –

deshalb möchte ich weinen. Draußen, vor meinem Fenster, ist die Nacht so schwarz, und irgendwo in dieser Nacht fahren Sie zur Stunde enttäuscht dahin, durch diese endlosen, frostkalten Felder und Wälder, Meter für Meter, bevor Sie nach Berlin gelangen. Warum taten Sie etwas so Trostloses. Und jetzt fange ich wahrhaftig an zu weinen – weil es so finster ist und Sie noch nicht zu Hause sind.

Rose-Marie S.

LXI.

Galgenberg, 16. Dezember

Lieber Mr. Anstruther –
Ich verstehe nicht ganz. Rein mütterlich meine ich. Vielleicht fassen wir die genaue Bedeutung des Wortes »Freund« verschieden auf. Für mich schließt es mütterliche und schwesterliche Anteilnahme ein in leibliches Wohlergehen, in trockene Socken, warme Füße, regelmäßige Mahlzeiten. Ich weiß meinen Freund nicht gern draußen in bitterlicher Kälte und in Nächten auf ermüdenden Reisen, die ihn enttäuschen. Ich glaube, die Mutter meines Freundes würde genau dieselbe Empfindung hegen. Daher sollte mein Freund meine Mütterlichkeit nicht mit anderen und weniger bequemen Gefühlen verwechseln. Jedoch, heute bin ich sehr beschäftigt und habe keine Zeit, Ihren Brief zu enträtseln. Er muß in einer ziemlich seltsamen Stimmung entstanden sein.

Ihre . . .

Erzählen Sie mir aber mehr von Ihrem täglichen Leben in Berlin, von den Leuten, die Sie besuchen, den Häusern, die Sie aufsuchen, von den Angewohnheiten – ob angenehm oder nicht – Ihres Chefs. Erzählen Sie mir diese Dinge, statt mich mit überfeinen Gefühlen zu belästigen. Sie sehen, ich verstehe solche Feinheiten nicht. Ich fürchte und verachte sie. Sie zerstören schlichtes, einfaches Alltagsglück. Zwischen Freunden sollte es keine Gefühle geben. Sobald es sie gibt, hört die Freundschaft auf und ist diese nicht das, was wir beide wünschen?

LXII.

Oh, was soll ich mit Ihnen anfangen! Sie wollen, fürchte ich, durchaus Ihre Freundin verlieren. Schreiben Sie mir nie wieder solche Briefe, nie, nie wieder.

Mir tut das Herz weh, wenn Sie entschlossen sind, unsere Freundschaft kaputtzumachen, zu erdrosseln. Muß ich Sie wirklich auch noch verlieren? Ihre letzten Briefe klingen wie böse Träume, so fremd, so unvernünftig, ohne das leiseste Maß oder Selbstbeherrschung. Ich stecke die Finger in meine Ohren beim Lesen. Ein dummer, instinktiver Versuch, mich gegen Worte zu schützen, die ich nicht hören will. Lieber Freund, nehmen Sie mir meine Freundschaft nicht fort. Geben Sie sich einen Ruck, kommen Sie aus diesen eingebildeten Träumen heraus, in denen sich Ihre Seele ergeht. Was soll ich Ihnen von diesem hellen Wintermorgen erzählen? Gewiß, ich will Ihnen längere Briefe schreiben, um die Sie mich so inständig bitten als gerieten sogar die Sterne aus ihrer Bahn. Sie sehen, ich will ja alles tun, um mir Ihre Freundschaft zu erhalten. Sie sind mein einziger Freund auf der Welt, dem ich all meine törichten Gedanken schreibe, die mir durch den Kopf gehen und die ich nur so loswerde.

Denn Sie hören zu. Der einzige Mensch auf der Welt, der das tut. So helfen Sie mir, und ich wiederum möchte Ihnen helfen dürfen. Zerstören Sie nicht etwas so Kostbares – glauben Sie mir, es wird wachsen und mit den Jahren immer kostbarer werden. Töten Sie nicht, heiß und ungeduldig und jugendlich die arme Gans, die, läßt man sie nur in Ruhe, die schönsten goldenen Eier legen wird. Was kann ich tun, um Ihre Gedanken anderswohin zu lenken, weit fort von diesem unseligen Vogel? Soll ich Ihnen von Paps auch berichten? Soll ich Ihnen von Paps Buch erzählen, das letzten Endes von allen Verlegern abgelehnt worden ist, das zerfleddert und abgenutzt zurückkam, um schließlich von mir in einer englischen Übersetzung zu neuem Leben umgeformt zu werden? Soll ich Ihnen berichten, wie ich täglich drei Stunden sitze, Federhalter in der Hand, mit Tinte beklext, das Haar von meiner besorgten Stirn zurückgeschoben? Hinter mir treibt sich Papa herum mit dem Wörterbuch, in welchem er mißtrauisch nach Wörtern sucht, die ich gebraucht habe. Soll ich Ihnen von Joey erzählen, der anfangs voller Abscheu, wiederum bei uns zu sein, allmählich wider Willen ausgelassen und übermütig wurde? Immer öfter bleibt er unten. Er absolviert seine Unterrichtsstunden so eilig, daß Papa sprachlos ist. Er haut ab und schwenkt den Schlitten durch unser Tor. Vicki sitzt bescheiden neben ihm, und beide sausen später an unserem Tor vorbei. Papa ist noch nicht fertig mit der Liste an Eigenschaftswörtern, die er mindestens täglich einmal auf ihn anwendet. Ich sehe den Schlitten nur noch von weitem. Vicki trägt wieder ihre gestärkten Hemdblusen und die niedlichen Krawatten und den sportlichen Gürtel, in dem ihre Taille so schmuck und so schlank aussieht. Wenn möglich, ist sie jetzt aufreizender, proper gestärkt und bubenhafter als vorher. Jedes

Mal, wenn ich sie sehe, werden ihre Kragen höher und sauberer. Ihr Hut hat einen schrägen Knick nach vorn. Ihre kurzen Röcke lassen die hübschesten kleinen Stiefelchen sehen. Sie ist außergewöhnlich ehrpusselig. Nie weint sie mehr. Joey liest mit uns SAMSON AGONISTES und erklärt Vicki die Witze. Vicki meint, warum ich ihr nie gesagt habe, wie komisch er sei? Ich starre beide nacheinander an und fühle mich hundert Jahre alt.

»Also, hört einmal«, sagt Joey, der eben in die Küche kommt.

»Na?« frage ich »Was gibts?«

»Ich fahre für einen Tag nach Berlin.«

»Ja, wirklich?«

»Sagen Sie das dem Alten, ja?«

»Wem soll ich was sagen?«

»Dem Alten. Ich werde morgen, Gott sei Dank, nicht zur Stunde da sein. Ich fahre mit dem frühesten Zug.«

»So, so«, sage ich.

Pause. Stille. Joey irrte zwischen den Nahrungsmitteln umher, die herumstanden. Ich schälte weiter Äpfel. Als er genug umhergewandert war, zündete er sich eine Zigarette an.

»Nein«, erklärte ich, »in Küchen ist das verboten, höchst ungebührlich.« Er warf sie in den Mülleimer.

»Also, hören Sie mal«, sagte er wieder

»Na, was gibts«, sagte ich wieder

»Was meinen Sie – was meinen Sie?«

Er hielt inne. Ich wartete. Da er schwieg, dachte ich, das sei alles.

»Was meinen Sie«, wiederholte Joey. Ohne mich zu beachten, Hände in den Hosentaschen, stieß er mit dem Fuß einen Apfel am Boden fort.

»Was meinen Sie, was mag die Kleine sich zu Weihnachten wünschen?«

Ich unterbrach mein Schälen und starrte ihn an. Apfel und Messer in der Luft.

»Die Kleine?« fragte ich. »Meinen Sie Johanna?«

Joey sah mich groß an. Dann grinste er breit.

»Und ob«, war seine rätselhafte Antwort.

»Was heißt und ob?« fragte ich geduldig.

Joey gab dem heruntergefallenen Apfel einen Tritt. Als ich sah, daß dieser der schönste und größte Apfel war, hob ich ihn auf.

Ich tadelte ihn. »Es ist nicht schön«, sagte ich, »einem Apfel einen Tritt zu geben, wenn er unten liegt.«

»Also, ich sage«, sagte Joey ungeduldig, »seien Sie doch vernünftig. Ich weiß ja, daß aus Ihnen nie etwas Vernünftiges herauszukriegen ist. Sie tun ja nur so. Sie wissen genau, ich meine Vicki.«

»Vicki?«

Endlich wurde er rot.

»Na gut, Fräulein. Egal wie sie heißt. Kein anständiger Mensch kann je all eure elenden Namen behalten. Haben keinen Sinn, wie kann einer sie behalten? Was würde sie zu Weihnachten gern haben? Sie machen doch hier so ein mächtiges Getue mit Weihnachten. Bäume und Geschenke und all so was. Mehr Plumpudding und Gehacktes, als wir haben, was?«

»Wenn Sie sich einbilden, Sie bekämen einen einzigen Plumpudding oder Hackbraten«, sagte ich und schälte dabei nachdenklich weiter, »so irren Sie sich gewaltig. Unser Nationalgericht ist Karpfen in Bier gekocht.«

Joey sah entsetzt aus. »Was!« schrie er. Er traute seinen Ohren nicht.

»Karpfen in Bier gekocht«, wiederholte ich deutlich. »Das ists, was ich Ihnen am Heiligen Abend zu essen geben werde.«

»Nein, das werden Sie nicht«, sagte er schnell.

»Oh, ja, gewiß«, beharrte ich, »und vorher und hinterher werden Sie, nach guter deutscher Sitte, Choräle singen.«

»So sehe ich gerade aus. Die müssen Sie alleine singen. Ich bin nämlich unten zum Essen eingeladen.«

Er warf dabei den Kopf in Richtung Küchenwand, hinter der man, wenn man den Kohlenkeller und den Garten und den Obstgarten durchschritt, schließlich zum Haus der Lindebergs gelangte.

»Oh!« sagte ich und sah ihn nachdenklich und ruhig an.

»Jawohl«, sagte er und versuchte, mich ebenso nachdenklich und ruhig anzusehen, was ihm auffallend schlecht gelang.

»Und da es so ist«, fuhr er eilig fort, »und da ich sozusagen mitten in den Christbaum und all das Zeug der Familie plumpse, find ichs nur anständig, dem kleinen Mädel was zu schenken. Was soll ich ihr geben? Irgendwas anzuziehen oder anzustecken, eine Brosche oder eine Nadel, was?«

»Oder einen Ring«, sagte ich und schälte nachdenklich weiter.

»Einen Ring? Was kann man denn . . . Ach, Quatsch, wir wollen nicht damit die Zeit verschwenden . . .«

Ich sah vorsichtig durch meine Wimpern, daß er ganz rot geworden war.

»Wenns für Sie wäre, wäre es einfach«, sagte er böse.

»Was wäre einfach«, fragte ich.

»Rauskriegen, was Sie haben wollen.«

»Wirklich?«

»Alles, was Sie brauchen könnten, wäre ein Wörterbuch.«

»Also, das ist nun wirklich unfreundlich, Mr. Collins«, sagte ich und legte das Messer nieder.

Er fing wieder an zu grinsen. »Stimmt aber«, beharrte er.

»Das bedeutet im höchsten Maße Beschränktheit«, sagte ich vorwurfsvoll.

»Nicht meine Schuld«, sagte er und grinste wieder.

»Ich habe es vielleicht verdient«, meinte ich, »weil ich den Ring erwähnte.«

»Offengestanden muß ich Ihnen sagen, Sie dürfen Vicki keine Brosche schenken.«

»Eine Nadel dann vielleicht?«

»Keine Nadel!«

»Oder eine Halskette?«

»Nichts dergleichen. Was würden denn ihre Eltern dazu sagen? Schenken Sie ihr Pralinen oder einen Strauß Rosen oder ein Buch – nicht mehr. Wenn Sie das täten, kriegten Sie eine Menge Scherereien.«

Joey sah mich aufmerksam an.

»Was für Scherereien«, fragte er neugierig.

»Barmherziger Himmel, begreifen Sie denn nicht? Sind Sie so ein Schafskopf? Mein armer junger Mann. Vickis Eltern würden Sie augenblicklich fragen, was für Absichten Sie haben.«

»Ja, würden sie das?« fragte Joey und wurde seinerseits nachdenklich, und nach einer Weile sagte er wieder:

»Oh, würden sie das wirklich fragen?«

»Ganz gewiß, ich weiß das.«

»Oh, würden sie das?« fragte Joey, immer noch nachdenklich.

»Es würde eine Katastrophe werden, die junge Leute mit Grund fürchten.«

»Oh, tun sie das wirklich?« fragte Joey in Gedanken versunken.

»Also, wenn Sie nicht zuhören«, sagte ich achselzuckend und schälte weiter.

Er zog seine Mütze aus der Tasche, in die er sie gestopft hatte, und fing an, sie aufzusetzen. Erst zog er sie über ein Ohr, dann, in tiefer Abwesenheit, über das andere.

»Sie sind in meiner Küche«, stellte ich fest.

»Oh, Verzeihung«, sagte er und riß sie herunter, »ich hatte es vergessen. Sie geben mir das Gefühl, als wären wir im Freien.«

»Wie sehr seltsam«, sagte ich interessiert und leicht geschmeichelt.

»Ja, nicht wahr? Ostwind, wissen Sie, ausgesprochen windig, um nicht zu sagen beißend. Also, ich muß gehen.«

»Das meine ich auch«, sagte ich kühl.

»Langweilen Sie sich nicht, während ich fort bin«, sagte Joey und trollte sich mit einem Kopfnicken.

Im nächsten Augenblick steckte er den Kopf wieder herein. »Also, was ich noch sagen wollte, Miss Schmidt – «

»Und das wäre?«

»Sie meinen, ich sollte ihr Schokolade schenken –?«

»Unbedingt, sonst kriegen Sie die größten Scherereien.«

»Sind Sie ganz sicher?«

»Absolut.«

»Können Sie das beschwören?«

Ich warf Apfel und Messer hin. »Was ist mit dem Jungen los?« rief ich ungeduldig aus. »Hab ich jemals geschworen?«

»Wenn Sie es aber täten, was dann?«

»Was beschwören?«

»Daß ein bißchen Schmuck Scherereien brächte.«

»Oh, und ob, und ob! Natürlich würden Sie. Sie würden staunen, wie viele und was für welche! Sie können gar nicht vorsichtig genug sein. Schenken Sie ihr ein Gesangbuch.«

Joey pfiff.

»Das ist nämlich eine sichere Sache, und es gefällt Eltern.«

»Wetten daß«, sagte Joey und sah überaus frech dabei aus.

»Oh, jetzt geh ich aber«, war seine plötzliche Antwort, und er verschwand so schnell, wie er hereingeschaut hatte.

Oder soll ich Ihnen erzählen – Sie sehen, daß ich den Brief so lang ausdehne, um Ihnen zu gefallen – von Frau von Lindeberg, die Joey zwei Tage lang mit ausgesuchter Mühe geschnitten hat. Die ersten zwei Tage, die er in ihrem Haus als Mieter erschien, glaubte sie, daß jemand, der auch nur im entferntesten mit den Schmidts zu tun hatte, nur unerfreulich sein konnte. Traf sie ihn auf dem Flur oder auf dem Weg durch den Garten zu uns, antwortete sie nur mit einem eisigen Blick als Dank für sein freundliches Grinsen. Am dritten Tag schmolz sie plötzlich, blieb stehen und redete liebenswürdig mit dem einsamen Jungen, den sie bemitleidete ob seiner Fremdheit in einem unbekannten Land. Um dies zu lindern, schlug sie ihm vor, sie häufig zu besuchen. Niemand ahnte den Grund dieses Schmelzens. Vielleicht hatte sie durch die Dienstboten gehört, wie viele und gute rosa und blaue Taschentücher er hatte, hatte gehört von der erstaunlichen Menge von neuen und teuren Hemden und von dem sichtlich echten Silber auf jedem Stück, das er besaß, sei es auf einem Stöpsel oder einem Griff oder einem Knopf. Jedenfalls kam sie am dritten Tag zu uns herauf und machte uns einen Besuch, wobei sie ganz besonders nach Papa fragte.

Während sie sich wie beim letzten Mal auf dem

Sofa ausbreitete, sagte sie, sie möchte meinen Vater in einer recht wichtigen Angelegenheit sprechen.

»Ich gehe und rufe ihn«, sagte ich, dachte aber dabei im stillen, daß er nicht kommen werde.

Was er auch nicht tat. »Was, soll ich meine Arbeit unterbrechen, ist die Frau verrückt?« rief er.

Ich kehrte zurück voller Entschuldigungen. Sie waren recht lahm, und Frau von Lindeberg fegte sie sofort beiseite.

»Dann gehe ich selbst zu ihm«, sagte sie aufstehend. »Ihr ausgezeichneter Vater wird mich sicher nicht abweisen.«

Papa saß in Pantoffeln vor dem Ofen und tat nichts, als in dem neuen Goethebuch zu lesen.

»Ich bitte vielmals um Entschuldigung, einen so beschäftigten Mann zu stören«, sagte Frau von Lindeberg mit einem Lächeln über dieses Bild des Friedens.

Papa sprang auf, und als er sah, daß es kein Entkommen gab, tat er so, als sei er ganz erfreut, sie zu sehen. Er bot ihr seinen Stuhl an, bat um Nachsicht wegen seiner Pantoffeln und setzte sich ihr gegenüber. Womit er ihr dienen könne?

»Ich wünsche etwas über den jungen Engländer zu erfahren, der in Ihrem Haus ein Zimmer bewohnt«, sagte Frau von Lindeberg, ohne Zeit zu verlieren. »Sie werden verstehen, daß es nicht nur natürlich, sondern die Pflicht ist von Eltern, etwas über eine Person zu erfahren, die unter einem gemeinsamen Dach wohnt.«

»Ich kann Ihnen jede Auskunft geben«, sagte Papa bereitwillig.

»Sein Name im Englischen ist COLLINS. Auf deutsch heißt das ESEL.«

»Oh, wirklich«, sagte Frau von Lindeberg verblüfft.

»So ist es, gnädige Frau«, sagte Papa, der sehr liebenswürdig war, wie ein Mann, der in seinem eigenen Haus einen weiblichen Gast hat.

»Wir haben ihn umgetauft. Und kein mir bekannter Name konnte die genaue Ähnlichkeit wiedergeben mit jenem nützlichen, aber wenig klugen Tier.«

»Oh, wirklich«, sagte Frau von Lindeberg, noch nicht erholt.

»Der Esel, gnädige Frau, ist berühmt wegen der Beschränktheit seiner Auffassungsgabe. Dies trifft auf Mr. Collins zu. Der Esel wirkt aufreizend auf Menschen mit normaler Intelligenz. Ebenso Mr. Collins. Der Esel ist träge und widerspenstig. Ebenso Mr. Collins. Der Esel hat niemals ein Wort von Goethe vernommen. Ebenso Mr. Collins. Der Esel ist dem Armen von Nutzen. So Mr. Collins. Tatsächlich ist der Esel der kostbarste Besitz des Armen. Dies ist, dies, betone ich, auch Mr. Collins.«

»Oh, wirklich«, sagte Frau von Lindeberg wiederum.

»Wünschen Sie sonst noch etwas zu wissen?« fragte Papa höflich, denn sie schien im Augenblick unfähig, sich zu äußern.

Sie räusperte sich. »In welcher Weise, wieso ist er von Nutzen?« fragte sie.

»Gnädige Frau, er zahlt.«

»Gewiß, gewiß, man kann nicht erwarten, umsonst deutschen Unterricht zu erteilen.«

»Ganz im Gegenteil, ich gebe ihm Unterricht für einen Haufen Geld.«

»Wissen Sie etwas – ist er – was sind seine Angehörigen? Sie müssen verstehen«, fügte sie hinzu, »daß es nicht unbedingt angenehm ist für eine Familie wie die unsere, einen jungen Mann unter demselben Dach zu haben.«

»Verstehen?« rief Papa, »ich verstehe dies so gründlich, daß ich ihn keinesfalls unter meinem haben wollte.«

»Ah, ja«, sagte Frau von Lindeberg, während ein Dammerlitz-Ausdruck in ihr Gesicht trat.

»Die Verhältnisse sind nicht – nicht ganz dieselben. Bitte aber sagen Sie mir, wer und was ist sein Vater.«

»Ein achtbarer Mann, soviel ich weiß.«

»Achtbar? Und was außer achtbar?«

»Außerordentlich ehrenwert, nach seinen Briefen zu urteilen.«

»Ja, so so. Und – sonst noch etwas?«

»Angesehen auch. Daran habe ich keinen Zweifel.«

»Ist er von Familie?«

»Er ist von seiner eigenen Familie, gnädige Frau.«

»Ach ja. Und sagten Sie – sagten Sie nicht, er sei vermögend?«

»Offenbar ist er fürchterlich reich.«

Durch Frau von Lindeberg fuhr es wie ein elektrischer Schlag. Sie rang nach Atem.

»Oh, wirklich«, sagte sie dann gefaßt. »Hat er seinen Reichtum geerbt?«

»Selbst erworben, gnädige Frau. Er handelt mit Eisenwaren.«

Ein neuer elektrischer Schlag durchfuhr Frau von Lindeberg bis sie wieder Atem schöpfte. Dann sagte sie:

»Oh, wirklich!«

Pause.

Dann sagte sie: »England ist wohl sehr verschieden von Deutschland.«

»Ja, das glaube ich«, stimmte Papa zu.

»Und Eisenwarenhändler dort werden wohl verschieden sein von Eisenwarenhändlern hierzulande.«

»Durchaus möglich.«

»Sagen Sie – welche Stellung hat ein Eisenwarenhändler in England?«

»Wieso Stellung?«

»In der Gesellschaft.«

»Oh, das weiß ich nicht. Ich war vor siebenundzwanzig Jahren drüben, nur, um dort zu heiraten, und traf dort keinen Eisenwarenhändler. Nicht mit Bewußtsein, heißt das.«

»Würden sie – würden sie gesellschaftlich über den Kreisen stehen, in denen Sie verkehren – oder«, sie unterdrückte einen Schauder, »oder darunter?«

»Das weiß ich nicht. Ich weiß nichts von Gesellschaft, weder dort noch hier. Was ich aber weiß ist, daß Geld hier wie dort, eine große Macht ist. Die Frage ist bloß, daß man viel hat.«

»Und er hat viel?«

»Der arme Mann befindet sich, gnädige Frau, gefährlich nahe daran, jenes unglückliche und vereinsamte Geschöpf, ein Millionär, zu werden. Gott helfe dem armen Joey.«

»Aber warum? Warum soll Gott ihm helfen? Kriegt er nichts davon?«

»Ob er etwas kriegt? Er bekommt alles. Er ist das einzige Kind. Nun frage ich Sie, was kann aus einem unglücklichen jungen Mann ohne Verstand werden . . .?«

»Oh, ich muß jetzt wirklich gehen. Ich habe Ihre Zeit in unverantwortlicher Weise in Anspruch genommen. Ich danke Ihnen vielmals, Herr Schmidt – nein, nein, bemühen Sie sich nicht – ich bitte Sie, Ihre Tochter wird mich hinausbegleiten . . .«

»Aber«, schrie Papa, der vergeblich versuchte, die sich entschlossen entfernende Dame zurückzuhalten, »wir haben ja noch nichts über seinen Charakter, seine sittliche Einstellung – wir haben noch gar nicht darüber . . .«

»Ja, ja, so freundlich von Ihnen, ich will Sie nicht länger aufhalten – vielleicht ein andermal.«

Und Frau von Lindeberg verließ das Zimmer und das Haus. Sie sagte mir kaum Lebewohl, so eilig hatte sie es, fortzukommen. In der Türschwelle jedoch wandte sie sich noch einmal um und warf mir einen forschenden Blick zu. Sie musterte meine Augen, meine Haare, mein Gesicht und von da meinen ganzen Körper bis zu den Zehen. Ein sehr merkwürdiger Blick. Es war der durchdringendste, kritischste Blick, der mich jemals getroffen hat, der mich jemals kalt überlief, so, daß ich eine Gänsehaut bekam.

Nun, was halten Sie von diesem langen Brief? Es hat mir richtig Spaß gemacht, ihn zu schreiben, trotzdem ich anfangs gar nicht sehr heiter war. Hoffentlich wirkt das Lesen ebenso auf Sie. Leben Sie wohl. Schreiben Sie mir und erzählen Sie mir, daß Sie glücklich sind.

Ihre ...

Bitte, bitte geben Sie sich Mühe, glücklich zu sein!

LXIII.

GALGENBERG, 22. DEZEMBER

Lieber Mr. Anstruther –

Ich versichere Ihnen, das Haus ist ganz gut genug für mich – die »Ausstattung«, so nennen Sie es wohl und deuten mit angenehmer Höflichkeit an, da sei etwas Kostbares, ausgestattet zu werden. Es hat bloß von außen das verfärbte Aussehen, das Ihnen auffiel, weil die Umgebung weiß vom Schnee war. Im Sommer, wenn alles grün ist, sieht es so weiß aus, wie Sie wollen. Für Sie, in Ihrer jetzigen Makellosigkeit muß alles schneeweiß sein. Es ist auch nicht feucht, wenn genug Öfen brennen. Und die Zimmer sind mir auch nicht zu klein. »Schäbig« nannten Sie die lieben kleinen

Räume. Ich bin auch niemals einsam. Und Joey ist sehr nett, auch wenn er nicht gerade in Schriftsprache spricht.

Da Sie so viel aus mir machen, fühle ich mich richtig beschämt. Sie erzählen mir eindringlich, der äußere Rahmen meines Lebens sei meiner unwürdig. Es erniedrigt mich so, als sei ich ein ganz armes Ding. Manchmal denke ich fast, Sie machen bloß Spaß. Jedenfalls weiß ich nicht, was Sie damit wollen: Soll ich meine Nase hoch tragen und auf meine Umgebung herabsehen? Sehen Sie darin irgend etwas Gutes? Und wie Sie in die Einzelheiten gehen! Die Kaffeekanne zum Beispiel, die Sie gesehen haben, ist einen Tag, ehe Sie kamen, kaputtgegangen und wird demnächst durch eine neue ersetzt werden. Bis dahin ist der Kaffee ebenso gut, wenn er aus einer zerbrochenen Schnauze gegossen wird. Im Gegenteil, wir trinken ihn dankbar und gelassen aus unseren Tassen.

Und Sie schreiben in einer Art von Seelenpein, die zerbrochene Schnauze sei ein Sinnbild von allem, was unsichtbar in meinem Leben ist. Ja, Sie sagen – obgleich Sie sich gewählter ausdrücken –, wenn es nach Ihnen ginge, dürfe es in meinem Leben keine angeschlagenen Kaffeekannen geben. Wenn es nach Ihnen ginge? Mr. A. es ist ein Glück, daß Sie in diesem Punkt nicht Ihren Willen haben. Was für ein scheußlich unzufriedenes Geschöpf würde ich werden, wenn ich in den Luxus gebettet würde, nach Ihrem seltsamen, abwegigen Geschmack, der um mich hergehäuft sein sollte. Ich würde mißlaunige, beißende Redensarten vom Morgen bis zum Abend von mir geben. Die zerbrochene Kaffee-Topf-Schnauze ist ein deutlich sichtbarer Ausdruck der Vergänglichkeit von Kaffeekannen und des Lebens. Es veranlaßt mich, schleunigst meinen Geschäften nachzugehen, die darin bestehen, eine neue zu kaufen und außerdem den vergänglichen Augenblick aufs beste zu nutzen. Diesen vergänglichen Augenblick sollten Sie, junger Freund, vor allem im Auge behalten. Denn er ist eine schlüpfrige, entfliehende Sache, doch wenn man ihn rechtzeitig packt und richtig auspreßt, ist er ertragreich. Das Endergebnis Ihres letzten Briefes ist aus irgendwelchen perversen Gründen das: Ich sollte in seidenen Gewändern in Marmorhallen einherwandern. Wenn ich daran denke, muß ich Luft holen. Ich liebe meine Freiheit, meine Wanderungen durch die Wälder, meine kurzen Röcke, schlingernden Arme. Der Wind soll um mich wehen, der Morast mich bespritzen, die Sonne soll auf mich brennen. Fort mit Schmuck und Gold und kostbarer Umgebung. Ich bin kein Juwel, was Ihr poetisches Auge auch in mir sehen mag. Es wäre ein recht guter Gedanke, wenn Sie an Frau von Lindeberg schreiben würden und sie bäten, mich Ihnen zu beschreiben. Bestimmt würde sie dies sehr anschaulich und treffend machen und zwar ohne poetische Verbrämung. Hübsch von Ihnen, mich zu fragen, was ich mir zu Weihnachten wünsche, aber wie lächerlich, zu fragen, ob Sie mir ein Schmuckstück schenken dürfen. Ich muß darüber lachen, denn habe ich Ihnen nicht vor drei Tagen geschrieben und Ihnen einen Bericht meiner Unterhaltung mit Joey gegeben über Schmuck und Weihnachten? Ist es möglich, daß Sie meine Briefe nicht lesen? Oder vergessen Sie sie, sobald Sie sie gelesen haben? Schenken Sie mir ein Buch, nichts freute mich sosehr. Und wenn Sie zufällig einen Band der dunkelblauen Ausgabe von Stevenson finden, der zu meiner Bücherreihe paßt, bin ich dankbar und erfreut. Auch Joey fragte mich, was ich haben möchte, er wird mir ›Travels witha donkey‹ schenken. Wollen Sie mir Virginibus . . . geben?

Oder, wenn Sie wollen, schenken Sie mir eine neue

Kaffeekanne statt dessen. Aber nur eine irdene wie diese, die Sie so aufgeregt hat.

LXIV.

Lieber Mr. Anstruther –

Wir hatten ein höchst vergnügliches Weihnachtsfest. Ich hoffe, Sie auch. Ich schicke Ihnen meine Segenswünsche, versteckt in Frenssens neuem und sehr wunderbarem Buch. Ich hoffe, es kam rechtzeitig an, um unter Ihren Baum gelegt zu werden. Hoffentlich hatten Sie einen Baum, und es war festlich, wie es sich gehört? Der Stevenson kam an, und ich fand ihn unter meinen anderen Geschenken, die Johanna mit rotem Seidenband geschmückt hatte. Hier ist zu Weihnachten alles mit rotem Band geschmückt oder mit blauen oder rosa Bändern, und Ihr Stevenson paßte wunderbar zu allem. Haben Sie vielen Dank dafür und auch für das kleine Kaffee-Service. Ob ich das auch behalten soll? Es ist so sehr niedlich und zierlich, und ich verdiene so etwas gar nicht – aber es würde zerbrechen, wenn ich es einpacken und zurückschicken würde, nicht wahr? So will ich es behalten und auf Ihre Gesundheit trinken aus der kleinen Tasse mit seiner Girlande von winzigen, blumengleichen Schäferinnen.

Der verwegene Joey schenkte Vicki tatsächlich Juwelen und eine Halskette, die, wenn Sie nichts dagegen haben, das entzückendste und sichtlich kostbarste Ding ist, das Sie sich vorstellen können. Und dann geschah genau das, was ich prophezeit hatte: Vicki schnappte nach Luft vor Freude und Bewunderung, erzählte er mir, und ehe sie wieder zu sich kam, nahm Frau v. L. – ich nehme an, in einer Art von würdevollem Bedauern – ihr das Futteral aus der Hand, schloß mit einem lauten Klappern den Deckel und gab es Joey zurück. »Nein«, sagte Frau v. L.

Joe sagte: »Was ist nicht in Ordnung daran?«

»Viel zu großartig für mein kleines Mädel«, sagte Frau v. L. »Wir sind einfache Leute.« Und, sagte Joey, dabei warf sie den Kopf zurück.

»Ah – Dammerlitz«, bemerkte ich und nickte voller Verständnis.

»Was«, rief Joey aus, der zusammenfuhr und höchst erstaunt aussah.

»Was weiter?« sagte ich.

»Also ich sage«, protestierte Joey empört.

»Also, was sagen Sie?« fragte ich.

»Wie müssen Sie sie hassen!« sagte Joey ganz beeindruckt und starrte mich an, als sähe er mich zum ersten Mal.

»Hassen, sie hassen?« fragte ich erstaunt. »Warum meinen Sie, daß ich sie hasse?«

Er pfiff und starrte mich weiter an.

»Warum meinen Sie, daß ich sie hasse?« fragte ich wieder, geduldig, wie ich immer gegen ihn war. »Wie wärs, Sie erzählten jetzt weiter?« Ich wußte ja, wie hoffnungslos es war, seinen Gedankensprüngen zu folgen.

Über die Festlichkeiten schien nun ein Schatten gefallen zu sein. Sie dürfen nicht vergessen, daß alles stattfand unter dem Christbaum in ihrem besten Zimmer. Frau v. L. in schwarzer Seide mit Spitzen. Herr v. L. ebenfalls in Schwarz mit all seinen Orden, Vicki in Weiß mit hellblauen Bändern, der Sohn, der zu dieser Gelegenheit gekommen war, in aller Pracht seiner Dragoner-Uniform mit klingenden Sporen und Degen, das Dienstmädchen in gestickter, gestärkter und blitzsauberer Schürze. Und mitten unter diesen anständig gruppierten Teilnehmern, von den Kerzen des Christbaums hell erleuchtet, so, daß jeder Zentimeter von ihm sichtbar war, stand unser Joey in seiner Norfolk-Jacke, Gamaschen und grün karierter Krawatte.

»Ich wollte mich später, zum Dinner umziehen«, erklärte er. »Wie konnte ich ahnen, daß sie sich alle um vier nachmittags in ihre beste Kluft werfen würden? Ich kann Ihnen sagen, ich fühlte mich wie ein ganzer Narr.«

»Wahrscheinlich sahen Sie auch wie einer aus«, versicherte ich ihm überzeugt.

Nach dieser Halsbandgeschichte ist dann offenbar ein Schatten auf die Gesellschaft gefallen, ein frostiger Schatten.

Vicki allerdings war eher geschmolzen als frostig. Sie hatte die Augen voller Tränen, das Taschentuch wurde oft gebraucht. Vater L. war schwer umdüstert, Frau v. L. traurig mit jener eindrucksvollen Traurigkeit, gelegentlich von einem schwachen Lächeln umhellt. Was den Sohn angeht, zwirbelte er seinen viel gezwirbelten Schnurrbart und schaute sehr scharf auf Joey.

Und dann wurden die Geschenke überreicht. Joey fand sich in einer von Vicki gestrickten Weste, einem Paar rosa Bettsocken von Frau v. L., einem leeren Fotografenrahmen von Papa L. und einem leeren Geldbeutel vom Sohn, dazu einem Teller voll verschiedener Äpfel, Nüssen und brauner Pfefferkuchen, auf die Bildchen geklebt waren. Dann sah er, wie Frau v. L. ihren Mann beiseite nahm und in der allerentferntesten Ecke des Zimmers auf ihn einsprach. Währenddessen redete der Sohn, der kein Englisch konnte, aufrecht und streng mit Joey, der kein Deutsch konnte. Vicki aber schlich, sichtlich niedergeschlagen, um den Christbaum und putzte sich die Nase.

Papa L. sagte Joey, kam noch düsterer aus seiner Ecke als vorher. Er sah aus, wie ein Mann, der nicht vorwärts gehen wollte, doch von hinten dazu geschoben wurde, ein Mann, der widerwillig vorwärts ging, doch nicht zurück konnte.

»Ich wünsche, mit Ihnen zu sprechen«, sagte er zu Joey, so steif wie möglich, mit militärischer Steifheit im Rücken.

»Nun, hatte ich nicht recht?« fragte ich triumphierend.

»Der arme alte Kerl, er sah furchtbar verlegen aus«, sagte Joey.

»Na, Sie nicht etwa auch?« fragte ich.

»Nein«, grinste Joey.

»Fast alle jungen Leute würden das.«

»Na, dieser jedenfalls nicht.«

»Und, was passierte dann?«

»Oh, ich weiß nicht mehr. Er redete eine Menge Zeug. Ich verstand nichts. Er vermutlich auch nicht. Er wirkte sehr lahm und redete immer weiter, so daß mir der Kopf wirr wurde und ihm seiner, glaube ich, auch. Kurz gesagt, in seinem und Ihrem wertvollen Vaterland nehmen die Vickis nur Geschenke von solchen, die einmal ihr Ehegemahl werden.«

»Nun, ich denke, daß die Vickis in Ihrem Vaterland dies auch nicht täten«, sagte ich.

»Ich will nicht streiten oder?«

»So fahren Sie fort.«

»Also, mir kam es recht kurios vor, daß ich ein Ehemann werden sollte.«

»Aber da war nix dagegen zu tun, sehen Sie, das kleine Mädel, dem konnte man doch die Halskette nicht wieder wegnehmen – nur wegen dem . . .«.

»Ich sehe schon«, sagte ich und versuchte zu verstehen.

»Und dazu zu Weihnachten – Tag der Freude und all so was, he?«

»Ja, ja, natürlich«, sagte ich.

»Na, und da sagte ich halt, einverstanden.«

»Und hat er das verstanden?«

»Nein, er sagte immer weiter: ›Was? Was?‹ und verfluchte die englische Sprache. Dann schlug ich vor, Vicki sollte kommen und dolmetschen. Das kapierte er schließlich, denn ich winkte mit beiden Armen, bis ers begriff, aber er sagte, ihre Mutter würde besser dolmetschen und rief sie statt dessen herbei. Das verstand ich und sagte: ›Gut, gehen Sie.‹ Das wiederum verstand er nicht, und während ers versuchte, ging ich raus und sagte, er hätte Vicki holen lassen. Dann kam Vicki und wir kamen erstklassig überein. Zuerst holte ich die Halskette aus der Tasche und legte sie ihr um. ›Bildhübsch ist sie, nicht?‹ sagte ich dem alten Herrn. Auch das verstand er nicht, aber Vicki verstand es und lachte.

›Sie geben sie mir, und ich gebe ihr die Halskette, was?‹ ich schrie das laut. Ich dachte, je lauter ich schreie, je eher klappts, und er kapiert es, trotzdem er Deutscher war.

›Sag ihm, wie einfach das ist‹, sagte ich zu Vicki.

Vicki war sehr rot geworden aber wahnsinnig glücklich und lachte immerzu. Sie erklärte es ihm, und er verstand es und sagte, er wolle es seiner Frau sagen und sie holen. Vicki und ich blieben zurück und . . .«

»Und?«

»Oh, nun, wir warteten.«

»Und wie benahm sich Frau v. L.?«

»Oh, ganz vernünftig. Fragte mich eine Menge nach meinem alten Herrn. Sagte, Vickis Vorfahren hätten im Paradies mit der Schlange gekämpft oder irgend jemand noch weiter her – ältere Linie –, verstehen Sie –, dem Schwiegersohn sollte Eindruck gemacht werden. Ich meinte, mein alter Herr würde wohl nichts dagegen haben.

›Gegen was‹, fragte sie und sah dabei ganz erschrocken aus. Sie sind offenbar sehr darauf erpicht, dem Alten zu gefallen. ›Er macht sich nichts aus Vorfahren‹, sagte ich. ›Hat selber keine und hats nicht mit Ihnen.‹ Sie tat, als lächelte sie und meinte, mein Vater sei wohl ein Original. Und dann kam der Sohn und schüttelte mir mindestens eine halbe Stunde lang die Hände und redete dabei eine Unmenge auf deutsch und war noch erfreuter über alles als die anderen, soviel ich sehen konnte. Und dann – na ja, das ist wohl alles. Hab ich nicht mein kleines Spielchen ganz nett gemacht?«

»Wenn es IHR Spielchen war«, und betonte ganz leicht das IHR.

»Wessen sonst sollte es wohl gewesen sein?« fragte er höchst erstaunt.

»Vicki ist ein kleiner Schatz«, antwortete ich vorsichtig, »und ich gratuliere Ihnen von ganzem Herzen. Wirklich – ich bin darüber glücklicher als über irgend etwas, an das ich mich erinnern kann – glücklicher, ohne den leisesten Schatten auf meiner ehrlichen Freude.«

Und Joey ließ sich herab, meine überfließende, ehrliche Freude mit der Bemerkung zu quittieren, ich sei ein ganz anständiger Kerl.

So, sehen Sie, wir sind zur Zeit auf dem Galgenberg alle sehr glücklich. Die beiden Liebenden sind wie ein Paar strahlender Babies, Frau v. L. ist durch das große Glück in eine Art Sanftheit und Freundlichkeit geraten, die sooft einem plötzlichen, großen Glück folgen. Papa L. erwärmte sich wie eine Schildkröte in der Sonne und begann, viele Briefe zu schreiben, und Vickis Bruder zeigte sich dermaßen lärmend erfreut, daß ich daraus nur schließen konnte, er habe so viele Schulden, die er Joey zu zahlen vorschlagen wolle. Das Leben ist eine sehr aufregende Sache, wenn so nahe die Liebe ihre Fittiche bewegt.

Nun begann ein großes Briefeschreiben an Joeys Vater, und auch Papa mußte, nach meinem Diktat, einen Brief schreiben, der rosig glühte mit Schilderungen von Vickis Lob. Joey vermutet, sein Vater werde sehr bald kommen, um die Lindebergs zu besichtigen. Er fürchtet keine väterlichen Einwände.

»Er ist in Ordnung, mein alter Herr«, meinte er zuversichtlich, als ich ihn auf diesem Punkt ausforschte. Ich bekam die ständige Antwort: »Nun, sehen Sie, Miss Schmidt, Vicki ist auch in Ordnung – also, was soll da die blaue Angst?« (Was soll da all der FUNK?)

»Ich weiß auch nicht«, sagte ich, als ich das Wort FUNK im Lexikon suchte und nicht fand.

Ihre, in Liebe und Liebende
sehr interessierte R. M.

LXV.

GALGENBERG, 31. DEZEMBER

Lieber Mr. Anstruther –

Zum neuen Jahr meine herzlichsten Glückwünsche. Möge es in jeder Hinsicht fruchtbar sein und angenehm werden, möge es Ihnen interessante Aufgaben, erfreuliche Gefährten, fröhliche Tage bringen, und möge es vor allem unsere Freundschaft festigen und stärken. Nun, wurden je auf einen jungen Mann so viele Segenswünsche herabgefleht? Und jeder davon von der ernsthaftigsten, herzlichsten Aufrichtigkeit.

Jedoch, nach Berlin können wir nicht kommen, wie Sie vorschlagen, und uns von Ihnen herumführen lassen. Soll ich Ihnen dafür danken? Nein, ich glaube lieber nicht. Ich will Ihnen gegenüber nicht so tun und will Ihnen nicht danken, denn ich glaube sicher, Sie haben auch nicht gedacht, ich werde kommen. Und dann hat mich Ihre Drohung belustigt, wenn auch verletzt. Sie schreiben, wenn ich nicht käme, so müßten Sie annehmen, ich fürchtete mich, Sie wiederzusehen. Nehmen Sie an, was Sie wollen. Daraufhin werde ich selbstverständlich erst recht nicht kommen. Was für ein Bub sind Sie doch! Und was für ein seltsam verwöhnter Bub! Warum sollte ich denn Angst haben, Sie wiederzusehen? Ist es, weil Sie einst – ich spreche ganz offen darüber – mein Leben erschüttert haben? Ich weiß, daß kein Mann mich mehr in so eine erdbebenartigen Erschütterung versetzen könnte. Meine Erdbebentage sind vorüber, und nach diesem einen, tosenden Erlebnis habe ich die Schönheit von ruhigem Wetter erkannt und dem ruhigen Wärmen im Sonnenschein, das ich mit eigenen Händen geschaffen habe. Nutzlos, wenn Sie mir sagen werden – was Sie sicher tun würden –, daß dies bloß eine Nachahmung der Wirklichkeit ist und keine wahre Wärme in sich habe. Oh, nein, ich möchte keineswegs heißer sein. Hier ist wenigstens eine Frau in unserer stürmischen, überaktiven Welt, die kühl und langsam zu leben wünscht. Wie merkwürdig, daß Sie immer versuchen, mich zu ändern, mich zu einem ganz anderen Menschen zu machen! Mir kommt es vor, als ob ein Bombardement meines Wesens vor sich ginge. Sie möchten alles abreißen und statt dessen einen neuen Bau errichten, einen Bau mit unwirklicher und seichter Fassade, die kaum mehr als Schaum wäre und täglich neu aufgebaut werden müßte. Dennoch weiß ich, daß Sie mich mögen und mein Freund sein wollen. Ich denke dabei an jene recht zahlreichen Ehemänner, die sich in ihre Frauen verlieben, weil sie wegen ihrer Eigenart ihnen so gefallen, nach der Heirat aber tun sie alles, um sie zu etwas völlig anderem zu machen.

Da gab es in Jena einen Mann, der sich sterblich in ein achtzehnjähriges Mädchen verliebte, als er in ungefähr Ihrem Alter war. Er betete sie nur deshalb an, weil sie so himmlisch dumm, unwissend und sanft und kindisch war. Sie wußte von nichts Bösem, und er vergötterte sie deswegen. Sie wußte auch nichts von etwas Wünschenswertem und deshalb betete er sie an. Er betete sie dermaßen an, daß ganz Jena, das überhaupt wenig Spaß hatte, bei diesem Schauspiel größtes Vergnügen empfand. Er war ein gescheiter Mann und ein vielversprechender Professor, aber ihm war nichts wichtiger, als sie jede freie Stunde anzubeten. Und das bestand darin, vor ihr zu sitzen und immer wieder zu probieren, welche Finger in ihre Grübchen passen, wenn sie lachte. Oder er wickelte die Enden ihrer Haare um seinen Daumen und konnte sich nicht lassen vor Vergnügen, wenn diese, ließ er sie los, sich aufs reizendste lockten. Dies alles tat er ganz in der Öffentlichkeit, vor uns allen, weil er vermutlich keinen Grund sah, seine Zuneigung zu seiner zukünftigen Frau verheimlichen zu müssen, keinen Grund sah, sein Interesse für diese Grübchen und Locken zu verbergen. Doch – oh weh, was wurde aus diesen Grübchen und diesen Locken, sobald er verheiratet war? Oh, weh – wie rasch wurde er ihrer müde. Und was die himmlische Torheit, Unwissenheit, Sanftheit und das Kindische angeht, die ihn vorher so bezaubert hatten, so gingen ihm gerade diese besonders auf die Nerven. Er versuchte, sie wegzuschieben, sie durch Geist und Bildung, vereint mit glänzenden Leistungen zwischen Töpfen und Hemden zu ersetzen, jedoch, der Erfolg war vernichtend. Seine kleine Frau fürchtete sich. Ihre Grübchen verschwanden, sie lächelte nicht mehr. Ihre hübschen Farben waren plötzlich wie ausgewischt, als ob jemand grob mit einem feuchten Tuch darüber gewischt hätte. Ja, selbst ihr Haar lockte nicht mehr, es hing schlaff und freudlos herab wie alles an ihr.

Lieber Mr. A., dies sei eine schreckliche Warnung für Sie – nicht nur, falls Sie heiraten, nein, jetzt schon in Hinsicht auf Ihre Freunde. Versuchen Sie nicht, diese langen leidenden Frauen zu ändern. Allerdings, es würde Ihnen gewiß Mühe machen, einen Menschen wie mich zu ändern, der schon seit Jahren in jenem gegenwärtigen Zustand versteinert ist, doch auch der Erstarrte muß und wird es satt kriegen, den unablässigen, umgestaltenden Hammer an seinem Gehirn zu spüren. Lassen Sie mich in Ruhe, lieber, junger Mann. Wenn Sie an mir irgend etwas Liebenswertes finden, so lieben Sie es, sagen Sie mir, wenn Ihnen etwas an mir berechtigt mißfällt, und gehen Sie mit Gott und loben Sie ihn, der uns gemacht hat.

Es wäre mir wirklich eine Erholung, wenn Sie damit aufhörten, mich ändern zu wollen, durchaus zu etwas anderem zu machen. In Ihren Worten klingt etwas wie Flehen, als läge es nur an meinem bösen Willen, nicht so zu werden, wie Sie wollen, und nicht so zu handeln. Glauben Sie mir, es ist keine bewußte Absicht, ich bin bloß erstarrt, verfestigt. Ich kann mich nicht mehr ändern. Ich habe mich nunmehr – und zwar ganz gemütlich – niedergelassen. Es ist die Anfangs-Verfestigung der mittleren Jahre, und diese mittleren Jahre, das merke ich, sind ein angenehmer Zustand. Ich wandle mild auf angenehm sanften Hügeln dahin, nichts vermag meine Verkrustung zu durchbrechen, keine Stürme und nichts Heftiges. Keine inneren Erdbeben vermögen meine umgebenden Versteinerungen zu erschüttern, nichts vermag meine Aufmerksamkeit von der heiteren Klarheit der Landschaft, der kleinen Blüten am Wege, der Schönheit der roten Herbstblätter, vom ruhevollen und durchsonnten Himmel abzulenken. Wahrscheinlich werden Sie sagen, es sei absurd, mit sechsundzwanzig von Mittelalter zu sprechen, doch ich fühle mich so, bis in die Knochen fühle ich es. Mr. A. Letzten Endes ist es ja eine Sache der Knochen. Ihre sind zwanzig Jahre jünger als meine. Habe ich Ihnen nicht immer gesagt, ich fühle mich sehr alt. Ich bin dermaßen beschäftigt, daß Sie es besonders würdigen müssen, heute einen Brief zu bekommen. Die Übersetzung von Papas Buch interessiert mich allmählich so stark, daß ich kaum damit aufhören kann. Täglich arbeite ich eine Stunde daran in seiner Gegenwart. Er ist voller Zweifel an meinem Englisch, sucht es anhand eines Wörterbuches zu verbessern. In blumengleichen Ausdrücken versucht er seinen Unmut auszudrücken, darüber, daß er eine so brauchbare Sprache nach den langen Jahren so wenig beherrscht. Seit dem Tod meiner Mutter hat er das wenige, das er von ihr lernte, vergessen, hat aber die feste Überzeugung eines Autors, seine Übersetzerin sei eine höchst ungebildete Person, die alle Feinheiten ausschließt. Eine Stunde lang pflüge ich gehorsam hindurch, dann gebe ich vor, ich müsse kochen. In Wirklichkeit aber laufe ich hinauf in mein Schlafzimmer, schließe mich ein und arbeite fieberhaft den Rest des Vormittags an meiner Übersetzung des Buches. Ich nehme an, es ist das, was man eine freie Übersetzung nennt. Ich habe noch nie eine so freie gesehen. Papas Buch ist entzückend, und man kann diesen Charme nur wiedergeben, indem man immer wieder ganz frei schreibt. Und das tue ich und finde die Sache erheiternd und vergnüglich. Das Ding belustigt mich und interessiert mich; ich frage mich, ob es andere Leute auch belustigen und interessieren wird? Ich zweifle daran, denn wenn ich mir vorstelle, ich läse es verschiedenen Bekannten vor, so verläßt mich der Mut, so sicher bin ich, es könne ihnen nicht gefallen.

Ich stelle es mir in den Händen von Joey vor, von Frau von Lindeberg oder einigen Leuten in Jena, und ich sehe im Geist den Ausdruck ihrer Gesichter. Dann kann ich eine lange Zeit nicht weiter übersetzen. Schließlich ermuntere ich mich wieder und fange wieder mit meinem Salat an. Es ist wirklich ein Salat. Papa ist der Grundbestand der Blätter, knusprig und frisch, ich aber mache ihn an und schmücke ihn mit roten Rüben und harten Eiern. Manchmal arbeite ich die halbe Nacht daran, ich bin voller Eifer, es fertig zu bringen und abzuschließen, ja, abzuschicken. Ja, mein junger Freund, ich habe von Papa die Dreistigkeit geerbt, es abzuschicken, und der einflußreichste der Londoner Verleger wird es bald in seinen geheiligten Händen halten. Und selbst, wenn diese geheiligten Hände sich vergessen sollten, es rücksichtslos an mich zurückzuschleudern, so können sie mir nicht den Spaß nehmen, den ich daran gehabt habe.

Ihre . . . . . .

Morgen erwarten wir Joeys Vater, und der ganze Galgenberg raucht vom Kochen für diese Gelegenheit. Sobald er seine Einwilligung gegeben hat, wird die Verlobung in den Zeitungen bekanntgegeben, und dann wird ein sehr geschäftiges und glanzvolles Leben für Frau v. L. beginnen. Sie spricht davon, dann nach Berlin umzuziehen und dort eine Reihe von überwältigend eleganten Gesellschaften zu geben und dazu alle jene ihrer Freunde einzuladen, von denen sie weiß, daß sie über Vickis Entlobung durch ihren ersten Liebhaber gespottet haben. Zwar glaube ich nicht, daß sie gelacht haben; ich weigere mich, an etwas so Barbarisches zu glauben – Frau v. L. jedoch, die nunmehr sehr offen über die katastophale Geschichte spricht, die nun von Vickis kleiner Schiefertafel weggewischt wurde, versichert mir, es sei so gewesen. Sie scheint sich nicht länger darüber zu grämen, sie ist viel zu glücklich, um in ihrem Herzen noch Zorn zu hegen, doch diese kleine Rache will sie durchaus nehmen, die beiden Seiten, glaube ich, Rächern oder Gestraften, gleich wohl tun wird.

LXVI.

GALGENBERG, 7. JANUAR

Lieber Mr. Anstruther –

Ich konnte nicht eher schreiben, ich war einfach zu beschäftigt. Nach wirklich schwerer Mühe, Tag und Nacht, ging das Manuskript endlich ab. Ich fühle mich wie eine ausgequetschte Zitrone, doch heute morgen trotzdem sehr wohl, wenn Sie sich dieses Gefühl vorstellen können. Joeys Vater war da und ist wieder fort. Eines späten Abends kam er an, besichtigte die Lindebergs, erteilte sein Einverständnis und war vierundzwanzig Stunden später wieder fort. Natürlich waren die Lindebergs durch dieses Tempo aus dem Gleichgewicht gebracht. Sie, die sich langsam bewegen, langsam denken und stundenlang über ihren Mahlzeiten sitzen. Sie waren nicht dazu gekommen, auch nur die Hälfte von dem zu sagen, was sie sagen wollten, und er hatte nicht die Hälfte von dem gegessen, was er essen sollte – schon war er fort. Er brachte sie aus der Fassung, ja, mehr noch, er bestürzte sie völlig, weil er so gänzlich anders aussah, als sie sich ihn vorgestellt hatten. Der Galgenberg erwartete jemanden, dem man seinen gewaltigen Reichtum ansah, und gewaltiger Reichtum, so empfanden sie dunkel, müsse sich in viel dickerem Körperumfang und einer schweren goldenen Uhrkette ausdrücken. Statt dessen hatte der Mann einen Kopf wie Julius Caesar, mager, gedankenvoll, scharfsinnig und einen hageren Körper, neben dem Papa Lindeberg seltsam breiig wirkte, so, als ob er bloß von den Knöpfen seines Anzugs zusammengehalten wurde. Wir waren sprachlos. Frau v. L. konnte nicht begreifen, warum ein so reicher Mann so dünn sein konnte.

»Er ist in einer Lage, sich die teuerste Köchin leisten zu können«, sagte sie mehrmals und sah mich dabei mit erstaunt hochgezogenen Augenbrauen an. Sie vermochte auch nicht zu begreifen, wie es möglich war, daß ein Mann ohne jede Vorfahren neben ihrem Mann, dessen Stammbaum von solchen starrt, aussah, als habe er deren viele mehr. Sie sann darüber nach und zwar laut. Unterdessen rannte Vicki, von Stolz geschwellt, atemlos mit ihrem sportlichen zukünftigen Schwiegervater und Joey über Berg und Tal. Ging ich zu ihr in die Küche und fragte, ob ich ihr helfen könne, ging sie umher wie im Traum. Ich durfte meine Ärmel hochkrempeln und ihr helfen, und dabei äußerte sie so manchen Gedanken über England und seine merkwürdigen Kinder. »Merkwürdig, merkwürdig sind diese Kinder«, sagte sie immer wieder ratlos. Jedoch, Frau von Lindeberg ist gegenwärtig die glücklichste Frau in ganz Deutschland, ja, glücklicher selbst als Vicki, denn sie erkannte mit ihren älteren, erfahreneren Augen die riesigen Vorteile, die auf Vicki warten, während diese nichts sieht als ihren Joey. Und dazu der Genuß, all ihren Verwandten, die jüngst so kühl geworden waren, schreiben zu können, an Cousine Mienchen, die sich als so reich aufspielte, und ihnen die wunderbaren Neuigkeiten mitzuteilen. Vicki schwelgte wieder im Sonnenschein der Mutterliebe und bekommt kein böses Wort mehr zu hören. Lauter gute Dinge strömen auf sie herab, Liebkosungen, Geschenke, Bewunderung – all die reizenden Dinge, die jedes Mädchen, bevor ihre hübsche Mädchenzeit vorüber ist, einmal haben sollte.

Es ist eine wunderschöne Erfahrung, eine Familie, mitten in einer Glückssträhne zu sehen. Glückssträhnen, besonders in einem solchen Maße sind ja leider äußerst selten. Mir kommt es vor, als säße ich in einer Pantomime, die kein Ende hat und als sei da eine gute Fee, die alle grauen, öden, glücklosen Gegenstände nacheinander mit ihrem Zauberstab berührt, die nun strahlend werden und lächelnd. Jedoch, ich verliere meine Freundin, denn sie wollen umgehend nach Berlin zurückkehren und von dort nach Manchester, wo sie Mr. Collins besuchen und wo sie den geschäftlichen Teil der Heirat regeln werden. Und dann verlieren wir natürlich Joey. Das ist ein rechter Schlag, just, als wir angefangen hatten, in seinem Geld zu waten. Doch, wo Vicki hingeht, geht er auch hin, daher werden Papa und ich demnächst allein bleiben auf unserem Berg und mit unserem vegetarischen Speisezettel.

Immerhin, es war ein erfreuliches Zwischenspiel. Ich habe sie anfangs in tiefer Verzweiflung gesehen, mit roten Augenlidern, erbarmungswürdig, ihr Ruf zerstört – und nun sehen wir sie zum Schluß den Berg hinunterfahren, in Ruhm und Herrlichkeit gekleidet. Und dann werde ich mich umwenden, wenn der letzte Schimmer ihrer lichten Kleider um die letzte Biegung des Weges verschwunden sein wird, und mich meinen eigenen Geschäften zuwenden, dem hausbackenen Trott meines Alltags, der aus Sparen und dem Lesen guter Bücher besteht, aus zurechtgestutzter abstrakter Vortrefflichkeit, aus dem Pflegen meiner Seele. Meine Seele, muß ich gestehen, ist jüngst recht gründlich zurechtgestutzt worden. Sie müßte mit der Zeit bewunderungswürdig robust geworden sein. Sie selbst haben einst das üppigste Gewächs weggeschnitten, die beste Art, gebe ich zu. Nun wurden diese zarten Freundschaftsknospen auch weggeknipst, und wenn sie fort sind, was bleibt mir, möchte ich wissen, außer Unbeugsamkeit und Schroffheit? Ist es denkbar, daß ich so gemein und neidisch bin? Trotz meiner wirklichen Freude empfinde ich doch eine Art von Wehmut, ein kleines, stechendes Weh, da ich nicht genau weiß, was für ein Weh es ist. Vickis Los ist wohl das letzte, das ich mir wünschen würde, und trotzdem macht es mich wehmütig und nachdenklich, denn es schließt ja Joey ein, und dennoch empfinde ich einen kleinen stechenden Schmerz. Ist das nicht seltsam? Denn Joey, als Ehemann, von dem man nicht wegkommt, an den man für immer gebunden ist, wäre mehr als ich ertragen könnte. Wie also kann ich dann neidisch sein? Wenn Joey allerdings wüßte, was ich hier über ihn schreibe, würde er, wie üblich, eine ungläubige Zunge in seine Backe bohren, würde Argwohn in seinen Augen haben und irgend etwas murmeln über saure Trauben, während ich, meinerseits, ihn mit Seelenruhe dabei betrachten würde, wie derjenige, der auf seinem Standpunkt beharrt. Was bedeutet mir seine Backe, seine Zunge darin und sein vieldeutiges Lächeln. Sie würden mich völlig ungerührt lassen, ich würde nicht um Haaresbreite von meinem bisherigen Standpunkt abgehen, nämlich, daß Joey kein Mann ist, den man heiraten kann. Es ist aber gut, ja ausgezeichnet, daß Vicki es voller Überzeugung glaubt. Ich sage Ihnen, unser Berg hier droben glüht ständig in rosigem Licht, als schiene dort immer die Sonne, und dieses Wunder kommt nur von diesen beiden glücklichen jungen Menschen.

LXVII

Lieber Mr. Anstruther –

Heute habe ich etwas Albernes getan: ich ging hinüber und war traurig in einem leeren Haus. Im allgemeinen bin ich nicht krankhaft sentimental, doch heute schwelgte ich geradezu in trüben Gedanken und Gefühlen. Schelten Sie mich in Ihrem nächsten Brief. Sie sind dran, mich zu schelten, und dadurch werden Sie mir meine gewohnte Fröhlichkeit zurückbringen. Die Lindebergs sind abgereist, und sie fehlen mir ganz lächerlich. Bisher wußte ich nicht, wie lieb ich die kleine Vicki habe. Ja, ich ahnte nicht, wie belebend Frau v. L.s Gegenwart und ihr Tun und Lassen waren. Die letzten drei Wochen waren so aufregend, es gab darin solche Wärme und Heiterkeit, die auch Zuschauer wie mich erwärmten und erheiterten. Jetzt in einem Augenblick, ist alles vorbei, vorbei, ausgelöscht, erloschen, und Papa und ich sind wieder allein, und es weht ein Wind aus Nord-Ost. Dies sind die Zeiten, da Philosophie so nützlich wäre, aber erklären Sie mir bitte, warum man nur, solange man glücklich ist, Philosoph ist? Wenn ich zufrieden bin und alles so habe, wie ich es gern habe, dann kann ich wunderbar philosophieren, ich tue es mit aufrichtigem Ernst. Ich überzeuge mich selbst und denjenigen, der mir zuhört. Doch wenn die bösen Zeiten kommen, die leeren, die ernüchternden, frostigen Tage – dann schauen Sie die Philosophie, diese erhabene und würdevolle Gesellin einmal an! – Solang das Wetter schön war! Nun aber rafft sie ihre akademischen Röcke schleunigst zusammen und haut ab, wie die einfachen Leute und die Graphiker es nennen.

»Flüchten nicht alle Schönheiten«, fragt Keats, »beim bloßen Berühren durch die kalte Philosophie?«

Ich jedoch habe gefunden, daß nichts so rasch flieht wie die kalte Philosophie selber, sie nützt keinem, dies ist meine entschiedene Überzeugung. Nur, wenn man in der Sonne sitzt auf der Südseite einer geschützten Mauer, an jenen ruhevollen Nachmittagen des Lebens, wenn man bloß den Mund aufzutun braucht und die reifen Pfirsiche fallen hinein! Früher glaubte ich, ich könnte sie so sehr lieben, daß sie, aus Dankbarkeit, mich betäuben und mir durch alle weniger angenehmen Zeiten des Lebens helfen und dafür sorgen würde, daß ich während dieser Zeiten nicht bewußt bin und nur das Schöne und Gute wahrnehme. Entweder, sie ist nicht dankbar genug, oder ich habe zu wenig Liebe. Die Jahre haben mich davon überzeugt, daß sie einen im Stich läßt. Die ganze Welt ist voller Leute, die im Stich gelassen wurden.

Was ist nun Ihre Ansicht über eine Frau, gesund, in einem warmen Zimmer, die genug zu essen hat und die dennoch das Gefühl hat, in einer leeren, kalten, dunklen Höhle zu sein? Ebenso fühle ich mich gegenwärtig, und das ist eine Schande. Eine Schande ist es, daß der Anblick von bleigrauen Wolken – denn es sind wirklich schreckliche Wolken – tintig, zerfetzt, wüst, zerstört, die über den Himmel fliegen, von zornigen braunen Buchenblättern aus dem kleinen Baum vor Lindebergs verlassenem Haus, vom Wind gepeitscht und verrückt gemacht – mir vor Kummer den Atem nehmen? Ja, es ist Kummer, es sind Schmerzen, scharfe, unverkennbare, und das, weil ich so allein bin, und meine Freunde fort sind, und die Dämmerung fällt. Heute nachmittag lehnte ich gegen ihr Gartentor und habe wirklich sehr gelitten. Ich sehnte mich nach dem Vergangenen, hatte Angst vor der Zukunft – unbestimmte, doch sehr erschreckende Ängste, nicht völlig ohne Beziehung zu Ihnen – sie schmerzten so sehr, daß sie mir tatsächlich Tränen auspreßten. Es waren widerwärtige Tränen, sie kamen erst nach langem Widerstreben, die nach einer langen wunden Zeit erst hervorkamen. Doch sie kamen, und der Wind heulte um das leere Lindeberg-Haus, ratterte um seine nackten leeren Fenster, raste in wilden Schüben über die Straße, wo Pfützen von halbgefrorenem Schnee die Schwärze des Himmels spiegelten, sie rissen an meinen Haaren und Kleidern, peitschten mein Gesicht, rissen am Tor, an dem ich mich festhielt, donnerten über die Hügel.

Lieber junger Freund, ich mag Sie nicht mit diesen Geschichten meiner Leiden und Schwächen plagen, doch jetzt erzähle ich Ihnen, was ich als nächstes tat. Ich ging heim, holte mir von Johanna den Schlüssel, den Frau v. L. ihr anvertraut hatte, ich ging wieder hinunter, schloß die Tür des Hauses auf, das noch vor kurzem voller Licht und Leben gewesen war und schlich furchterfüllt durch die widerhallenden Räume, die düstere Treppe hinauf und überließ mich, wie ich schon erzählte, einer wahren Orgie von krankhafter Verzweiflung. Es war ein Alptraum, ein böser Traum. Ich sah Erinnerungen in Gestalt von Geistern, sie griffen nach mir durchs Treppengeländer und mit dünnen, kalten Fingern hinter den Türen hervor, und die glücklichsten Erinnerungen griffen und packten mit den kältesten Fingern. Schließlich entfloh ich in plötzlicher Panik, ich floh aus ihrem Griff, warf die Tür zu und rannte um mein Leben die Straße hinauf und zu unserem Tor. Johanna machte mir nicht sofort auf, ich trommelte mit den Fäusten, bloß, um fort von dem schwarzen Himmel und dem drohenden Donnern der sturmzerrissenen Kiefern zu kommen. »Mein Gott«, sagte Johanna, als sie mich erblickte. Ich muß also ganz wild ausgesehen haben.

Ich bin also, wie Sie sehen, schwach, genauso schwach und töricht wie die Allerschwächste und Törichtste trotz all meiner großen Worte und meines furchtlosen Getues. Ich sitze so nah wie möglich am Ofen in Papas Zimmer und schreibe, bin froh, bei ihm zu sein nach dieser Stunde mit den Geistern. Ich habe tief nachgedacht, ich zwang mich, zu erkennen, wieviel Niedrigkeit in meiner Natur liegt. Ja, wirklich.

Das ganze Elend seit gestern kam bloß aus einer Mischung von Neid und Selbstbemitleidung. Mir fehlt Vicki, die ich von Herzen liebte, mir fehlt der muntere Joey, mir fehlt Papa Lindeberg, der mich Hebe nannte, mir fehlt seine Frau, die mir meine Grenzen zeigte und mich auf meinen Platz wies. Ganz recht, ich vermisse sie alle, doch dies würde nie genügen, mich von den Füßen und in jene schwarzen Elendspfuhle zu jagen, wie heute nachmittag, nie, nie könnte dies mich weinen machen, mich, die ich so billige Tränen so verachte. Nein, Mr. A., man muß die bittere Wahrheit, sobald man sie erkannt hat, standhaft ins Auge fassen, und die ist, daß ich ganz einfach mein Los mit dem von Vicki vergleiche, und daher bemitleide ich mich selbst. Erstaunlich, daß es so leicht ist, denn habe ich nicht alles, was ein vernünftiger Mensch nötig hat, und bin ich denn nicht vernünftig? Und was für eine Niedrigkeit, schließt sie nicht Mißgunst und Unbehagen ein, eine Unsicherheit ein, im Vergleich mit jemand anderem, der glücklich ist? Nun, ich schäme mich auch gründlich, das wenigstens ist das Gute. Sie wissen jetzt, daß auch ich es nötig habe, daß mir die Leviten gelesen werden, und wie sehr ich von besonders niedrigen Gefühlen zerrissen werde – vielleicht sehen Sie jetzt, eine wie wertlose Person ich bin. Sie werden mich jetzt vielleicht von dem lächerlich hohen Podest herunterholen, auf dem Sie mich durchaus immer haben wollten. Ich habe mich dort seit Monaten verzweifelt ungemütlich gefühlt. Ich versichere Ihnen: Es ist nämlich unsäglich demütigend, wegen Tugenden verehrt zu werden, die man gar nicht besitzt. Man fühlt erst recht, daß man sie gar nicht besitzt. Leute, die versuchen, ehrlich über sich selbst zu sein und dazu ein Körnchen Humor haben, sollte man niemals anbeten und hoch in schwindelnde Orte heben. Sie werden zu äußerst üblen Abgöttern.

Lieber Freund, ich füge diese Betrachtungen zu der Beschreibung meiner wahren Natur vorher, denn Ihre Briefe werden mehr und mehr zu solchen, die das Ende einer beschaulichen Freundschaft werden. Und ich möchte beschaulich leben. Ich bestehe darauf, beschaulich zu leben. Heute nachmittag, in diesem schrecklichen Haus, war der Gedanke an Ihre sowenig ruhevollen Briefe mit mir und vergrößerte meine Angst vor der Zukunft, packte mich an der Gurgel und ließ mich nicht mehr los. Ist es denn so unmöglich, mit einem Mann befreundet zu sein, einfach nur gut Freund, ebenso freimütig und offen, wie wir mit einer anderen Frau sind oder wie ein Mann mit einem anderen? Immer hatte ich gehofft, Sie und ich könnten diese Aufgabe siegreich lösen, ja, ich wünschte es so sehr, daß ich darum betete. Aber vielleicht nützt solches Beten doch nichts . . .

PS.: Schelten Sie mich. Machen Sie diesen Fehler nicht, ich bitte Sie ernstlich darum, zu glauben, daß ich getröstet sein möchte.

LXVIII.

Lieber Mr. Anstruther –

Nur schnell ein paar Worte, Ihnen zu sagen, daß ich wiederhergestellt bin und Sie meinen gestrigen Brief nicht allzu ernst nehmen dürfen. Heute morgen erwachte ich ganz gesund und sah dem Tag mit meinem gewöhnlichen Interesse entgegen. Und dann passierte etwas sehr Hübsches: Meine Übersetzung von Papas Buch wurde nicht zurückgeschickt, und statt dessen kam ein höflicher Brief, der eine Art von widerstrebender Bereitschaft erkennen ließ – falls Sie verstehen, wie ich das meine –, es zu veröffentlichen. Nun, was sagen Sie dazu? Allerdings, das gebe ich zu, sagte der Brief weiter, wenn auch sehr höflich, daß zweifellos kein Mensch es je kaufen werde, aber er versprach, falls irgend jemand es doch täte, den vereinbarten Teil dessen zu schicken, von dem, was dafür bezahlt würde.

»Beachte, Rose-Marie«, sagte Papa, nachdem sein erstes Entzücken sich gelegt hatte, »den unbeirrbaren Instinkt, mit dem die Engländer, die man sonst sehr richtig ein Volk von Krämern nennt, sofort den Wert einer wirklich guten Sache erkennen, sobald sie ihn sehen ... Denke daran, wie viele Jahre ich vergeblich an die Türen der deutschen Öffentlichkeit geklopft habe, und vergleiche nun deren Taubheit mit der raschen Reaktion unserer wachsamen und fähigen Vettern drüben überm Kanal. Wie gut weiß ich, welcher Teil auf diesen geschäftstüchtigen Mann besonders gewirkt hatte ...« Und er nannte das Kapitel voller Statistiken, und meine schuldbewußten Ohren brannten, denn dieses ganze Kapitel hatte ich weggelassen.

Rose-Marie Schmidt

LXIX.

Lieber Mr. Anstruther –

Ein Freund, dem man in Zeiten der Niedergeschlagenheit nichts davon erzählen kann, hat für mich keinen Wert, wenn er sofort vorschlägt, was man durchaus nicht wünscht – einen zu besuchen. Ihr Telegramm hat mich bestürzt. Hören Sie – warum wollen Sie herkommen und, wie Ihr Telegramm besagt –, alles besprechen? Ich wünsche es gar nicht, irgend etwas zu besprechen, über alles mündlich zu sprechen, das ist eine gefährliche Sache, man sollte es nicht tun. Kann ich Ihnen denn nicht ganz offen von meinen Stimmungen, von meinen trüben wie von meinen heiteren erzählen, ohne, daß Sie sofort in Fahrt geraten, und zwar in Richtung auf zuviel Wärme, zuviel Freundlichkeit? Nachdem ich den Brief geschrieben hatte, wurde mir Angst, ich machte ihn wieder auf, um Ihnen zu sagen, ich suche keineswegs Ihr Mitleid und Ihre Tröstungen, sondern die strenge Medizin einer tüchtigen Schelte. Statt dessen schicken Sie ein Telegramm und fragen, ob Sie herkommen dürften. Selbstverständlich telegraphierte ich zurück, daß ich nicht zu Hause sein werde. Und das ist vollkommen wahr: wenn Sie kommen, werde ich nicht da sein. Ich will Sie nicht sehen, nichts würde dabei gewonnen werden, alles würde verdorben. – Oh, alles, alles würde verwirkt. Ich würde dafür sorgen, daß Sie mich nicht finden, die Wälder sind so groß, und ich kann tüchtig laufen, wenn nötig, stundenlang. Sie werden mich für rasend unfreundlich halten, doch ich kann nichts ändern. Wenn Ihre letzten Briefe anders gewesen wären, würde ich mich vielleicht nicht so starrköpfig weigern, Sie wiederzusehen, aber ich habe das elende Gefühl, daß meine Seele wieder beschnitten werden soll, daß ihre jüngsten, ach so erfreulichen Triebe beschnitten werden und daß Sie auf dem besten Wege sind, Dinge zu sagen und zu tun, die wir beide für immer bedauern und bereuen würden. Wie habe ich es versucht, Sie zurückzuhalten, zu bremsen, und ich wünschte von Herzen, keinen Brief zu bekommen, der alles unwiederbringlich verderben würde. Habe ich denn nicht genug abgewinkt? Ich bitte Sie dringend, keine törichten Dinge zu schreiben, die, wenn sie erst einmal zu Papier gebracht und abgeschickt sind, nicht mehr zurückgenommen und verbrannt werden können. Immerhin – wenn Sie sich hinsetzen, um zu schreiben, können Sie wenigstens Ihre Worte nachlesen und, falls sie zu impulsiv ausgefallen sind, alles ins Feuer werfen. Wenn Sie jedoch hier wären – was können Sie mit Ihren Worten tun? – möchte ich wissen. Bin ich denn nicht Ihre Freundin? Wollen Sie mich nicht schonen? Zwingen Sie mich nicht, so eindeutig zu reden, daß all meine vorhergehenden deutlichen Worte dagegen überhöflich waren.

Von allen weisen Ratschlägen, die man Ihnen in dieser Stunde geben könnte, ist der so weise und für uns beide so kostbare: mich in Ruhe zu lassen. Ich bitte Sie ernstlich darum, ach, mehr als ernstlich, inständig, voll leidenschaftlicher Angst, Sie könnten sie zurückweisen.

Ihre R. M. Schmidt

Ich fange an zu glauben, daß es wahr ist, was ich oft befürchtet habe: Ich bin ein Mensch, dazu verurteilt, nach und nach alles zu verlieren, was mir das Liebste ist.

LXX.

So also ist Ihnen nicht zu helfen. Sie wollen es so haben. Sie wollen allem ein Ende machen. Sie haben mir einen Liebesbrief geschrieben, das, was ich so lange verhindern wollte. Ich kann nichts tun, als in Schweigen zu versinken.

LXXI.

Was kann ich anderes tun, als schweigen? Ich will Sie nicht heiraten. Und nach diesem kann ich Sie auch nicht mehr meinen Freund nennen.

LXXII.

Oh, wie habe ich versucht, wie habe ich gehofft, Sie zurückzuhalten, zu behalten. Es war so wunderschön für mich. Alles war verändert. Nun haben Sie zum zweiten Mal das Licht aus meinem Leben genommen.

LXXIII.

Lassen Sie mich in Frieden. Quälen Sie mich nicht mit heftigen Briefen. Ich liebe Sie nicht. Ich will Sie nicht heiraten. Als Freund hatte ich Sie wirklich und ernstlich lieb. Doch was für ein Unterschied zwischen diesen Gefühlen und meiner Verlassenheit, dem Aufgeben meiner Hingabe, meiner Vergötterung voriges Jahr in Jena! Nur dies, nur jene atemlose Leidenschaft könnte mich verleiten zu heiraten, und die würde ich nie für einen Mann aufbringen, empfinden, den ich bemitleide. Ist Anbetung nicht ein Aufsehen, ein Hinaufsehen? Ein Taumel, eine Verzückung im Glauben? Nein. Ich vermag nicht, zu Ihnen aufzusehen. Ich habe kein Vertrauen zu Ihnen. Lassen Sie mich in Frieden.

LXXIV.

Wir wollen die Sache ganz ruhig betrachten. Wir wollen versuchen, einander Lebewohl zu sagen ohne großes Geschrei. Was nützt es denn schließlich, so hartnäckig alles breitzutreten? Wir haben einander viele glückliche Stunden geschenkt – sollten wir darüber nicht dankbar sein, statt es tragisch zu nehmen? Hier stehen wir nun zuletzt auf dem Punkt, dem Unvermeidlichen ins Auge zu sehen. Wollen wir das nicht angemessen, würdig tun? Sehen Sie: Da ist eine Frau, die Sie nicht liebt. Möchten Sie sie denn heiraten, wenn sie nicht mag? Seien Sie nicht ungehalten, nicht böse auf mich, weil ich Sie nicht lieben kann – was kann ich denn dafür? Ich bin so weit von dem geringsten Gefühl dazu, daß es mich anstrengt, an etwas so Anstrengendes auch nur zu denken, an die Schererei durch die ständige seelische und körperliche Hochgestimmtheit, mehrere Grade über dem Normalen. Das Normale ist, was ich anstrebe. Mein Herz sehnt sich danach. Ich will keine Ektasen. Ich will keine Aufregungen. Ich will nicht die ewigen Wechsel zwischen Seligkeit und Todesangst. Ich will nur jenes friedliche Geschöpf, ein unverheiratetes weibliches Wesen sein, das seinen ältlichen Vater versorgt, seine Blumen pflegt, seine Bienen streichelt – ach nein, ich glaube, Sie könnten ihre Bienen nicht streicheln – also ihre Katze, die ich noch nicht habe, streichelt. Jawohl, ich weiß ja, daß ich auch stürmische Stimmungen habe, so, wie diejenigen, die ich Ihnen dummerweise neulich geschildert habe und die Sie in eine noch viel stürmischere Stimmung versetzt haben, aber sie verebben bald wieder, wenn sie sich ausgetobt haben. Und was dann folgt, ist wie lichter Sonnenschein nach Regen. Je älter ich werde, wünsche ich mir dieses klare Licht immer mehr in meiner Umgebung; dieses klare Licht soll immer mehr um mich scheinen. So mache ich dafür tapfere Pläne – wollen Sie nicht auch solche fassen? Lieber vergangener Freund – ehemaliger Liebster – verlangen Sie von mir nicht etwas, was ich nicht habe. Ja, wir leiden jetzt beide, doch gibt es die Zeit, diese freundlichste, besänftigste Heilerin, die zuletzt alle scharfen Kanten glättet und die zerbrochenen Reste der Vergangenheit forträumt.

LXXV.

23. JANUAR

Sie haben mir zum zweiten Mal das genommen, was mir so teuer war, und es darf kein drittes geben. Einmal haben Sie bewiesen, daß Sie kein treuer Liebender waren, nun haben Sie gezeigt, daß Sie auch kein treuer Freund sind. Ich weiß, ich bin keine bequeme Frau, die man einmal verehrt und dann fallen läßt in einem beständigen Auf und Ab. Wir wären ein elendes Paar geworden, selbst wenn ich Sie liebte. – Sie mit dem Gefühl, ich passe nicht in Ihre Kreise, ich, die ich dies wüßte. Dazu käme meine ewige Todesangst vor Ihrer Unbeständigkeit und Ihren Stimmungen von heiß und kalt. Vor allem aber liebe ich Sie nicht, was Sie offenbar nicht wahrhaben können. Jedoch, es ist wahr, und damit ist alles entschieden, für alle Zeit.

LXXVI.

Muß ich denn alles immer wieder erklären? Ich hatte geglaubt, ich müsse Sie entschädigen dafür, daß ich Sie im letzten Jahr, wenn auch unwissentlich, dazu gebracht hatte, sich einzubilden, Sie würden mich lieben. Ich wollte Ihnen wirklich etwas behilflich sein und sah, daß Sie das gern hatten. Je weiser wir beide wurden, desto mehr glaubte ich, meine Briefe könnten Ihnen eine Hilfe sein, der Sie keine Schwester haben und keine Mutter, und nur einen Vater, mit dem Sie nicht sprechen. Ich glaubte wirklich, ich könne der Mensch sein, dem Sie alles erzählen und auf den Sie sich verlassen können. Es hätte etwas Ehrliches, Klares, Freies, Freundschaftliches werden können. Es hatte noch gar nicht recht begonnen, denn erst mußte ich mich aus den tiefen Wassern herauskämpfen, in denen ich beinahe ertrunken wäre. Später erschien es bloß ein Hinhalten und Aufschieben, ich schrieb über alles mögliche, war entschlossen, Ihnen kleine Begebenheiten, kleine Geschichten zu erzählen, über meine Nachbarn zu plaudern, über Leute, die Sie nicht kannten − kurz über alles, nur nicht über meine und Ihre Seele. Hatte ich aber Zeiten von großem Kummer, wenn ich zu große Sehnsucht hatte nach einem wirklichen Freund, dem ich alles erzählen konnte, dann kam eine Antwort von Ihnen, daß mein Herz stillstand. Ich hatte meinen Liebsten verloren, und nun sah es aus, als verlöre ich auch meinen Freund.

Anfangs glaubte ich, es werde sich legen, Sie würden zur Ruhe kommen, es sei bloß eine Frage der Geduld. Sie jedoch konnten nicht warten, hielten genau das nicht für möglich, Sie könnten nicht das bekommen, was Sie haben wollten, und Sie haben die arme Gans getötet, die ich so angstvoll beobachtete, damit sie uns schöne goldene Eier legt. Ich denke voll Mitleid an Sie. Ich weiß, wie schrecklich es ist, jemanden zu lieben, der einen nicht wiederliebt. Es ist aber auch schrecklich für uns beide, daß Sie mich nicht verstehen, weil Sie mir nicht glauben wollen. Oft habe ich mich selbst nicht verstanden, hier aber liegt alles so klar vor mir. Liebe ist nicht etwas, das man aufhebt und dann in den Rinnstein wirft, um es wieder aufzuheben, ganz nach Laune. Leider bin ich, zu Ihrem Unglück, ein Mensch mit einer ganz besonderen Abneigung, länger zu bleiben, als man erwünscht ist. Dem Mann, den ich lieben könnte, müßte ich vertrauen können, er liebe mich mein Leben lang. Ihnen aber kann ich nicht vertrauen. Ich habe Sie einmal länger geliebt als Sie mich. Ich wurde in die Gosse geworfen, ich bin an diesem trüben Ort beinahe untergegangen. Oh, nennen Sie mich meinetwegen hart, bösartig und rachsüchtig, unglaublich grausam, wenn Ihnen das ein Trost ist – aber hören Sie nun meine letzte Prophezeiung: Sie werden todsicher auch über diesen Verdruß hinwegkommen, wie Sie über ähnliche Verdrusse hinweggekommen sind. Sie werden eines Tages sagen: Gott sei Dank, daß dieses deutsche Mädchen – wie hieß sie doch gleich? hieß sie nicht Schmidt? – oh, Himmel, ja, so hieß sie –, daß sie dumm genug war, nicht eine unverantwortliche, allerdings nur vorübergehende Besessenheit auszunützen. Wenn ich bitter bin, vergeben Sie mir.

LXXVII.

27. JANUAR

Es hat keinen Sinn.

LXXVIII.

Ich will Sie nicht sehen.

LXXIX.

Ich liebe Sie nicht.

LXXX.

Ich werde Sie nie heiraten.

LXXXI.

Nun schreibe ich nicht mehr!

Nachwort

Wann lesen Menschen Nachworte? *Nach* der Lektüre des jeweiligen Buches, wie es immerhin angeboten wird? *Vorher*, um sich einstimmen zu lassen? Oder so wie vermutlich Sie jetzt: Zuerst haben Sie ein wenig in Elizabeths Briefroman geschmökert, dann bei der Passage, die sich ein wenig in die Länge zog, wollten Sie im Nachwort erkunden, wie sich der Spaß entwickeln wird. Geben Sie es ruhig zu! Das Ende wird hier natürlich nicht verraten, denn dieser Geschichte einer glücklichen Frau müssen wir schon zuhören.

In der Beschreibung eines heiter ereignisarmen Alltags entwickelt Elizabeth von Arnim ganz behutsam ihren lebensklugen, warmherzigen Humor. Elizabeth war, als sie Rose-Marie Schmidts Briefe schrieb, mit einem deutschen Grafen verheiratet, hatte fünf Kinder und reiste ständig durch die Weltgeschichte, um nicht auf dem Gutshof ihres Mannes zu versauern. Ihre Ehe war nicht sonderlich glücklich, aber Elizabeth ist ein so glücksbegabter Mensch, so daß sie sich selbst immer wieder am eigenen Zopf aus dem traurigen Sumpf zieht.

Auf den Bildern dieser Zeit sehen wir sie mit etwas aufgedunsenem Gesicht und einem unförmigen Körper. Ein Baby hat sie auf dem Arm und an jeder Hand ein weiteres. Erst in späteren Jahren ist sie dann wieder als wundervolle, imponierende Erscheinung zu sehen: schön, schlank und elegant. Jedoch in ihren ersten Jahren in Deutschland mit den vielen kleinen Kindern ist das anders. Manche ihrer Freunde meinten, Elizabeth hätte nie Kinder haben dürfen, sie selbst sagte, es hätten einfach nur weniger sein sollen

Aber auch in dieser schwierigen Phase ihres Lebens

schafft sie sich einen Freiraum. In einem alten Gewächshaus schreibt sie ein Buch, ihre erste Veröffentlichung: ›Elizabeth und ihr deutscher Garten‹ wird ein Riesenerfolg. Weitere Geschichten folgen, darunter auch ›Fräulein Schmidt und Mr. Anstruther‹, jener Briefroman, in dem sie sich das ganz andere Leben als alte deutsche Jungfer ausmalt. Rose-Marie sorgt in Jena für ihren Vater und will nichts weiter vom Leben als ihre Ruhe und Zufriedenheit, die durch keinen Mann gestört werden darf. Denn, machen wir uns doch nichts vor, das Leben mit einem Ehemann, sei er auch noch so herzensgut, ist bisweilen ein wenig beschwerlich. Fräulein Schmidt schätzt das ganz richtig ein und weiß ihr Seelenheil nach der ersten Enttäuschung erfolgreich zu verteidigen. Dies ist also der Gegenentwurf, den Elizabeth sich zu ihrem eigenen Leben erfindet.

Sie selbst stammt aus einer trubeligen Großfamilie, in der die Kinder eine solide Gefühlsgrundlage für ihr Leben bekommen haben. Geboren wurde sie 1866 als Mary Annette Beauchamp in Australien. Ihr Vater, Henry Beauchamp, war von einer Handels- und Reedereigesellschaft von London aus dort hingeschickt worden. Er verliebte sich in Elizabeth Weiss Lasseter, genannt Louey. In einem Brief schrieb die hübsche und kecke Braut ihrem Henry ziemlich resolut, sie werde ihn so glücklich machen, wie er es sich auch für sie vornehme, gemeinsam werde man es schaffen... Das Ehepaar bekam sechs Kinder und adoptierte ein weiteres aus der Verwandtschaft dazu, dessen Eltern gestorben waren.

Mary Annette war das allgemein verhätschelte Nesthäkchen in der Familie, von den älteren Schwestern wurde sie umherkutschiert, getragen und mit Leckereien beschenkt. 1870 siedelte die Familie wieder nach England um, denn Vater Beauchamp hatte inzwischen genug Geld verdient, um sich in seiner Heimat zur Ruhe setzen beziehungsweise seinen Privatinteressen widmen zu können. Seine Familie hatte allerdings in der ersten Zeit im nebeligen England schreckliches Heimweh nach Australien, nach den Orangenhainen und der Sonne. (Elizabeth hat noch ihr ganzes Leben lang unter den langen Wintern in Nordeuropa gelitten.) Auch Ehefrau Louey begann zu kränkeln, und Henry fürchtete schon, sein gesamter Wohlstand werde für Arzt- und Apothekerrechnungen draufgehen. Er reagierte zunehmend mißmutig auf Ärzte, fing sie an der Tür ab und schickte sie wieder nach Hause. Die Medizin, die Louey brauchte, hatten sie sowieso nicht. Sie erholte sich langsam von ihrem Kulturschock, lud Gäste ein, gab Gesellschaften und wurde zu einem begehrten Mitglied der Londoner Oberschicht, immer umschwärmt von zahlreichen Freunden und Bewunderern. Elizabeth beschreibt sie als unbekümmertes, anbetungswürdiges Geschöpf. Sie erinnert sich aber auch an harte Auseinandersetzungen zwischen ihren Eltern, wenn Louey wieder einmal — zumindest für einen Mann — unglaubliche Geldsummen für Stoffe ausgegeben hatte. Aber sie wußte mit ihrem griesgrämigen Henry umzugehen und betörte ihn so, daß er sich den Schmeicheleien seiner Frau kaum entziehen konnte. Im Winter 1870/71 floh die ganze Familie vor dem englischen Winter nach Lausanne. Man mietete ein Haus, und Henry ließ seine Familie dort zurück, um sich auf ausgedehnte Reisen zubegeben.

1875 war allerdings das unbeschwerte Leben für Henry Beauchamp vorbei. Durch einen Bankenkrach hatte er sein Vermögen verloren, und die Reserven der Familie waren rasch aufgebraucht. Er mußte sich also wieder mit dem leidigen Geldverdienen beschäftigen, erneuerte seine Kontakte nach Australien und versuchte, den Handel von London aus wieder flottzukriegen. Die Familie siedelte 1881 wieder dorthin zurück. Die älteren Töchter waren bereits vorteilhaft verheiratet, und seine kleine May, die Tochter Mary Annette, machte dem Vater nun auch Vergnügen. Er notierte ihre Schulerfolge in seinem Tagebuch und freute sich über das aufgeweckte, fleißige Kind mit den strahlenden Augen und dem schönen Haar. 1889 unternimmt er eine Italienreise mit Mary Annette, und er beschreibt mit einer unvergleichlichen Mischung aus Seufzern und Selbstironie, wie er seine Tochter an die Männerwelt verliert. »Heute haben wir mit nur sechs ›Juans‹ zu Abend gegessen«, lautet eine seiner ulkigen Tagebucheintragungen. Bei einer Gesellschaft in Rom verwickelt ihn ein deutscher Graf in ein Gespräch, als er gerade nach Hause gehen will. Es ist Henning August von Arnim-Schlagenthin, ein Mann mit weltläufigen Manieren und selbstbewußtem Auftreten. Er hat sich in die junge Engländerin verliebt und bietet nun Vater und Tochter zunächst einmal seine fachkundige Führung an. Von Sehenswürdigkeit zu Sehenswürdigkeit schnauft der knapp vierzigjährige, verwitwete Graf mit den beiden durch Rom. Mary Annette erklärt er optimistisch, daß er sie heiraten wolle, und sie werde sich dann schon an ihn und seine Liebe gewöhnen. Vater Henry sieht der Entwicklung der Ereignisse irritiert zu und ordert in einem Brief nach England umgehend Verstärkung; was hier zu regeln ist, bedarf weiblicher Intelligenz. Ehefrau Louey und Tante Jessie reisen aus England an, um die Angelegenheit zu begutachten. Louey findet ihre kleine May rettungslos in den Grafen verliebt, ebenso wie umgekehrt – und ist entzückt über diese gute Partie. Aber andererseits erlebt sie auch die Angst und den Kummer einer Mutter, wenn das letzte Kind fortgeht.

Außerdem bemitleidet sie May auch für diesen wunderlichen deutschen Grafen, der aus einer so fremden Welt stammt. Aber Louey tut, was zu tun ist, kauft Kleider, Handschuhe und dergleichen, um ihre Tochter standesgemäß auszustatten, eine letzte kostspielige Investition in die Zukunft ihres Kindes, die sich die Beauchamps eigentlich kaum leisten können. Graf Henning führt seine zukünftigen Schwiegereltern und seine Braut nach Bayreuth, man besucht verschiedene Gesellschaften, und Louey ist sichtlich beeindruckt von dem deutschen Adligen, der überall mit Ehrerbietung empfangen und von jedermann gegrüßt wird. Elizabeth erinnert sich später, daß es in Bayreuth im Umkreis von fünf Meilen keinen Baum gab, unter dem sie nicht geküßt worden war – und zweifellos schafft die Tatsache, von jemandem geküßt worden zu sein, eine gewiße Bindung. Man empfindet nicht mehr so wie vorher. So unterkühlt und spröde, wie es in der Erinnerung geschildert wird, war es damals sicherlich nicht; ihre Mutter Louey jedenfalls ist überzeugt davon, Tränen in den Augen ihres kleinen Lieblings zu sehen, sobald der Bräutigam für eine Weile das Zimmer verläßt, und Glück, wenn er wiederkommt.

Mary Annette nimmt nun Deutschstunden und will sich gründlich auf ihre Ehe mit dem Grafen vorbereiten. Henning von Arnim war schon einmal verheiratet und hatte durch eine tragisch verlaufende Krankheit nicht nur seine Frau, sondern auch das gemeinsame Kind verloren. Danach ist er jahrelang durch Europa gereist, und nun hofft er, in einer Ehe mit der jungen Engländerin Mary Annette Beauchamp ein Zuhause zu finden. Am 6. Februar 1890 wird in London auf dem deutschen Konsulat ein Ehekontrakt aufgesetzt, am 21. Februar ist Hochzeit in der Church of St. Stephen.

Die ersten Jahre ihrer Ehe müssen für Elizabeth furchtbar gewesen sein. Sie fühlt sich unendlich einsam in Berlin. Das Paar lebt in der Stadtwohnung des Grafen, von wo eine Frau selbstverständlich nicht ohne Begleitung zu eigenen Aktivitäten aufbrechen darf. Sie hat die Dienstboten zu beaufsichtigen, Gesellschaften zu organisieren, ihren Gemahl zu begleiten und vor allem soll sie einen männlichen Erben als Stammhalter der Familie zur Welt bringen. Elizabeth bekommt ziemlich rasch hintereinander drei Mädchen, sie leidet unter den Schwangerschaften und beginnt, sich ihrem zudringlichen Ehemann zu verweigern. Immer häufiger kommt es zu Streitigkeiten zwischen den beiden. Elizabeth nennt ihn »Man of Wrath«, den Grimmigen. Ihre Situation bessert sich erst, als die Familie nach Pommern, auf das Gut Nassenheide zieht. Elizabeth hat ihren Ehemann auf einer Reise zu den Gütern begleitet und ihn überzeugen können, daß sie und die Kinder auf dem Lande am besten aufgehoben sind.

Elizabeth legt dort ihren berühmten Garten an, um den sie mit dem angestellten Gärtner zwar ringen muß, weil er viele ihrer Anweisungen sonderbar findet und mißbilligt, aber der Garten wird bunt, wild und prächtig. Viele Jahre lang ist es ein wichtiger Ort für Elizabeth, an dem sie neue Kraft schöpfen kann. Das Haus läßt sie innen hell streichen, so daß die Zimmer in den Garten überzugehen scheinen. Elizabeth lernt, daß Glück von innen kommt, selbst geschaffen werden muß und nicht allein durch äußere Umstände bestimmt wird. Sie bewundert die riesigen Wälder um Nassenheide und läßt den Kutscher, sooft es möglich ist, anspannen, um Ausflüge an die Ostsee, zur Insel

Rügen und an die pommerschen Seen zu unternehmen. Ihre Kinder werden anders erzogen als die deutschen Nachbarskinder von den umliegenden Gütern. Sie sollen unbeschwert und fröhlich aufwachsen. Ihre Pflichten als Hausfrau nimmt Elizabeth nicht ganz so ernst, sie verspottet ihre Tätigkeit als »Würstchen zählen«. Zum Nachdenken und Schreiben zieht sich Elizabeth jeden Tag ein paar Stunden zurück. Eines Abends ist es dann soweit, sie liest ihrem Mann das erste fertige Manuskript vor: ›Elizabeth und ihr deutscher Garten‹. Der Graf ist entzückt und findet, daß er nicht der einzige sein sollte, dem das Vergnügen daran vorbehalten bleibt. Elizabeth schickt ihr Manuskript an einen Verleger in London und hat sofort Erfolg. Bereits im Erscheinungsjahr 1898 erlebt das Buch elf Auflagen, ein Jahr später sind es schon einundzwanzig und kein Ende in Sicht. Kritiker sind begeistert: Da ist endlich ein neuer, höchst anmutiger, natürlicher, leichter Ton. Man rätselt, ob es ein Mann sei, der dieses Buch unter weiblichem Pseudonym geschrieben habe. Aber es gibt natürlich auch ein paar negative Reaktionen; so stellt ein Kritiker etwa schockiert fest, in diesem Buch würden Ehemänner als eine Plage und Kinder als amüsantes Spielzeug dargestellt. Zu *egoistisch* geschrieben, lautet vielfach das Urteil. Eine Frau hatte sich ihrem Manne klaglos unterzuordnen und stets für ihre Kinder zu sorgen, und es stand ihr nicht zu, über ihre eigene Lage charmant zu spotten.

Ein anderer Kritiker meint, es möge zwar Leser geben, die mit mildem Vergnügen die Geschichte von ›Elizabeth and her German Garden‹ läsen, aber selbst der Amateurgärtner würde enttäuscht sein, nichts über Pfropfen von Bäumen oder neue Methoden der Schädlingsbekämpfung zu erfahren. Wer – so resümierte der wackere Mann – keine Gehirnerweichung erleiden wolle, sollte einen Bogen, soweit wie irgend möglich, um das Buch machen. Warum er soviel Galle spucken muß und nicht genießt, daß dort eine Frau über die Schönheiten der Natur schreibt und versucht, eine ausgeglichene Seelenlage herzustellen, werden wir nie mehr herausfinden. Sentimentalität, Egoismus und Grammatikfehler warf ein anderer Zeitungsmann Elizabeth vor. Das trifft die Autorin schon eher, denn Sentimentalität verabscheut sie ebenso wie Kitsch und Selbstmitleid, nichts davon würde sie sich gestatten. Die Grammatikfehler versucht sie in ihren nächsten Büchern mit Fleiß zu vermeiden. Sie lebt ja längst nicht mehr in der Sprache, in der sie schreibt, und das Englische besteht aus lauter grammatischen Feinheiten, die ein Außenstehender selten bemerkt und fast nie wirklich beherrschen kann. Solche Details spürt man eher, als daß man jemals die Regeln lernt. Die mäkelnden Kritiker können nicht verhindern, daß ›Elizabeth und ihr deutscher Garten‹ ein Publikumsrenner wird.

Aber alle Schriftsteller, die mit ihrem ersten Buch einen Sensationserfolg feiern, haben es mit den nächsten sehr schwer. Die natürliche Unbefangenheit, mit der sie als Unbekannte geschrieben haben, läßt sich niemals wiederholen. An das zweite Buch werden statt dessen unglaublich hohe Erwartungen geknüpft. Elizabeth erlebt also eine schwierige Phase: Sie beginnt an sich selbst zu zweifeln, hält sich für eine arme Idiotin und arbeitet verzagt weiter. Zwar hat sie inzwischen schon größere Routine beim Schreiben, aber sie schleppt sich durch den eigenen Text. Wichtiger als alle Kritiken in den Zeitungen ist für sie die Meinung ihres Vaters. Bei ihrem ersten Buch hat sie das Gefühl, es habe ihm nicht so besonders gut gefallen. Von ihrem nächsten Werk ›Einsamer Sommer‹ aber ist er entzückt und meint, es könnte helfen, allen die Augen zu öffnen für die Schönheiten, die der Allmächtige so überaus großzügig verstreut hat.

Elizabeth reist nach England zu ihren Eltern, als sie kurz vor der Geburt ihres vierten Kindes steht. Die ersten vernichtenden Kritiken zu ihrem neuen Buch erscheinen in dieser Zeit. Sie ist schockiert über die Erbostheit, die es auslöst. Der Graf kommt unterdessen aufgeräumt und munter von Berlin nach London, um sich bei einer Landwirtschaftsausstellung Schweine anzusehen.

Elizabeth bringt ihr viertes Mädchen zur Welt und fällt in ein tiefes schwarzes Loch. Sie hat mit einem Mal die Vision, in den nächsten Jahren ein fünftes, sechstes Mädchen zur Welt zu bringen in einer nicht endenwollenden Kette von Schwangerschaften, bis endlich der ersehnte Stammhalter da sein wird. Aber ihre Familie tröstet sie, Elizabeth kehrt nach Nassenheide zurück, wird überschwenglich von ihren Mädchen begrüßt und findet einen prächtigen Septembergarten vor.

Ein paar Tage später wird Graf Arnim plötzlich verhaftet. Offenbar ist er das Opfer einer üblen Intrige geworden, Unregelmäßigkeiten bei Bankgeschäften werden ihm vorgeworfen. Elizabeth kämpft darum, ihn wenigstens im Gefängnis besuchen zu dürfen, und fährt jeden Tag nach Stettin. Dort muß sie ihren Ehemann in den wenigen Stunden Besuchszeit trösten und ihm Mut machen. Er ist in einen Zustand der Apathie und tiefer Verzweiflung gefallen und braucht dringend Unterstützung. Keiner der Freunde kommt, sie ziehen sich abrupt zurück. Zwar gelingt es Henning von Arnim, die Vorwürfe wieder zu entkräften, aber ganz verwunden hat er diesen Schlag wohl nie mehr. Seine Gesundheit ist angeschlagen, und er muß erhebliche finanzielle Einbußen hinnehmen. Bisher hat er seine Landgüter durch Bankgeschäfte unterhalten können, jetzt zieht er sich als Bankdirektor von allen Geschäften zurück. Elizabeth, die bisher aus reinem Vergnügen geschrieben hat, ist nun froh, etwas zum Familieneinkommen beisteuern zu können. Sie schreibt ihrem Vater, daß Henning und sie, nach heftigen Stürmen, wieder im sicheren Hafen angekommen seien. Sie hat ihren Mann in dieser Zeit besser kennengelernt. Später beschreibt sie ihn den Kindern immer wieder als ungeheuer klugen Mann mit gesundem Menschenverstand, dem seine aufbrausende Art verziehen werden müsse. Er polterte oft, beschimpfte andere als Esel, Quatschkopf oder verspottete sie als Duselfritz. Aber er war eben auch ein freundlicher, zuverlässiger Mann, der unermüdlich für die sorgte, die er liebte, und er war tief enttäuscht darüber, daß ihm in der Not keiner seiner Freunde geholfen hatte.

Elizabeth versucht wieder, den gewohnten Alltag auf Nassenheide herzustellen, zum Schreiben zurückzufinden und an einem Buch zu arbeiten, das sie vor all den aufreibenden Ereignissen begonnen hat. Aber inzwischen ist sie in einer ganz anderen Stimmung, und es fällt ihr schwer, es zu Ende zu bringen. Sie veröffentlicht den Roman ›Die Wohltäterin‹. Sie meint, das glückliche unabhängige Leben auf dem Lande erschöpfend beschrieben zu haben und sieht sich nach neuen Themen um. Bei einem Besuch in England ist der Vater entzückt von seiner selbstbewußten, schönen Tochter. Sie sei eine Mischung aus Täubchen und Schlange geworden, stellt er zufrieden fest und segnet den »Man of Wrath«, den grimmigen Ehemann seiner Tochter. Die Arbeit an dem Erfolgsbuch ›Elizabeth auf Rügen‹ beginnt. Hier beschreibt sie zauberhaft die Reise von zwei unabhängigen, mutigen Frauen. Inzwischen finden alle ihre Bücher große Beachtung. Bei den Lobhudeleien, die in den Zeitschriften über sie stünden, schreibt Elizabeth, blähten sich ihre Nüstern. Aber eines Tages hat sie üble Vorahnungen und nimmt besorgt ein heißes Fußbad. Etwas habe ihr damals den Wind aus den Segeln genommen, schreibt sie später, und das war H. B., dessen Erscheinen sich ankündigte. H. B. – so nannte sie jahrelang etwas unwirsch ihren Sohn Henning Bernd. Sie hat Mühe, den so lange ersehnten Stammhalter zu lieben und die absurde Alleinerben-Verehrung ihres Mannes zu ignorieren. Vor der Geburt flüchtet sie sich zu ihrem Bruder und sagt sonst niemandem etwas. Die Mädchen erinnerten sich später, daß bei der Rückkehr ihrer Mutter mit dem neuen Baby nach ein paar Monaten sie sich durch den Bruder schmerzlich in ihrer Bedeutung zurückgesetzt fühlten. Elizabeth kann sie rasch beruhigen, denn ihr ist der erste und einzige Sohn noch nicht so recht ans Herz gewachsen. Der aber drückt sein eigenes Gefühl des Unerwünschtseins durch stundenlanges, lautes und unnatürlich schrilles Schreien aus. Es ist nötig, daß Elizabeth wieder Ruhe und Beständigkeit in den vernachlässigten Haushalt bringt. Die Kinder haben während ihrer Abwesenheit unter einem geradezu sadistischen Kindermädchen gelitten. Elizabeth engagiert nun einen englischen Hauslehrer, der ihnen wieder beibringt, zu lachen und zu spielen. Der nächste Lehrer, den die Kinder haben, ist der Schriftsteller E. M. Forster, der entzückt registriert, daß Frau Gräfin ihn als eine Art Kumpel behandelt. Sie kritisieren gegenseitig ihre Texte, und Forster ist überrascht, daß die Gräfin findet, er könne besser schreiben als sie – ein Gedanke, der sie ziemlich peinigt. Die Kinder beschreibt Forster als intelligent und leicht zu unterrichten. Ihre Ungezogenheit kann er mit milder Strenge überwinden.

Der nächste Hauslehrer heißt Hugh Walpole, auch

ein Schriftsteller; er hat sich in Elizabeth verliebt und will unbedingt in ihrer Nähe sein. Als er sie kennenlernt, beschreibt er sie als kleine, hübsche Person, die unverblümt und scharf zu allem ihre Meinung sagt. Walpole hat reichlich unter ihren Launen und Attacken zu leiden während seiner Zeit in Nassenheide. Elizabeth habe gesagt, daß er zuwenig Erfahrung mit den Damen besitze und wolle ihn trainieren, berichtete er in einem bitterlichen Heimwehbrief seiner Mutter.

Elizabeth unternimmt wieder kleine Reisen und genießt ihr Zuhause und ihren Garten um so stärker, wenn sie wieder nach Hause kommt. Sie arbeitet viel und erscheint oft tagelang nur zu den Mahlzeiten. In vielen Geschichten hat sie einen Gedanken formuliert, den Virginia Woolf zwanzig Jahre später wieder aufgreift. Für das Glück und die Unabhängigkeit einer Frau braucht sie einen Raum für sich allein, Zeit und Konzentration. In ihrem nächsten Buch erfindet sie jene Frau, die diese drei Vorausetzungen verteidigt, und wenn es sie das Leben selbst kostet: Rose-Marie Schmidt.

Inzwischen erscheint das Buch ›The Adventures of Elizabeth in Rügen‹. Die Kritiker geraten wieder einmal buchstäblich aus dem Häuschen, eine exquisite Atmosphäre der Sympathie umgebe Elizabeth, so daß ihr ein Spitzenplatz unter den Gegenwartsschreibern zustehe. Man lobt die Heiterkeit, den feinen Sinn für Humor, die schier unerschöpfliche Liebenswürdigkeit ihrer Bücher und ihren eigenartigen Charme. Manche Leser möchten immer wieder Autobiographisches von Elizabeth lesen und reagieren eher zurückhaltend, als 1906 ›Fräulein Schmidt und Mr. Anstruther‹ erscheint. Nachdem Elizabeth mit der Beschreibung einer Dame auf Reisen eine komische Highsociety-Seifenoper geboten hat, beschreibt sie nun das einfache Leben einer

Professorentochter in Jena. Das neue Buch hat einen dunkleren Grundakkord; es erzählt, wie eine verwundete Seele der Gefahr, im Selbstmitleid zu ertrinken, entgeht und kraftvoll zu einem fröhlichen, kreativen Leben zurückfindet. Gerade darum ist das Buch von vielen mit besonderer Dankbarkeit aufgenommen worden. Kritiker fanden zunächst an der Konstruktion etwas unglücklich, daß eine Korrespondenz einseitig vorgeführt wird. Aber die Briefe von Mr. Anstruther werden ja sozusagen gespiegelt, und anders wäre die Zartheit dieser Frauenfigur nicht so klar zu beschreiben gewesen. Monatelang hat Elizabeth für dieses Buch recherchiert, um ein authentisches Gefühl dafür zu bekommen, wie sich eine junge einfache Frau in Jena fühlen mag, um ihren Kummer, ihre Bedingungen und ihre Sorgen kennenzulernen. Tatsächlich hat Elizabeth sich sogar als Englischlehrerin in Jena beworben. Ihre eigenen Dienstmädchen haben nicht schlecht gestaunt, mit was für armseligen Kleidern im Schrankkoffer die Frau Gräfin zu ihrer geheimnisvollen Aktion aufbricht. Sie arbeitet bei einem deutschen Professor, um das Ambiente ihres Romans genau zu studieren. Erstaunt stellt sie fest, in was für einer kleinen, ungeheizten Mansardenstube sie untergebracht wird, um für kargen Lohn Englischstunden zu geben. Währenddessen werden ihre Kinder in Nassenheide ernstlich krank, und der Graf bittet Elizabeth dringend, ihren »Urlaub« in Jena abzukürzen.

Elizabeth, selbst eher eine jener elfenhaften Frauen, die Männer meist liebend gern auf Händen tragen, sich von ihren Launen martern lassen und dieses Geschöpf gleichwohl unerschütterlich für das beste halten, was ihnen je begegnet ist, verwandelt sich in diesem Buch auch körperlich in eine andere. Rose-Marie ist ein Meter siebzig groß, »wenn ich hinfalle, gibt es einen

Plumps«, stellt sie nüchtern in einem Brief fest. Den Zustand des akuten Verliebtseins beschreibt Elizabeth: »daß du einerseits mit dem Kopf an die Sterne stößt oder aber in eisiger Tiefe deines Herzens lauschst, das vor Furcht kaum zu schlagen wagt . . .« – Genauer kann man es nicht sagen. Liebe ist seltsam und schrecklich, allein schon durch diese Wucht, mit der sie das Herz in Beschlag nimmt. An einem Tag fühlt sich die arme Rose-Marie göttergleich, dann hundeelend. Sie beginnt, sich danach zu sehnen, lieber ein kleines Glück hauchdünn auszuwalzen, damit es ein Leben lang hält, als in diesen Wechselbädern der Gefühle sich zu Tode zu erschrecken. Eine wahrhaft erstaunliche Lebensklugheit zeichnet die junge Dame aus, die vor Gram fast gestorben wäre und gestärkt wieder zu den Lebenden zurückgekehrt ist. Sie weiß, daß sie ihr Leben nicht verschwenden will in einer zerbröselnden Reihe staubiger, leerer Tage. Köstliche Dialoge sind in diesem Buch wiedergegeben, das doch aus nichts anderem als an sich völlig belanglosen unspektakulären Alltagsbeschreibungen besteht: »Meine liebe junge Dame, Sie haben wohl kürzlich wieder nur von Gemüsen gelebt?«

»Warum?«

»Ihre Gedanken scheinen mir wäßrig.«

So meint jedenfalls der Nachbar von Fräulein Rose-Marie. Aber in Wirklichkeit sind ihre Gedanken alles andere als das. In großer Scharfsicht urteilt das deutsche Fräulein über das, was in einer Ehe zu erwarten ist, und hier hören wir deutlich die Erfahrungen der Autorin Elizabeth heraus. Gibt es ein einziges Wesen auf der Welt, das heiter und dickfellig genug ist, daß es nicht spürt, wie sich das zarte Kätzchen Liebe in ein wütendes Raubtier verwandelt, das mit seinen Krallen grausame Wunden zufügt? Manche dieser Male sind so grausam, daß sie immer wieder aufgehen und bluten. Und wenn sie mit den Jahren allmählich eintrocknen, dann sind da immer noch die Narben. So ist es, leider; miteinander zu leben, bedeutet auch, sich gegenseitig Wunden zuzufügen. Aber da kommt dieses selbstbewußte Mädchen und will das alles nicht. Sie will allein bleiben und sich dieser Tortur gar nicht erst aussetzen. Ihr Bräutigam hat sie freundlicherweise sitzenlassen, so daß sie in aller Ruhe als Jungfer alt werden kann. Es soll in England junge Leser gegeben haben, die nach der Lektüre spontan nach Jena reisen wollten, um dies zu verhindern. Der Bräutigam, dessen Abkehr so leicht verwunden wird, ist nun seinerseits betrübt, so rasch will man doch nicht vergessen sein. Aber für die Wunde verletzter Eitelkeit hat Rose-Marie keine mildernde Arznei zur Hand. Ihr ist erst ernst damit, daß sie nie wieder einem Mann Gelegenheit geben will, sie so zu kränken. Um sich herum beobachtet sie, was wir heute auch sehen können, daß nahezu jeder damit beschäftigt zu sein scheint, sich zu ent-lieben, und es damit seiner Familie ungemütlich zu machen. Im Hintergrund gleich einem griechischen Chor die jammernden und klagenden Verwandten. Mit dem genauen Blick der Außenstehenden beschreibt Elizabeth die Wunderlichkeiten, Geheimnisse und Bräuche der Gesellschaft in einer deutschen Kleinstadt, ihre Feindseligkeiten, Rituale und Bräuche. Ein Mädchen, das in diesem Umfeld nicht heiraten will, muß schon sehr tapfer und außerordentlich stark sein, um nicht unterzugehen. Rose-Marie meint, wenn diese Mädchen dagegen alle einen Beruf hätten und für sich selbst sorgen könnten: Tränenlos könnte die Welt sein. Das waren noch Hoffnungen! Ihre eigene Unabhängigkeit muß in diesem Milieu fast schon wie eine gefährliche Unverschämtheit gewirkt haben. Nackenschläge machen sie nur robuster, und zur Not vertraut sie der Zeit, die die zerbrochenen Reste der Vergangenheit forträumen wird. Dies ist also das Gegenmodell zu ihrem eigenen Leben. Rose-Marie erlebt nicht gerade euphorische Höhenflüge, aber sie hat sich so ein fragiles kleines Biedermeierglück geschaffen.

Wie anders ist Elizabeths Leben als Erfolgsautorin und eher »nebenberuflicher« Ehefrau eines deutschen Grafen. Sie ist weiterhin häufig unterwegs, heftig vermißt von ihren Töchtern, die ihr sagen: Sofort, wenn du wieder da bist, fängt der Spaß an. Elizabeth lebt in zwei Welten, auf dem Lande in ihrem Garten, dort, wo sie abends zusammen mit ihrem *Grimmigen* den Kartoffelacker begutachtet, und auf zahlreichen Reisen in den Städten, wenn sie Verträge für ihre Bücher abschließt.

1910 verschlechtert sich die finanzielle Lage der Familie so dramatisch, daß Gut Nassenheide verkauft werden muß. Elizabeth übersiedelt mit ihrem Mann, dem es auch gesundheitlich nicht gutgeht, nach England. Die beiden fahren noch nach Meran und Bad Kissingen, wo Elizabeth sich für ihren Ehemann ein bißchen Linderung seiner Krankheit erhofft. Aber Graf Henning von Arnim-Schlagenthin stirbt noch im selben Jahr.

Elizabeth bringt ihre Kinder in Internaten unter und beurteilt mit dem ihr eigenen Realismus die neue Lage. Nachdem die erste Trauer vorüber ist, wirkt sie geradezu berauscht von der neuen Bewegungsfreiheit. Sie läßt sich ein riesiges Chalet in der Schweiz bauen mit fünfzehn Gästezimmern, damit jedes Kind in den Ferien zusammen mit zwei Freunden nach Hause kommen kann. Die Kinder verleben hier im Wallis unbeschwerte Ferienwochen im Schnee, und Elizabeth genießt die klare Bergluft der Schweiz, die ihr wie

Champagner vorkommt. Hinter dem Haus läßt sie bald noch ein Mini-Chalet bauen, damit sie überhaupt zum Arbeiten kommt, denn die Besucher geben sich gegenseitig die Klinke in die Hand. Einer der Gäste heißt Francis Russell, der älteste Bruder des Philosophen Bertrand Russell. Elizabeth verliebt sich in ihn und heiratet ihn während des Ersten Weltkrieges. Doch diese Ehe wird nicht von Jahr zu Jahr vertrauensvoller und beständiger wie ihre erste, sondern verwandelt sich mehr und mehr in eine Hölle.

Francis Russell, ein geistreicher Partylöwe mit exzellenten Manieren, ist privat ein ziemlich roher, ungehobelter Geselle. Doch mit dieser Enttäuschung wird Elizabeth fertig. Sie trennt sich von ihm, als sie keinerlei Hoffnung mehr hat, daß er sich noch ändern könnte. Viel schlimmer trifft sie ein weiterer Schicksalsschlag, von dem sie sich nie mehr erholen wird. Ihre heißgeliebte Tochter Felicitas, das vierte ihrer Mädchen, muß in einem Internat irgend etwas Schreckliches getan haben. Was es war, wird aus den Briefen und Tagebüchern nicht deutlich, aber es reicht aus, um sie von der Schule zu verweisen. Felicitas, jahrelang Elizabeths Sorgenkind, das Mädchen, das sie nachts zu sich ins Bett holte, wenn es Alpträume hatte, dessen Witz und Grazie sie so sehr liebte, ausgerechnet dieses Kind enttäuscht sie so schwer. Elizabeth reist in die Schweiz, um mit ihr zu sprechen, aber es kommt zu keiner Auseinandersetzung, geschweige denn Versöhnung. Mutter und Tochter gehen feindselig, grußlos auseinander. Elizabeth hat eine strenge deutsche Schule für ihre Tochter ausgesucht, und dorthin fährt sie nun. Dann bricht der Erste Weltkrieg aus. Felicitas bekommt eine schwere Virusinfektion und stirbt während des Krieges, ganz allein in der Verbannung, nur von fremden Menschen umgeben. Elizabeth hat sich das nie verziehen und sich oft gefragt, wie man wohl mit dieser Schuld weiterleben soll. Nie mehr einem Kind sagen zu können, wie sehr man es liebt, das ist mehr, als eine Mutter aushalten kann.

Auch ihre beiden anderen Töchter sind während des Krieges in Deutschland, und Elizabeth leidet entsetzlich unter der Angst, daß ihnen etwas zustoßen könnte. Nach dem Krieg beginnt sie wieder mit ihrem unruhigen Wanderleben, und sie schreibt eine Geschichte, die ein Denkmal für ihre Tochter Felicitas werden soll.

In den nächsten Jahren lebt sie in der Nähe von London, und immer wieder mietet sie für ein paar Monate ein Haus im Süden. Sie befreundet sich mit einem wesentlich jüngeren Mann und erlebt noch einmal den Kummer, dem Fräulein Schmidt doch für den Rest ihres Lebens entkommen wollte. Ist die Liebe nicht ein Abstieg aus der klaren, dünnen Luft der Familienzuneigung in finstere, unbekannte Gegenden? Aber inzwischen weiß sie sich besser zu schützen und erlebt die Querelen des Verliebtseins mit neuer Gelassenheit. Sooft es möglich ist, lebt Elizabeth nun in der Provence, wo sie sich ein kleines Haus zwischen lauter duftenden Gärten kauft und die fast unwirkliche Schönheit der Landschaft genießt.

Zwei ihrer Töchter leben in Amerika, eine ist in Deutschland mit einem deutschen Grafen verheiratet. Während sie gerade ihre Töchter in den USA besucht, beginnt in Deutschland die Zeit des Nazi-Terrors. Ihre Enkeltochter Sybilla, die Tochter von Beatrix, schreibt ihr einen verzweifelten Brief aus Deutschland. Sie hat Elizabeths Geschichte über Felicitas gelesen und identifiziert sich mit dem Mädchen, für das Deutschland ein grausames Barbarenland ist und das dort sterben muß. Sybilla möchte von ihrer Großmutter adoptiert werden, um aus dem Nazi-Land herauszukommen. Als sie in den USA ankommt, erlebt Elizabeth noch eine innige, vertraute Zweisamkeit mit ihrer Enkelin. Sie reisen zusammen durch das Land.

In Europa fängt der Zweite Weltkrieg an, und die täglichen Nachrichten bedrücken Elizabeth. Am 1. Februar 1941 fällt sie in ein Koma und stirbt am 9. Februar. Ihren letzten Roman ›Die sieben Spiegel der Lady Frances‹ hat sie in eiserner Disziplin noch zu Ende geschrieben und ist damit auch in den USA rasch berühmt geworden. Man hatte sie für Zeitschriften fotografiert und ihr Literaturpreise verliehen. Mit der ihr eigenen Kraft eines wahren »Stehaufmännchens« hat sie nie aufgehört, etwas Schönes zu erwarten und es in ihren Büchern anderen weiterzugeben.

Annemarie Stoltenberg

Wir schicken Ihnen gerne ausführliche Informationen über alle lieferbaren
Titel in der Reihe ›Die Frau in der Literatur‹. Postkarte genügt:
Ullstein Taschenbuchverlag, ›Die Frau in der Literatur‹,
Lindenstraße 76, 1000 Berlin 61.